女騎士、経理になる。

1 鋳《ちゅう》造《ぞう》された自由

著
Rootport
Illust.
こちも

女騎士、経理になる。

1 鋳《ちゅう》造《ぞう》された自由

Contents

お金を汝《なんじ》のしもべとせねば、

汝がお金のしもべとなるであろう。

── フランシス・ベーコン

"If money be not thy servant,
it will be thy master."

Francis Bacon

女《おんな》騎《き》士《し》「くっ……殺せ！」

オーク「がはは！　そうはいくか！」

女騎士「くそっ！　魔剣デュランダルさえあれば、お前など斬り伏せてやるのに……」

オーク「デュランダルとはこいつのことか？」

女騎士「な、なぜお前が私の愛刀を!?　返せ！　それはわが一家に代々伝わる大切な品だ！」

オーク「そんな大事なものを枕にして野宿していたのはどこのどいつだ」

女騎士「それは、その……ちょっと油断したのだ……」

オーク「魔剣の力を借りなければ、ただの小娘だな。俺たちオークに簡単に捕まってしまうとは」

女騎士「私を女だと思って侮《あなど》らないでもらおうか。騎士たる者、日々の鍛錬《たんれん》は欠かしていない。魔剣がなくても片手でりんごを握り潰せるのだぞ！」

オーク「ガハハハ！　今の状況でそんな宴会芸が何の役に立つ？」

女騎士「人の特技を宴会芸呼ばわりとは……。くぅう、こんな屈辱は初めてだ……」

オーク「さてと。この剣を取り返したければ、貴様にはやってもらいたいことがある」

女騎士「魔剣をダシに私を脅迫するつもりか？　なんと卑劣な……」

オーク「くくく……最初は戸惑うかもしれないが、心配ない。すぐに慣れる」

女騎士「わ、私に何をさせるつもりだ！　生きて辱《はずかし》めを受けるくらいなら、死んだほうがマシだ。殺すならひと思いに殺せ！」

オーク「辱め？　お前は何を言っているんだ？」

女騎士「は？」

オーク「お前にはちょっとしたデスクワークをやってもらいたい」

女騎士「デスクワーク」

オーク「ああ。じつは俺たちオークの一族は近いうちに法人成《ほうじんな》りを計画している」

女騎士「法人成り」

オーク「貴様には経理《けいり》のお姉さんとして、俺たちの繁栄に役立ってもらうぞ」
女騎士「経理のお姉さん」

こうして女騎士の経理担当者としての日々が始まった。

オーク「なに？　帳簿の数字が90G《ギール》合わないだと？」
女騎士「くっ……殺せ！」
オーク「がはは！　この程度の経理テクニックも知らんとは！　ズレが9の倍数のときは、どこかで数字をあべこべに入力している可能性が高いのだ」
オーク「ほら、ここ。1千234Gが正しいのに1千324Gと入力されている」
オーク「なに？　またもや帳簿の金額が合わないだと？」
女騎士「くっ……殺せ！」

オーク「バカめ、まずはズレた金額を0・08で割れ。出てきた数字にズレた金額を足して、似たような金額の取引を探すのだ」
オーク「ほら、ここ。税抜《ぜいぬき》で入力せねばならんのに、消費税込《しょうひぜいこ》みの金額が入力されている」※註
女騎士「見ろ！　ついに簿記《ぼき》に合格したぞ！」
オーク「そうか、ではさっそく我々の製造している棍《こん》棒《ほう》の原価計算《げんかけいさん》をしてもらおう」
女騎士「くっ……殺せ！」
オーク「どうした？」
女騎士「まだ3級なのだ……」

※註：消費税率８％の場合

女騎士、経理になる。

120年前――。

新大陸を発見した「人間国」の人々は、
大船団を率いて植民を開始した。

新天地は豊かな実りをもたらし、
飢餓と貧困は過去のものになると思われた。

しかし

入植地の西方、山脈の向こうには
“魔族”たちが暮らし、独自の文化・社会を発展させていた。

人間たちは魔族の居住地域を「魔国」と名付け、
討伐軍を派兵した。こうして、人間国と魔国との

100年を越える戦争が始まった――。

第1章

フライド・コカトリス

勇者　「くそっ！　全滅したら所持金が半分になった！　なぜだ？」

役人　「相続税です」

勇者　「相続税」

役人　「納税者が死亡した場合、相続人は相続や遺贈によって取得した財産に対して課税されます。この世界では『本人による相続』が認められています」

勇者　「本人による相続」

女騎士「見てくれ！　ようやく簿記2級に合格したのだ！」
オーク「ああそうかい」
女騎士「これで原価計算も決算作業《けっさんさぎょう》も怖くないぞ！」
オーク「そりゃよかった」
女騎士「なんだ、気もそぞろな返事だな。何かあったのか？」
オーク「お嬢ちゃん、聞いてねえのか？　敵の軍勢が近づいてきてんだよ」
女騎士「敵」
オーク「ああ。『勇者《ゆうしゃ》』とかいう異国のテロリストだ」
女騎士「勇者、だと……!?」
オーク「俺たちの主たる事業は、人間国《にんげんこく》で暮らす魔物との輸出入だ。この町は人間国との国境からも近い。こうなることは覚悟していたさ」
女騎士「ま、待ってくれ！　『勇者』は人間国の英雄だ。戦いを避ける方法が、きっと――」
オーク「あんた、勇者と面識があんのか？」
女騎士「……いいや、ない」

国境地帯

勇《ゆう》者《しゃ》「みんな！　この峠を越えれば、いよいよ魔国で最初の町だよ！」
商《しょう》人《にん》「よっしゃ！　パーッとやったりましょ！」
賢《けん》者《じゃ》「魔物たちの……強い抵抗が予想される……」
僧《そう》侶《りょ》「私が皆さんをお守りします！」
勇者「ありがとう、ここまで来られたのはみんなのおかげだよ。どんな障害があろうと、はねのけてみせる！」
商人「ええで！　その意気や！」
勇者「……でも、本当にいいのかな。魔物とはいえ、あの町の住人たちにも生活が――」
賢者「勇者、副都《ふくと》の悲劇《ひげき》を忘れてはダメ……。魔物に襲われて8万人が命を落とした……」
商人「その8万人のなかには、僧侶さんの弟もおったんやろ？」
僧侶「……」

勇　者「そうだったね……」

オークの町

オーク「野郎ども、棍棒は持ったか！　異国の連中にこの町は渡さない！」

女騎士「お前たちは勇者の強さを知らない。死ぬぞ！」

魔物たち「「「うぉぉぉおおお！」」」

オーク「ああ、そうだろうな」

女騎士「だったらなぜ――!?」

オーク「命に代えても守りたいもんがあんだよ。……お嬢ちゃん、ちょっとこっちに来い」

グイッ

女騎士「わわっ、何をする！　放せ！」

ガシャーン

女騎士「なぜ私を牢《ろう》に入れる!?　ここから出せ！　デュランダルさえあれば、私だって力になれる！」

オーク「デュランダルさえあれば、何だって？　戦えるっていうのか？　同じ人間を相手に？」

女騎士「そ、それは……」

オーク「これは戦争で、お嬢ちゃんは捕虜《ほりょ》だ。捕虜に助けられちゃ、俺たち魔族の名がすたる。……いいか、お嬢ちゃんは手を出すな」

女騎士「だが、死に急ぐことはあるまい！　せっかく事業が軌道に乗ってきたのだろう？　黒字決《くろじけっ》算《さん》になりそうなのだろう!?」

オーク「ハハハ、そうだったな。……覚悟しておけ、経理担当者にとっては決算もまた戦争だ。お嬢ちゃんにはそっちで兵士になってもらう」

女騎士「し、しかし……」

オーク「勇者と決算……2つの戦いが終わったら、1杯やろうや」

国境地帯

勇　者「そうだ……。人間国のみんなが、僕たちの勝利を祈っているんだ。絶対に勝とう！」

賢者・商人・僧侶「「「おおーっ！」」」

オークの町

オーク「いいか、ただでは死ぬな！　やつらのHP1点でもいい、MP1点でもいい。削り取ってから死ね！」

魔物たち「「「うぉぉぉおおお!!」」」

それは、「戦い」と呼ぶにはあまりにも一方的だった。住人の大半は町から逃げず、勇者たちを迎え撃った。半刻をすぎるころには抵抗は弱まり、一刻を待たずして町は火の海となった。そして武器をとった住人は1人の例外もなく、勇者の剣に倒れ、賢者の魔術に焼かれ、商人の銃に撃ち抜かれた――。

女騎士「……ぃ……！　……おい！　しっかりしろ！」

オーク「……な……んだ……お嬢ちゃん……。まだ、この町に……いた、のか」

女騎士「喋《しゃべ》るな！　今、止血を――」

オーク「胃を……やられ、た……。もう、俺は……助からん……」

女騎士「!!」

オーク「……無理に、働かせて……悪かった……、俺を、憎んで……いる……だろう」

女騎士「バカな！　憎んでなど……」

オーク「はは……。そう、だった……人間は、ウソをつく……種族、だった……」

オーク「お嬢ちゃんは……人間国に、戻れ……。そして……自分、の……じん……せい、を……」

女騎士「……」
オーク「……」
女騎士「……おい」
オーク「……」
女騎士「おい、目を開けろ！」
オーク「……」
女騎士「……くそっ……くそぉぉお！」

2カ月後、港町《みなとまち》

ざばーん！　ざざーん！
ウミネコ　ミャ～！　ミャ～！
船乗り　おーい！　おーい！
市場の人々　ワイワイ……ガヤガヤ……
女騎士「……ようやく戻ってきたのだな、人間国に」
女騎士「旅の仲間はもういない」
女騎士「私には身寄りもない」

女騎士「……仕事、探すか」
A社面接官「では志望動機を教えてください」
女騎士「御社《おんしゃ》の明るい社風に惹かれて――」
B社面接官「志望理由はなんですか？」
女騎士「若いうちから挑戦できる御社の雰囲気に――」
C社面接官「んで、志望動機は？」
女騎士「急成長産業に興味を――」
手紙「「お祈りします」」
D社面接官「はあ？　複式簿記《ふくしきぼき》ぃ～？　簿記2級ぅ～？
それって魔国の資格でしょ？」
女騎士「し、しかし、複式簿記はとても便利な技能で、
きっと御社の……いいえ、人間国の発展につ
ながるはずです！」

D社面接官「魔物の洗脳を受けたような人は雇えないよ！　帰ってくれ！」
女　騎　士「……失礼しました」
女　騎　士「お笑いぐさだな。これでも貴族の生まれだったのに……。もはや家はなく、何の技能もない。私はただ腕っ節が強いだけの女だ。こんな跳ねっ返り娘を嫁に欲しがる奇特な男もいないだろう」
ざばーん、ざざーん…
女　騎　士「いっそ、あの波に身を投げれば――」
幼メイド「だんなさまぁ～！　待ってぇ～」
女　騎　士「？」
幼メイド「お待ちくださ～い！　ひゃっ!?」ドテッ
銀行家《ぎんこうか》(?)「ああっ、大丈夫ですか！　だから家で留守番するように言いつけたのに……」
幼メイド「わたしはだんなさまのメイドです！　だんなさまをお1人でお買い物に行かせるわけには……い、痛《い》て……」
女　騎　士「ひざをすりむいたか。見せてみろ」
女　騎　士「……これでよし、と」
幼メイド「わぁ～！　おねえちゃん、ありがとぉ！」
銀行家(?)「見事な手際ですね。お医者さま……ではなさそうですが」
女　騎　士「荒事に慣れているだけだ。そういうあなたこそ……なんだ、その格好は？　服に着られているぞ」
銀行家(?)「ははは、お恥ずかしい……。こう見えて、私は小さな銀行を経営しています。といっても、つい先日からですが」
女　騎　士「つい先日から？」
銀　行　家「先日、祖父が亡くなって……父は何年も前に他界していますので、私が経営を引き継ぐことになったのです」
女　騎　士「それは気の毒に……」
幼メイド「今ではだんなさまが、りっぱにけーえーしゃとしてのお仕事をおつとめなのです！」

女騎士「ふむ。商売のほうは順調なのか？」

銀行家「それはもう。番頭の報告では、ええっと……たしか……利益率《りえきりつ》は80％を超えていたはずです！」

女騎士「……80％、だと!?」

銀行家「どうかされました？」

女騎士「失礼だが、貸したカネの回収に困っているのでは？」

銀行家「ええ。たしか番頭がそのようなことを言っていましたが……」

女騎士「どんなに優秀な銀行でも、利益率は30％程度だと聞いた。80％は異常だ」

銀行家「そ、そうなのですか……？」

女騎士「おそらく引当金《ひきあてきん》を計上せずに不良債権《ふりょうさいけん》を放置しているのだろう。回収見込みのない債権の収益を計上すれば、利益は水増しされる」

銀行家「あ、あなたはいったい……!?」

女騎士「私はただの女騎士だ。少し、簿記について教わったことがあるだけで」

銀行家「簿記、ですか」

女騎士「あなたこそ、そんなことで銀行の経営者が務まるのか？」

銀行家「じつは祖父は、芸術を愛するようにと私を育てたのです。そのため……恥ずかしながら、お金のことはからっきしで……」

幼メイド「だんなさま〜。それなら、おねえちゃんを雇ってみては〜？」

女騎士「！」

銀行家「そうです！　ぜひ私の銀行で働いてください！」

女騎士「だ、だが…」

幼メイド「ケーキを焼いておもてなししますっ」

女騎士「好意に、あ、甘えるわけには……」

女騎士（ぐぅ〜）

幼メイド「ふふふ〜、体は正直ですぅ〜」

銀行家の邸宅

女騎士（結局、言われるがまま来てしまった……）
女騎士（こ、これでも私は貴族の血を引く者！　完璧なテーブルマナーで……）
幼メイド「お待たせしました～！　ケーキですぅ～！」
女騎士「んほぉ！　ケーキ美味《おい》しいのぉ～っ！」
幼メイド「おねえ……ちゃん……？」
女騎士（やってしまったー!!）
銀行家「お待たせしました。ケーキはお口に合いましたか？」
女騎士「あっ、え、えっと……その、今のは……！」
銀行家「？」
女騎士「……いや、見ていないのならいいのだ。忘れてくれ」
銀行家「分かりました。では、さっそく本題に入りましょう。ぜひ女騎士さんのご意見をうかがいたいことがあるのです。……じつは最近、帝《てい》都《と》の銀行がこの街に支店を作りました。このままでは顧客を奪われて、祖父から受け継いだ店を潰してしまいます」
幼メイド「ひどいやつらなのです、帝都の銀行は！　商売のためなら、しゅだんを選ばないらしいのです」
女騎士「ふむ、笑えんな」
銀行家「ご存じの通り、うちの銀行は債権回収が滞《とどこお》りがちです。ところが私はろくに金融の教育を受けておらず、正直なところ、どうすればいいか分かりません」
幼メイド「おねえちゃん！　どうか、だんなさまを助けてあげて！」
女騎士「い、いや……私は……」
女騎士（簿記2級しか持ってないのだが!?）
銀行家「女騎士さん、うちの銀行の立て直しに力を貸してください！」
女騎士「だ、だが……」
女騎士（私には荷が重すぎるし、この人たちを騙《だま》すわ

けにはいかない……。心苦しいが、ここは断ろう）

幼メイド「はぅ……お願いですぅ……」

女騎士「よし任せろ」

女騎士（って、私は何を……!?）

幼メイド「やった〜〜〜!!」

銀行家「感謝します！」

女騎士「……し、借金の取り立てくらいなら手伝えるだろう。腕っぷしには自信がある」

銀行家「では、さっそく手付け金をご用意しましょう」

女騎士「ほ、本当か!? 助かる！」

女騎士（人間国ではバイトの年収が2万G《ゴールド》くらいだ。だとすると……）

銀行家「30万Gでいかがでしょう？」

女騎士「ぶほぉっ!!」

銀行家「わわっ、どうされました？」

女騎士「けほっ、けほっ。手付け金だけで30万だと!? 5Gの昼メシいったい何日分だ？ 駿馬《しゅんめ》を6頭は買える金額ではないか！」

銀行家「……や、安すぎるでしょうか？」

女騎士「ちっがーう！」

幼メイド「んしょ……んしょ……こちらの革袋に30万Gぶんの金貨をごじゅんびしました〜」

女騎士「早いよ！」

港町、目抜き通り

女騎士「さて、と。最初の取り立て先は『中央市場《ちゅうおういちば》』の肉屋だな。……結局、押し切られる形で受け取ってしまった。この30万G、大切に使おう」チャラ……

奴隷商「さあさあ、皆さま！ 寄ってらっしゃい、見てらっしゃい！」

女騎士「おや、あれは……？」

奴隷商「お次は本日の目玉商品でございます！ 世に

も珍しいダークエルフの娘を入荷いたしました！」

客たち「「おお〜〜！」」

黒《ダーク》エルフ「くっ……」

奴隷商「ご覧ください、このアーモンド色の肌、白金の髪にルビーの瞳！　紳士の皆さま、この娘が20万Gはお値打ちですよ！」

男たち「高すぎる！」「そうだ15万が相場だ！」

奴隷商「どうかそうおっしゃらずに。じつはこの娘……初モノでございます！」

富豪「ふむ、初モノだと？　それが本当なら20万を払ってもいいだろう」

女騎士（あの男の襟飾りは……帝都銀行《ていとぎんこう》の者か？）

奴隷商「もちろん本当ですとも！　……おい、娘！　こっちに来て旦那さまにお見せするのだ！」

黒エルフ「〜〜!!」

奴隷商「ちっ……。さっさと足を開け！」

女騎士「――待て！」

奴隷商「!?」

女騎士「その娘は、私が買おう」

男たち（ざわ……ざわ……）

富豪「はっはっは！　お嬢さんが20万を払うと？」

女騎士「当然だ！」

富豪「ならばわしは21万を出そう。奴隷商、その娘をこちらに――」

女騎士「25万だ！」

男たち　シーン

女騎士「25万でその娘をもらい受ける」チャラ……

半刻後

女騎士「うぅ、5万Gしか残っていない」トボトボ

黒エルフ「……」じーっ

女騎士「お前は好きなところに行け……と言っても、行くあてなどないか……？」

黒エルフ「……」じーっ

女騎士「まあ、いい。好きにしろ」

黒エルフ「……」じーっ

女騎士「残った5万Gはバイトの年収で2年半分だ。今度こそ大切に使おう……」

港町、中央市場

ワイワイ……ガヤガヤ……

女騎士「ここが『中央市場』か。くだものやスパイスの香り、うまそうな料理のにおい……（じゅるり）」

黒エルフ「……」じとっ

女騎士「ハッ！　仕事を忘れるところだった！　今日の目的は借金の取り立てだ。気を引き締めていくぞ！」

？？？「……んだと、コラァ！」

チンピラ「カネを返せねえだとぉ！」

少年「ごめんなさい」

少女「明日までには……」

チンピラ「つけんなコラ！　期日は今日だろうが！」

女騎士「あの店は……幼い兄妹で肉屋をやっているのか？」

女騎士「つと、いけない。仕事は……」

女騎士「!?」

女騎士「……私も、あの肉屋からの取り立てだ」

チンピラ「この店は中央市場でも良い場所だ。ここの営業権を売れば、カネなんかすぐに作れるだろ！」

チンピラ「それとも、そこの妹を売るか？　げへへ、悪くねえ値段がつくぜ！」

少年「……」キッ

チンピラ「ああ？　なんだ、その眼は。あんまり大人を舐めると痛い目に――」

女騎士「やめろ」ガシッ

チンピラ「あだだだ！　っのアマ！　俺は帝都銀行の人間だぞ！　ふざけ――」

女騎士「ふんっ」ぎゅ～～っ

チンピラ「あだだだだ！　や、やめて！　俺の手首が……こ……ここ……壊れちゃ……」

女騎士「子供を相手に大人げないぞ」

チンピラ「そ、そうは言っても……カネを返さないのはこいつらですよぉ！」

女騎士「ふむ、少し事情を聴いたほうがよさそうだな」

女騎士「……なるほど。うちの銀行からカネを借りられなくなったので、帝都銀行から借りた、と」

兄「はい。審査なしで貸してくれたので……」

妹「だけど、信じられないほど利子が高くて……」

チンピラ「けっ！　カネを借りている分際でそんな贅沢《ぜいたく》を――」

女騎士「……」ギロッ

チンピラ「なんつって！　ははは……」

女騎士「事情は分かった。では、帝都銀行からの借金は私が引き受けよう」

妹「引き受ける……って、お姉さんが払ってくれるんですか!?」

女騎士「私がカネを貸すと言っているのだ。もちろん、いつかは返してもらう。だが、この男のように無茶な取り立てはしない」

チンピラ「はぁ!?　んなことしたら、このガキどもを骨の髄まで搾《しぼ》り取れね――」

女騎士「……」ギロッ

チンピラ「なんつって！　返してくれれば文句ないです～～」

女騎士「で、いくら借りているんだ？」

兄妹「「5万Gです」」

女騎士「へ？」

チンピラ「……24、25枚っと。たしかに5万Gを受け取ったぜ」

女騎士「もう二度とこの兄妹に近づくな！」

チンピラ「ケッ、あばよ！」
兄「女騎士さま、ありがとうございました！　その5万Gは必ずお返しします！」
女騎士「ふんっ、お安いごようだ！」
女騎士（手付け金を使い切っちゃった……うぅ……）
幼メイド「……おねえちゃん、お仕事はいかがですか～～？」
女騎士「わっ、メイド！　なぜここに？」
幼メイド「おかいものついでに、ご様子を見にきました～～。あら？　そちらのダークエルフさんは～～？」
女騎士「いや……これは、その……」
兄「じつはたった今、女騎士さんが――」
女騎士「わーっ！」
幼メイド「ともかく。だんなさまがお渡ししたお金、たいせつに使ってくださいね～～」
女騎士「も、もちろんだっ！　は、はは……」
幼メイド「では、わたしはしつれいします～～」トテトテ
女騎士「……はぁ、どうしよう。このままでは金遣いの荒いクズだと思われてしまう」

黒エルフ「……」
女騎士「そ、そうだ！　とにかく仕事だ！　借金の取り立てをしよう！」
兄「えっ」
女騎士「お前たちは兄妹で肉屋を商《あきな》っているのだな？」
兄「はい。父さんがこの店を残してくれました」
女騎士「まとまったカネが入ってくる予定はあるか？」
兄妹「「……」」フルフル
女騎士「……だろうな」
黒エルフ「……」
女騎士「うぅ……。この兄妹から借金は取り立てられない。30万Gはあっという間に使い切ってしまった。このままでは銀行家さんの信頼を裏切ってしまう。私はどうすれば……！　くっ
……殺――」
黒エルフ「……あんたって、相当なアホね」
女騎士「!!」
黒エルフ「25万Gであたしを助けたつもり？　カン違い

しないで。そういうのを『偽善』って言うのよ」

女騎士「なんだと!?」

黒エルフ「今の5万Gも同じ。こんな子供を哀れんで、聖人にでもなったつもり？　そういうの、本当にムカつく」

女騎士「私はただ――」

黒エルフ「あたしが何とかするわ」

女騎士「……は？」

黒エルフ「だから、あたしが何とかする。30万Gを使い切ったことを隠しておきたいんでしょ？　この子供たちから債権を回収したいんでしょう？　あたしが何とかしてあげる」

女騎士「できるのか、そんなことが……」

黒エルフ「少なくとも、あたし……あんたよりはお金に強いはずよ」

女騎士「お前は、いったい……？」

黒エルフ「か、カン違いしないでよね！　べつにあんたのためじゃないんだから！　ただ、借りを返したいだけよ。ばっちり債権回収してみせるわ！」

兄妹「「!!」」ビクッ

黒エルフ「大丈夫、この肉屋を立て直してあげる。まずは財《ざい》務《む》状況《じょうきょう》から確認させて？」

女騎士「立て直す、と口で言うのは簡単だ。しかし、この子たちは親の代からこの場所で商売をしているのだ。今さら売上を伸ばす余地があるのか？」

黒エルフ「そうね、いちばん大事なことから訊《き》くわよ。……あなたたちのお肉は、美味しいの？」

兄「もちろんだ！」

妹「最高のお肉です！」

兄「たとえば牛肉なら、今日はいいミノが手に入ったよ」

妹「一口いかがです？」ジュウゥ

女騎士「ん～！　これは美味だ！」もぐもぐ

兄「王宮料理にも使える品質の肩肉だよ」

女騎士「肩肉？　ミノは牛の胃だろう？」

妹「え？　ミノといえばミノタウロスのことです

よ」
女騎士「ミノタウロス」
黒エルフ「……」もぐもぐ
兄「次は鳥肉を試しみてよ！」
妹「手羽先の唐揚げをどうぞ！」
女騎士「おおっ！　外側はパリッと軽く、中身はジューシー！　この味は無類だ！」もぐもぐ
兄「あ、小骨に気を付けてね。口のなかに刺さると石化するから」
女騎士「石化」
妹「コカトリスの骨には毒がありますからね」
女騎士「コカトリス」
黒エルフ「……」もぐもぐ
兄「最後に豚肉を味見してみてよ！」
妹「バラ肉を炭火であぶったものがこちらに……」
女騎士「い、いや……気持ちだけで充分だ。君たちの売っている肉が美味しいことはわかった……」
黒エルフ「目利きができずに粗悪な肉を売っているなら手の打ちようがなかったけど……。これなら大丈夫そうね」もぐもぐ
妹「目利きはお父さんから教わりました」
兄「うちでは牛肉、豚肉、鳥肉の3種類を売っているよ。毎朝、牧場や養鶏場をめぐって、その日いちばん上質な肉を仕入れてくるんだ」
黒エルフ「支払いは現金？」
兄「ううん、掛取引《かけとりひき》だよ。その場では現金を支払わずに、後でまとめて払うんだ。月末に1ヵ月分の請求書が届く」
女騎士「魔王よりも恐ろしい、あの請求書か」
黒エルフ「1日にどれくらいのお肉を仕入れるの？」
兄「金額で言うと、だいたい520Gぐらいかな」
妹「そこに4割くらいの利益を乗せて売っています」
女騎士「利益4割なら……えっと……」
黒エルフ「728Gね。でも、実際にはそんなに売れないでしょ？」
妹「はい……」
女騎士「なぜだ？」

黒エルフ「あんた、筋トレのしすぎね」

女騎士「それほどでも///」

黒エルフ「褒《ほ》めてないわ、脳みそまで筋肉が詰まっていそうって意味よ。……この子たちが氷魔法を使えそうに見える？」

女騎士「見えない」

黒エルフ「そう。仕入れた肉は、その日のうちに売り切らないと腐らせてしまう」

兄「売れ残りは出さないようにしているよ」

妹「でも、午後にはお肉が傷み始めるので、値引きしないと売れません」

兄「結局1日の売上は650Ｇぐらいになっちゃうんだ」

黒エルフ「仕入れ520Ｇで売上650Ｇなら、粗利《あらり》の利益率は20％ね」

女騎士「ええっと、(650－520)÷650＝20％、か。暗算速いな」

黒エルフ「あんたが遅いの。……ちなみに、帳簿はちゃんとつけている？　人間国では複式簿記があまり普及していないと聞いたけど」

妹「ふくしきぼき？」

兄「なにそれ」

女騎士「ふふふ、それなら私にも教えられるぞ！　左右にズバッとやって、ババーンとする帳簿のつけ方なのだ！」

黒エルフ「……あたしが説明するわね」

女騎士「ええ～」

黒エルフ「まずは複式簿記でもっとも大切な2つの表について教えるわ。『ＰＬ』と『ＢＳ』の2つよ」

兄「ＰＬと……」

妹「……ＢＳ？」

黒エルフ「ＰＬはプロフィット&ロスの略で、損益計算《そんえきけいさん》書《しょ》とも言うわ。一方、ＢＳはバランスシートの略で、貸借対照表《たいしゃくたいしょうひょう》とも呼ぶ」

カキカキ……

黒エルフ「さっそく具体例を見てみましょう。1日の売上は650Ｇよね。そして仕入れは520Ｇ。これを表にまとめるとこうなるわ」（※1）

※1

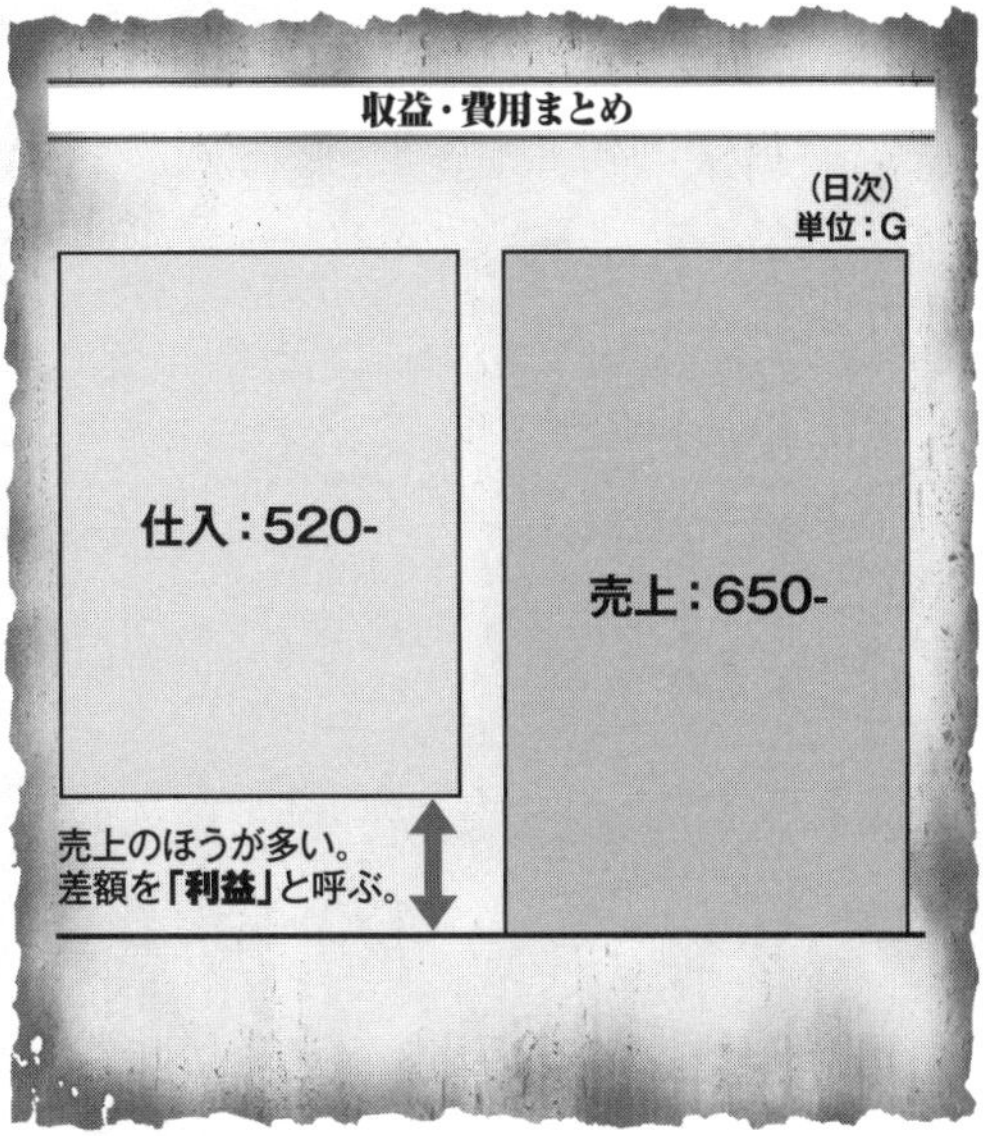

女騎士「売上が仕入れよりも多いな」

妹「この差額が『利益』ですよね？」

黒エルフ「その通り。収益のほうが多ければ黒字、少なければ赤字よ」

カキカキ……

黒エルフ「こうやって収益と費用を左右に並べたものを『損益計算書《プロフィット&ロス》』、略してPLと呼ぶの（※2）。……ね、簡単でしょう？」

※2

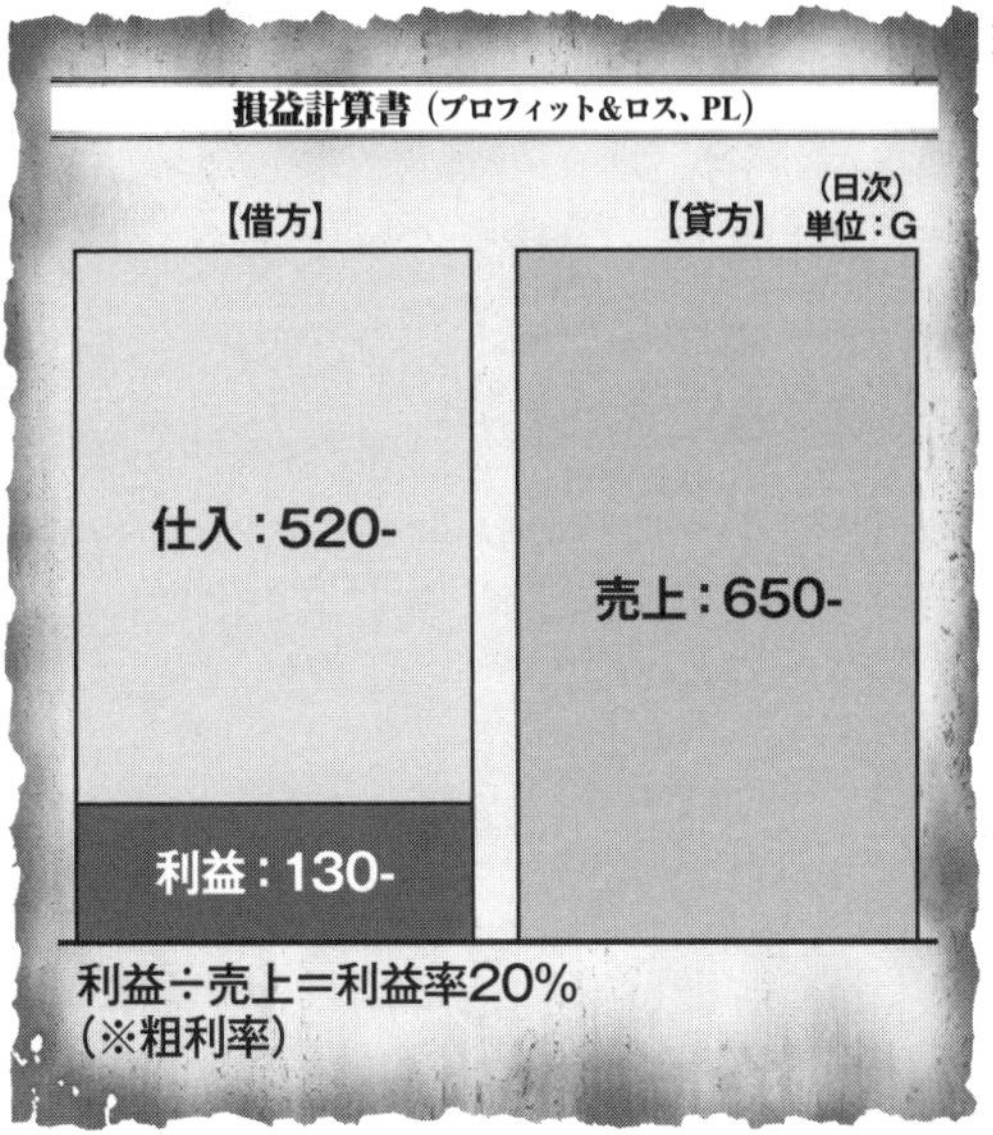

兄「この『借方《かしかた》』『貸方《かりかた》』というのは？」

黒エルフ「とくに意味はないわ。借方は『左側』、貸方は『右側』というだけの意味よ」

妹「へ～」

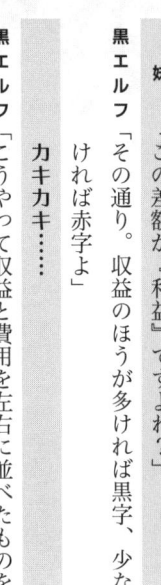

黒エルフ「次はBS、貸借対照表ね。まず、あなたたちが今いくらの現金を持っているか教えなさい」

兄「そ、それは……」

妹「800Gです。先月の仕入れ代金を支払ったばかりなので……」

女騎士「そう言えば、今日は8月5日か」

黒エルフ「前月の支払いをすませたばかりだから、月初には現金が少ないのね。……ところで、さっきのチンピラは、ここの営業権を売れば借金を返せると言っていたわよね？」

兄「うん。7万Gくらいになるはずだよ」

黒エルフ「店内の机や包丁、備品は？」

妹「売っても大した値段にならないと思います。2千Gくらいかな」

黒エルフ「以上があなたたちの全財産ってわけね」

カキカキ……

黒エルフ「あなたたちの財産――『資産』を表にまとめると、こうなるわ」（※3）

女騎士「ううむ、営業権の価値の大きさが分かるな」

※3

資産まとめ
単位：G
現金：800-
備品：2,000-
営業権：70,000-
資産 計：72,800-

兄「この営業権は父さんが残してくれたんだ。絶対に手放さないよ！」

妹「ここで商売できなくなったら、私たちはもう……」

黒エルフ「ここで商売できなくなったら、あなたたちはよくても路上生活。最悪なら奴隷でしょうね」

兄妹「「うぅ…」」

黒エルフ「そうならないために、あなたたちの抱えている負債《ふさい》の残高を教えなさい」

女騎士「月末に請求書が届く肉の仕入れ代金も、負債の一種か？」

黒エルフ「当然よ。仕入れのときに発生する負債のことを『買掛金《かいかけきん》』と呼ぶわ」

妹「今月はお肉が少し安かったから、今日の時点で買掛金は２千500Ｇあります」

兄「1日あたり500Ｇ、５日分だよ」

黒エルフ「ほかに、期日の近い借金はある？」

妹「銀行家さんに借りている1万Ｇのうち、５千Ｇを来月までに返さないといけません」

女騎士（私が取り立てに来たのはその借金だ……）

兄「それから、女騎士さんへの５万Ｇ」

黒エルフ「そっちはいつ返してもいいのよね？」

女騎士「う、うむ…」

カキカキ……

黒エルフ「負債を表にまとめたわ（※４）。注意すべきは買掛金ね。今は２千500Ｇだけど、毎日、仕入れをするたびに増えていく」

※４

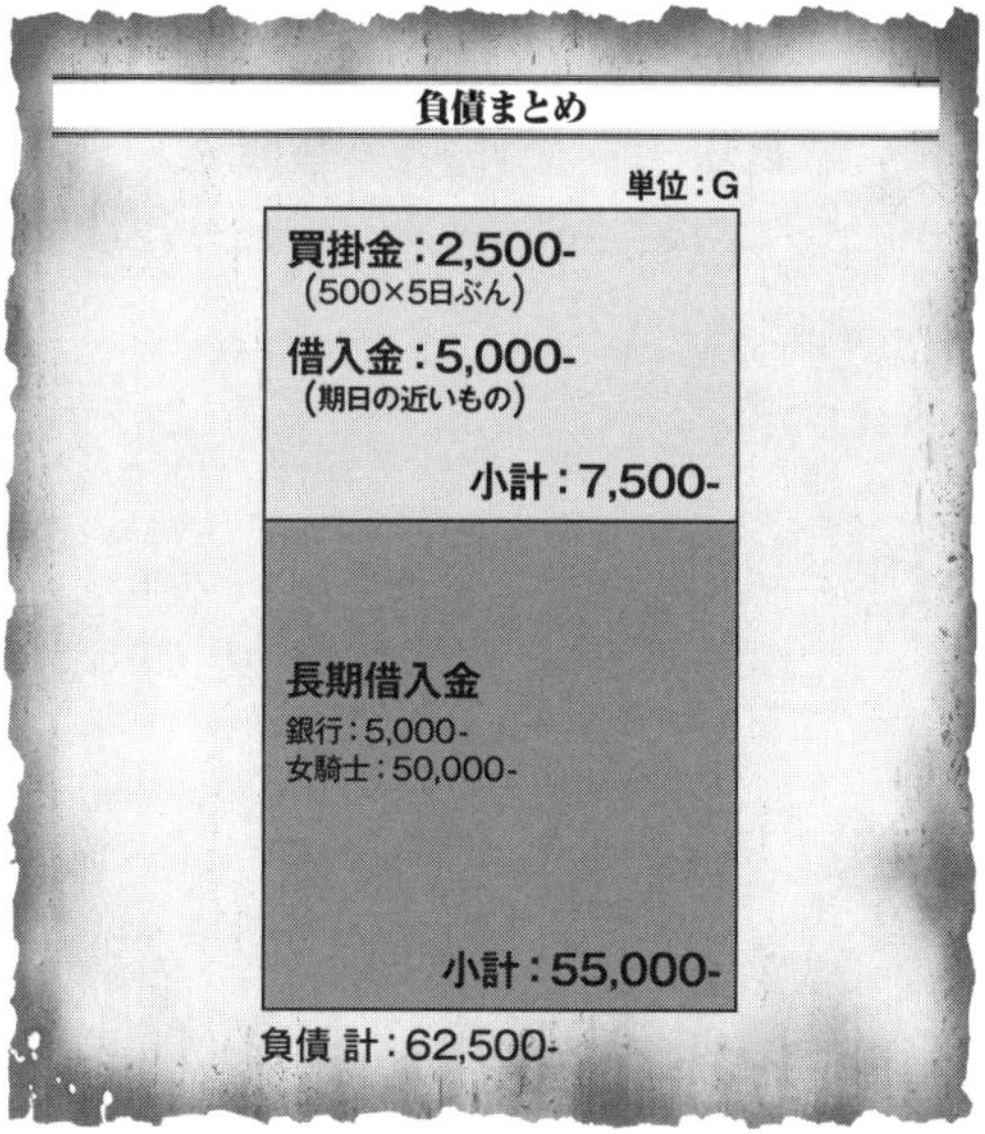
負債まとめ
単位：G
買掛金：2,500-
（500×5日ぶん）
借入金：5,000-
（期日の近いもの）
小計：7,500-
長期借入金
銀行：5,000-
女騎士：50,000-
小計：55,000-
負債 計：62,500-

女騎士「今月は残り26日間だ。毎日520Ｇずつ増えるとして……」

黒エルフ「……月末には1万6千20Ｇに膨らんでいるはず」

妹「ところで、資産と負債の表を比べると、資産のほうが多いと分かりますね」（※5）

※5

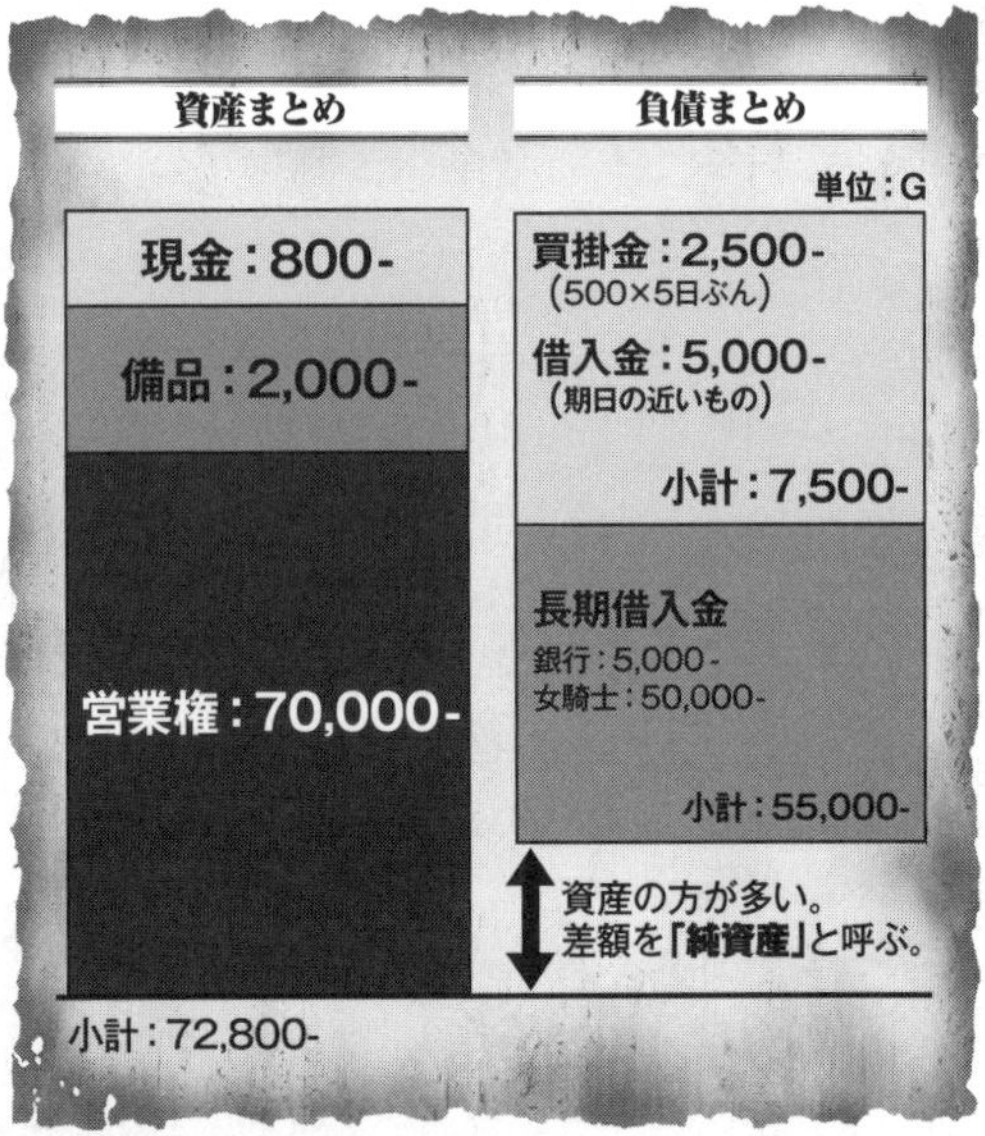

黒エルフ「その差額を純《じゅん》資《し》産《さん》と呼ぶわ」

女騎士「負債のほうが多くなる場合もあるのではないか？」

黒エルフ「ええ、純資産がマイナスになる場合ね。債務《さいむ》超過《ちょうか》と言って、いわば『詰んだ』状態よ」

カキカキ……

黒エルフ「こうやって資産と負債、純資産を並べたものを『貸借対照表』と呼ぶの」（※6）

※6

兄「この表が何の役に立つの？」

黒エルフ「この表だけでも色々なことが分かるのだけど

……そうね、いちばん便利なのは『借金の返済能力』が一目で分かることかしら」

妹「借金の返済能力、ですか？」

黒エルフ「そう。あなたたちの場合、返済期日の近い負債が7千500Gあるのに対して現金は800G、つまり10・7％しか持っていない。借金を返す能力がかなり低いと言わざるをえないわ。破産するのも時間の問題って感じね」

兄妹「「う、うぅ…」」

黒エルフ「『BS』と『PL』は商売をするうえでもっとも重要なパラメータ表だと言えるわ」

女騎士「パラメータ表……つまり、お店や会社の強さが分かるのだな」

黒エルフ「ええ。スライム狩りをしてレベルを上げるべきか、ラストダンジョンに挑むべきか。この表を見れば分かる」

兄「そ、それなら……僕たちの肉屋の『強さ』は!?」

黒エルフ「BSとPLの読み方は追々教えるとして……。まずは正しいBS、PLを作れるようになるべきね。正しい方法で帳簿をつけないと、表の内容がめちゃくちゃになってしまう」

妹「正しい帳簿のつけ方、ですか……」

黒エルフ「それが複式簿記よ」

兄「複式、簿記……」

黒エルフ「複式簿記とは、ひとことで言えば『借方と貸方を並べて書くこと』よ。おこづかい帳のように1列に入出金を記載するのを『単式簿記《たんしきぼき》』と呼ぶのに対して、2列に並べるから『複式』なの」

カキカキ……

黒エルフ「たとえば肉が売れたときは、こんな感じね（※7）。複式簿記でとくに重要なのは、『借方と貸方の金額を一致させる』ことよ。これは絶対に犯すことのできない鉄の掟《おきて》よ」

女騎士「ダンジョンに潜るときは回復手段を用意しておくのが冒険者の掟だ。それと同じだな」

※7

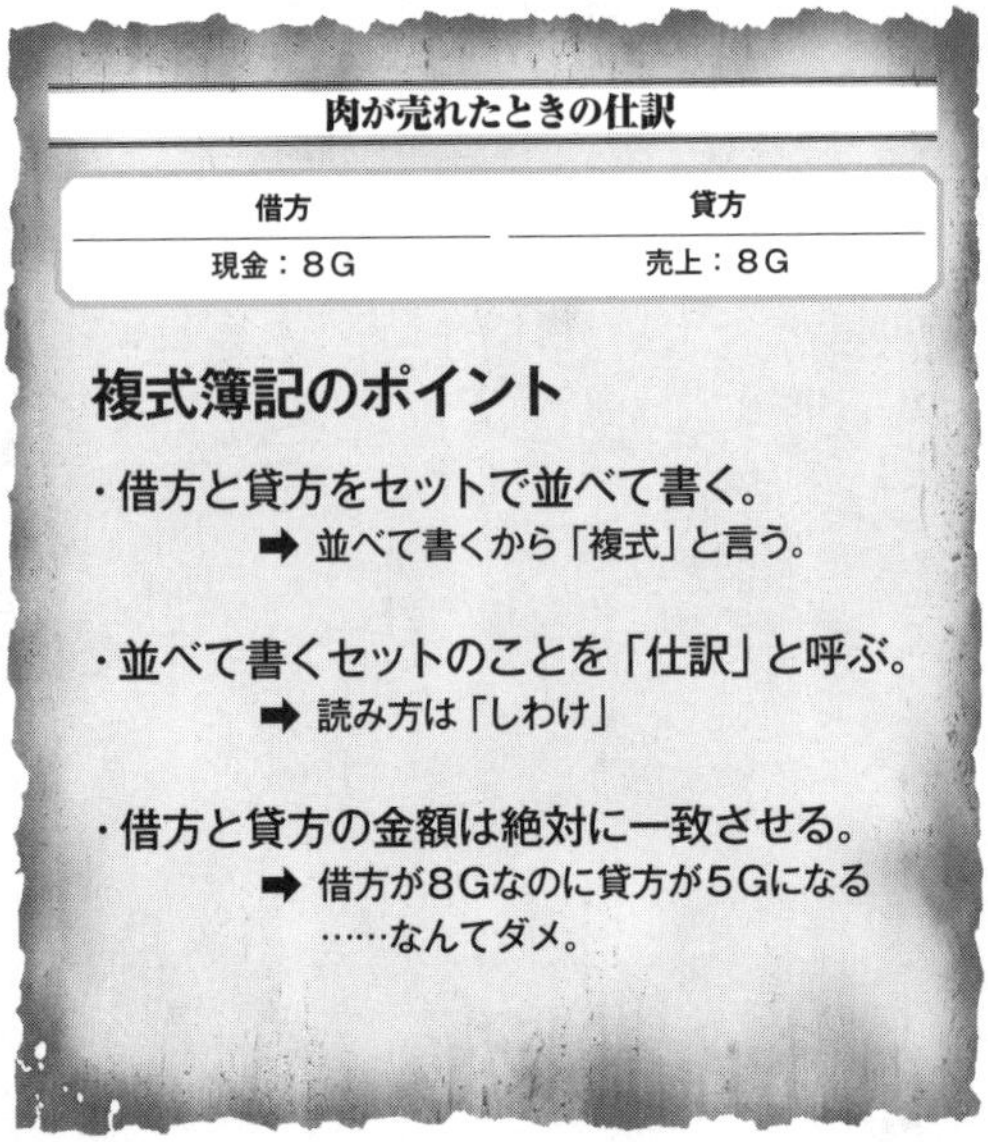
肉が売れたときの仕訳
借方
現金：8G
貸方
売上：8G
複式簿記のポイント
・借方と貸方をセットで並べて書く。
➡ 並べて書くから「複式」と言う。
・並べて書くセットのことを「仕訳」と呼ぶ。
➡ 読み方は「しわけ」
・借方と貸方の金額は絶対に一致させる。
➡ 借方が8Gなのに貸方が5Gになる
……なんてダメ。

兄「掟を破るとどうなるの？」

女騎士・黒エルフ「「死ぬ」」

妹「そんなぁ」

カキカキ……

黒エルフ「複式簿記をもう少し詳しく説明すると、BSとPLを同時に記載する方法だと言えるわ。

たとえば肉が売れたときの仕《し》訳《わけ》を見て？ この仕訳の借方は『BSに現金が増えたこと』を、貸方は『PLの売上が増えたこと』を表しているの」（※8）

※8

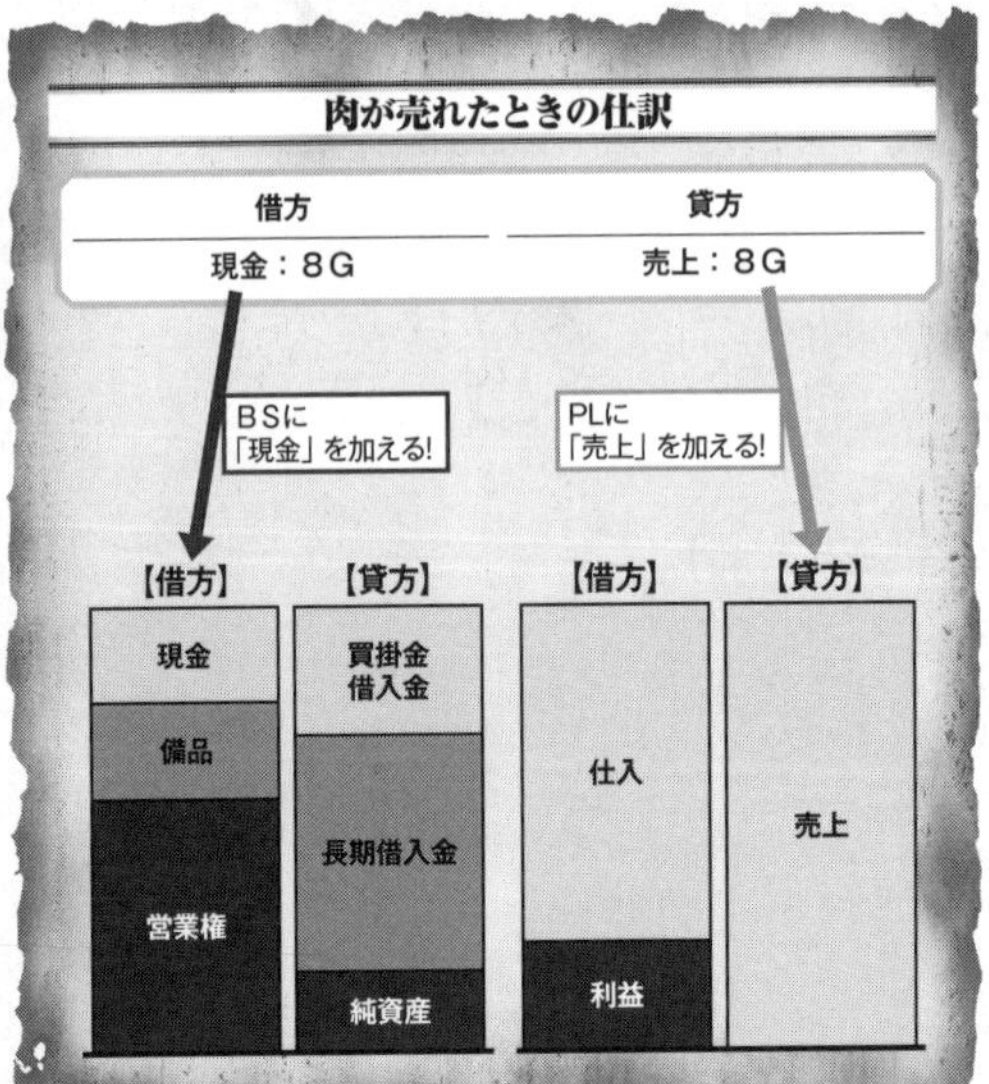
肉が売れたときの仕訳
借方
現金：8G
貸方
売上：8G
BSに
「現金」を加える!
PLに
「売上」を加える!
【借方】
現金
備品
営業権
【貸方】
買掛金
借入金
長期借入金
純資産
【借方】
仕入
利益
【貸方】
売上

兄「それじゃ、肉を仕入れたときは？」

黒エルフ「こういう仕訳になるわ（※9）。BSの買掛金とPLの仕入が同時に増えたことを、この1行で表現しているわけ」

※9

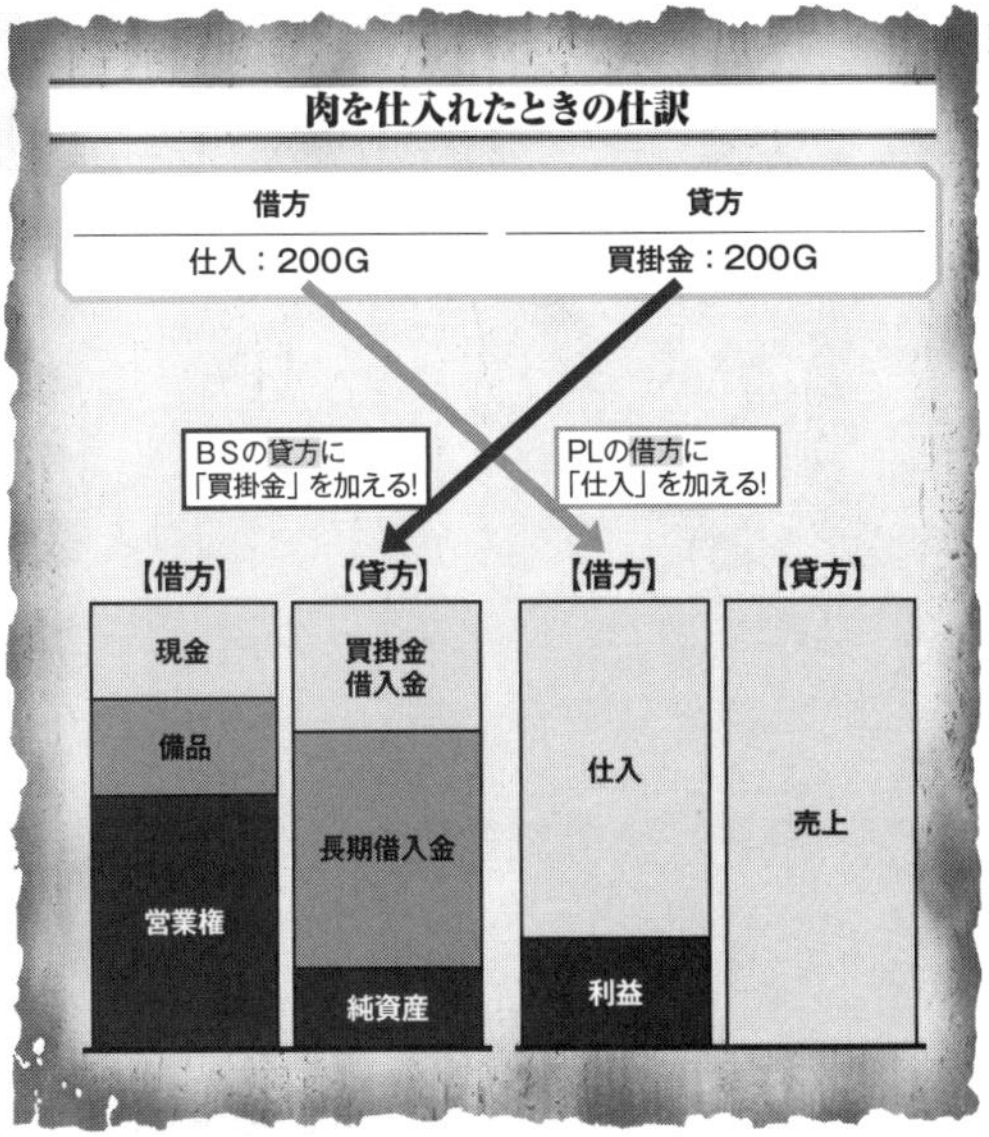

肉を仕入れたときの仕訳
借方
貸方
仕入：200G
買掛金：200G
BSの貸方に
「買掛金」を加える!
PLの借方に
「仕入」を加える!
【借方】
【貸方】
【借方】
【貸方】
現金
備品
営業権
買掛金
借入金
長期借入金
純資産
仕入
利益
売上

妹「む、難しいです…」

女騎士「なるほどわからん」

黒エルフ「あんたは分かれよ簿記2級」

カキカキ……

黒エルフ「最後に、月末に買掛金を支払ったときの仕訳を教えておくわ」（※10）

※10

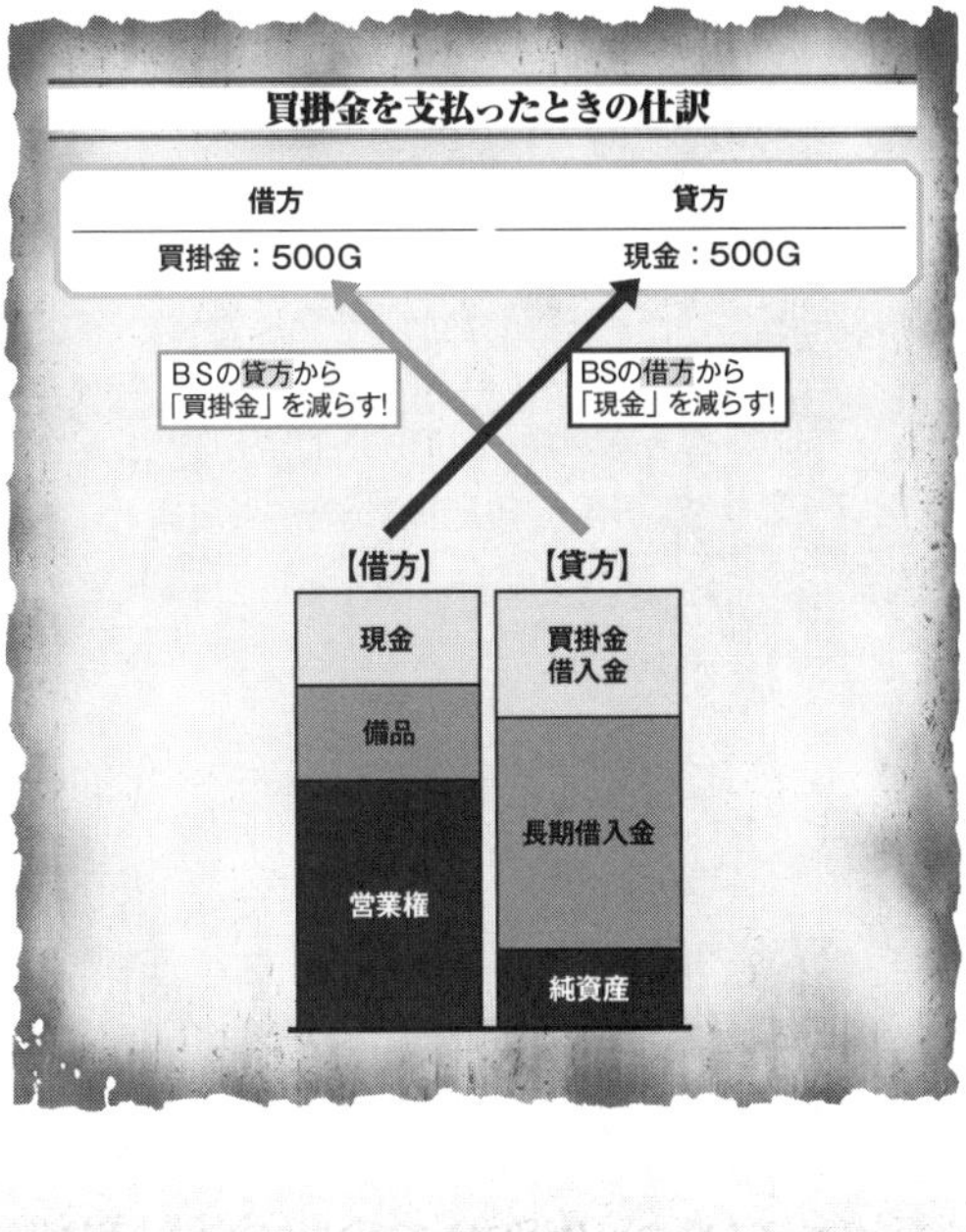

買掛金を支払ったときの仕訳
借方
貸方
買掛金：500G
現金：500G
BSの貸方から
「買掛金」を減らす!
BSの借方から
「現金」を減らす!
【借方】
【貸方】
現金
備品
営業権
買掛金
借入金
長期借入金
純資産

黒エルフ「複式簿記では、金額の増減をプラス・マイナスではなく、仕訳の左右で表現するの。たとえば現金なら、増えたときは借方、減ったときは貸方に書く。買掛金はその逆ね。……つまり、この仕訳は、BSの買掛金と現金を同時に減らす——相殺することを意味しているわ」

女騎士「分かりやすく言えば、つまり光魔法と闇魔法を同時に発動させるようなものだな！」

黒エルフ「分かりにくいわ」

カキカキ……

黒エルフ「この方法で書いていけば、こんな感じの帳簿ができあがるはずよ（※11）。日々の仕訳を日記のようにつけた帳簿だから『仕《し》訳《わけ》日《にっ》記《き》帳《ちょう》』と呼ぶわ。『日記帳』と『仕訳帳』を別々につける方法もあるけれど……ここでは1つにまとめた帳簿を使うわね」

妹「この方法で帳簿をつけるだけで、本当にお店の売上が伸びるんですか？」

黒エルフ「いいえ。帳簿をつけるだけではダメね」

兄「じゃあ、どうすれば——」

黒エルフ「重要なのは、正しい数字を把握することよ。きちんと帳簿をつければ、正しい数字が分かる。数字は、正しい答えを教えてくれる」

※11

仕訳日記帳

借方				貸方			
日付	科目	金額	（摘要）	日付	科目	金額	（摘要）
8/5	仕入	200G	（豚肉）	8/5	買掛金	200G	（豚肉）
8/5	仕入	160G	（牛肉）	8/5	買掛金	160G	（牛肉）
8/5	仕入	140G	（鶏肉）	8/5	買掛金	140G	（鶏肉）
8/5	現金	8G	（鶏肉）	8/5	売上	8G	（鶏肉）
8/5	現金	10G	（牛肉）	8/5	売上	10G	（牛肉）
8/5	現金	4G	（鶏肉）	8/5	売上	4G	（鶏肉）
8/5	現金	5G	（鶏肉）	8/5	売上	5G	（鶏肉）
8/5	飲食費	9G	（昼食）	8/5	現金	9G	（昼食）
8/5	現金	6G	（豚肉）	8/5	売上	6G	（豚肉）

女騎士「……」

黒エルフ「正しい数字が分からなければ、当てずっぽうで商売をするしかない。絶対に失敗するわ」

兄「なるほど…」

妹「私、頑張ります！」

黒エルフ「力を貸すわ」

女騎士「……」

黒エルフ「どうしたの？　さっきから黙り込んで」

女騎士「……この店、相当ヤバいのではないか？」

兄「どういうこと？」

女騎士「BSを眺めて気づいたのだ（※6）。今、手元にある現金は800Gだ。1日の売上は650Gで、今月は残り26日だから……月末には現金は1万7千700Gに増えているはずだ」

黒エルフ「そうね」

女騎士「だが、さっき話した通り、月末には買掛金が1万6千20Gに膨らむはずだ。銀行への返済5千Gを足すと、月末に返済しなければならない負債は2万Gを超える。……要するに、現金がぜんぜん足りないのだ」

兄「こ、このままだと……」

妹「……私たち、破産しちゃう!?」

兄「た、単価の高い牛肉をたくさん売って、売上を伸ばそう！」

妹「それより、お肉の種類を増やしたら？　お客さんが増えるかも！」

女騎士「……もしも破産したら、営業権を手放して借金返済に充《あ》てるしかない。そうなったら、この子たちは――」

黒エルフ「何度も言わせないで。あたしが何とかする」

女騎士「だが――！」

黒エルフ「……ねえ、ご主人様。お願いが2つあるんだけど？」

女騎士「ご、ご主人様？　私のことか？」

黒エルフ「あんたはあたしを買ったのよ。だったら、あんたはあたしのご主人様でしょう」

女騎士「理屈ではそうかもしれないが……」

黒エルフ「いいから、あたしのお願いを2つ。聞きなさいよ」

女騎士「う、うむ……」

黒エルフ「お願いの1つ目。月末まで、このお店でこの子たちと一緒に生活させて。つきっきりで経営再建してあげる」

兄「ほ、本当にいいの？」

妹「ありがとうございます！」

黒エルフ「あたしを買ったことを『旦那様』にも隠しておけるし、一石二鳥でしょ？」

女騎士「いいだろう。それで、２つ目は？」

黒エルフ「２つ目のお願いは……もしも肉屋の立て直しに失敗したら、あたしを売って」

女騎士「!?」

黒エルフ「売ったお金を、このお店の借金返済に充てて欲しいの。この子たちが破産して路頭に迷うよりマシだわ」

女騎士「悪い冗談はよせ」

黒エルフ「あたしは本気よ」

女騎士「なんだと？」

黒エルフ「ためらうことないでしょ？　あたしの身分は奴隷。あなたの財産のひとつ。あなたのＢＳの借方に書かれた1行の数字にすぎないわ」

女騎士「そんな言い方はやめろ！」

黒エルフ「たしかに、あたしを売ったお金を肉屋の借金返済に充てたら、あんたには損だけど――」

女騎士「そうではない!!」ガタッ

黒エルフ「!?」

女騎士「なぜだ？　お前はさぞかし教養高い家柄だと見受ける。どうして奴隷の身に落ちてしまったのだ？」

黒エルフ「……」

女騎士「ダークエルフの暮らす影国《かげこく》で、いったい何があったのだ？」

黒エルフ「……」

女騎士「答えにくい質問なのは分かっている。しかし――」

黒エルフ「いいわ、教えてあげる」

女騎士「！」

黒エルフ「だけど、それは肉屋の再建に成功してからよ。あんたはお人好しすぎるもの。あたしについて知りすぎてしまったら、失敗したときに売りづらいでしょ？」

兄
妹「「……」」

女騎士「絶対、成功できるのだな？」

黒エルフ「商売に絶対はない。でも、全力は尽くす」

女騎士「……成功を祈ろう」

銀行家の邸宅

幼メイド「おかえりなさいませ～」

銀行家「お仕事の首尾はいかがでしたか？」

女騎士「この港町は景気がいいのだな。これが回収してきたお金だ」チャラ…

幼メイド「この街は貿易でうるおっているのですよ～」

銀行家「……おや？　5千G足りないようですが？」

女騎士「それは……というわけで……」

銀行家「なるほど、中央市場の肉屋ですね」

女騎士「返済日には、まだ猶予があるはずだ」

銀行家「とはいえ、子供だけで店を経営していると聞いています。少し心配ですね……」

女騎士「あの子たちが借りたお金を踏み倒すと？」

銀行家「いいえ。お金よりもその子たちの生活が心配なのです。精霊の御名《みな》において、あまねく人の子は平等な存在として生まれるはず。なのに、子供のうちから働かねばならないとは……」

幼メイド「だんなさまは変わった考えをお持ちなのですよ～」

銀行家「こら、口が過ぎますよ。そういえば今日の宿題はもう済んだのですか？」

幼メイド「ぷぅ～」

銀行家「ともかく肉屋に貸したお金は来月が期日です。その子たちは、月末までにお金を用立てられそうでしたか？」

女騎士「う、うむ」

銀行家「よかった！　あのお金が返ってこないとマズいことになる……と、番頭が申しておりました。女騎士さんの言葉を聞いて安心しましたよ」

女騎士「うっ」

女騎士（あのダークエルフは自信満々だったが……）

女騎士（……しかし、商売に絶対はないとも言っていた）

女騎士（よし、ここは正直に告げよう！）

女騎士「じつは――」

幼メイド「だんなさま〜、そろそろお時間では？」

銀行家「おっと、そうでした。お客様をお迎えしなければ」

女騎士「お客様」

銀行家「ええ。女騎士さんにも新しいお仕事をご依頼したいと考えています」

女騎士「誰が来るんだ？」

銀行家「3名の方がいらっしゃいます。港街商会《みなとまちしょうかい》、王《おう》立商会《りっしょうかい》、老練工房《ろうれんこうぼう》それぞれの代理人です」

幼メイド「だんなさま〜、おめしものをどうぞ〜」

女騎士「その真っ黒な法衣《ほうえ》は……！」

銀行家の邸宅、客間

港街商会「ああ、銀行家さん！ お待ちしていました！」

王立商会「いつもご苦労」

老練工房「よろしく頼みます」

銀行家「みなさん楽になさってください。書類はこちらですか？」

女騎士「……まさか銀行家さんが『公証人《こうしょうにん》』の資格を持っていたとは」

幼メイド「さすがはだんなさまなのです〜！」

銀行家「ご紹介しましょう。こちらの港街商会さまは、うちの銀行のお客さまです。そして、王立商会さまと老練工房さまは、どちらも帝都の会社です」

女騎士「なるほど」

銀行家「そしてみなさま、こちらの女騎士さんは会計のプロフェッショナルです」

客たち「「「おおーっ」」」

女騎士「」

銀行家「港街商会さまは、老練工房さまから工芸品を仕入れておいでです。一方、この町で取れた海産物を、王立商会さまに販売していらっしゃいます」（※12）

※12

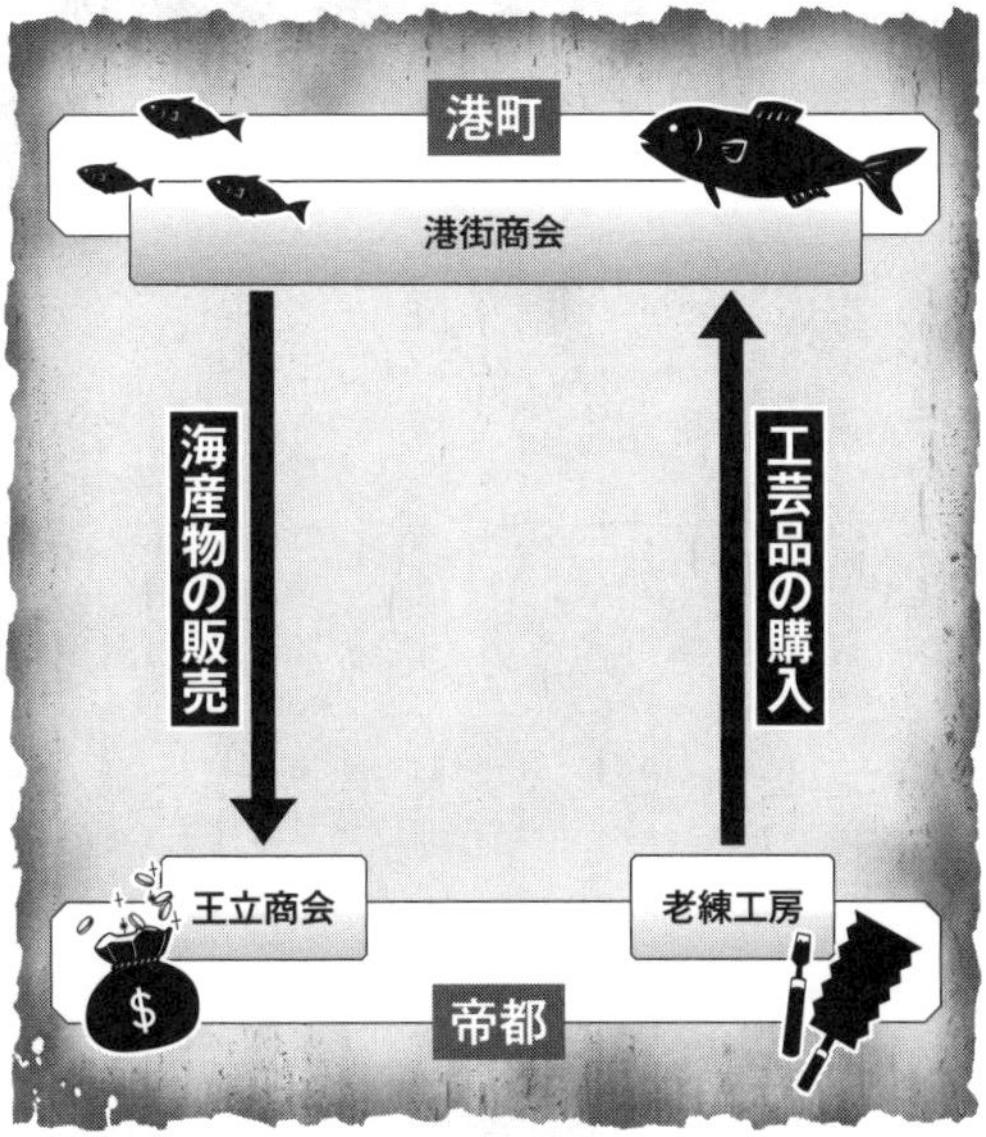

港街商会「この町で作った魚の干物や貝の塩漬けは、帝都でも人気があるんですよ」

銀行家「この後すぐ、帝都に向けて隊商が出発します」

王立商会「荷馬車に商品の積み込みが終わりしだい、すぐに発《た》つつもりだ」

女騎士「ここから帝都まで……片道6日はかかるな」

銀行家「急なお願いで恐縮なのですが、女騎士さんもご同行していただけないでしょうか？」

女騎士「は？」

港街商会「あなたは武芸の道にも秀でていらっしゃるそうですね。隊商の護衛をお願いしたいのです！」

女騎士「しかし私には肉屋が……」

銀行家「肉屋？」

女騎士「いや、その……」

人夫「ダンナさまがた、いつまで書類仕事をしているんです。こっちの準備は済みましたよ」

王立商会「よし、出発だ！」

街道

ガタゴト……ガタゴト……

女騎士「うぅ……。またしても勢いに負けて仕事を引き受けてしまった……。あのダークエルフ、本当に大丈夫だろうか……？」

老練工房「女騎士さん、何ぶつぶつ言ってるんだい？」

女騎士「自分の押され弱さを呪っていたのだ」

老練工房「ははあ……押され弱さ、ね。そのアンニュイな表情から察するに、恋の悩みだな？」

女騎士「は？　鯉《こい》？」

老練工房「さては、あの銀行家さんのことを考えると夜も眠れねえな？」

女騎士「う、うむ。そうなのだ。月末までには答えが出るのだが……」

老練騎士「ひゅーっ！　月末に！　お熱いねえ。……となると、あの注文は指輪なのかねえ？」

女騎士「注文？」

老練工房「おっと、口が滑っちまった。……じつは銀行家さんからうちの工房に注文があったのさ。俺はただの代理人だから、詳しい注文の内容は知らねえよ。だけど月末までには納品することになってんだ」

女騎士「その注文なら私も聞いている。帝都に着いたら受け取って、私が持ち帰ることになっている」

老練工房「なんだって？　お嬢ちゃんに指輪を持ち帰らせるとは……。あの銀行家さんもずいぶん無粋な真似をするね」

女騎士「いや、まだ指輪だと決まったわけでは……」

老練工房「ははは！　照れるなって」

街道沿いの茂み

「お前ら、準備はいいな」

「親分、やつら、ただの流浪の民に見えますぜ」

「てめえの目はふし穴か？　馬車の金具をよく見ろ、王立商会の紋章が入っているだろ。……変装は上手いがツメが甘えな」

「親分、『ふし穴』って何のことで？」

「うるせえ、さっさと矢をつがえろ」

街道

老練工房「カマトトぶりなさんな。昔から恋のゴールは指輪と相場が決まってるだろう」

女騎士「鯉のグールは指輪？　話が見えないな」

老練工房「見えないも何も――」

女騎士「!?」

……ヒュンッ！

……カキィィイン!!

老練工房「ひぃっ」

女騎士「なんだ、ただの弩《いしゆみ》か。話を続けるが……」

老練工房「ば、バカ！　盗賊だよ！」

街道沿いの茂み

「お、親分！　あの女、後ろから飛んできた矢を叩き落としやがりました！」

「な、何をビビッてんだ！　まぐれに決まってらぁ！」

「で、でも――！」

「うるせえ！　ちっと狂ったが計画続行だ！　あいつら全員、丸裸にしてやれ！」

「うっす！」

「「うぉぉおおお」」

街道

王立商会「くそ～～！　だから隊商と同行するのは気乗

りしなかったのだ！」

老練工房「あ、慌ててててても仕方ねえよ！　金貨の1枚か2枚を渡せば……みみみ見逃してももも」

盗賊団「ひゃっはー！　ここがお前らの墓場だぁ！」

盗賊団「地獄で会おうぜぇぇぇ!!」

商会・工房「「ひぃぃぃいいい」」

女騎士「――てやっ！」

盗賊団「「「ギャー!!」」」

女騎士「せいっ！」

盗賊団「「「ヒャ～～ッ!!」」」

女騎士「とうっ！」

盗賊団「「「オタスケ～～!!」」」

盗賊団「「「ニゲロ～～～!!」」」

女騎士「なんだ、もうおしまいか？　その程度では地獄には行けんぞ！」

老練工房「ふ～！　姉ちゃんのおかげで助かったぜ！」

女騎士「ふん。アークデーモンと戦うのに比べれば造《ぞう》作《さ》もない」

王立商会「アークデーモン」

老練工房「姉ちゃんは会計のプロフェッショナルだと聞いたが……いったい何者だ？」

王立商会「会計のプロは、武芸にも通じているものなのだな」

女騎士「」

6日後

女騎士「うぉぉおお！　広い、広いぞ！　それに何という人の数だ！　今日は祭りか!?」

老練工房「帝都は初めてかい？」

王立商会「まったく、これだから田舎者は……」

女騎士「あの高い塔は何だ！」

老練工房「精霊教会《せいれいきょうかい》さ」

女騎士「あの城は何だ！」

王立商会「国王さまの居城だ」

女騎士「ほえ〜〜〜！」
王立商会「さっそくだが、我々の商館に来てもらおう」
老練工房「商会長さまに為替《かわせ》手形《てがた》をお渡ししねえとな」
女騎士「そ、そうだった。はしゃぎすぎてしまったのだ……」
人夫「かわせてがた……って何です？」
女騎士「ふふふ。その程度なら私にも説明できるぞ！」
人夫「おおっ、お願いします！」
女騎士「為替手形とは、自分の負債をほかの誰かに支払ってもらうときに使う書類なのだ。……たとえば港街商会は、老練工房から工芸品を仕入れて、王立商会に海産物の加工品を販売している。けれど、この取引を現金で決済《けっさい》するのは危険だろう？」
人夫「現金が危険なのは……盗賊に襲われたりするからですか？」
女騎士「その通りだ。現金を運ぶと、旅の途中でヒャッハーされる危険がある。ならば、港街商会の代わりに、王立商会が老練工房に代金を支払えばいいはずだ」（※13）

※13

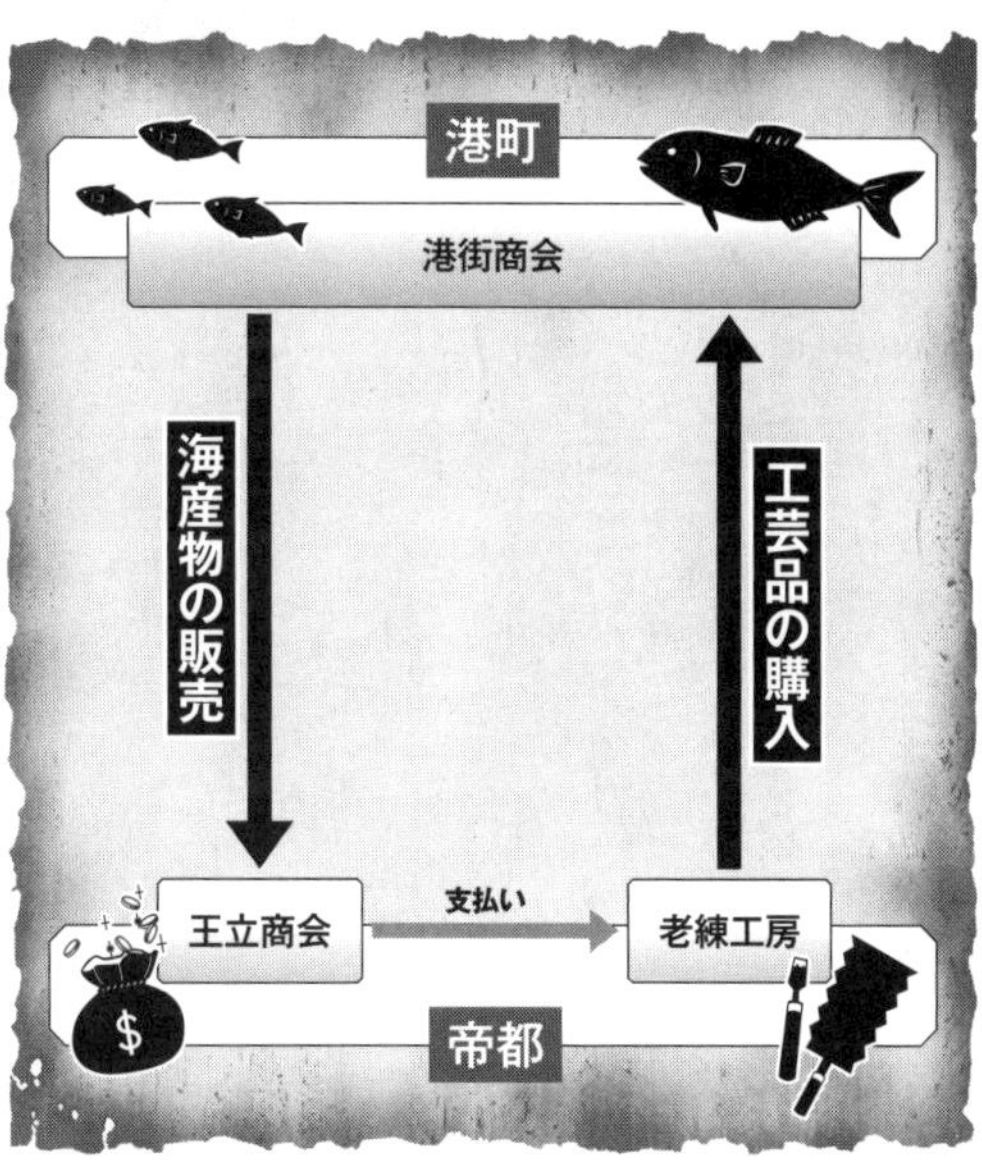

カキカキ……
女騎士「もう少し詳しく話すと、港街商会は王立商会に売掛金《うりかけきん》がある。王立商会から見れば、港街商会に買掛金があることになる」（※14）
人夫「ふむふむ」

※14

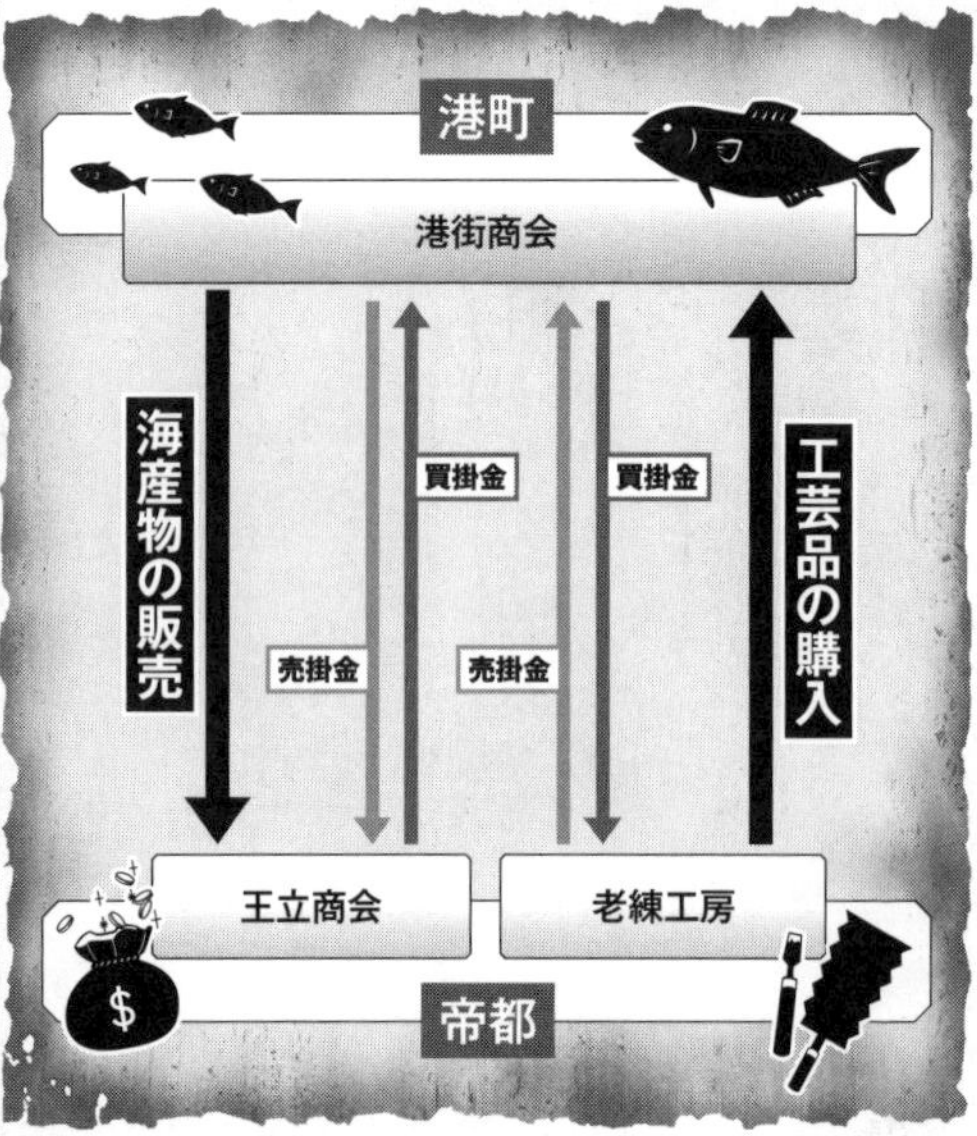

女騎士「また、港街商会は老練工房に買掛金がある。老練工房から見れば、港街商会に売掛金があることになる」

人夫「自分の売掛金は、相手から見れば買掛金になる……ってことですね」

女騎士「港街商会の視点で考えれば、『王立商会に老練工房への支払いをしてもらう』ことは、『王立商会への売掛金』を使って『老練工房への買掛金』を支払うということになる」

人夫「そんなことができるんで？」

女騎士「そのための為替手形だ」

カキカキ……

※15

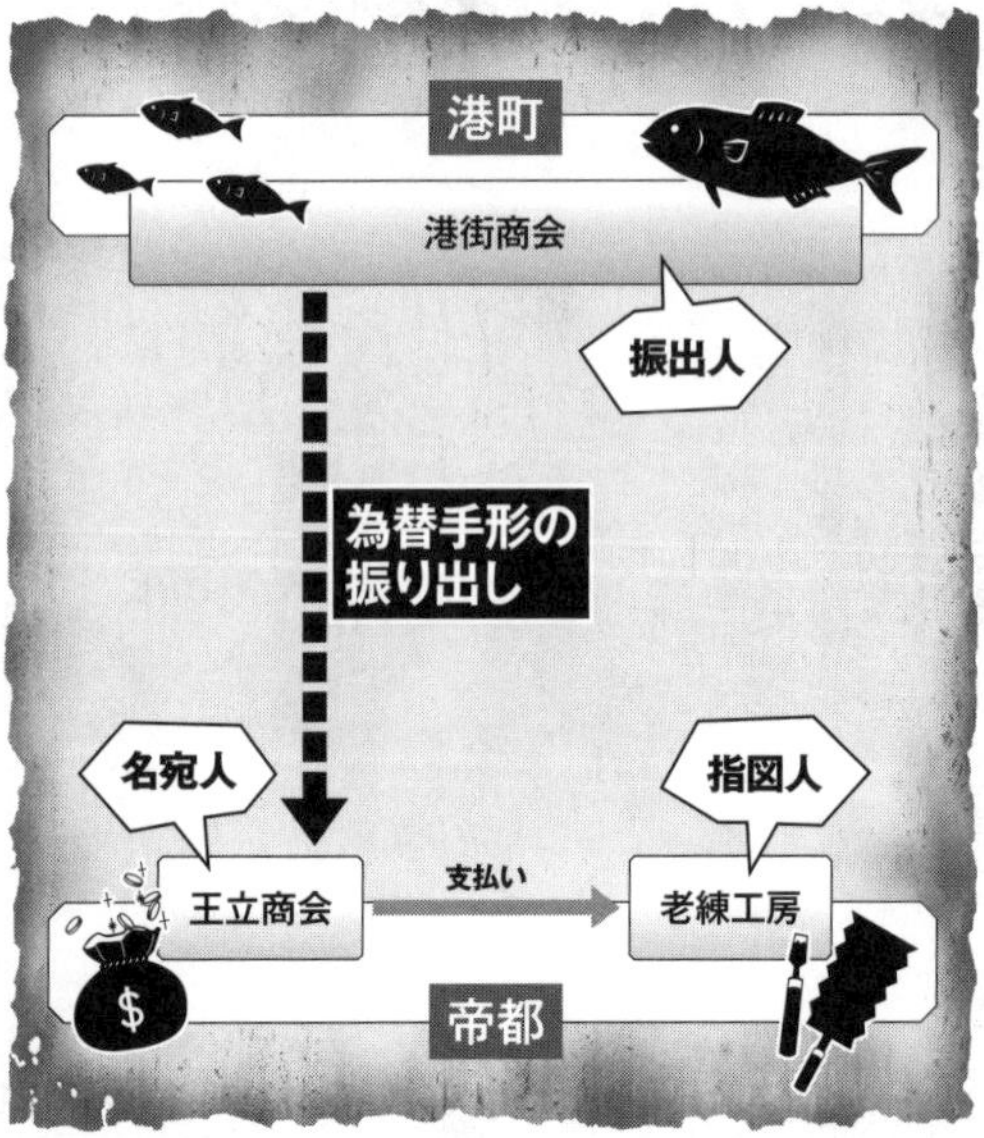

女騎士「出発前に銀行家さんがサインしていた書類……あれが為替手形だ。期日までに王立商会が老練工房に支払いをすると書かれている」

人夫「なるほど～」

女騎士「為替手形を振り出す者を『振出人《ふりだしにん》』、支払義務を負う者を『名宛人《なあてにん》』、支払を受ける者を『指図人《さしずにん》』と呼ぶぞ」（※15）

商館

商会長「うむ、たしかに……」

工房長「……為替手形を受け取りました」

老練工房「なあ、ねえちゃんは『複式簿記』ってのができるんだろう？　為替手形はどうやって帳簿につけるんだ？」

女騎士「ふふふ。しかたない、教えてやろう///」

王立商会「ふん、魔国の知識など……」

女騎士「まずは為替手形を振り出したときの――今回なら港街商会の仕訳はこうなる。（※16）王立商会への売掛金を減らして、同じ金額だけ老練工房への買掛金を減らすのだ」

※16

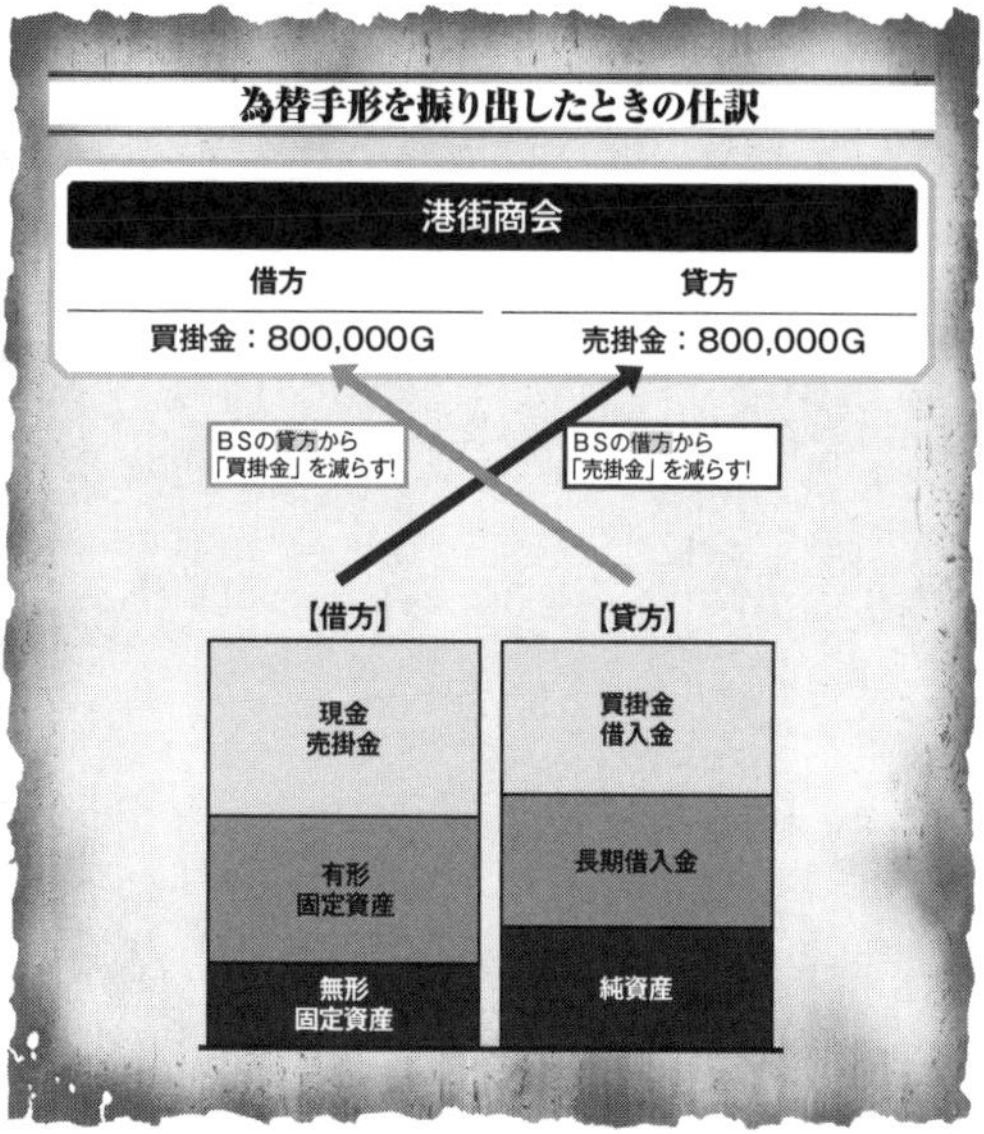

為替手形を振り出したときの仕訳
港街商会
借方
貸方
買掛金：800,000G
売掛金：800,000G
BSの貸方から「買掛金」を減らす!
BSの借方から「売掛金」を減らす!
【借方】
【貸方】
現金
売掛金
有形
固定資産
無形
固定資産
買掛金
借入金
長期借入金
純資産

カキカキ……

女騎士「続いて、為替手形の名宛人になった場合の仕訳だ。今回なら、王立商会の帳簿にはこういう仕訳が記入される（※17）。港街商会への買掛金を減らして、代わりに、老練工房宛ての『支《し》払《はら》い手《て》形《がた》』を増やす」

※17

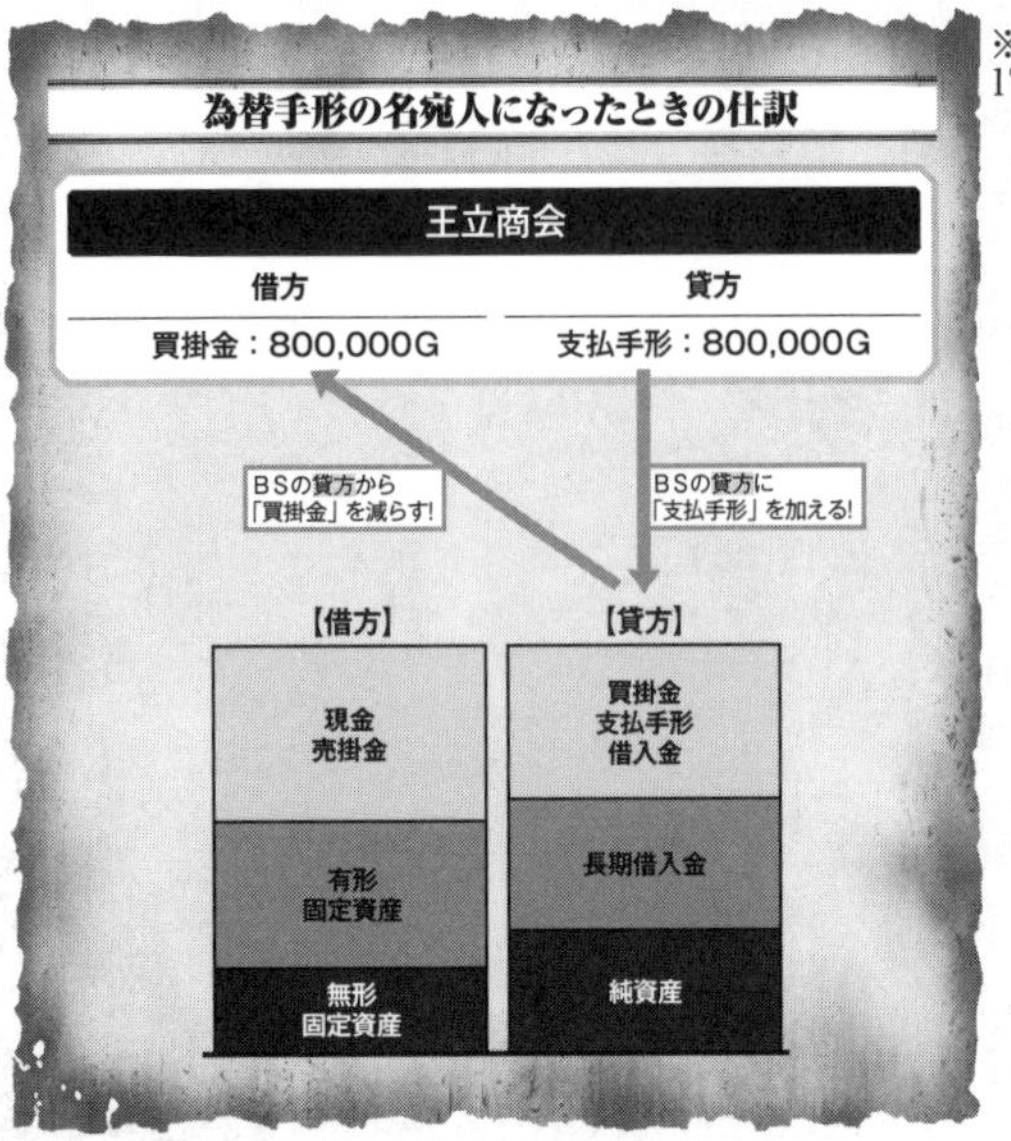
為替手形の名宛人になったときの仕訳
王立商会
借方
貸方
買掛金：800,000G
支払手形：800,000G
BSの貸方から「買掛金」を減らす!
BSの貸方に「支払手形」を加える!
【借方】
【貸方】
現金
売掛金
有形
固定資産
無形
固定資産
買掛金
支払手形
借入金
長期借入金
純資産

カキカキ……

女騎士「最後に、為替手形の指図人になったときの仕訳だ」

老練工房「つまり、うちの帳簿に記載する仕訳だな」

女騎士「港街商会への売掛金を減らして、代わりに、王立商会宛ての受《うけ》取《とり》手《て》形《がた》を増やせばいい」（※18）

※18

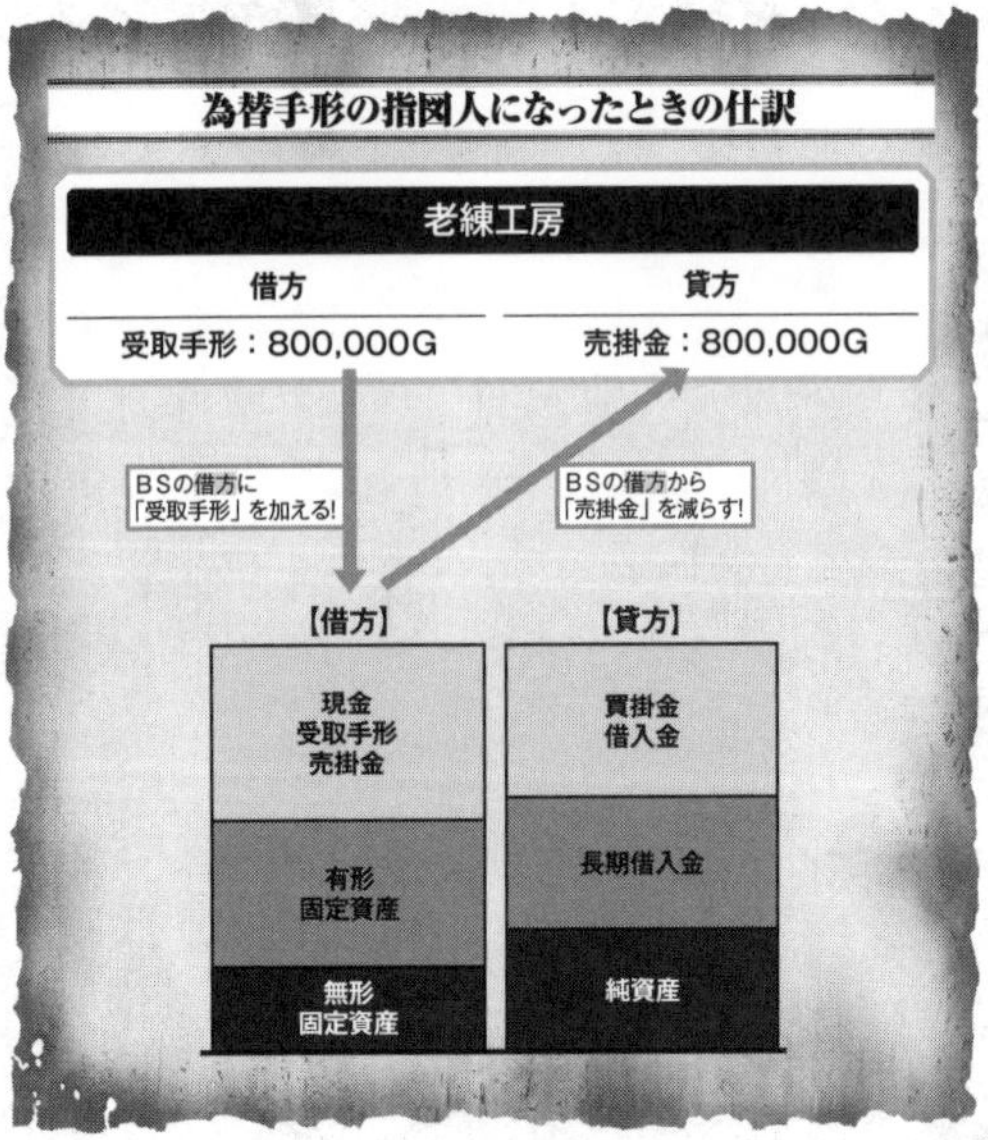
為替手形の指図人になったときの仕訳
老練工房
借方
貸方
受取手形：800,000G
売掛金：800,000G
BSの借方に「受取手形」を加える!
BSの借方から「売掛金」を減らす!
【借方】
【貸方】
現金
受取手形
売掛金
有形
固定資産
無形
固定資産
買掛金
借入金
長期借入金
純資産

老練工房「さすがは会計のプロフェッショナルだ！」

女騎士「いや、これは……」

王立商会「……魔国でそれなりに勉強したことは認めましょう」

商会長「すばらしい知識の持ち主でいらっしゃる」

工房長「まさに文武両道、才色兼備ですね！」

女騎士（簿記3級レベルなのだが……！）※註

工房長「うちの職人たちにも全力で腕をふるうように言いましょう。知識を披露していただいたお礼です。銀行家さんからのご注文には、最高の品でお応えします」

女騎士「う、うむ、ありがたい」

工房長「完成にはあと3週間ほどかかります。それまで帝都でごゆっくりしてください」

女騎士「3週間だと!?」

女騎士「それは困る！　月末までに港町に戻らねばならんのだ！」

工房長「せっかくですから、帝都観光を楽しまれては……？」

老練工房「じつは工房長、この姉さんは……（ごにょごにょ）……というわけなんですよ」

工房長「なるほど。銀行家さんのことを考えると夜も眠れない、と」

女騎士「そうなのだ！」

工房長「しかし参りましたね。材料が今すぐ手に入っても完成には1週間はかかります」

女騎士「そんなレアな材料なのか？」

工房長「いいえ、冒険者ギルドで買えます。ですが、あのギルドは現金でしか取引に応じてくれないのです。そして現金の入金予定は2週間先までありません……」

女騎士「どんな材料だ？」

工房長「三本足ガエルの皮と、蛇龍ザルティスの牙ですね」

女騎士「ううむ、ドロップ率から考えると……私が討《とう》伐《ばつ》に向かっても入手には2～3週間かかってしまうな。冒険者ギルドで買うしかなさそうだ。そもそも、銀行家さんは何を注文したの

※註：2016年の試験範囲変更により、為替手形は日商簿記３級の範囲ではなくなりました。

だ？」

工房長「守秘義務です。お教えできません」

女騎士「待てよ？　現金があれば材料が買えるのなら……先ほどの『手形』を銀行で現金化すればいい！　帝都にも銀行はあるのだろう？」

工房長「はい、ありますが……」

老練工房「手形を買い取るときに、手数料をちょろまかすというウワサでね」

女騎士「大丈夫だ。私が同行して金額を確認しよう」

帝都銀行

窓口「いらっしゃいませ」

老練工房「すみません、『手形』を買い取ってもらいたいのですが……」

窓口「はい、手形の現金化ですね」

窓口（くふふ、いいカモが来た！　一般庶民は会計に弱いからな。実際よりも安い金額を渡して、差額は私のポケットに入れてやろう！）

窓口「では、手形を拝見します。額面金額《がくめんきんがく》80万G、支払期日《しはらいきじつ》まで20日間ですね。この場合、手数料は――」

女騎士「待て。まずは、この銀行での手形の割引率《わりびきりつ》を教えて欲しい」

窓口「!?」

女騎士「どうした？　もっと上の人間に訊かないと分からないか？」

窓口「い、いいえ。そういうわけでは……」

老練工房（姉ちゃん、手形の『支払期日』ってのは何だ？）

女騎士（売掛金や買掛金は、たとえば月末とか、特定の期日までに支払われるだろう？　同じように、手形にも支払いの〆切が決められているのだ）

老練工房（額面金額ってのは？）

女騎士（〆切日に支払われる金額のことだ）

窓　　口「と、当行では割引率７・３％で手形を買い取らせていただいています」

老練工房（割引率ってのは？）

女 騎 士（手形は、〆切にきちんと支払われる保証がない。たとえば事故や災害で王立商会が倒産したら、王立商会宛ての受取手形は紙くずになる）

老練工房（つまり手形にはリスクがある、と）

女 騎 士（そう、リスクがある。手形を銀行に売るときは、そのリスクのぶん安い値段で買い取ってもらうことになる）

老練工房（俺も言葉だけなら知っているぜ、『リスク・プレミアム』ってやつだな）

女 騎 士（どれだけ安くなるかを示したものが『割引率』で、年率の数字だ）

女 騎 士「つまり、割引率７・３％で……残日数が20日だから……えーっと、えーっと…」

老練工房「姉ちゃん、暗算は苦手か……？」

窓　　口「お客さま、そのちり紙は印鑑のインクを拭くためのものですが……」

女 騎 士「う、うるさい！　筆算しないと分からないのだ。話しかけないでくれ！」

カキカキ……

女 騎 士「ずばり手数料は３千200Ｇになるはずだ！」

窓　　口「ちっ」

女 騎 士「なんだ、今の舌打ちは」

窓　　口「い、いえ……。では、手数料３千200Ｇを差し引いた79万６千800Ｇで、そちらの手形を引き取らせていただきます」

女 騎 士「やった！　現金が手に入った！」

老練工房「これで注文の品を作れる！」

女 騎 士「ホッとしたのだ……」

老練工房「今のも簿記の知識なのか？」

女 騎 士「そうだ。手形を銀行に売ることを、簿記では『手形を割り引く』という。仕訳はこんな感じだ（※19）。ＢＳの借方から受取手形を減らし、代わりにＢＳの借方に現金、ＰＬの借方に手形売却損《てがたばいきゃくそん》を加える」

※19

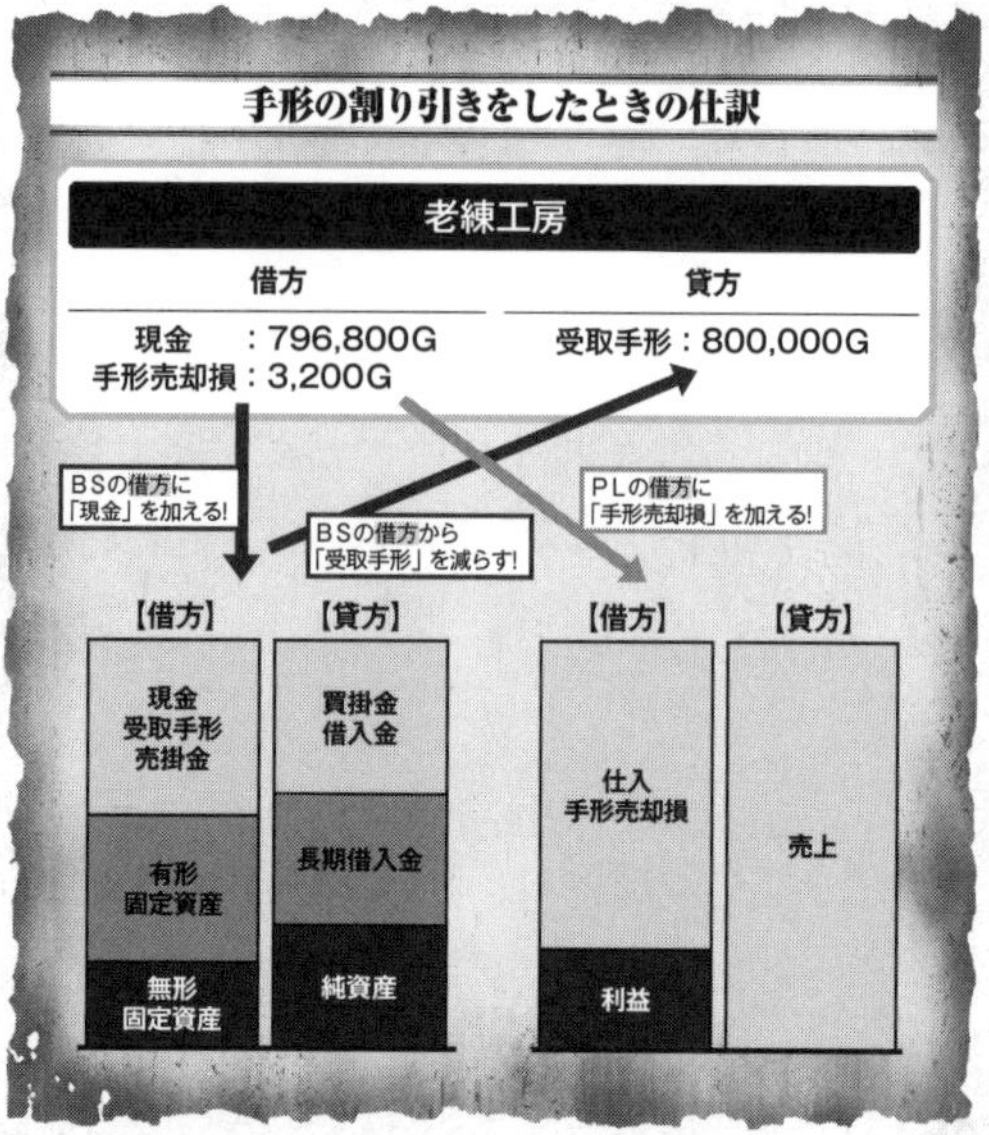

手形の割り引きをしたときの仕訳
老練工房
借方
貸方
現金　：796,800G
手形売却損：3,200G
受取手形：800,000G
BSの借方に「現金」を加える!
BSの借方から「受取手形」を減らす!
PLの借方に「手形売却損」を加える!
【借方】
【貸方】
現金
受取手形
売掛金
有形固定資産
無形固定資産
買掛金
借入金
長期借入金
純資産
【借方】
【貸方】
仕入
手形売却損
利益
売上

老練工房「手形売却損ってのが、手形を売ったときの手数料だな」

女騎士「そうとも。計算方法はこんな感じだ（※20）。この計算方法を覚えておけば、銀行の窓口担当者にちょろまかされる心配はないぞ！」

※20

手形売却損の計算方法

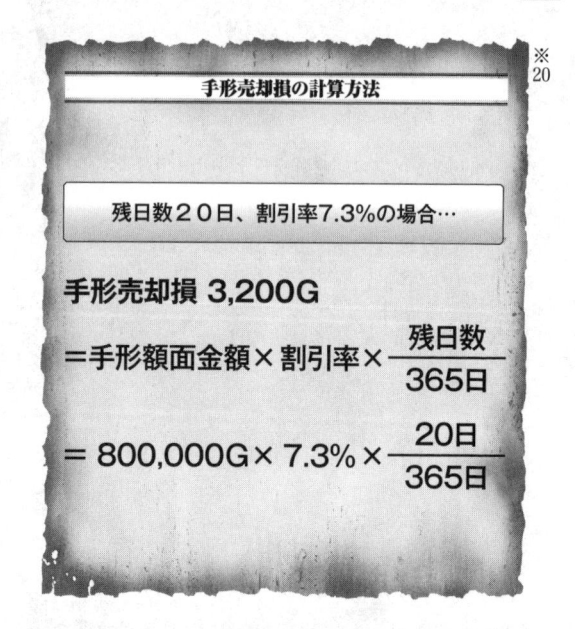

残日数２０日、割引率7.3%の場合…

手形売却損 3,200G

$$= 手形額面金額 \times 割引率 \times \frac{残日数}{365日}$$

$$= 800{,}000G \times 7.3\% \times \frac{20日}{365日}$$

工房

工房長「この現金があれば、材料を準備できます！」

老練工房「最高の指輪を作ってやってくれ。何しろ恋のゴールだからな！」

女騎士「前から気になっていたのだが、鯉のグールなんて魔物は知らないぞ？　その指輪を装備すると有利に戦えるのか？」

老練工房「魔物？」

工房長「そもそも指輪など注文されていませんよ？」

老練工房「はあ？　じゃあ銀行家さんの結婚はどうなるんだ！」

女騎士「銀行家さんの血痕!?」

老練工房「たしかに結婚は地獄の始まり、なんて言葉もあるが……」

女騎士「地獄だと！　鯉のグールはそんなに危険な魔物なのか!?」

老練工房「指輪じゃないとしたら、いったい何を注文したんだ？」

工房長「守秘義務です。帰り道にも絶対に開封しないようにと仰《おお》せつかっていますよ」

女騎士「相手が危険な魔物なら、用心するに越したことはない」

老練工房「たしかに恋は魔物と言うがなぁ……」

女騎士「危険か？」

老練工房「危険だ」

帰り道の街道

老練工房「あははは！　まさか恋と鯉を取り違えるとはな！」

女騎士「めんぼくない……」

老練工房「姉ちゃんがウブだってことは分かったよ」

女騎士「物心ついたときには剣を握っていた。同年輩の娘たちが色恋沙汰に目覚めるころには、魔国との戦争に身を投じていたのだ……」

老練工房「ともかく、お姉ちゃんと出会えてよかったよ。帝都の銀行のやつらにカモにされずに済んだし……俺も簿記を勉強してみようかねえ」

女騎士「私など、まだ会計の初心者にすぎん」

老練工房「ははは、謙遜しなさんな。……さてと、今日の夕方には港町に到着できそうだ」

女騎士「思ったより日にちが経ってしまったな。銀行家さんの『注文の品』の完成に、結局、２週間もかかるとは」

老練工房「やけに日にちを気にしているが、月末に何かあるのか？　銀行家さんからプロポーズを受けるわけではないのだろう？」

女騎士「もちろんだ！　ただの私事《わたくしごと》だ。……何にせよ、ぎりぎり月末に間に合ってよかった」

老練工房「ふうむ、そろそろ港町が見えてくるはずだぞ」

女騎士「……ん？　なんだ、あの煙は？」

老練工房「煙が上がっているのは……町外れの牧草地帯だな」

女騎士「牧草地帯」

人夫「あの辺りはミノタウロスの牧場ですよ」

女騎士「!?」

町人「おーい！　おーい！　手の空《す》いている男は武器を持って牧場に急げ！」

女騎士「待て！　牧場で何があったんだ!?」

町人「何って……決まってんだろ！　ミノタウロスが暴れているんだ！　もう3日になるが、まだ収拾がつかねえ！」

老練工房「はあ～、ミノを扱っている肉屋は大変だろうなあ…」

女騎士「!!」ガタッ

カチャカチャ……

老練工房「お、おい！　姉ちゃん、どうしたんだ？」

女騎士「すまない、馬車馬を1頭借りるぞ！」

老練工房「えっ！　そんな慌てて――」

人夫「その馬の持ち主は王立商会です！　許可なく貸すわけには……って、ちょっと待ってくださいよぉ！」

女騎士「はあっ！」ペシーン！

ヒヒーンッ

パカラッパカラッ

女騎士「何事もない、よな……？」

中央市場

ワイワイ……ガヤガヤ……

女騎士「くそっ！　通してくれ！」

女騎士「邪魔だ！　どいてくれ！」

ワイワイ……ガヤガヤ……

女騎士「肉屋は、あの角を曲がったところだ……」

女騎士「……頼む、何事もなく営業していてくれ」

女騎士「どうかダークエルフが成功していてくれ……!!」

肉屋

シーン……

女騎士「そんな、バカな」ハァ……ハァ……

女騎士「なぜだ……なぜ誰もいないんだ？」

女騎士「机や棚は空っぽだし……どこにも人影がない……」

女騎士「なんてことだ……嘘だろ……」

へなへな……ぺたん……

女騎士「くそっ！　あいつめ！」

女騎士「全力を尽くすと言っていたではないか！」

女騎士「ハハッ……私もバカだな」

女騎士「あのBSを見たときに、分かっていたではないか。もとより経営再建などムリだったのだ」

女騎士「銀行家さんに謝ろう……」

女騎士「そして、この町を去ろう……」

女騎士「30万Gなど、私は一生かかっても——」

？？？「——あら、帰ってたの？」

黒エルフ「手紙の一通でもよこしてくれたらよかったのに」

兄　妹「「おかえりなさい！」」

女騎士「……お前たち、何をしてるんだ？」

黒エルフ「今月は働きづめだったもの。今日は臨時休業にしたの」

女騎士「臨時休業」

黒エルフ「そんなことより、このジェラート食べる？　甘すぎなくて美味しいわよ？」

女騎士「……」

妹「そうだ！　お兄ちゃん、あれを渡さなきゃ！」

兄「うん！　女騎士さん、受け取ってよ」

女騎士「この革袋は……」

兄「5千Gだよ。銀行家さんに返してほしい」

女騎士「いいのか、これを受け取っても？　買掛金を支払うお金は残っているのか!?」

妹「安心してください。買掛金を支払っても2千Gくらい残る予定です」

兄「こんなにお金を残して月末を越えられるのは初めてだよ」

女騎士「なんてことだ……」

黒エルフ「ちょっとしたお祝いも兼ねて、3人でジェラートを食べていたの」

女騎士「……」

黒エルフ「大丈夫？　顔色が悪いけど……」

女騎士「……」ガシッ

黒エルフ「って、何よ！　急に抱きついてきて」

女騎士「ゔゔ～！　よがっだのだぁ～～～！」

黒エルフ「はぁ!?　なに泣いてんのよ！」

女騎士「ゔゔ～！」

黒エルフ「きゃあ！　鼻水!?　き、汚いわね！　離れなさいよ！」

通行人（ざわ……ざわ……）

黒エルフ「ほら、人が集まってきちゃったじゃない！」

女騎士「～～～！」ギュウ

黒エルフ「もうっ！　さっさと離れてよ！」

女騎士「～～～！」ギュギュウ

黒エルフ「離れろぉ～～～!!」

夜

女騎士「待たせな。肉屋の5千Gだ」

銀行家「おおっ！　みごと回収に成功したのですね」

幼メイド「お仕事ご苦労さまなのです～」

女騎士「いや、私は何も……」

幼メイド「ほらね、だんなさま！　おねえちゃんを雇って正解だったのですよ～！」

銀行家「ええ、本当に」

幼メイド「おねえちゃんが帝都に行っているあいだ、町ではウワサになっていたのです。あの肉屋さんが繁盛しているって。いったい、どうやってけーえーさいけんしたの？　お話を聞かせてほしいのです～」

銀行家「お話は明日になさい。そろそろベッドに入る時間ですよ」

幼メイド「ぷぅ～」

銀行家「しかし、正直なところ私も驚きました。番頭の話では『あの肉屋はもう後がない』と聞いていたのです。……いったいどんな魔法を使ったのです？」

女騎士「魔法など使っていない」

銀行家「ほう」

数刻前

黒エルフ「ここで働いてみて、あらためて呆れたわ。人間って本当にすぐに嘘をつく生き物なのね」

女騎士「と言うと？」

黒エルフ「この場所の営業権を欲しがるやつらがたくさんいたのよ。節操のない嘘をついて、この場所をだまし取ろうとしてきたの」

兄「子供だと思って、甘く見てやがったんだ」

黒エルフ「この子たちの父親の古い友人だとか、書類にサインすれば年金を受け取れるとか……。山ほどの嘘を聞かされて、この国で複式簿記が普及しない理由が分かったわ」

女騎士「どういうことだ」

黒エルフ「嘘つきが使うには、複式簿記は正直すぎるのよ。帳簿に嘘を書けば、必ずほころびが生まれる。無かったはずの収益をあったことにしたり、あったはずの費用を無かったことにすれば、現実と帳簿に齟齬《そご》が生まれる。どんなわずかなズレでも、そこから嘘がバレる」

女騎士「どんなに大きな堤防でも、小さな蟻の穴から決壊する……と」

黒エルフ「そう。カネは諸悪の根源なんて言うけれど、大間違いね」

女騎士「お金は人心を惑わし、嘘をつかせるのではないか？」

黒エルフ「嘘をつく人間がいるだけよ。お金は嘘をつかないわ、絶対に」

女騎士「それで、どうやってこれだけのお金を作ったのだ？　単価の高い牛肉を増やして売上を伸ばしたのか、それとも肉の種類を増やしたのか……」

黒エルフ「とくに目新しいことはしてないわ。リードタイムを短くして、機会損失《きかいそんしつ》を抑えて、利益率の最大化を目指した。当たり前のことをしただけよ」

妹「じつは最初の3日間は、お姉さんは何もしなかったんです」

兄「正直、不安だったよ……」

黒エルフ「その3日間は経営状態のチェックにあてたの。その結果、分かったことが3つあるわ」

女騎士「ふむ？」

黒エルフ「まず第一に、『肉の鮮度低下』が最大の損失要因だということ。これは疑う余地がなかった。この店では、仕入れた値段に4割の利益を乗せて定価を設定している。なのに、実際の利益率は20％くらいになってしまっていた」

女騎士「鮮度が落ちたら値下げしないと売れないから、だな」

黒エルフ「氷魔法を使えない以上、仕入れてから店頭に並べるまでの時間をできるかぎり短くするしかない」

女騎士「なるほど」

黒エルフ「次に分かったことは、店の前の人通りがいちばん多くなるのは『中央市場』の開場直後だということ」

妹「教えてもらうまで、私たちも知りませんでした……」

兄「その時間帯は、肉の仕入れで外を回っていたから……」

女騎士「つまり、いちばん客が多い時間に店を開けていなかった？」

黒エルフ「ええ、とんでもない機会損失をしていたわけ。お父さまが存命のころよりも市場の開場時間が早くなっていたのよ」

兄「仕入れ先の営業時間は同じだから、開店時間を変えられなかったんだよ」

黒エルフ「肉の鮮度を落とさず、機会損失を抑えるなら……肉の種類を絞ったほうがいいと判断したわ」

女騎士「３ヵ所から肉を仕入れている間にも鮮度は落ち続けるし、人通りの多い時間も過ぎてしまう……。だから、肉の仕入れ先を減らすことにしたというわけか」

黒エルフ「そう。そして分かったことの３つ目は、『どの肉がいちばん高利益率か』よ」

妹「帳簿が教えてくれたんです！」

黒エルフ「肉の利益率は、部位や鮮度によって変わる。販売する肉の種類を絞るなら、利益を出しやすい肉を選ぶべきよね？」

女騎士「牛肉、鳥肉、豚肉のなかで、もっとも利益の出る肉……」

黒エルフ「帳簿のデータを調べたら、平均していちばん高い利益を生み出すのは鳥肉だった」

兄「とくに調理済みのものは、驚くほど利益が高かったんだよ」

女騎士「調理済み……そうか、あの唐揚げ！」

妹「はい！　毎朝、どこよりも早く開店して唐揚げを売ったんです！」

兄「そしたら、『中央市場』で商売している人たちの朝食や昼食として、すごく気に入ってもらえたんだ」

黒エルフ「飛ぶように売れたわよ、鳥肉だけに」

女騎士「コカトリスって飛ぶのか？」

黒エルフ「1日の売上は1千290Gくらい、仕入れ額は852Gくらいに増えた。利益率は34％ね」

カキカキ……

黒エルフ「日次売上1千290G、利益率34％というのは、この規模の肉屋としてはほぼ上限に近い数字よ。その結果、このお店のPLはこんな感じになった（※21）。飲食費などの諸経費を加味しても、8千776Gの営業利益が出たわ」

※21

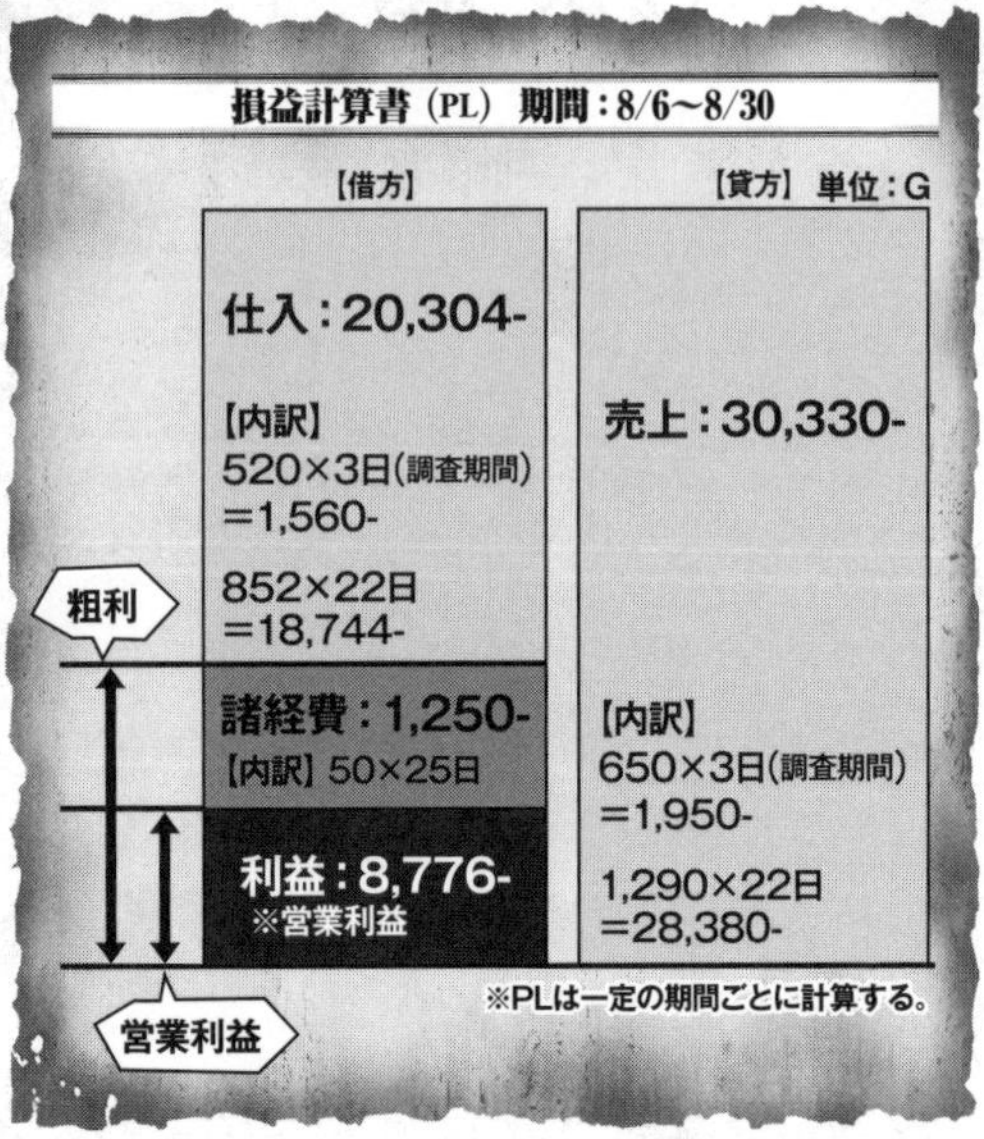

損益計算書（PL）期間：8/6〜8/30
【借方】
【貸方】単位：G
仕入：20,304-
【内訳】
520×3日（調査期間）
＝1,560-
852×22日
＝18,744-
売上：30,330-
【内訳】
650×3日（調査期間）
＝1,950-
1,290×22日
＝28,380-
粗利
諸経費：1,250-
【内訳】50×25日
利益：8,776-
※営業利益
営業利益
※PLは一定の期間ごとに計算する。

カキカキ……

黒エルフ「そしてBSは、こう（※22）。1日の売上が1千290Gだから、飲食代などの出費を差し引いても、毎日1千240Gずつの現金が貯まっていった。昨日の時点で、返済に充分な現金を貯めることができた」

※22

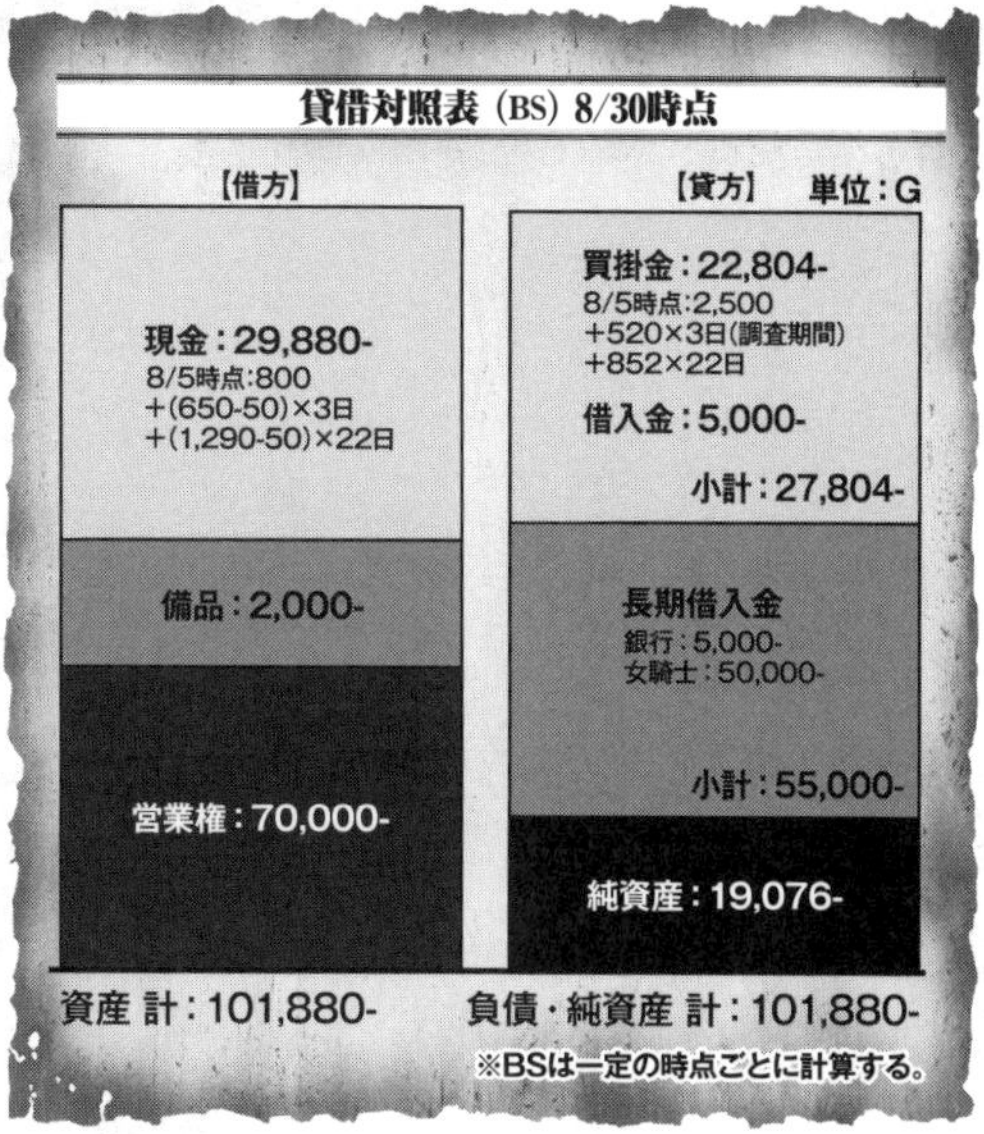

貸借対照表（BS）8/30時点
【借方】
【貸方】
単位：G
現金：29,880-
8/5時点：800
+(650-50)×3日
+(1,290-50)×22日
備品：2,000-
営業権：70,000-
買掛金：22,804-
8/5時点：2,500
+520×3日（調査期間）
+852×22日
借入金：5,000-
小計：27,804-
長期借入金
銀行：5,000-
女騎士：50,000-
小計：55,000-
純資産：19,076-
資産 計：101,880-
負債・純資産 計：101,880-
※BSは一定の時点ごとに計算する。

カキカキ……

黒エルフ「ちなみに、BSの純資産の増加額は、PLの利益と一致するわ」（※23）

女騎士「ふむ、なぜだ？」

黒エルフ「『利益が出る』って、言い換えれば『資産が負債よりも速く増える』ことなのよ。たとえば売上が伸びれば、そのぶん資産が——現金や売掛金が——増える。その一方で、仕入や費用が増えたら、負債が——買掛金や未払費用が——増えるわ」

※23

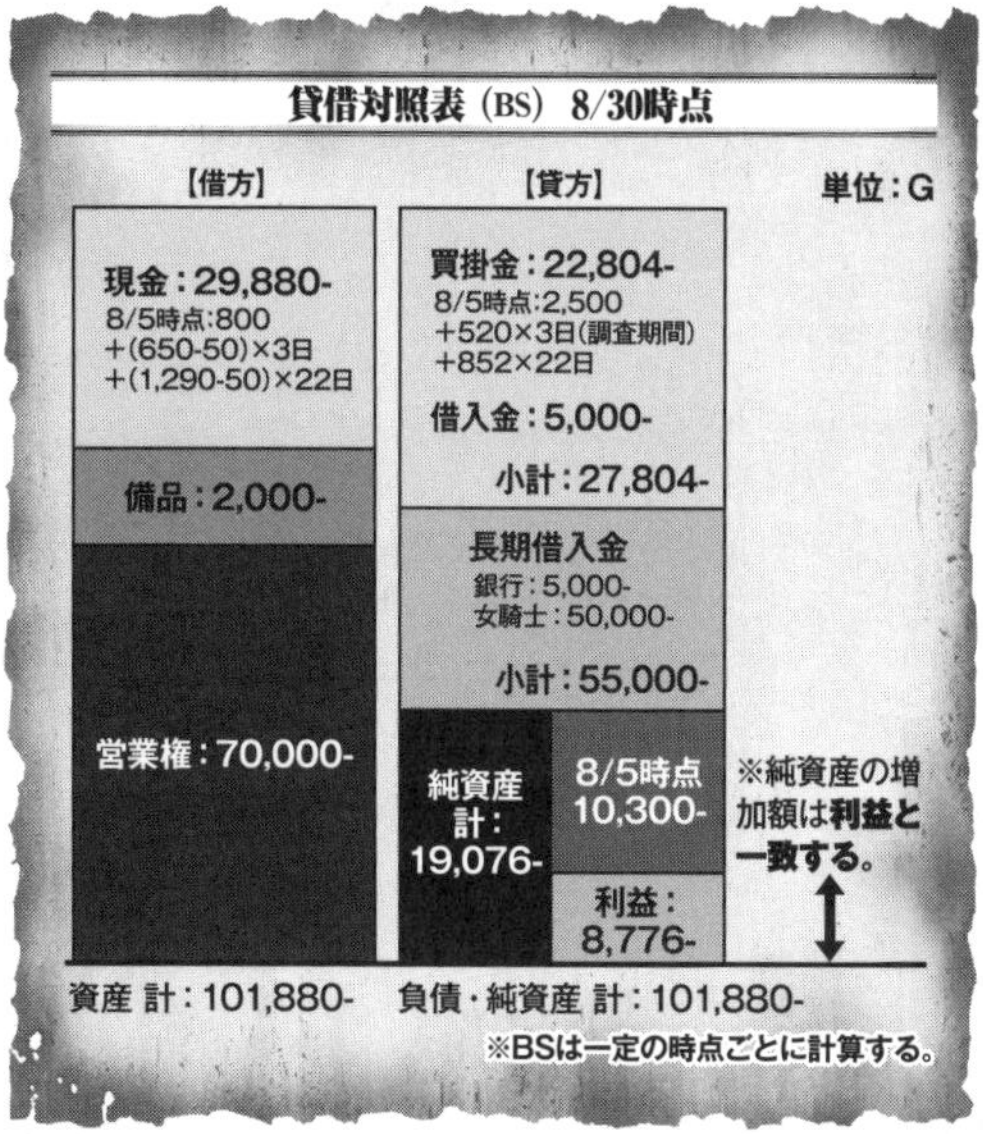

貸借対照表（BS）8/30時点
【借方】
【貸方】
単位：G
現金：29,880-
8/5時点：800
+(650-50)×3日
+(1,290-50)×22日
備品：2,000-
営業権：70,000-
買掛金：22,804-
8/5時点：2,500
+520×3日（調査期間）
+852×22日
借入金：5,000-
小計：27,804-
長期借入金
銀行：5,000-
女騎士：50,000-
小計：55,000-
純資産計：19,076-
8/5時点 10,300-
利益：8,776-
※純資産の増加額は利益と一致する。
資産 計：101,880-
負債・純資産 計：101,880-
※BSは一定の時点ごとに計算する。

女騎士「そうか。利益が出るということは、売上のほうが仕入や費用よりも大きかったということだから……」

黒エルフ「……利益が出ているお店では、資産の増加額のほうが、負債の増加額よりも大きくなるの」

黒エルフ「どう？　約束は果たしたわ」

女騎士「ああ……どう感謝したらいいか……」

黒エルフ「別に。できて当然のことをしたまでよ」

女騎士「しかしお前は、商売に絶対はないと――」

黒エルフ「言ったでしょう、全力を尽くすって。正しい帳簿さえあれば、あたしは世界だって救ってみせる」

再び、銀行家の邸宅

銀行家「そうでしたか。リードタイムを短く、機会損失を減らして……」

女騎士「もちろん、1種類の商品に依存するのはリスクも大きい」

銀行家「たとえばミノタウロスのように入荷できなくなったら危険ですね。鳥肉は病気に弱いと聞いています」

女騎士「経営が安定したら、リスクを分散するために肉の種類を増やしたほうがいいかもしれない。あの肉屋が鳥肉を選んだのは最善の一手だとは思う。しかし、唯一の手ではないだろう」

銀行家「それでも、女騎士さんには感謝しています。……銀行業をしていると、時々うしろめたさを感じるのです」

女騎士「うしろめたさ？」

銀行家「精霊教会の教えでは、お金を貸して利子で儲けるのは悪徳とされています。家業を継ぐまで、私も同じ考えでした。……けれど今は違います。お金を貸すことで、誰かを豊かにできると思うのです。恫喝《どうかつ》や暴力でカネを回収することが銀行の仕事だとは思いたくないのです」

女騎士「ふむ」

銀行家「困っている人に手をさしのべて、ともに豊かになる方法を探ること。それが銀行業の本分だと思っています。今回、女騎士さんは私の理想を実現してくれました。感謝しています」

女騎士「いいや、私は本当に何も……」

銀行家「感謝のしるしに贈り物をしたいのですが、よろしいですか？」**カサッ**

女騎士「そ、その包みは！」

銀行家「はい！　帝都の老練工房に作らせた品です。女騎士さんを驚かせたくて、何を注文したのかは秘密にしていました」

女騎士「……まさか指輪ではあるまいな」

銀行家「指輪？」

女騎士「いや、何でもない。こっちの話だ」

ガサガサ……

女騎士「……これは？」

銀行家「はるか南方の『華《か》国《こく》』で使われている計算器具です。『そろばん』と言います」

女騎士「アバカスのようなものか」

銀行家「ただのそろばんではありませんよ。特別な材料と術式を使った、『絶対に計算を間違えないそろばん』です。ぜひ、女騎士さんにお渡ししたい」

女騎士「ありがとう」

銀行家「喜んでいただけて光栄です！」

女騎士「だが、私はこの『そろばん』を受け取るわけにはいかない」

銀行家「なぜです？」

女騎士「この品の持ち主として、私よりもふさわしい人がいるからだ」

銀行家「はて？　どなたでしょう」

女騎士「もういいぞ、部屋に入ってくれ！」

ガチャ……

女騎士「紹介しよう。こちらが私の友人の――」

帝都

財務大臣「国王陛下！　まだ起きておいでだったのですか？」

ショタ王「ぼくは王さまだぞ、子供扱いするな！」

財務大臣「いいえ、ちょうどようございました。陛下に折り入ってご相談があります。魔国との戦争の件でして……」

ショタ王「ふむ、いいだろう。聞かせてくれ」

財務大臣「勇者どのが魔国に潜伏して、はや四月《よつき》が経とうとしています。連絡は途絶えたまま、安否は分かりません」

ショタ王「知っているよ。魔王を倒す準備をしているんだろう？」

財務大臣「もしかしたら潜伏がバレて、敵の手にかかったのやもしれません」

ショタ王「あはは！　まさか勇者さんが？」

財務大臣「お言葉ですが、陛下、魔族たちの狡猾《こうかつ》さはご存じのはず。いかに勇者どのといえど、卑劣きわまりない罠を仕掛けられたら……」

ショタ王「……」

財務大臣「このまま勇者どのに任せきりにしていては、魔国の横暴を許し、副都の悪夢が再来するやもしれませんぞ」

ショタ王「おのれ、魔国め……」

財務大臣「そこでご相談なのですが……今こそ大軍を組織して、魔国に攻め入るべきではありませんか？」

ショタ王「勇者さんは？」

財務大臣「勇者どのが生きておられたとして、我らの軍が敵の注意を引きつければ、魔国内で活動しやすくなるはずです！」

ショタ王「なるほど！　では、今すぐ準備せよ！」

財務大臣「そのお言葉を待っておりました。つきましては、こちらの書類にご署名をお願いいたします」

ショタ王「任せておけ！　署名などすぐに済ませて

――」

ぴらっ

ショタ王「……」
財務大臣「どうなさいました？」
ショタ王「……これは、国債《こくさい》の発行許可のようだな」
財務大臣「さようでございますが……？」
ショタ王「乳母が言っていたぞ。今の人間国は借金まみれだと。治世のために――軍備や街道の整備のために使うカネよりも、国債の利息払いに充てるカネのほうが多いというのは本当か？」
財務大臣「国王陛下！　軍を動かすには人が必要です。そして人を動かすにはカネが必要なのです。どうか国債の発行許可を」
ショタ王「質問に答えろ！　借金の返済でこの国が火の車というのは本当なのか？」
財務大臣「そ、それは……」
ショタ王「そうだ、帳簿だ！　商売人や銀行家は『帳簿』というものをつけてカネを管理すると聞く。この国の帳簿をぼくに見せろ！」
財務大臣「……恐れながら、それはできかねます」
ショタ王「なに!?」
財務大臣「精霊教会の教えにもある通り、カネは卑《いや》しく、穢《けが》れた存在です。陛下のように高貴な身分の方が、カネのことなど考えてはなりません」
ショタ王「それは……そうかも、だが……」
財務大臣「不安になるお気持ちはお察しいたします。しかし、ならば戦争に勝てばいいのです」
ショタ王「！」
財務大臣「魔国を討ち滅ぼし、あの広大な領土を手に入れれば、借金などすぐに返せます」
ショタ王「……」
財務大臣「心中お察しいたします。しかし借金があるかぎり、魔国に勝利するしかありません。勝利するまで、この戦争はやめられないのです」
ショタ王「……」
財務大臣「さあ、国債の発行許可にどうかご署名を」
ショタ王「……わ、分かった。勝てばいいのだな。勝つために必要な出費なのだな」

財務大臣「もちろんでございます」

サラサラ……

ショタ王「受け取れ！」

財務大臣「ありがたき幸せにぞんじます」

ショタ王「なあ、財務大臣。やっぱりぼくは、この国の帳簿を……」

財務大臣「いけません。カネに気を取られていては、勝てる戦争も勝てなくなります」

財務大臣「どんなに正しい帳簿でも、世界を救うことはできませんよ――」

女騎士、経理になる。

女騎士、経理になる。

第2章

ガバメント・オブリゲーション

勇者　「なぜだ？　同じパーティの賢者のほうが支払っている税金がずっと安い！　収入は同額のはずなのに！」
役人　「賢者さまは青色申告の特別控除を受けているからです」
勇者　「青色申告」
役人　「複式簿記で帳簿をつけて、損益計算書と貸借対照表を作成してください」
勇者　「複式簿記」

港町、銀行家の邸宅

幼メイド「だんなさまぁ～！　たいへんですぅ～！」

トテトテ……

黒エルフ「ちょっと。廊下を走るとコケるわよ」

メイド「あっ、ダークエルフさん！　だんなさまはどちらでしょう？」

黒エルフ「書斎だと思うけど……いったいどうしたの？」

メイド「じつは、こんなお手紙が届いたのです！」

黒エルフ「え？　この手紙は……!?」

書斎

銀行家「女騎士さんがいらして2ヵ月、不良債権は着実に減っているようですね」

女騎士「うむ。私の友人の力だ」

銀行家「ご謙遜は要りません。借金を取り立てるだけではなく、経営再建を手伝っているのでしょう。とても好評ですよ」

女騎士「肉屋のようなお店がたくさんあったのだ」

銀行家「そうだ！　女騎士さん、私塾の講師になりませんか？」

女騎士「講師？」

銀行家「私の主宰《しゅさい》で、芸術家を育てる私塾を開講する計画があるのです。そこで簿記の授業をなさっては？」

女騎士「い、いや」

銀行家「ご報酬は弾みますよ」

女騎士「私は……」

女騎士（簿記2級レベルなのだが――!?）

銀行家「私塾には、あらゆる時代、あらゆる場所の芸術品を集める予定です。すでに少しずつ買い集めているのです！」

女騎士「ほう。では、その机のうえの彫像も？」

銀行家「はい！　これはおよそ8千年前に作られた『精霊《せいれい》の像《ぞう》』です。どうです？　見てください、

この曲線美を……」ウットリ

女騎士「銀行家さんがそのように熱弁をふるうとは……。見るからに高価そうな彫像だ。よくぞ番頭さんが購入を許したな」

銀行家「……じつは、まだ話していません」

女騎士「え」

銀行家「この計画は番頭には相談せずに進めています。バレたら叱られちゃいます」てへっ

女騎士「ぎ、銀行の経営は？」

銀行家「よろしく頼みます」ガシッ

女騎士「」

女騎士（銀行家さんが芸術好きなのは知っていたが、まさかここまでとは……）

女騎士（世界中の芸術品を買い集める、か……）

女騎士（この計画を知ったら、怒るのは番頭さんだけではないぞ。きっと、あのダークエルフも頭から湯気を立てて怒るはず！）

銀行家「ダークエルフさんがどうかなさいましたか？」

女騎士「た、ただの独り言だ」

銀行家「そうですか。できればあの方にも講師をお願いしたいところですが……。とにかく、芸術を志す若者たちを世界中から呼んで、この港町を文化の中心地にしたいと考えています」

女騎士「はあ」

銀行家「さあ、ともに美を探究しようではありませんか！　さあ……さあ！　ぜひ私塾の講師になってください！」ズイッ

女騎士「い、いや……私は、えっと……」

黒エルフ「失礼するわよ！」

幼メイド「するのです！」

女騎士「おおっ、ちょうどいいところに！　助かった！」ホッ

黒エルフ「……助かった？」

女騎士「いや、こっちの話だ」

黒エルフ「あら？　その彫像は……？」

銀行家「よくぞ訊いてくれました！　これは――」

女騎士「わーっ！」

黒エルフ「？」

女騎士「そ、そんなことより、何か用事があったのではないか？」

幼メイド「そうなのです！　じつはお手紙が届いていたのですよ～」

銀行家「手紙ですか……？」

幼メイド「だんなさま宛てのお手紙を読むのもわたしのお仕事なのです！」えっへん

銀行家「読むに値する手紙ばかりではありませんからね。信用できる使用人に先に読ませて、くだらない広告のたぐいは捨てさせています。さて、この封蝋は……人間国政府のものですね」

銀行家「ふむ……。どうやら国債の新規発行が決まったようです」

女騎士「戦費を調達するためか」

銀行家「ええ。各地の豪商や銀行に、あらかじめ政府の側で決めた金額を購入するように勧告しています」

ぴらっ

女騎士「うっ……すごい金額だ。しかし、払えぬほどではないか」

黒エルフ「ダメよ」

女騎士「国債の購入とは、つまり国に対してカネを貸すのだろう？　安全な資産運用だと聞くが……」

黒エルフ「時と場合によるわ。政府の収入を増やす手段は2つ。増税するか、戦勝国として賠償金を取るか……。つまり、今回の国債は、戦争に勝つまでカネを返すあてがないってことでしょう」

幼メイド「もしや、人間国が負けるとお考えなので～？」

黒エルフ「……いいえ。でも、終戦より先に政府が破産して徳政令《とくせいれい》を出す可能性はあるわ」

幼メイド「とくせいれい？」

女騎士「借金をチャラにする政令のことだ」

黒エルフ「その手紙に書かれた金額の国債を購入するのはリスクが高すぎるのよ」

銀行家「待ってください。手紙に続きがあります」

女騎士「続きだと？」

銀行家「精霊教会も今回の戦《せん》時《じ》国《こく》債《さい》の購入を予定しているのですが、その取引を仲介する銀行を募集しているそうです」

女騎士「政府と精霊教会との取引なら、金額は莫大なはず」

黒エルフ「仲介業者に選ばれれば、手数料をたんまり受け取れるでしょうね」

カキカキ……

黒エルフ「この手紙の内容をまとめると、こんな感じね（※24）。……国債の購入には、あたしは反対よ。もしも買うとしても、もっと少額にすべきだし、精霊教会の取引の仲介業者に選ばれて、手数料を受け取らないとワリに合わないわ」

銀行家「国債の購入金額を変更したい場合や、仲介業者候補として応募する場合は、期日までに帝都に行かなければなりません」

※24

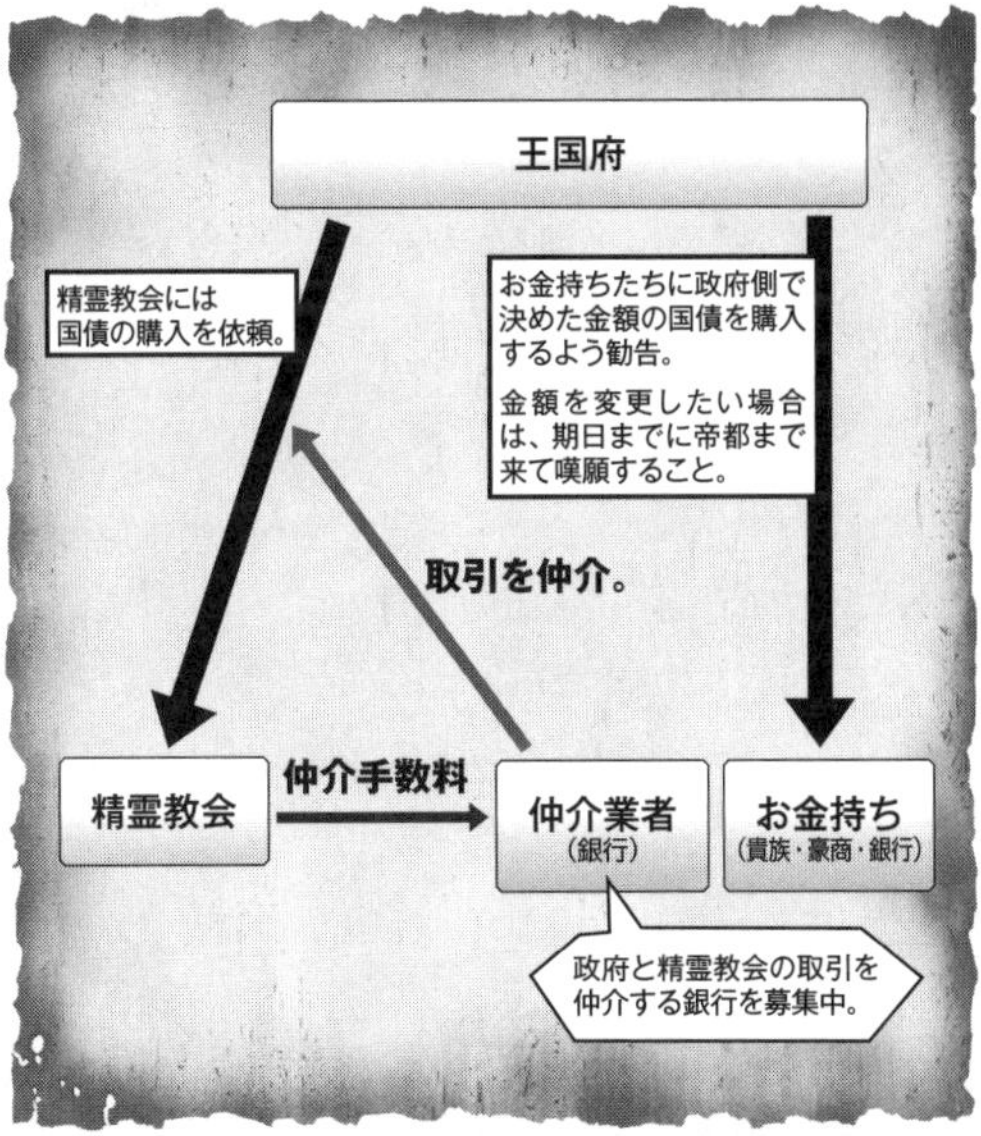

王国府
精霊教会には
国債の購入を依頼。
お金持ちたちに政府側で決めた金額の国債を購入するよう勧告。
金額を変更したい場合は、期日までに帝都まで来て嘆願すること。
取引を仲介。
精霊教会
仲介手数料
仲介業者
（銀行）
お金持ち
（貴族・豪商・銀行）
政府と精霊教会の取引を
仲介する銀行を募集中。

女騎士「政府に直接嘆願すれば金額を変更できるのだな。……それで、期日は？」

幼メイド「明後日なのです～」

黒エルフ「横暴よね。帝都まで6日間はかかるのに……」

銀行家「期日に間に合わない以上、勧告された額の国債を買うしかないのでしょうか……？」

黒エルフ「ダメよ！　そんなの絶対にダメ！」

女騎士「ふむ。明後日までに帝都に行く方法か……」

帝都

ショタ王「国債発行の首尾はどうだ」

財務大臣「何ら問題なく進んでおります。新たな戦艦の建造と兵士の募集も順調です」

ショタ王「陸海両軍の元帥から話は聞いている。この調子なら、半年を待たずして新大陸に大部隊を送り込めるそうだな」

財務大臣「副都を奪還する日も近いかと」

ショタ王「開戦から100年か……」

財務大臣「よく勉強しておいでですね」

ショタ王「ぼくは王さまだぞ。この程度の歴史、家庭教師に教わらずとも知っている。そういう大臣こそ、きちんと歴史を学んでいるのだろうな？　たとえば……新大陸が発見されたのはいつだ」

財務大臣「120年前でございます」

財務大臣「およそ120年前、冒険者たちは西の大海の向こうに新大陸を発見しました。誰も住んでいない大陸東部の沿岸に、わが国の入植地が次々と作られました。肥沃《ひよく》な大地は豊かな実りをもたらし、飢餓と窮乏は過去のものになるかと思われました。しかし……」

ショタ王「……入植開始から20年後、内陸部の山脈の向こうから突如として魔族の群れが現れた」

財務大臣「彼らは『魔国』を自称し、人間国に宣戦布告しました」

ショタ王「それから100年、ぼくたちは戦争を続けている」

財務大臣「流れた血を無駄にしないためにも、必ずや勝たねばなりません」

ショタ王「今回の国債は、政府の側で決めた金額を買うよう勧告しているそうだな」

財務大臣「戦費を確実に集めるためです」

ショタ王「不満が出なければいいが……」

財務大臣「相手は金持ちです。本来なら徴税してもいいところを、国債という形にしているのです。不満はありますまい。……何より、嘆願さえすれば購入額を変更できるのです。どうかご安心を」

ショタ王「ならばいいのだが……」

財務大臣（とはいえ、嘆願の受け付け期日はわざと短く設定しましたがね。ふふふ……）

港町、銀行家の書斎

女騎士「地図を出してくれ」

幼メイド「はいなのです～」

バサァ

銀行家「ここが港町、こちらが帝都です」

黒エルフ「帝都に向かう街道は、丘陵《きゅうりょう》地帯を大きく迂回《うかい》して延びているのね」

銀行家「隊商の馬車なら6日、早馬でも3～4日はかかるはずです」

黒エルフ「たしか、街道の途中には関所もたくさんあるのよね？」

女騎士「うむ、関所を通るたびに通行料を取られる」

銀行家「通行料の金額で揉めたり、待たされたりすることが多く、それも帝都までの旅に時間がかかる原因になっています」

黒エルフ「丘陵地帯を突っ切ったら？　かなりのショートカットになると思うのだけど」

女騎士「いや。地図では分からないが、この辺りには急峻《きゅうしゅん》な崖地が何ヵ所かあって、道を分断しているのだ。かえって時間がかかってしまうだろう」

銀行家「整備された街道を使うほうが早い、ということですね」

幼メイド「てんいの魔法を使えば、いっしゅんでどこにでも行けるそうですよ～」

銀行家「2代前の勇者様は転移魔法を使えたそうですね。しかし、ここ数十年、転移魔法を使える者は生まれていないはずです」

女騎士「ワープのひもはこちらの大陸では手に入らないし……」

幼メイド「それなら、ハトさんはどうですか～」

女騎士「たしかに伝書鳩なら1日で飛べる距離だな」

黒エルフ「ダメね。伝書鳩がきちんと手紙を届けられる確率は五分五分ってところよ。重要書類の送付には使えないわ」

幼メイド「では、お馬さんは～？　人の2倍、3倍の速さで走れると教わりました～」

黒エルフ「いいえ。あたしも乗馬には詳しくないけど……。たしか、馬が全力疾走できるのはせいぜい数分間なのよね？」

女騎士「普通の馬ならそうだな。人は一昼夜走り続けることができるが、馬にそれをさせたら体を痛める」

幼メイド「しょーとかっとはダメ。魔法もハトさんもお馬さんもダメ……」

銀行家「万事休すですね……」

黒エルフ「ああ、もうっ！　明後日までに帝都に行かなくちゃいけないのに！」ムキーッ

女騎士「……私なら、間に合うかもしれない」

一同「「ええっ!?」」

女騎士「銀行家さん、力を貸して欲しい」

港町、厩舎《きゅうしゃ》

女騎士「こいつが町でいちばんの駿馬か。よしよし、いい子だ」

馬「ブルルッ」スリスリ……

飼育員「おおっ！　気むずかしいこの馬がすぐに懐くとは珍しい」

女騎士「この子には少し無理をさせてしまうかもしれないが……」

飼育員「銀行家さんの頼みなら喜んでお貸しします

よ」

黒エルフ「馬では長距離は走れないって、あんたが言ったのよ？」

女騎士「普通の馬と騎手ならば、な。……しかし手綱を取るのは私だ。途中の村で馬を乗り換えれば、一晩で帝都まで行けるだろう」

黒エルフ「はあ？　旅先でそんな簡単に馬を借りられるはずが――」

女騎士「なに、ものは試しだ」

ヒョイッ

黒エルフ「ヒョイ……って、どうしてあたしを馬の背中に!?」

女騎士「一緒に行くからに決まっているだろう」

黒エルフ「た、高い……ケモノ臭い……。降ろしてよぉ！」

女騎士「どうした、馬は苦手か？　こんなに可愛い動物なのに」

黒エルフ「べ、別に苦手じゃないわよ。ただ慣れてないだけで……！」

女騎士「では、この機会に慣れるといい。馬は愛すべき人類の友だぞ」

黒エルフ「あたしは人類じゃなくてダークエルフよ！　ていうか、銀行家さんを連れていきなさいよ！　銀行の経営者なんだから！」

銀行家「じつは私塾設立に向けた会合がありまして……」

黒エルフ「私塾？　いったい何の話!?」

女騎士「それに体重の軽いお前のほうが、馬が速く走れる」

銀行家「というわけで、よろしくお願いします」

黒エルフ「」

女騎士「よっせ……と」ヒョイ

黒エルフ「う……。あんたの胸が背中に当たるんだけど？」

女騎士「少しは座り心地がよくなればいいが……」

黒エルフ「あんたのプレートメイルのせいで、硬いし冷たいし最悪だわ」

女騎士「あはは。文句を言うな、この先もっと悪くなる。手袋はしたか？　手の皮が剥《む》けるぞ」

黒エルフ「えっ、手の皮が？　そんなに激しく揺れ――
ひゃあ!?」

女騎士　ハイヨー！

馬　ヒヒーン!!

銀行家・幼メイド「「行ってらっしゃいませ～」」

パカラッ　パカラッ

黒エルフ「……ま、待ちなさいよ！」

女騎士「なんだ？」

黒エルフ「ぜ、全力疾走は数分間しかもたないんでしょう!?」

女騎士「うむ」

黒エルフ「だったら――」

女騎士「心配ない。私は騎乗スキルＬｖ５だ」

黒エルフ「騎乗スキルＬｖ５」

女騎士「どんな乗用動物にも乗れる。さらに常在型の回復魔法で動物の疲労を軽減できる」

黒エルフ「あんた魔法が使えたの!?」

女騎士「いいや、普通の魔法はさっぱりだ」ドヤァ

黒エルフ「ドヤることじゃないわ！」

馬　ヒヒーン!!

黒エルフ「ひぃ～！　と、飛ばしすぎよ！」

女騎士「あまり喋ると舌を噛むぞ」

黒エルフ「なら、せめてもう少しゆっくり……」

女騎士「なんとしても帝都に行くのだろう？」

黒エルフ「ぐぬぬ」

パカラッ　パカラッ

翌朝、帝都

財務大臣「では、この金額の国債を引き受けていただくということでよろしいか」

頭取「わたくしども帝都銀行としても、臣民の責務は果たしたく存じます。よろこんでお金をお貸ししますよ」

財務大臣「感謝する」

頭取「ただし、その代わりに――」

財務大臣「うむ。任せておけ。精霊教会との取引には、あなたがたの銀行を仲介業者として推薦しよう」

頭取「大臣さま、お声が大きいのではありませんか？」

財務大臣「ふはは。あなたの銀行からいただくキックバックの金額を思えば、もっと大声で笑いたいぐらいだ」

頭取「フフフ……あなたという人は……悪いお方です。フフフ……。国債の金額について、文句を言う輩《やから》はいませんでしたか？」

財務大臣「近隣の街の銀行には、あまり無理な金額を吹っかけておらん。遠方の銀行は、どうせ嘆願の〆切に間に合わぬだろう。文句は出るまい」

頭取「大臣さまのお知恵には恐れ入るばかりです。では、仲介業者も？」

財務大臣「仲介業者に応募してくる銀行もないだろう。近隣の街の銀行には、どこも私の息がかかっているからな」

頭取「では――」

財務大臣「うむ。あなたの望みどおりだ。精霊教会からの仲介手数料を手にするのは、あなたがた帝都銀行になるはずだ」

頭取「フフフ……。楽しみにしております」

家臣「失礼いたします！」

財務大臣・頭取「「!?」」ビクッ

財務大臣「な、なんだ、お前だったか。驚かすでない……。今は大切な客人を迎えているのだぞ！」

家臣「おそれながら……火急の用件と判断し、ご報告にあがりました」

財務大臣「いったい何事だ？」

家臣「港町の銀行です」

頭　取「港町の銀行というと、最近、妙な会計係を雇い入れたというウワサの?」

財務大臣「あなたも知っているのか?」

頭　取「ええ。あの町にはわたくしどもの銀行の支店がございます。……目障りな商売敵ですよ。近いうちに、大臣さまのお力にすがろうかと考えておりました」

財務大臣「ほう」

家　臣「港町の銀行の代理人を名乗る者が、先ほど帝都に到着したそうです」

財務大臣「何だと……?」

家　臣「嘆願書を2通——。国債の購入額の変更と、精霊教会の仲介業者に応募する書類を携えていたとか」

頭　取「大臣さま、これはいったい……?」

財務大臣「バカな、ありえん。間に合うはずがない!」

ガタッ

家　臣「しかし——」

財務大臣「そ、そうだ! ニセモノではないか? 代理人の名を騙《かた》っているだけでは——」

頭　取「おそれながら大臣さま、あの銀行は名のある公証人の家系です。サインや封蝋を偽造するのは難しいかと……」

家　臣「おっしゃる通りです。代理人が総務府の窓口で見せた委任状には、一切の問題がなかったそうです」

財務大臣「では、提出した嘆願書はどこだ! 私のところに届けさせろ! 焼き捨てて、もみ消してやる!」

家　臣「そ、それが……。内務大臣の手に渡ったとのこと。すでに国王陛下のもとに届けられているかと思われます」

財務大臣「何ぃ!?」

家　臣「もはや、嘆願を受け付けざるをえないかと」

財務大臣「~~~ッ!!」

家　臣「何かしらの対策を打つべきかと存じますが……」

財務大臣「な、なぜだ……。絶対に間に合わないよう、日付を調整して手紙を送ったのに……」

ふらふら……ドサッ

頭　取「大臣さま、ご無礼を承知でうかがいますが……仲介業者への推薦はどうなりますか？」

財務大臣「……」

頭　取「大臣さま？」

家　臣「もしやお気分が悪いのでは？」

財務大臣「ふ……ふふふ……」

頭取・家臣「「！」」

財務大臣「ふははは！　いいだろう、嘆願を聞いてやる。至急、国王陛下と代理人との謁見《えっけん》を手配しろ。代理人とやらがどんな顔をしているのか見届けてやる」

家　臣「は！」

ダンッ

財務大臣「港町から帝都まで、わずか一晩で？　天を飛んだか、それとも山を切り裂いたのか。……ふふふ、面白いではないか」

財務大臣「あの幼き王に何ができる？　この国を実際に動かしているのは、国庫の番人たる私だ。その私の計画に水を差すとは……」プルプル

頭　取「……」

家　臣「大臣さま……!!」

財務大臣「ふふふ、口が滑ったようだな。……今、私は何か言ったか？」

頭取・家臣「「な、何も聞いておりません！」」

財務大臣「よろしい、ならば下がれ。私は陛下のもとに行ってくる。代理人との謁見についてご忠告せねばならんからな」

頭取・家臣「「ははぁ～っ！」」

財務大臣「まったく……。陛下が内務大臣から余計な入れ知恵をされていなければいいのだが……」

ブツブツ

帝都、精霊教会

侍　女「司祭補さま、失礼いたします。……ケホッ、

ケホッ」

司祭補「あらあら、いったい何かしらぁ？」

侍女「はい、ご報告を……ケホッ……。今日はいちだんと濃く香を焚《た》いていらっしゃいますね……。お顔が見えません……」ケホケホッ

司祭補「うふふ。祈りの力を強めるためですわ♪　それで、報告というのは？」

侍女「例の国債の件でございます」

司祭補「えっとぉ……たしか、仲介業者に応募なさっているのは帝都銀行だけでしたっけ？」

侍女「それが、新たに応募してきた銀行があるのです」

司祭補「まあ、よかったぁ！　いったいどちらの銀行かしら？」

侍女「港町です」

司祭補「港町？　あの貿易で名高い？」

侍女「はい、王国府より伝言がございました。港町《みなとまち》銀行《ぎんこう》の代理人が帝都に到着し、仲介業者に応募する旨《むね》の書面を提出したそうです」

司祭補「うふふ、そうでしたのね♪」

侍女「司祭補さまは……嬉しそうでいらっしゃいますね？」

司祭補「ええ、選択肢は多いほうがいいですもの〜。こうしてはいられませんわっ！　出かける準備をしましょう♪」

侍女「司祭補さま……」

司祭補「うふふ。その代理人さんって、どんな方なのかしらぁ〜？」

侍女「失礼ですが……司祭補さまは、怖くはないのですか？」

司祭補「怖い？　何がですの？」

侍女「精霊さまの怒りが、です」

司祭補「精霊の教えでは、カネでカネを生み出すような行為は禁じられている……。このことを気にしているのかしら？」

侍女「は、はい……。国債には、返済時に利子が付くと聞きました。国債の購入は、まさに精霊の教えが禁じる行為に該当するのではないか、と」

司祭補「うーん、そうですねぇ……」

侍　女「精霊教会の代表を務めるなら、３人の大司祭さまの誰かがなさればいいはず。にもかかわらず、11人の司祭補のなかでも、もっともお若い司祭補さまが国債購入の職務を命じられたのは……それは、つまり……」

司祭補「大司祭さまたちが、精霊さまのお怒りを怖がっているからだ、と？　……あらあら、少し言葉がすぎますよ」

侍　女「も、申し訳ありません」

司祭補「うふふ、でも目の付けどころはいいですわ。利子を受け取るのは、精霊の教えのなかでも議論が分かれているところですから」

侍　女「では――」

司祭補「大司祭さまたちが国債購入の職務を疎《うと》ましく思っていたとしても、当然ですわね。悪いことではありません」

侍　女「だからと言って、司祭補さまに卑しい仕事をさせるなんて――」

司祭補「いいことを教えてあげますわぁ。……じつは、わたしは、国債購入の職務を押しつけられたわけではありません。わたし自ら志願して担当者にしてもらったのですわ」

侍　女「それほど人類の将来を案じておいでなのですね……」

司祭補「ええ、それもあります。魔族に滅ぼされるわけにはいきませんもの。でも……」

司祭補「本当は、もっと別の理由があるのですわ」

侍　女「別の理由、ですか」

司祭補「利子の禁止、偶像崇拝の禁止……。精霊の教えはたくさんあり、もちろんみんな尊重すべきです。だけど、大切なことは――」

侍　女「……」

司祭補「って、いけません！　出かける準備をしなくてわ♪」

ふわっ

司祭補「港町銀行の代理人さん……。うふふ、お会いするのが楽しみですわぁ」

侍女「女２人だと聞いています」

司祭補「遠い港町からわざわざやって来たんですもの。きっと真面目で、理知的で、穏やかな人柄の方々なのでしょうねぇ♪」

帝都、商業区

老練工房「よお、姉ちゃん！　ひさしぶりだなぁ」

工房長「私たちの宿舎に空き部屋があります。使ってください」

女騎士「急に押しかけて申し訳ない」

老練工房「んで、そっちで伸びている茶色いのは何だ？」

女騎士「友人のダークエルフだ。馬には慣れていなかったらしい。……どうだ、もう立てるか？」

黒エルフ「うぅ～。しっぽの骨が痛いわ……」

女騎士「なに！　ダークエルフにはしっぽがあるのか」

黒エルフ「とっくに退化してるわよ！　あんたたち人間と同じ、骨だけ残ってるの！」

女騎士「骨が？　どこに？　触って確かめてやろう」

黒エルフ「自分の尻で確かめろ」

工房長「それにしても、港町と帝都をたった一晩で……」

女騎士「私も、まさかここまで順調な旅ができるとは思わなかった。途中の村々で馬を快く貸してもらえたおかげだ」

老練工房「この前の旅で、姉ちゃんは村人たちとたいそう仲良くなっていたもんな」

女騎士「馬の調教を手伝ってあげたのだ」

工房長「道中には関所も多くて大変だったでしょう。心付けを渡さないと、簡単には通してくれないはずですが……」

女騎士「そこは銀行家さんの力を借りた。小切手《こぎって》で一発だ」

老練工房「ずいぶん出費がかさんだんじゃねえか？」

黒エルフ「バカみたいな金額の国債を買わされるよりはマシよ……うぅ……」

老練工房「小切手かぁ……。俺みたいな下っ端には縁がねえな」

工房長「あなたにはいつまでも下っ端でいられたら困りますよ」

老練工房「そうは言ってもよぉ……。工房長だって、小切手がどんなものか説明できんかい？」

工房長「そ、それは…」

老練工房「たとえば、手形とはどう違うんだ？」

工房長「あらためて訊かれると、どう説明すればいいのやら……」

女騎士「たしかに、小切手と手形はよく似ているな。どちらも名前と金額が書かれた書類で、銀行に持っていけば換金してもらえる」

黒エルフ「だけど、会計上はまったく別のものよ。……うぅ……痛たた……」

老練工房「まったく別というと？」

黒エルフ「手形は、ひとことで言えば『借金の証明書』の一種よ。たとえば受取手形を持っている場合は、期日までにその金額を支払ってもらえるはずよね。いわば『借金の返済を受けられる権利』の証明書ってわけ」

女騎士「支払手形なら、逆だな」

黒エルフ「ええ。借金の支払義務の証明書だと言える」

老練工房「じゃあ、小切手は何なんだ？」

女騎士「ひとことで言えば『現金の代わりになるもの』なのだ」

黒エルフ「銀行に対して、『この小切手を持ってきた人に、私の当座預金口座《とうざよきんこうざ》から現金を支払ってください』とお願いする書類。それが小切手よ」

老練工房「当座預金？　普通の預金とは違うのかい？」

工房長「さすがにそれくらいは知っておいて欲しいのですが……」

老練工房「あいにく私は現場からの叩き上げなんでね」

黒エルフ「当座預金というのは、いろいろな取引の決済に使える無利子の口座よ。とりあえず、『普《ふ》通預金《つうよきん》や定期預金《ていきよきん》とは違って、利子がつかない口座だ』と覚えておけばいいでしょう」

老練工房「利子がつかねえとはケチくさいな」

黒エルフ「そうかもしれないわね。でも、当座預金を持っていれば小切手を振り出すことができる。商売をするうえでは便利な口座なの」

老練工房「待てよ？　小切手は、自分の預金口座からカネを払うように銀行に依頼する書類なんだよな。ということは、預金口座の残高を超えるような小切手はマズイんじゃねえか？」

黒エルフ「そうね。例外はあるけれど……基本的には、当座預金の残高を超える小切手は振り出してはダメだと考えていいわ」

女騎士「あとは、現金化のしやすさにも違いがあるはずだ」

黒エルフ「ええ。小切手は銀行に持っていけばすぐに現金化できる。だけど、手形は借金の一種だから、支払期日が来るまでは現金化できない」

老練工房「こないだは手形を銀行に買い取ってもらって、現金化したじゃねえか」

黒エルフ「割り引かれて、額面金額よりも安い現金しか手に入らなかったはずよ」

女騎士（ちなみに安くなってしまった分は、私のおこづかいで補填したのだ）

カキカキ……

黒エルフ「今までの話をまとめるとこうなるわ」（※25）

※25

小切手と手形の違い

	小切手	手形
ひとことで言うと？	現金の代わりになるもの	借金の証明書（の一種）
振り出すときの上限額	(基本的には)当座預金の残高まで	なし
受け取ったときは…	すぐに現金化できる	(基本的には)期日まで現金化できない
勘定科目は？	現金(資産)または当座預金(資産)	受取手形(資産)支払手形(負債)

老練工房「ほう、小切手の取引を帳簿につけるときは、現金または当座預金の勘定《かんじょう》科目《かもく》を使うのか。

たとえば『小切手』という勘定科目を使って
もよさそうなもんだが……？」

黒エルフ「帳簿のつけ方もついでに説明するわね」

カキカキ……

黒エルフ「たとえば関所の通行料を小切手で支払った場合は、こんな仕訳になるわ」（※26）

※26

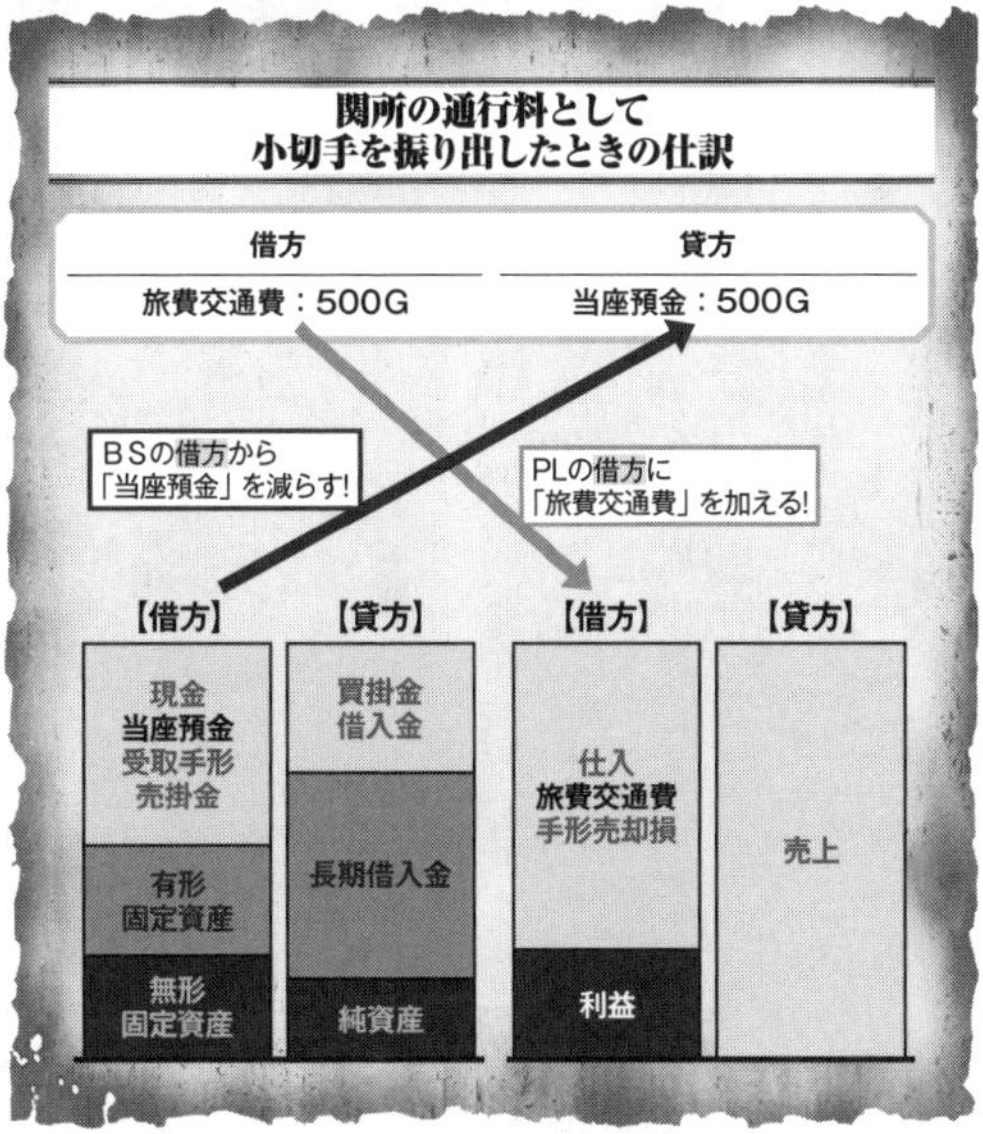

関所の通行料として
小切手を振り出したときの仕訳
借方
貸方
旅費交通費：500G
当座預金：500G
BSの借方から
「当座預金」を減らす!
PLの借方に
「旅費交通費」を加える!
【借方】
【貸方】
【借方】
【貸方】
現金
当座預金
受取手形
売掛金
有形
固定資産
無形
固定資産
買掛金
借入金
長期借入金
純資産
仕入
旅費交通費
手形売却損
利益
売上

老練工房「関所の通行料って旅費交通費《りょひこうつうひ》なんだな」

女騎士「うむ。有料道路の利用料は旅費交通費になる」

老練工房「有料道路」

工房長「うちの工房では、商品の代金として小切手を受け取ることがあります」

黒エルフ「その場合は、こんな仕訳ね」（※27）

※27

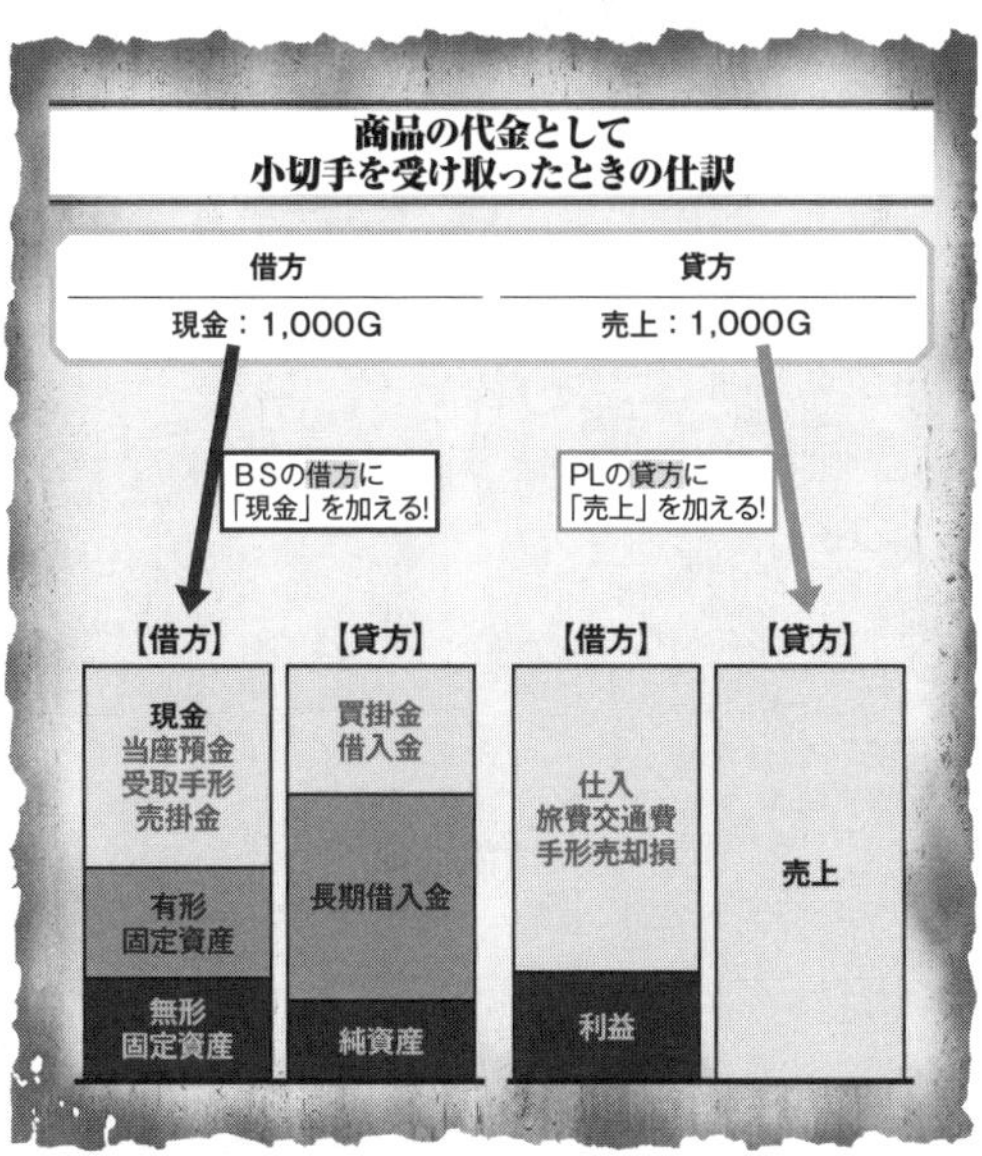

商品の代金として
小切手を受け取ったときの仕訳
借方
貸方
現金：1,000G
売上：1,000G
BSの借方に
「現金」を加える!
PLの貸方に
「売上」を加える!
【借方】
【貸方】
【借方】
【貸方】
現金
当座預金
受取手形
売掛金
有形
固定資産
無形
固定資産
買掛金
借入金
長期借入金
純資産
仕入
旅費交通費
手形売却損
利益
売上

老練工房「へえ、『現金』の勘定科目で処理しちまうのか」

女騎士「言っただろう、小切手は『現金の代わりになるもの』だと」

老練工房「だけどよぉ、工房長。うちの工房じゃあ、小切手を現金に換えることは滅多にないんじゃねえか？」

工房長「受け取った小切手は現金にせず、そのまま当座預金に預けることが多いですね」

黒エルフ「その場合は『当座預金』の勘定科目を使うわ」（※28）

工房長「どうですか、小切手について少しは分かりましたか？」

老練工房「いやあ、姉ちゃんたちと喋ると勉強になるや」

女騎士「任せてほしいのだ！」

黒エルフ「この程度、基本中のキホンよ」

衛兵「……失礼する！」

工房長「衛兵さまが、この工房にいったい何のご用でしょう？」

※28

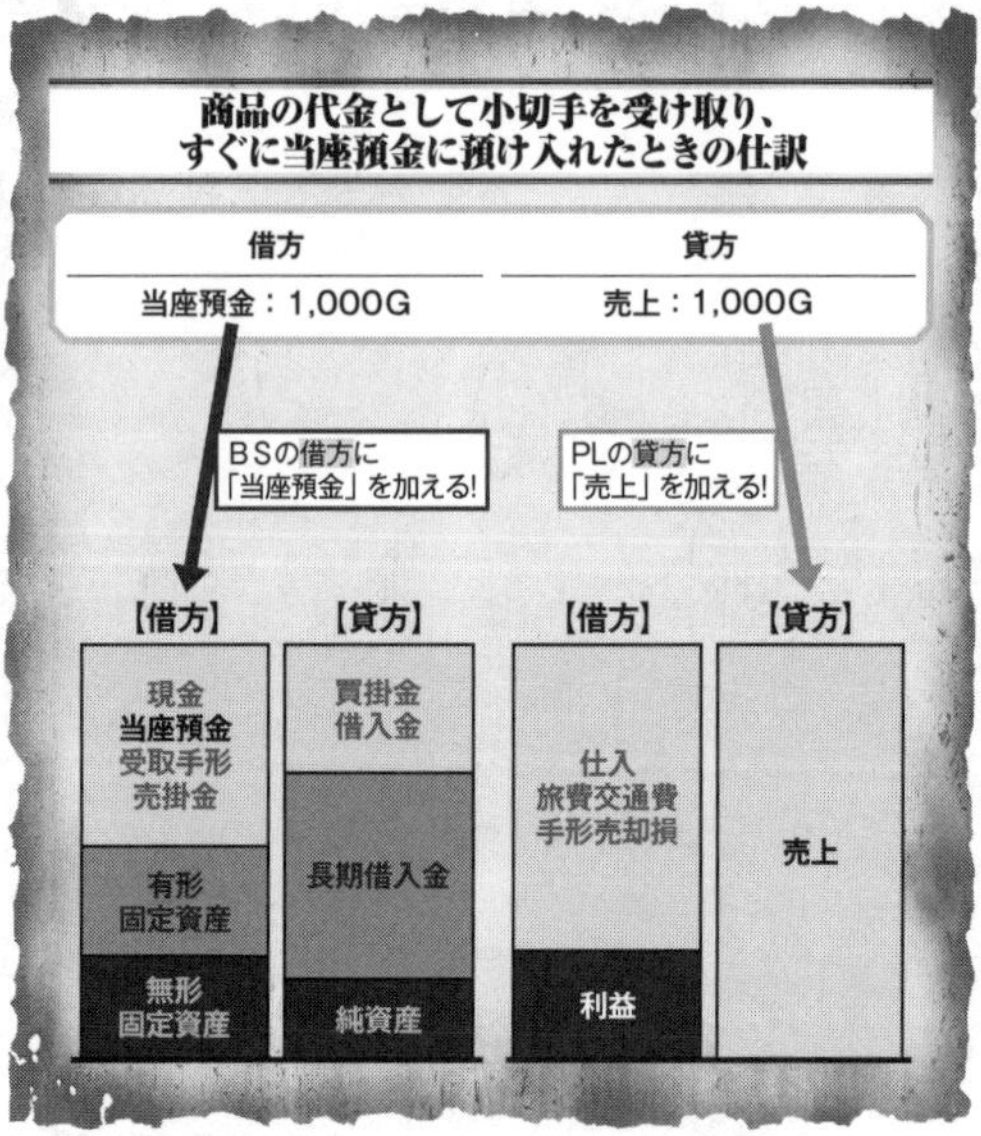
商品の代金として小切手を受け取り、
すぐに当座預金に預け入れたときの仕訳
借方
貸方
当座預金：1,000G
売上：1,000G
BSの借方に「当座預金」を加える！
PLの貸方に「売上」を加える！
【借方】
【貸方】
【借方】
【貸方】
現金
当座預金
受取手形
売掛金
有形固定資産
無形固定資産
買掛金
借入金
長期借入金
純資産
仕入
旅費交通費
手形売却損
利益
売上

衛兵「ここに港町銀行代理人が来ていると聞いている！」

女騎士「代理人は私たちだが……」

衛兵「王国府より伝言だ！　国王さまは、お前たちの謁見に応じてくださる！」

黒エルフ「謁見？　そんなの頼んでないわ」

衛　兵「知らん！」

黒エルフ「知らん……って、あんたねえ――」

衛　兵「本日、日没の時刻に王宮に参じよ！　伝言は以上だ！　では、失礼する！」

ザッ　ザッ　ザッ……

女騎士「どうやら嘆願書だけでは、購入金額の変更には応じてもらえないようだな」

黒エルフ「無茶な金額を吹っ掛けておいて、今度は直接挨拶に来いですって？　何それ、感じ悪ぅ！　だいいち、カネを借りるのは王さまでしょ？　挨拶に来て頭を下げるべきは王さまのほうじゃない！」

工房長「そんな無茶な……」

黒エルフ「きっとヘドロヒキガエルみたいにケチで意地汚いやつなんだわ、王さまって」

女騎士「王さまは12歳のはずだが」

黒エルフ「なら、オタマジャクシね！」

老練工房「ははは、オタマジャクシか！　そいつは可愛いや！」

黒エルフ「可愛くなんかないわよ。ぬるぬるで超気持ち悪いんだから」

女騎士「……」じぃっ

黒エルフ「な、何よ。あたしの台詞に文句でもあるわけ？」

女騎士「……いや、謁見するなら、その格好ではマズいと思って」

工房長「いま着ているのは、港町の平民の作業着ですよね」

老練工房「王さまの前に出るなら、もう少しきちんとした身なりのほうがいいな」

黒エルフ「……正装の着替えなんて持ってないわよ」

女騎士「そうか！　ならば私に任せてくれ！」

黒エルフ「？」

女騎士「さっそく買い物に出かけるぞ！」

帝都、大商店街

ワイワイ……ガヤガヤ……

女騎士「うむ。よく似合っているぞ！　いつか恩返しをしたいと思っていたのだ。遠慮なくプレゼントを受け取ってほしい」

黒エルフ「……」

女騎士「で、どれにする？　好きなのを買ってやろう！」

黒エルフ「気持ちはありがたく頂戴《ちょうだい》するわ。でも――」

黒エルフ「でも……ここ、防具屋よ!?」

女騎士「初心者用から高級装備まで素晴らしい品揃えだ！　何か問題が？」

黒エルフ「問題だらけよ！　なんであたしが重たい鎧《よろい》を着ないといけないわけ？」

女騎士「ふむ。たしかにスチールアーマーは重たいな。こっちのミスリルプレートならもっと軽くて模様も美しく……」

黒エルフ「ちっがーう!!」

女騎士「？」

黒エルフ「正装に鎧を選ぶバカがどこにいるのよ！」

女騎士「なっ！　鎧は騎士の正装だぞ!?」

黒エルフ「あたしは騎士じゃないわ！」

女騎士「騎士でないなら何なのだ！」

黒エルフ「あんたの奴隷よ！」

女騎士「そうだったのだ……」シュン

黒エルフ「いや、そこで落ち込まないでよ。やりにくい」

女騎士「落ち込んでなどいないが……うぅ……」

黒エルフ「ああもう、面倒くさいわね。ていうか、まさかあんた、その汚い鎧で王さまに謁見するつもりじゃないでしょうね」

女騎士「なっ、汚い鎧とは失敬な！　この傷は竜鱗峠《りゅうりんとうげ》を突破したときのもの、こっちの凹《へこ》みは副都の戦いで――」

黒エルフ「ハァ……。もういいわ、あたしが服を選んであげる」

女騎士「お前が？　装備品の選び方を知っているのか？」

黒エルフ「たしか国王は12歳だったわね。それなら、いい装備があるわ」

女騎士「そんな装備が？　詳しく教えてくれ！」

黒エルフ「童貞を殺す服よ」

女騎士「童貞を殺す服」

女騎士「攻撃力は高そうだな」

黒エルフ「本来は防御力を重視した装備だけど、相手によっては一撃必殺の威力よ」

婦人服店

女騎士「これが童貞を殺す服か。初めて着たぞ！」

黒エルフ「金髪《きんぱつ》碧眼《へきがん》のあんたに憎たらしいほど似合うわね」

女騎士「何を言う。お前にもよく似合っているぞ」

黒エルフ「そ、そんなこと……///」

女騎士「身軽で動きやすい装備だ」スチャ

黒エルフ「その格好で帯刀するな」

店員　アリガトウゴザイマシター

黒エルフ「あとは髪型ね。あんた、毛先がボサボサだけど、誰に切ってもらったの？」

女騎士「自分だ。伸びてきたな～って感じたら、わが愛剣デュランダルで、こう……サクッと」

黒エルフ「デュランダルって、あの魔剣の!?」

女騎士「ダメか？」

黒エルフ「ダメよ！」

？？？「す、すみません……。理髪をお求めではありませんか……？」

黒エルフ「何か用？　キャッチセールスならあっち行って」ギロッ

下　　女「申し訳ありません。ただ、お2人の会話が聞こえてしまったんです」

女 騎 士「ふむ。それで？」

下　　女「じつはアタシ、向こうの角の外科医院の女中をしてましてね……ヒヒヒ……」

黒エルフ「外科医院ねえ……」

下　　女「ヒヒッ……うちの外科医院は、とくにご婦人がたの理髪が得意でございます。それこそ瀉《しゃ》血《けつ》や怪我の治療よりも、女性の髪を美しく仕上げるのが専門というほどでして……」

黒エルフ「なんか怪しいわね～。外科治療もできないのに髪が切れるの？」

下　　女「も、もちろんでございます……ヒヒヒッ」

女 騎 士「たしかに、この国では髪を切るのは外科医の仕事だ。しかし、華国や和国《わこく》には、髪を切ったり結ったりする専門の職人がいると聞く。一度、その医院を覗いてみようではないか」

下　　女「あ、あ、ありがとうございますっ！」

黒エルフ「ええ～、あんまり気乗りしないんだけど～」

ぶーぶー

下　　女「じ、じつはアタシは田舎から出てきたばかりで、ま、まだハサミを持たせてもらえないのです。ならばせめて客の呼び込みをしてこいと、ご主人様に言いつけられまして……」

女 騎 士「どちらの出身だ？」

下　　女「北部の農村です。飢饉《ききん》が起きまして、帝都に出てきました……」

女 騎 士「ううっ、苦労したのだな！　分かった、私たちをお前の病院に案内してくれ！」

大商店街、理髪外科医院

理 髪 師「や～ん、お客様ってばもうサイコー！　超カワイイッ☆」

客　　ヤダーウレシー

理 髪 師「ワタシがもっともぉ～とカワイくしてあ・げ・る！」

黒エルフ「……あいつ、男よね」

女騎士「……うむ、男だな」

下女「ご主人様ぁ……新しいお客様です……！」

理髪師「キャー！　2人とも綺麗なお顔ね、腕が鳴るわぁ～！　もっと近くで見せてちょうだいッ」ズイッ

女騎士（うっ、このニオイは⁉）

黒エルフ（香水きっつぅ‼）

理髪師「こんな美人さんを捕まえるなんて、あなたもなかなかヤルわねぇ」

下女「ヒヒッ……あ、ありがとうございます！」

理髪師「今のお客さんが済んだら、すぐにお2人の髪に取りかかるわね。こっちに座って待っててねぇ☆」

黒エルフ「いいえ、まだこの店で切ると決めたわけじゃ……」

理髪師「遠慮しないで！　可愛いは正義でしょ？　あなたを正義の味方にしてあ・げ・る！」

女騎士「よろしく頼むのだ！」ガシッ

黒エルフ「」

下女「ご、ご主人様……何かお手伝いすることは……？」

理髪師「だいじょーぶ。こっちは任せて♪　たしか先週ぶんの帳簿が、まだ途中までしか記入できていなかったはずよね？　そっちを頼むわぁ」

下女「ヒヒヒ……かしこまりました……」

女騎士「ほう。この理髪外科医院はちゃんと帳簿をつけているのだな」

理髪師「ワタシのお師匠さまに教わったのよ、帳簿を大切にするようにって。彼は魔国移住者の三世だったのよぉ～」

黒エルフ「魔国では複式簿記が普及しているらしいわね」

女騎士「で、そのお師匠さまは？」

理髪師「故郷の魔国に帰ったわ。勇者さまが派遣されたころから、戦局がキナくさくなったから

……。さてと、ムダなお喋りはお・し・ま・い！　仕事にかかるわよぉ」

ジャキッ

黒エルフ「何よ、その巨大なハサミ……？」

女騎士「まさか……終焉《しゅうえん》をもたらす神器《じんき》『アトロポスのはさみ』では!?　なぜこんな場所に！」

理髪師「じっとしててねぇ。動くと首が落ちるわよ」

女騎士・黒エルフ「「」」

一刻後

女騎士「これが……///」ぽわわ

黒エルフ「あたし……？///」ぽけー

理髪師「うふふ、気に入ってもらえたようで嬉しいわぁ～」

下女「……ご、ご主人様ぁ……。どうしましょう……」

理髪師「あらヤダ、顔が真っ青よ？」

下女「ち、帳簿をつけていたのですが……げ、現金の残高が合わなくて……」

黒エルフ「記入漏れでもあるんじゃない？」

女騎士「よし、私が見てやろう」

理髪師「ええーっ、お客さまにそんなことさせられないわ！」

女騎士「安心しろ！　こう見えて、私たちは港町の銀行で働いているのだ。帳簿のつけ方なら少しは分かる」

理髪師「で、でもぉ～」

黒エルフ「しかたないわね、あたしも手伝うわ」

下女「ご、ご主人様さえよければ、……アタシは、た、助かります……」

理髪師「うーん、どうしましょぉ～……。それじゃ、女騎士さんには帳簿の確認を手伝ってもらおうかしら？」

女騎士「うむ。よろこんで力になろう」

理髪師「でも、そっちのダークエルフさんはダメよ！」

黒エルフ「はぁ？　どうしてよ」ムスッ

理髪師「だって、まだ施術が終わってないもの〜☆」

黒エルフ「？」

理髪師「ねえ、髪の色を変えてみない？」

黒エルフ「色を？」

理髪師「今の銀髪もステキだけど、最新の流行は柔らかいオレンジ系ね。きっとよく似合うわよ〜」

黒エルフ「そ、そうかしら///」

理髪師「お願い！　タダでもいいからあなたの髪を染めさせて！」

黒エルフ「タダ!!　……そ、そこまで言うなら、しかたないわね……髪の色を変えてみようかしら///」

理髪師「きゃーっ！　嬉しい！　染髪は2階のテラスで施術するわ！」

黒エルフ「2階のテラス？」

理髪師「すぐそこの階段を上ったところよ。足もとに気をつけてねぇ〜」

黒エルフ「分かったわ///」

女騎士（…待て）ボソッ

黒エルフ（何よ、怖い顔して）ボソッ

女騎士（あの理髪師と2人きりになるのは……えっと、その……危険かもしれない）

黒エルフ（はぁ？　言動は突飛だけど、腕はたしかでしょう）

女騎士（うむ。カットの腕はたしかだった。だが、やはり怪しい）

黒エルフ（？）

女騎士（まず、あのハサミだが……かなりの魔力がなければ扱えないマジックアイテムだ。なぜ、こんな小さな理髪外科医院の男が使っているのだ？）

黒エルフ（お師匠さまから譲り受けたんじゃないの？　魔国出身だとかいう）

女騎士（それだけではない。あの下女も怪しいぞ。彼女の手を見たか？）

黒エルフ（女中さんの手……？）

女騎士（ささくれの1つもない綺麗な指をしていた）

黒エルフ（言われてみればたしかに。……でも、それが？）

女騎士（あの下女は、北部の農村の出身だと言ったな）

黒エルフ（！）

女騎士（農村で生まれ育ったにしては、手が綺麗すぎるとは思わないか？）

理髪師「ダークエルフさ～ん、準備ができたわよぉ～」

黒エルフ「は、はーい！　すぐ行くわ」

黒エルフ（……やっぱり、ちょっと気にしすぎじゃない？）

女騎士（私もそうであってほしいと思う。だから、止めはしない。しかし、用心だけは怠《おこた》るな）

黒エルフ（用心と言ったって……）

女騎士（先ほど買い物中も視線を感じた。おそらく尾行だ。この街にいるのは私たちの味方ばかりではない）

黒エルフ（あたしたちを邪魔しようとしているヤツがいる……ってこと？）

女騎士（そうだ。相手が何者なのかは、まだ分からない。だが、私たちの命を狙っている可能性もある）

黒エルフ（そんな大袈裟な……）

女騎士（大袈裟かもしれない。しかし備えあれば憂いなしだ。つねに最悪の事態を想定しておいたほうがいい）

黒エルフ（……）

女騎士（たくさんのカネが流れる場所には、血も流れるものだ）

黒エルフ（……分かった。血なまぐさいことに関しては、あんたのカンを信じるわ）

理髪外科医院、2階

理髪師「んも～っ、2人して何をお喋りしてたの？」

黒エルフ「た、大したことじゃないわ。さあ、始めてくれる？」

理髪師「は～い♪　帝都で一番の美人さんに仕上げてあげるわぁ」

黒エルフ「え、ええ……楽しみだわ……」

黒エルフ（……うーん、悪い人には見えないけど……）

理髪師「んん～」マジマジ

黒エルフ「？」

理髪師「ちょっと失礼」ふにっ

黒エルフ「きゃあ!?　どこ触ってんのよ！」

理髪師「もう少しボリュームがあったほうがいいわね～～」ふにふに

黒エルフ「ひゃぁああ!?」

理髪師「こう見えてアタシは外科医よ。膨らませることもできるけど、どうする？」

黒エルフ「余計なお世話よッ！」

理髪師「えー、そうかしらぁ～？」

黒エルフ「か、髪だけをお願いするわ！」

理髪師「うふふ、ごめんなさいねぇ。じゃあ、これをかぶってくれる？」

黒エルフ「これは……頭のてっぺんに穴を空けた麦わら帽子？」

理髪師「髪染めの秘薬は希少すぎて使えないでしょ？　だから、太陽の光を利用するのよぉ」

黒エルフ「お日様の光で、髪を日焼けさせるってこと？」

理髪師「そういうこと。この帽子の頭頂部から髪を出して、ひさしの上に広げてちょうだい。キレイな色に焼けるわよぉ～？」

黒エルフ「ふぅん……。これでいい？」

理髪師「ええ、完璧！」

黒エルフ「日光を使うから2階のテラスだったのね。でも、なんだか毛が傷みそうね」

理髪師「心配ないわ！」

ちゃぷ……

理髪師「この化粧水で髪を常に濡らしておけば、日光のダメージを抑えられるの」

黒エルフ「きゃっ、冷たい！　何かの薬草の香りがするわ」

理髪師「カモミールよ。日光で髪を染めるときは、カモミールのエキスを混ぜた化粧水を使うの。

もっとも、うちは秘伝のレシピで作っているけど」
黒エルフ「秘伝のレシピ」
理髪師「ええ。詳しい製法は秘密だけど、カモミールエキスのほかに大麦のわらと亀の血を加えて……」

ちゃぷちゃぷ……

黒エルフ「!?」
理髪師「さらに美肌効果のあるウグイスのふんと、生き物を燃やした灰を混ぜて——」
黒エルフ「ま、待って！」
理髪師「?」
黒エルフ「た、たしかに亀の血は……華国ではお薬に使うと聞いたことがあるわ。それに、和国の女性はウグイスのふんを化粧に使うらしいわね」
理髪師「あら、よく知ってるわねぇ」
黒エルフ「じゃあ、生き物を焼いた灰というのは……?」
理髪師「オタマジャクシよ」
黒エルフ　ギャー!!

商業区

工房長「……何でしょう、今の悲鳴」
老練工房「つたく、ヤダねえ。近ごろは治安が悪くて」

（※結局、髪は染めませんでした）

夕刻、王宮

家　臣「申し上げます！　港町銀行の者たちが到着しました」

財務大臣「報告ご苦労。では国王陛下をお呼びするとしよう」

家　臣「いえ、それが……。すでに謁見の間に向かわれたとのことです」

財務大臣「何？　まったく、どいつもこいつも私を差し置いて……」

家　臣「もしや陛下は、嘆願を聞き入れるおつもりなのでしょうか」

財務大臣「そのようだ。名君たるもの民意に耳を傾けるべきだと、内務大臣に入れ知恵されたらしい。衆愚に振り回されては国を傾けるとご忠告したのだが、無駄だった。反抗期かもしれんな、あれは」

家　臣「反抗期」

財務大臣「もう少し素直に育ってもらいたいものだ」

家　臣「では、仲介業者の件はいかがですか？」

財務大臣「そちらについては、すでに手は打ってある」

家　臣「どの銀行を仲介業者に選ぶか……最終的な決定権は精霊教会の代表者が握っていると存じますが」

財務大臣「その通りだ。港町銀行に応募を取り下げさせるか、もしくは――」

家　臣「もしくは？」

財務大臣「何かしらの醜聞《しゅうぶん》を見つけて、信頼を傷つけてやればいい。手はいくらでもある」

家　臣「なるほど」

財務大臣「もとより、私は帝都銀行を推薦しているのだ。まかり間違っても、港町銀行が仲介業者に選ばれることはありえんよ。ふふふ……」

謁見の間

ショタ王「遅いぞ！　ぼくは宿題をがんばって終わらせてきたんだぞ？　このぼくを待たせるとは……」

財務大臣「どうかご容赦ください。ところで、あそこでひざまずいているのが？」

ショタ王「ああ、港町銀行の代理人だ。……顔を上げて名を名乗れ！」

衛　兵「おもてをあげよ！」

女騎士「私はシルヴィア・ワールシュタット。国王陛下と拝謁《はいえつ》する栄誉にあずかり、恐悦至極に存じます」

ショタ王「ふむ、ワールシュタット家《け》か……。どこかで聞いたことがある名だ」

財務大臣（現在は人間国に併合された『波国《はこく》』の名家でございます。……偽名でなければ、ですが）

ボソッ

ショタ王「そうか、思い出したぞ。ワールシュタット家といえば、新大陸への入植初期に渡った五大貴族の1つだな？」

女騎士「さようでございます」

ショタ王「たしか、『副都の悲劇』で……」

女騎士「……はい、私を残して一族は滅びました」

ショタ王「そうか、悪いことを訊いた。……それで、もう1人のほうは？」

黒エルフ「あたしはルカ・ファン・ローデンスタイン。影国の商家の出身よ。わけあって港町銀行に雇われているわ」

財務大臣「貴様、陛下に向かってその口のきき方は何だ！」

ショタ王「よい。影国の生まれであれば、この国の言葉に不慣れなのだろう。……ふむ。その肌は生まれつきなのだな？　まるでコーヒーを塗ったような色だ。できれば洗い流すところを見せて欲しいが……」

黒エルフ「お断りするわ。ダークエルフを見たことがないの？」

ショタ王「かつて影国を創った誇り高き種族だと教わった。だが、最近では数が減ってしまったと聞く」

黒エルフ「ええ。今では影国の住民の大半は、あなたたちと同じ人類よ」

ショタ王「何にせよ、2人ともよくぞ帝都に参じてくれた。ぼくはフェリペ・ロペス・デ・レガスピ！ 卑賤《ひせん》なる魔族を討ち滅ぼし……えっと……」

財務大臣（この世界の王となる）**ボソッ**

ショタ王「……こ、この世界の王となるべき者だ！」

女騎士・黒エルフ ハハーッ

ショタ王「諸君らの嘆願書、読ませてもらったぞ」

ぴらっ

ショタ王「港町は人間国の貿易の要《かなめ》。町を栄えさせるためには、貿易商たちにカネを融通する必要があり、国債購入の余裕はない……という内容だな」

黒エルフ「ええ。言われた額の半分までしか、あたしたちはカネを貸せないわ」

財務大臣「この国難のときに身勝手な……」

ショタ王「よし、1割だ」

財務大臣・黒エルフ「「ええっ」」

ショタ王「事前にぼくたちが勧告した額の1割でいい。お金を貸してくれ」

女騎士・黒エルフ ぽかん……

ショタ王「どうした、不満か？」

黒エルフ「い、いえ……不満はないけど……」

財務大臣「陛下！ どうかお考え直しください！」

ショタ王「なぜだ？」

財務大臣「戦艦の建造や改修が今後本格化します！」

ショタ王「海軍元帥から聞いたよ。シーサーペントの対策に、新型の大砲を調達するそうだな」

財務大臣「それだけではありません！ 動員する兵士の給料、武器、兵站《へいたん》……カネはいくらあっても足りないのですよ？」

ショタ王「だけどぼくはもう決めた。そして、あの者たちは不満はないと言った。ぼくが決めた提案に、あの者たちは同意したのだ。これで契約成立だろう」

財務大臣「しかし――！」

ショタ王「ぼくが誰かと交わした約束を勝手にくつがえす……そんな権限はお前にはないはずだぞ、大臣」

財務大臣「お、おっしゃる通りです……」

宮廷、正門

衛　兵「こ、困ります！　どうかお引き取りくださいませ！」

？？？「まあ！　そんなことおっしゃらないでくださいな」

衛　兵「国王陛下は、ただいま謁見に応じておいでです！」

？？？「あらあら、うふふ……。それならちょうどいいですわぁ」

衛　兵「ああっ！　お、お待ちください――」

謁見の間

女騎士「……ご恩情に感謝いたします」

黒エルフ「嘆願書はもう一通あるはずだけど？」

ショタ王「精霊教会の仲介業者の件だな。応募は受け付けた。どの銀行に仲介を依頼するかは、精霊教会の側で決めることだ」

財務大臣「だが、応募を辞退するべきだな」

ショタ王「……大臣？」

女騎士「応募を辞退……ですか？」

黒エルフ「するわけないでしょう、そんなこと！」

財務大臣「黙れ、厚顔無恥な女狐め！」

ショタ王「大臣！　いくら相手が女だからといって言葉がすぎるぞ」

財務大臣「考えてもみてください、陛下。この者たちは国債の減額をねだってきたのですよ？　魔国の存在は人類の脅威。もしも人間国が負ければ、私たちは魔族の奴隷として使い潰されるでしょう」

黒エルフ「……」

財務大臣「惨《みじ》めな末路を避けるためなら、無償でも戦争に協力すべきです。にもかかわらず、この者たちは充分なカネを貸すこともできないと言うではありませんか。貸すカネも充分に持たないこの者たちに、精霊教会との取引を仲介するという重責が負えますでしょうか？」

ショタ王「言われてみれば、たしかに……」

財務大臣「彼女らを精霊教会の代表者に引き合わせてしまったら、陛下の名声にも傷がつくやもしれません。人を見る目がない、という傷が」

ショタ王「ぼくは王さまだぞ！　このぼくの人を見る目を疑うつもりか！」

財務大臣「陛下の眼識は存じております。ただ、下らない悪評が立つのを防ぎたいのです」

黒エルフ「……なによ。応募するのもしないのも、あたしたちの勝手でしょ？」

財務大臣「ふんっ、呆れるほどの欲深さだな」

黒エルフ「欲深い、ですって…？」

財務大臣「さよう。お前たちには戦争の勝利に貢献したいという気持ちも、精霊教会に尽くしたいという真心も無いではないか。ただ、仲介手数料が欲しいだけであろう」

女騎士「そ、そんなことは……」

財務大臣「言いつくろおうとしても無駄だ、利己主義者め！」

黒エルフ「ええ。たしかにあたしは欲深い利己主義者よ」

女騎士「お、おいっ」

財務大臣「ふふふ……認めおったか。ならば応募の辞退を――」

黒エルフ「だけど、欲深さは悪なの？　欲を持つことは、そんなに悪いこと？」

財務大臣「何ぃ……？」

ショタ王「おもしろい、続きを聞かせろ」

黒エルフ「たとえば大臣さま、あなたはずいぶん高そうな衣服を召しているわね」

財務大臣「フンッ、お前にそんな審美眼があるとはな。華国より取り寄せた最高級のシルクを使っておる」

黒エルフ「いい服を着たい……。これは誰もが抱く欲求だわ。大臣さまも例外ではなかった」

財務大臣「何が言いたい」

黒エルフ「大臣さまは、いい服を着たいという欲を持った。仕立て屋は、服を売ってカネを得たいという欲を持った。だからこそ、衣服の売買という取引が成立した」

ショタ王「！」

黒エルフ「商売の本質は、お互いの欲を満たしあうことよ。あたしたちが欲深いからこそ、この世界は豊かになるのよ」

女騎士「仕立て屋だけではなかろう」

黒エルフ「そうね。大臣さまの支払ったカネで、荷物を運んだ水夫たちや、布を織った女たち、糸を紡いだ華国の子供たちまでもが潤《うるお》ったはず。いい服を着たいという、たった1つの欲を満たすだけで、他のたくさんの人の欲を満たすことができた」

財務大臣「ど、どこまで人を愚弄《ぐろう》すれば気が済むのだ！黙って聞いておれば……私が欲深いと言うのか!?」

黒エルフ「違うの？」

財務大臣「国庫の番人たる財務大臣の立場は、無私無欲でなければ勤まらん！」

黒エルフ「立派な心がけね。お召しになった衣装と同じくらい立派だわ」

財務大臣「なんだとぉ！」

黒エルフ「無私無欲な大臣さまは、その立派なお召し物を買うカネを、どうやって工面《くめん》したのかしら？」

財務大臣「な……!?」

黒エルフ「さぞかし色々なお仕事をなさってカネを稼いだのでしょうね」

ショタ王「あはは、大臣は由緒正しい貴族だよ。お金ならあるんだよ」

財務大臣「〜〜〜ッ!!」

ショタ王「どうしたの、大臣？　顔が真っ赤だけど」

財務大臣「と、とにかく……。この者たちが私利私欲のために仲介業者に応募したことはハッキリしました」

ショタ王「うん。じつに興味深い話だった」

財務大臣「というわけで話は終わりだ！　私たち政府が港町銀行を推薦することはありえない！」

女騎士「そんな……」

黒エルフ「なら、どこの銀行を？」

財務大臣「ふんっ、教えてやる義理はないが……仲介業者には帝都銀行が選ばれるはずだ」

黒エルフ「帝都銀行……」

女騎士「うちの何倍も規模が大きい銀行だな」

財務大臣「ふふふ、お前たちでは太刀打ちできまい。恥をかきたくなければ、応募を取り下げるのだな。今なら無礼な発言も許してやろう」

？？？「あらあら〜、応募を取り下げられたら困りますわぁ」

財務大臣「なっ!?　あなたは!!」

ショタ王「わざわざ来てくれたのか！」

衛兵「ご公務の最中《さなか》に申し訳ございません。お止めしたのですが……」

ショタ王「よい。よくぞ来てくれた」

？？？「うふふ〜、歓迎ありがとうございますぅ」

黒エルフ（……あの人、誰？）ボソッ

女騎士（おそらく、精霊教会の司祭補だ。国債購入の担当者だろう）

司祭補「はい、その通りですわ！　わたしは精霊教会11人の司祭補の末席に属しています、セラフィム・アガフィアと申します♪」

財務大臣「この者たちが応募を辞退したら困るとは、どういう意味でしょう。真意を測りかねますが……」

司祭補「できるだけたくさんの候補のなかから仲介先

を決めたいという意味ですわぁ」

ショタ王「できるだけたくさんの候補から選びたい、か……。その気持ち、よく分かるぞ」

司祭補「あらぁ、王さまに分かっていただけるなんて光栄ですぅ〜」

ショタ王「そろそろ結婚相手を決めろと乳母がうるさいのだ。けれど紹介されるのは似たような娘ばかり。趣味は刺《し》繍《しゅう》、肌は色白で性格は穏やか……。ぼくはもっと色々な候補から妻を選びたいのに、貴族の娘というのは判で押したように似た者ばかりだ」

女騎士「どの家でも同じような習い事を教えるのだ。懐かしい」**うんうん**

黒エルフ「あんたが言っても説得力皆無ね」

女騎士「失礼な！　たしかに刺繍は苦手だが、傷の縫合は得意だ。料理や音楽、ダンスも習った。乗馬だって教わったのだ！」

黒エルフ「あのねえ、貴族の娘は普通、自分では料理しないものなのよ。音楽といってもあんたの場合は戦場でのラッパ吹きだし、ダンスじゃなくて演武でしょ。馬だって軍馬だし」

ショタ王「あはは、お前たちは愉快だな」

司祭補「うふふ。取引の仲介先を決めるのは、たしかに結婚相手を選ぶようなものかもしれませんわねぇ〜」

財務大臣「も、もしや……司祭補さまはこの者たちの味方なので!?」

司祭補「あらあら、わたしは誰の味方でもありませんわぁ。ただ、理にかなった判断がしたいだけですぅ」

財務大臣「理にかなった判断ですか……。な、ならば、この者たちはふさわしくないかと！　精霊教会への信心も浅く、私利私欲を満たすためだけに立候補したのです！　とても信頼できる銀行だとは――」

司祭補「信頼できるかどうかは、わたくしが自分で判断いたしますわ」

財務大臣「それは、そうですが……」

司祭補「帝都銀行と、港町銀行。今のところ、この２つの銀行が仲介業者に立候補していると聞いていますわぁ」

ショタ王「その通りだ。なぜか他の銀行からの応募は無かった」

司祭補「それでは、こうしましょう。明日、それぞれの銀行の代表者を教会にお呼びして、自己ＰＲをしてもらうのですぅ」

ショタ王「自己ＰＲ」

司祭補「それぞれの銀行に、自分のお店の良いところを説明してもらうのですわ。それを聞いて、どちらに仲介を依頼するか決めますわぁ」

ショタ王「面白そうだな。ぼくも同席しよう」

財務大臣「な、ならば私も……」

司祭補「うふふ。ご快諾《かいだく》ありがとうございまぁす♪
……ということで、ご足労いただくわぁ。よろしいかしらぁ？」

黒エルフ「あたしたちは、別に……」

女騎士「うむ。異存はない」

財務大臣「おい、衛兵！　帝都銀行に伝言だ！」

衛兵「はっ、かしこまりました！」

司祭補「あらあら、まあまあ……。明日が楽しみになってきましたわねぇ～♪」

財務大臣「お前たち、チャンスがあるなどと思うなよ？」

黒エルフ「何の話？」

財務大臣「知れたことを……。せいぜい恥をかかぬよう、自己ＰＲを準備しておくのだな！」

黒エルフ「望むところよ。大臣さまこそ、次は遅刻するんじゃないわよ？」

女騎士（自己ＰＲ……就職活動……うっ、頭が！）

黒エルフ・財務大臣「「仲介業者に選ばれるのは、絶対に――」」

黒エルフ「港町の」

財務大臣「帝都の」

黒エルフ・財務大臣「「――銀行よ！／銀行だ！」」

帝都、大商店街

虫　リーリー……リーリー……

ワイワイ……ガヤガヤ……

酒場　ギャハハハ　ワハハハハハ

街《がい》娼《しょう》　オニーサン　アソビマショー

ワイワイ……ガヤガヤ……

黒エルフ「すっかり夜更けね」

女騎士「この時間に出歩いているのは酔《すい》客《きゃく》ばかりだな」

黒エルフ「ほんと、気楽に酒を飲める連中が羨《うらや》ましいわ」

女騎士「……」

黒エルフ「……」

女騎士「……あの話は本当なのか？」

黒エルフ「……どの話？」

女騎士「お前が、影国の商家の生まれだという話だ」

黒エルフ「……」

女騎士「影国は小国ながら、貿易で栄える国だ。いまだに人間国に併合されないのは、商業で得たカネで莫大な上納金を納めているからだと聞く」

黒エルフ「……」

女騎士「影国の商家で育ったなら、お前が帳簿に詳しい理由も分かる。私が幼くして剣の扱いを教わったように、お前はカネの扱いを叩き込まれたのだろう。だが、ならばなぜ奴隷の身に落ちてしまったのだ？」

黒エルフ「……」

女騎士「許してくれ。こういうとき、私は気の利いた訊き方ができないのだ」

黒エルフ「……あたしが商家の血を引いているのは、事実よ」

女騎士「……」

黒エルフ「だけど、商売人の家で生まれ育ったと言ったら……嘘になるわ」

女騎士「？」

黒エルフ「……」

女騎士「えっと、つまり――」

黒エルフ「ごめんなさい!!」

黒エルフ「……ごめんなさい。今は、まだ……ここまでしか話せないわ」

女騎士「そうか……」

黒エルフ「だけど、それは……あんたのことが嫌いだからとか、そういうのじゃなくて――」

女騎士「よいのだ」**ぽんっ**

黒エルフ「！」

女騎士「よいのだ」**ナデナデ**

黒エルフ「……うん」

酔客「バカヤローッ！　てめえに渡すカネはないよ！　消えな！」**ドカッ**

？？？「す、す、すみません……」

黒エルフ「……ねえ、あれって」

女騎士「ああ、なぜこんな場所に？」

？？？「う……うぅ……」

女騎士「大丈夫か、手ひどくやられたな」

？？？「あなたは……女騎士さま？」

女騎士「理髪外科医院の女中が、こんな時間に何をしている？」

下女「……お、お願いです！　1Gでもかまいません、どうかお恵みください！」

黒エルフ「はぁ？　物《もの》乞《ご》いなんて勘弁してよ！」

女騎士「待て。きっと何か理由があるに違いない」

下女「うぅ……。ど、どうしても現金の残高が帳簿と一致しなかったんです……」**シクシク**

黒エルフ「あたしが髪を染めている間に、あんたが帳簿を確認したのよね？」

女騎士「時間が足りなくて、不一致の原因を突き止められなかったのだ。正しい帳簿のつけ方を教えるだけで精一杯だった」

黒エルフ「ふーん」

下女「そ、それで……ご主人様に、た、足りないぶんの現金を払うようにと言われたのです……」

女騎士「なるほど、だから物乞いをしていたのだな」

黒エルフ「だいたい、あんた本当に『正しい』帳簿のつけ方を教えたの？」

女騎士「もちろんだ！」

下女「……とても……勉強になりました……」

黒エルフ「へー」

女騎士「教科書どおりのことを教えたのだ。……たぶん」

黒エルフ「たぶんじゃ困るわよ。ハァ……。ここで話していてもラチが明かないわ。あたしが力を貸してあげる」

下女「そ、それでは！」

女騎士「お金を恵んでやるのか？」

黒エルフ「やるわけないでしょう。あたしは欲深い利己主義者よ？」

下女「？」

黒エルフ「あたしが帳簿を再確認してあげると言ってるの。外科医院に行くわよ」

王宮

頭取「……では、港町の連中は立候補を取り下げなかったのですか？」

財務大臣「うむ。まるでヒルのように頑固で強欲な女どもだった」

頭取「すると、どちらの銀行が仲介業者に選ばれるのかは……」

財務大臣「精霊教会の司祭補の気分次第、だな」

頭取「……参りましたね」

財務大臣「まったくだ」

頭取「国債購入の窓口になるのは、司祭補のセラフィム・アガフィアさまだとおっしゃいましたね」

財務大臣「さよう。頭の弱そうな女だ」

頭取「しかし聞くところによれば、彼女は怪しき術を使うのだとか？」

財務大臣「腐っても精霊教会の司祭補だ。魔法の1つぐらい使えても不思議はない」

頭　取「言われてみれば、その通りでございますね。もう10年近く本物の魔法使いにはお目にかかっていないので、つい……」

財務大臣「もとより魔法を使える者はごくわずかだった。そのほとんどが兵役《へいえき》で新大陸に赴《おもむ》き、そのまま消息知れずだ。この私でも、魔法使いと言葉を交わすのは1年に数えるほどだな」

頭　取「大臣さまほどのご身分でも……ですか」

財務大臣「以前は宮仕《みやづか》えの魔法使いにやらせていたことができなくなり不便している。こうなったのも魔族のせいだ」

頭　取「であれば、司祭補セラフィムさまがお若いのも……」

財務大臣「うむ、競争相手が少なかったのだろう。そうでなければ、あの若さで司祭補に選ばれることはありえんだろう」

頭　取「それを聞いて安心しました。セラフィムさまご自身の優秀さゆえに出世されたのであれば、一筋縄ではいかない相手になるだろうと身構えておりました」

財務大臣「ふんっ、私にしてみれば小娘にすぎぬ。そもそも私はアンチマジックＬｖ３を持っているのだ」

頭　取「アンチマジックＬｖ３」

財務大臣「詳しくは説明しないが、魔法の1〜2発なら簡単に無効化できる。司祭補がどんな怪しい術を持っていようと、私には関係のないことだ」

頭　取「大変心強いお言葉、勇気づけられます。……それにしても、港町の銀行はずいぶん悪知恵の働くやつらのようです。目録をご覧になりましたか？」

財務大臣「ふむ、これがその目録だな」

ぴらっ

頭　取「さようでございます。港町と取引のある商人を片っ端から訪ねて、あの銀行に売りつけた商品の一覧を提出させました。しかし……」

財務大臣「紙や墨、油、蝋……。ありふれた物品ばかりだな」

頭　　取「そうなのです！　あの規模の銀行なら、後ろ暗い商品を……違法な薬や武器の1つや2つは買っているはず。にもかかわらず、その目録にはそんな商品は載っていません」

財務大臣「つまり、巧妙に隠匿《いんとく》していると？」

頭　　取「まず間違いなく」

ぴらぴら

財務大臣「ふぅむ、たしかに……美術品の購入が目立って多いようだが……」

頭　　取「港町銀行の主は、どうやら芸術オタクのようですね。作者や時代、地域にこだわらず、彫刻や絵画を買いあさっているようでございます」

財務大臣「そうか。他に何か面白い話はないか？」

ぴらぴら

頭　　取「面白い話でございますか？」

財務大臣「うむ。港町に関することなら何でもかまわん」

頭　　取「そうですね、面白い話と言いましても……。あの町の銀行に関係する話となると……」

ぱらぱら

財務大臣「銀行にこだわらなくてよい。あの町のできごとで、何か変わったことはないのか？」

頭　　取「そうですねぇ……。ダークエルフの奴隷の話ぐらいでしょうか」

財務大臣「ダークエルフ？」ぴたっ

頭　　取「はい、以前もお話しした通り、港町にはわたくしどもの銀行の支店がございます。その支店長から聞いたのですが……ふた月ほど前、あの町にダークエルフの奴隷が入荷されたそうなのです」

財務大臣「そのダークエルフ、もしや女ではないか？」

頭　　取「その通りです。大臣さまもこの話をご存じでしたか？」

財務大臣「いいや、初耳だ。詳しく聞かせろ」

頭　　取「その奴隷を支店長が購入しようとしたところ、若い女に横取りされたそうです。法外な値段で買い取ったのだとか。……ダークエルフの奴隷を購入したのは、金髪碧眼の女騎士だったと聞いています」

財務大臣「金髪碧眼」

頭　取「さして面白い話でもなく恐縮です」

財務大臣「……いいや、面白い。じつに面白い！」

ぱらぱら

頭　取「？」

財務大臣「ふふふ、思い当たることがあるのだよ。その奴隷と女騎士の人相を聞いているか？　詳しく教えろ」

ぱらぱら

頭　取「か、かしこまりました……」

財務大臣「つと、その前に。何だ、これは？」ぴたっ

頭　取「どうなさいましたか？」

財務大臣「むむむ……。港町銀行は、こんなものを買っているのか？」

頭　取「こんなものと申しますと？」

財務大臣「ほれ、この目録を見てみろ」

ぴらっ

頭　取「こ、これは……!?」

財務大臣「ふはは！　どうやら馬脚をあらわしたようだな、あの女どもめ！」

頭　取「これさえ見せれば……」

財務大臣「ああ、そうだ！　精霊教会が港町銀行を選ぶことはない。絶対にありえん！　ふふふ……はははは……！」

理髪外科医院

下　女「こ、こ、こちらが……帳簿です……。それから、請求書と領収書の束が……こちらに……」

ドサドサッ

黒エルフ「1週間分とはいえ、それなりに量があるわね」

女騎士「領収書の内容を確認したが、記入漏れはなかったぞ」

下　女「領収書を……な、失《な》くしたの、でしょうか

……？」

黒エルフ「もしも領収書を紛失していたならお手上げだけど……。まずは他の可能性から潰していきましょう」

下女「他の可能性ですか？」

黒エルフ「記入漏れや、領収書の紛失の他にも、残高が一致しなくなる場合があるのよ。そういう可能性を1つずつ検証していくの」

下女「はぁ」

黒エルフ「たとえば、一致しない勘定科目は『現金』だけだった？　売上票《うりあげひょう》の金額とか、当座預金の残高とか……現金以外にも帳簿と一致しない勘定科目はなかった？」

女騎士「売上票の金額はぴったり一致しているぞ」

下女「と、当座預金の残高は……銀行に問い合わせないと、分かりません……。そ、それに……買掛金の残高は、月末に請求書が届くまで……不一致を確認できません」

黒エルフ「なるほど。今は月の半ばだから、正確な残高が分からない勘定科目もあるわね」

女騎士「となると、やはりカネを恵んでやるほうが早いのでは……？」

黒エルフ「諦めるのが早すぎ。次はあんたを疑いましょう」

女騎士「私を疑う？」

黒エルフ「あんたの教えた帳簿のつけ方が、間違っているのかもしれないわ」

下女「そ、そうなのですか……？」

女騎士「ぐ……」

黒エルフ「女中さんにどんなことを教えたのか、もう一度説明しなさい。正しいかどうか確認してあげるわ」

ぱらぱら……ぴたっ

黒エルフ「たとえば、帳簿のここに書いてある取引はどう？」（※29）

下女「銀行から現金を借り入れたときの仕訳ですね……」

女騎士「ごく基本的なことなのだ！　現金を借方に、

借入金を貸方に記入する。返済したときは逆になる」

※29

現金を借り入れたときの仕訳

借方	貸方
現金：20,000G	借入金：20,000G

借入金を返済したときの仕訳

借方	貸方
借入金　：20,000G 支払利息：1,000G	現金：21,000G

黒エルフ「正解」

女騎士「この程度、朝メシ前なのだ」

黒エルフ「……あら？　この理髪外科医院も『当《とう》座《ざ》借《かり》越《こし》』の契約をしているのね」

下女「と、当座借越……？」

女騎士「当座預金の残高を超えて小切手を振り出せる契約のことだ」

下女「……こ、小切手は……当座預金の残高までしか振り出せないはずでは……？」

黒エルフ「例外があるのよ。たとえば、うっかり口座残高を超えた額の小切手を振り出してしまったとするでしょう？　小切手を受け取った人は銀行で現金化できず、あなたの信用はガタ落ちになるわ」

下女「こ、困ります……」

黒エルフ「そんな場合に、銀行がお金を立て替えて払ってくれる契約があるの。それが当座借越契約よ」

女騎士「この理髪外科医院も当座借越を利用していたのだ。たとえば、この取引だ」（※30）

黒エルフ「買掛金を支払うために5千Gの小切手を振り出したけど、当座預金の残高が3千400Gしかなかったのね。不足分1千600Gが当座借越になるわ」

※30

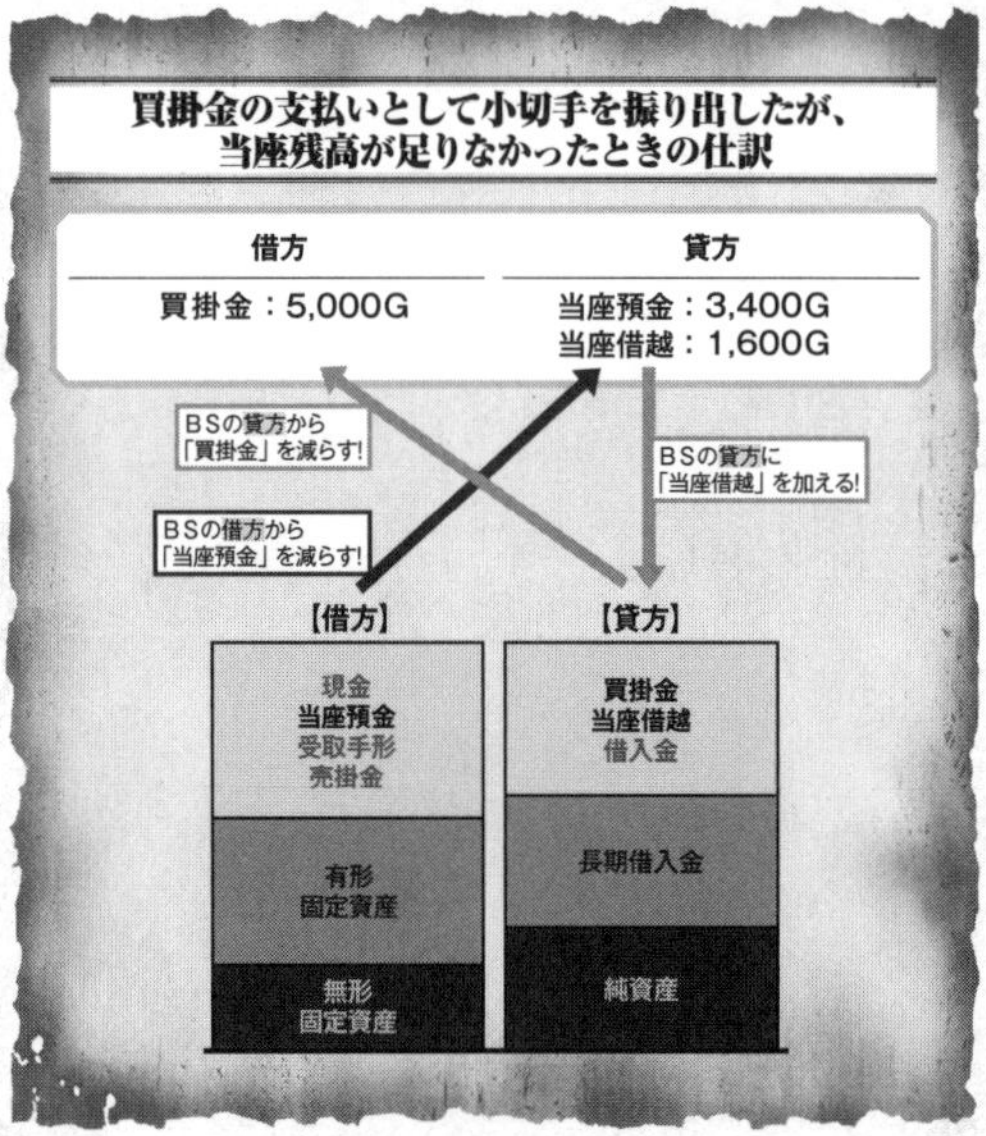

買掛金の支払いとして小切手を振り出したが、
当座残高が足りなかったときの仕訳
借方
買掛金：5,000G
貸方
当座預金：3,400G
当座借越：1,600G
BSの貸方から「買掛金」を減らす!
BSの貸方に「当座借越」を加える!
BSの借方から「当座預金」を減らす!
【借方】
現金
当座預金
受取手形
売掛金
有形
固定資産
無形
固定資産
【貸方】
買掛金
当座借越
借入金
長期借入金
純資産

下　女「で、でも……翌日にはお金を振り込みました……！」

女騎士「帳簿のここに記してある」（※31）

黒エルフ「なるほど、現金5千600Gを振り込んだのね。当座借越は負債の一種だから、まずはそれを返済して、残りが当座預金に加えられるわ」

※31

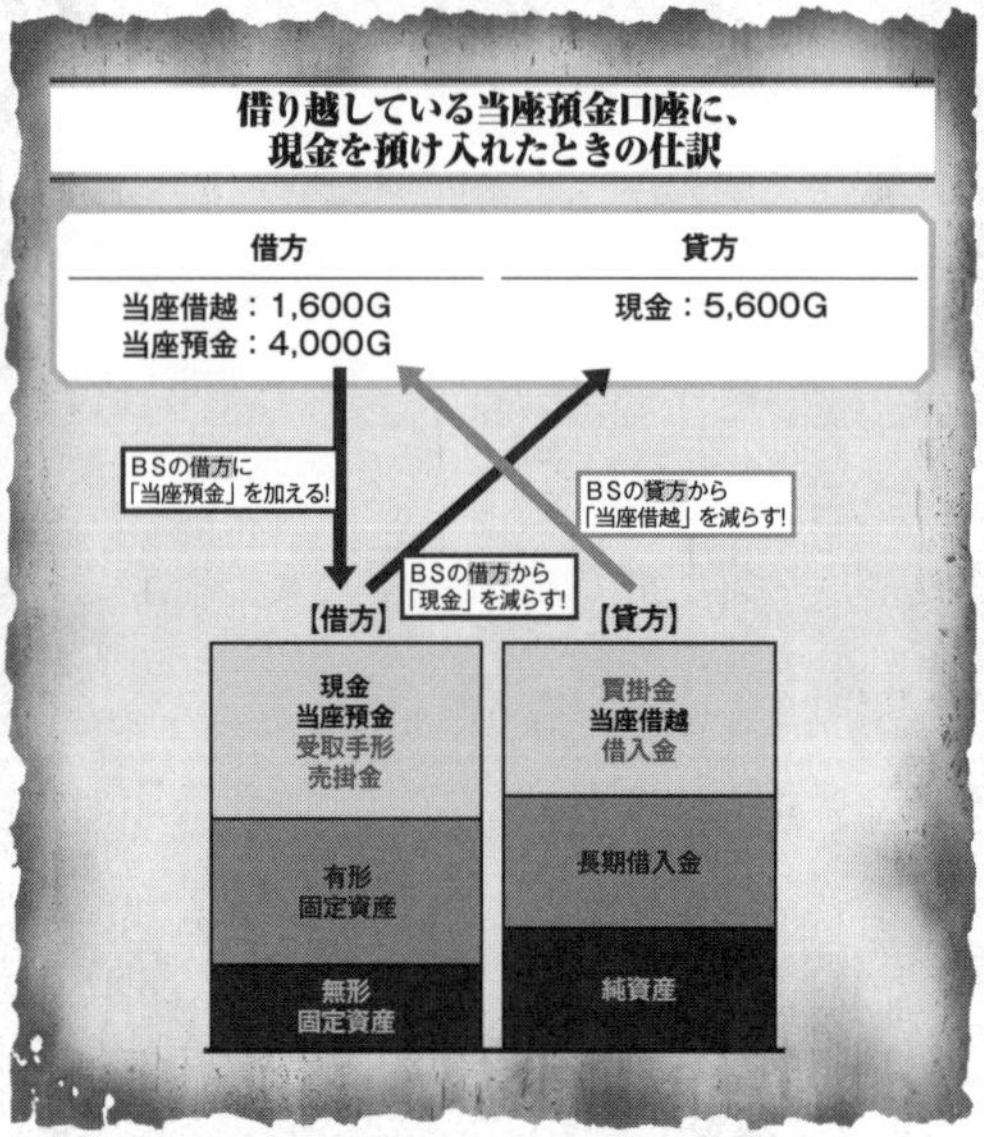

借り越している当座預金口座に、
現金を預け入れたときの仕訳
借方
当座借越：1,600G
当座預金：4,000G
貸方
現金：5,600G
BSの借方に「当座預金」を加える!
BSの貸方から「当座借越」を減らす!
BSの借方から「現金」を減らす!
【借方】
現金
当座預金
受取手形
売掛金
有形
固定資産
無形
固定資産
【貸方】
買掛金
当座借越
借入金
長期借入金
純資産

女騎士「どうだ、きちんと記帳できているだろう」

黒エルフ「ええ。ここまでは『正しい帳簿のつけ方』になってるわ。意外なことに」

女騎士「意外だと」

下　女「で、では……なぜ現金が一致しないのでしょう。アタシは横領などしていませんが……」

黒エルフ「本当に？」

下女「本当です！」

黒エルフ「じゃ、一致しなかった金額を教えて。現金は何G足りなかったの？」

※32

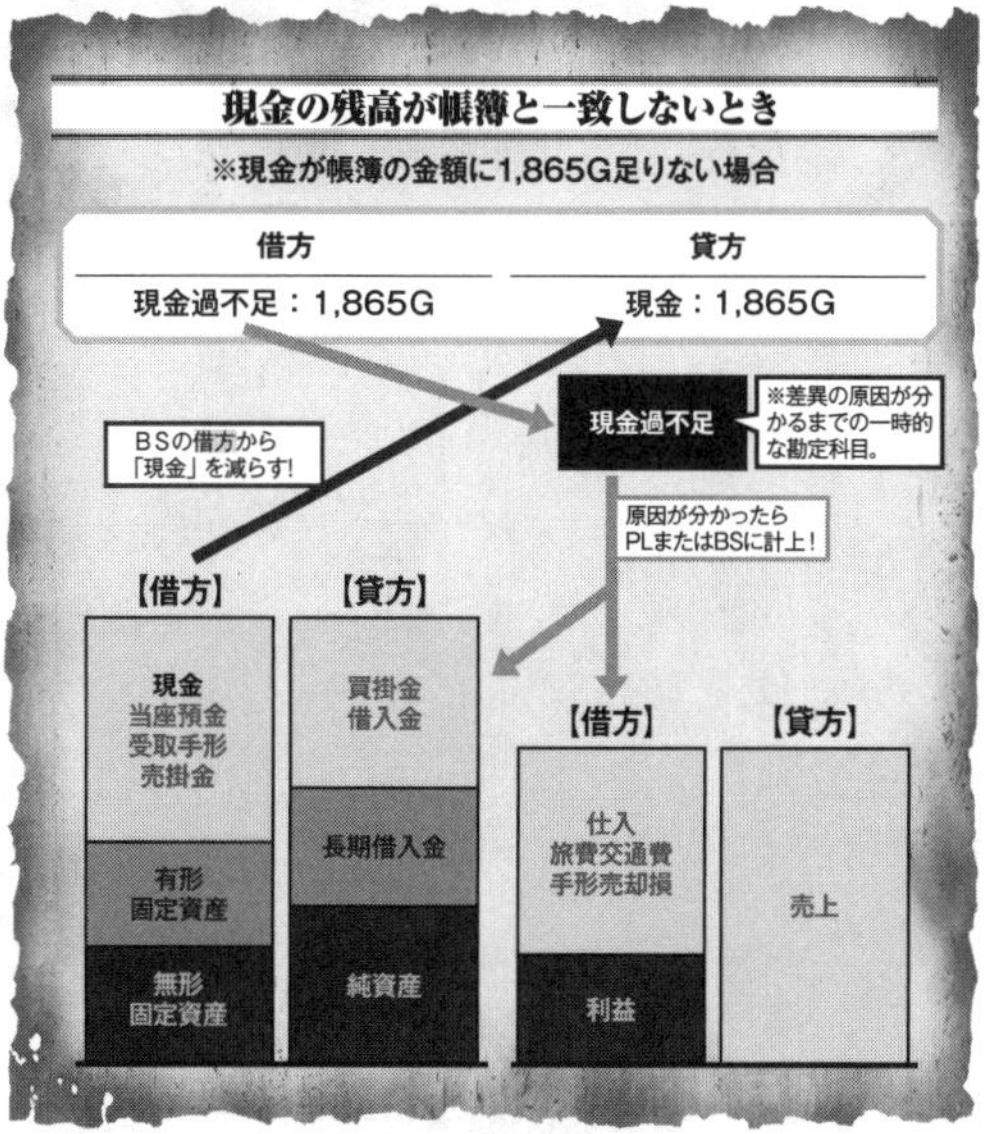

現金の残高が帳簿と一致しないとき
※現金が帳簿の金額に1,865G足りない場合
借方
貸方
現金過不足：1,865G
現金：1,865G
BSの借方から「現金」を減らす！
現金過不足
※差異の原因が分かるまでの一時的な勘定科目。
原因が分かったらPLまたはBSに計上！
【借方】
【貸方】
現金 当座預金 受取手形 売掛金
有形固定資産
無形固定資産
買掛金 借入金
長期借入金
純資産
【借方】
【貸方】
仕入 旅費交通費 手形売却損
利益
売上

女騎士「私が確認したときは、現金の残高が帳簿よりも1千865G少なかったのだ」

下女「……げ、『現金過不足《げんきんかぶそく》』という勘定科目を使った仕訳を入れるようにと教わりました……」

（※32）

黒エルフ「正解よ。不一致の原因が分かるまでの一時的な勘定科目ね」

※33

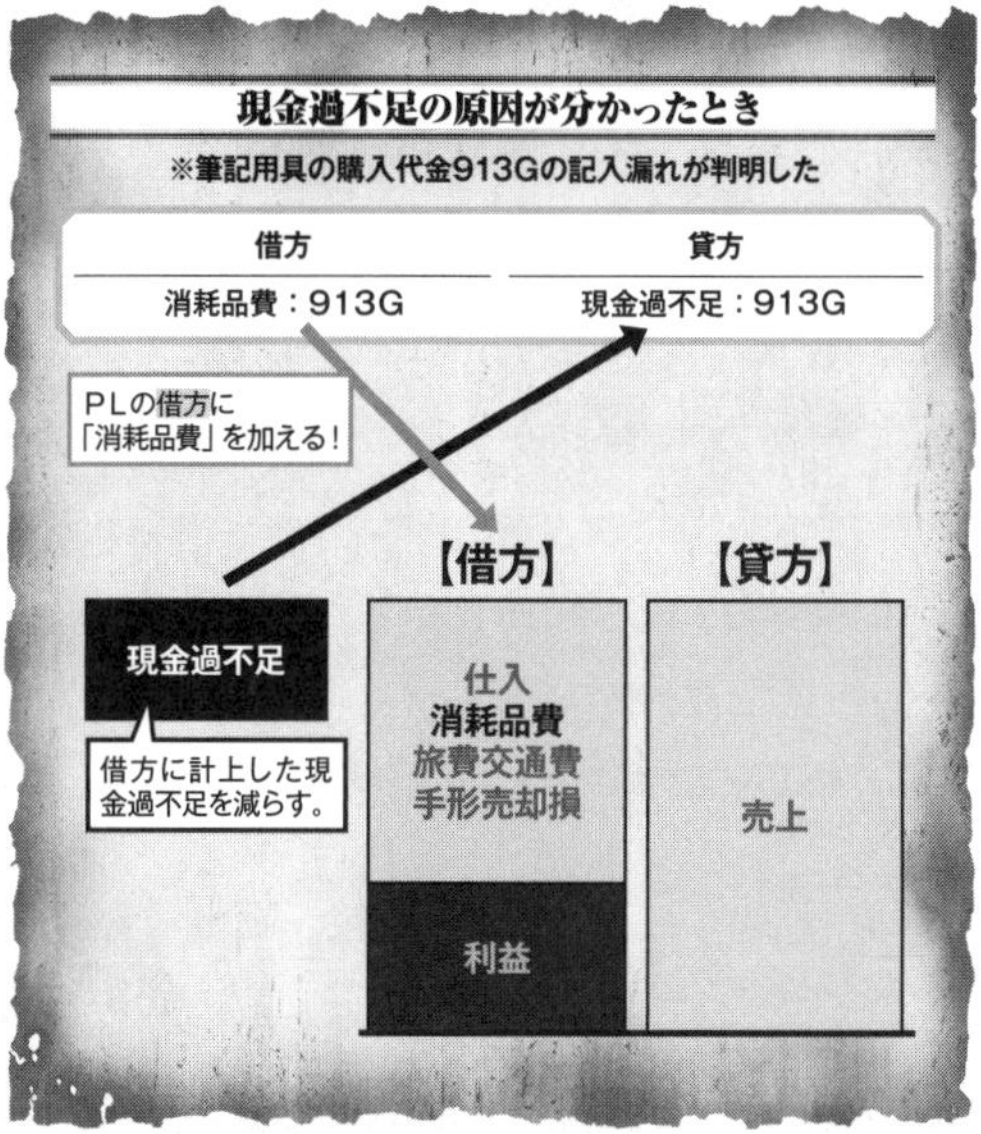

現金過不足の原因が分かったとき
※筆記用具の購入代金913Gの記入漏れが判明した
借方
貸方
消耗品費：913G
現金過不足：913G
PLの借方に「消耗品費」を加える！
現金過不足
借方に計上した現金過不足を減らす。
【借方】
【貸方】
仕入 消耗品費 旅費交通費 手形売却損
利益
売上

下　女「そ、そのあと……女騎士さんに調べてもらったら、筆記用具の購入代金913Gが帳簿に記入されていないと分かりました……」

女騎士「そのときの仕訳がこれだ」（※33）

黒エルフ「これも正解。正しい記入方法になっているわ」

黒エルフ「1千865Gのうち913Gの原因が分かった。残りは952Gね」

女騎士「領収書も帳簿もよく調べたのだが……」

下　女「952Gの取引は見つかりませんでした」

黒エルフ「じゃ、476Gならどう？」

女騎士「なんだ、その金額は？」

黒エルフ「952Gの半分の金額よ」

下　女「わ、分かりました。帳簿から探してみます！」

女騎士「952÷2で476Gか。そんな金額を探して何になる？」

黒エルフ「つべこべ言わずに探しなさいよ」

女騎士「しかし……」

下　女「あっ、ありました……！」

女騎士「！」

黒エルフ「ふふっ、大当たりね。どんな取引の仕訳かしら？」

下　女「こ、これです（※34）。……と、取引先から受け取った小切手を……銀行に持ち込んで、預け入れたときの仕訳です……」

※34

小切手を当座預金に預けたときの仕訳…？

借方	貸方
現金：476G	当座預金：476G

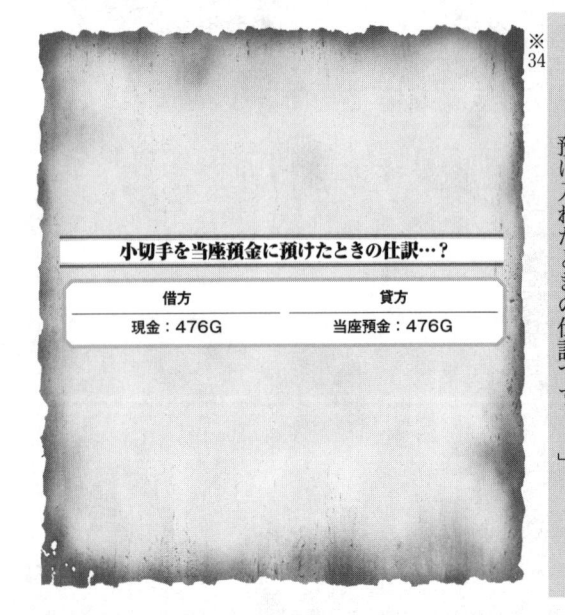

黒エルフ「この仕訳を見て、何かおかしいと思わない？」

女騎士「あ……」

黒エルフ「小切手の取引に『現金』の勘定科目を使うのは正解よ。……だけど、小切手を銀行に預け入れるということは、手元の現金を減らして、代わりに銀行預金の残高を増やすという仕訳になるはずよね」

女騎士「だが、この仕訳では逆になっている？」

黒エルフ「そういうこと。借方と貸方を逆向きに記入してしまっているの」

下女「うっかり、しました……」

黒エルフ「借方と貸方をあべこべにした仕訳を記入すると、2倍の金額の差異が出るわ」

女騎士「今回なら、現金を476G減らす仕訳を入れるはずだった」

黒エルフ「だけど間違えて476G増やす仕訳を入れてしまった。だから手元の現金よりも、帳簿上の現金が476×2の952G増えてしまった」

女騎士「つまり、手元の現金が952G足りないのではなくて……」

下女「ち、帳簿のほうが952G多かった……ということですね！」

黒エルフ「そういうこと。よかったわね、横領の疑いは晴れたわ」

下女「あ、ありがとうございます！ ご主人様にも報告します！」

女騎士「帳簿を間違ったままにはしておけないな」

下女「ど、どうすれば……？」

女騎士「安心しろ、ここに修正液がある」サッ

下女「さすがは女騎士さま！ 準備がいいです！」

黒エルフ「そんな堂々と帳簿を改ざんすんな」

女騎士「私はただ書き直そうと……」

黒エルフ「それを改ざんと呼ぶのよ！ 一度記入した仕訳は、原則として書き直してはダメよ」

女騎士「それでは間違えた場合に困るだろう」

黒エルフ「間違わなければいいのよ」

女騎士「人間とは間違える生き物なのだ！」

黒エルフ「ハァ……。しかたないわね、ごく基本的な修

正方法だけ教えましょう」

下　女「お、お願いします」

黒エルフ「間違った仕訳を見つけたら、貸借を逆にした仕訳を入れるの。こうすることで、間違った仕訳を相殺《そうさい》して、無かったことにできるわ」

下　女「ふむふむ」

黒エルフ「それから正しい仕訳を記入し直す。こうすれば、帳簿の数字が現実の残高と一致するはずよ」（※35）

下　女「ほ、本当です！　帳簿の金額が、ぴったり一致しました……！」

黒エルフ「これで一件落着ね」

下　女「あ、ありがとうございます！　どう感謝すればいいか……」

女騎士「わはは！　私たちに任せろなのだ！」ドヤァ

黒エルフ「あんたがドヤるな」

？？？「あ～ん、もぉ～……こんな夜中に何の騒ぎぃ？」

下　女「ご主人様！」

※35

間違った仕訳を記入した場合の修正方法

（1）間違った仕訳を見つけたら…

誤

借方	貸方
現金：476G	当座預金：476G

（2）まずは貸借を逆にした仕訳を記入。間違った仕訳を相殺消去する。

取消

借方	貸方
当座預金：476G	現金：476G

（3）正しい仕訳を記入しなおす。

正

借方	貸方
当座預金：476G	現金：476G

理髪師「目が覚めちゃったじゃなぁ～い」ヒラヒラ

女騎士（すごい寝間着だ）

黒エルフ（すごい寝間着ね）

理髪師「あらぁ？　そちらのお2人は……」

下　　女「……ご主人様、じ、じつはですね……というわけだったのです……」

理髪師「あら、本当！　帳簿のズレがきちんと解消されているわぁ〜」

下　　女「はい！　……か、感激しました！」

女騎士「これからは、帳簿を間違えないように気をつけるといいだろう」

黒エルフ「正しい数字は、正しい答えを導いてくれる。正しい帳簿さえあれば、あたしは世界だって救ってみせるわ」

翌日

正午の鐘　ゴーン……ゴーン……

精霊教会、第3礼拝堂

黒エルフ（……まさか、あんたがあんなにスピーチ下手だったとはね）

女騎士（うぅ、面目ない。緊張したら舌が回らなかったのだ。歩兵を鼓舞するのとは勝手が違った）

黒エルフ（それに引き替え……あの男のスピーチは見事なものね）

頭　　取「……以上でございます」

司祭補「はぁい、お話ありがとうございましたぁ」

ショタ王「ふむ、資産総額では帝都銀行のほうが圧倒的に大きいのだな」

財務大臣「それだけではありません。広大な商売のネットワークを持っているのも強みかと」

頭　　取「フフ……、お褒めにあずかり光栄です」

女騎士・黒エルフ「「……」」

司祭補「では今からぁ、ご依頼する銀行を決めますわねぇ」

頭　　取　ニヤリ……

財務大臣　ニヤッ……

財務大臣「……お待ちください！」

司 祭 補「あらあら、何かしら～？」

財務大臣「ダメ押しに……。いえ、念のため、お伝えしておきたい情報がございます」

司 祭 補「うふふ、聞かせてくださいな」

財務大臣「こちらの目録をご覧ください」

ぴらっ

司 祭 補「えっとぉ、これは～？」

財務大臣「とあるスジから入手した商品目録です。港町銀行がここ1ヵ月ほどの間に購入した物品が記載されています」

女騎士・黒エルフ「「！」」

司 祭 補「う～ん、とくに変わりは無いようですけどぉ～～？」

ぱらぱら

司 祭 補「しいて言うならぁ、美術品の購入が多いかしら？」

財務大臣「さよう。まさにそこが問題なのです」

ショタ王「港町の銀行家は芸術オタクなのか？」

財務大臣「ただの芸術オタクではありません。目録の6ページ目をご覧ください」

司 祭 補「これはぁ……古物商からの購入品の一覧？」

財務大臣「そのページに『精霊の像』を購入したことが記されています。金額にして、じつに8万G」

黒エルフ「なんですって!?」ガタッ

女 騎 士（あちゃー）

黒エルフ「う、嘘よ……。8万Gですって？　女中4人を1年は雇えるほどの金額だわ……信じられない……」

財務大臣「私が嘘をついていると申すのか！」

黒エルフ「え、えっと……」

財務大臣「このお方は神聖なる精霊教会の司祭補さま。その御前《ごぜん》で嘘をつくことがどれほどの重罪か、分かっているであろう」

黒エルフ「うぐ……」

財務大臣「私とて政治家の1人、権謀術数を巡らせてこなかったと言えば嘘になる。だが、精霊の御名に誓って、この商品目録に記されていることは真実だ！」

黒エルフ「うぐぐ……」

財務大臣「なにより、精霊教会の教えでは、偶像崇拝は禁じられているはず！　そうでございましょう？」

司祭補「ええ、正統な教義ではそうですわねぇ……」

財務大臣「では、精霊さまの姿をかたどった像を作ることは許されますかな？」

司祭補「今の正統派の教義では、ちょっとマズイですわぁ。最悪の場合は火あぶりかもぉ～」

財務大臣「司祭補さまの言葉どおり、精霊の像を作ることは禁忌《きんき》です！」

司祭補「まあ、古い美術品なら例外ですけどねぇ」

財務大臣「美術品とはいえ、その『精霊の像』は約8千年前の異端者たちが作ったものでございます。そんな彫像をわざわざ買い付けるということは、つまり、港町銀行は異端信仰に染まっている……。そう考えることはできませんか？」

頭取「い、異端信仰だと！　何と恐ろしい!!」

聴衆　ざわ……ざわ……

司祭補「たしかに～、異端信仰をしている人には精霊教会のお仕事は頼めませんわぁ……」

財務大臣「ふふふ……。どうだ、女たちよ。何か申し開きすることはあるか？」

女騎士「……」

黒エルフ「そんな……」

女騎士「……」

黒エルフ「き、きっと何かの間違いだわ！　8万Gも無駄づかいするなんて――」

女騎士「いいや、本当なのだ。銀行家さんは芸術家育成のための私塾を開講しようとしている。精霊の像は、塾で資料として使うらしい」

黒エルフ「はぁ、私塾？　そんなの聞いてないわよ！」

女騎士「言ってなかったのだ……」

黒エルフ「そんな大事なこと、どうしてあたしに相談しないのよ！」

女騎士「相談したら怒ると思って……」

黒エルフ「怒るに決まってんでしょう！　あたしがどんな気持ちで不良債権の回収に当たっているか――」

女騎士「あわわ、声が大きいのだ！」

司祭補「あらあら、不良債権ですかぁ～？」

財務大臣「よくお考えください、司祭補さま。港町銀行はたくさんの不良債権を抱えて、異端信仰の疑いがあり――」

司祭補「精霊の像は、私塾で使う資料でしょう？」

財務大臣「たとえそうだとしても、あのダークエルフはそのことを知りませんでした。職員間の情報共有に不備があるのは明白です！」

頭取「うわさと言えば、興味深い話を聞きましたなぁ……」ニヤニヤ

財務大臣「ほう、どんな話だ？」ニヤニヤ

頭取「ふた月ほど前、港町にダークエルフの奴隷が入荷されたのだとか」

女騎士・黒エルフ「「――!?」」

頭取「その奴隷を、若い女騎士が高額で買い取った……。そんなうわさを耳にしました」

財務大臣「ふぅむ。ただでさえ数が少ないダークエルフだ、この地方では非常に珍しい……」

ニヤニヤ

司祭補「たしかにそうですわねぇ」

財務大臣「おい、ダークエルフ。お前はその奴隷について何か知っているのではないか？」

黒エルフ「〜〜〜っ！」

財務大臣「言っておくが、司祭補さまの前で嘘をつくではないぞ？」

女騎士「そ、それは、その……」オロオロ

黒エルフ「……それはあたしよ」ボソッ

女騎士「な……！」

頭取「ほう！」

財務大臣「なんだ、よく聞こえなかったが？」ニタァ

黒エルフ「だから、その奴隷はあたしよ！　港町に売り飛ばされて、この女に買い取られたの！」

女騎士「余計なことを言うな――!!」

黒エルフ「いいえ、正直に言わせてもらうわ。あたしは25万Gで買い取られた、この女の奴隷なのよ!!」

女騎士「わ、私はいつでも自由の身になっていいと言ったのだ！」

財務大臣「しかし実際には、今でも奴隷の身分なのだろう？」

黒エルフ「ええ。影国には『払う者には施《ほどこ》せ』という格言があるから……」

ショタ王「ふむ。意味は？」

黒エルフ「相手が誰であろうとカネを払った者には金額ぶんの何かを提供せよ、という意味よ。たとえ、どんなに気に入らない相手だろうとね。この女は25万Gを払った。だから、25万Gぶんの働きをするまでは、あたしはこの女の奴隷よ」

女騎士「バカな！　25万Gぶんの働きをするまで自由にはなれないだと？　私はそんなことでお前を縛るつもりはない！」

黒エルフ「あんたが縛らなくても、あたしの心が縛るのよ！」

頭取「驚きましたなぁ。まさか、そのダークエルフが奴隷だとは」

財務大臣「つまりお前は奴隷の分際でありながら、司祭補さまの御前に出て、恐れおおくも言葉を交

わしたのだな？　あまつさえ、仲介業者に立候補したのだな？」

黒エルフ「そうなるわね……」ギリッ

女騎士「ま、待ってくれ！　たしかにこの娘は奴隷の身分だ。しかし私は――」

財務大臣「お前も同罪だ！　この娘が奴隷であることを隠して、司祭補さまに近づいた。どんな血筋の生まれだろうと、精霊教会の聖職者さまをたばかるのは許されざる罪だぞ！」

頭取「おお、あな恐ろしや……。精霊さまの怒りを怖れぬとは、なんたる冒瀆《ぼうとく》……」

聴衆　ざわ……ざわ……

ショタ王「……何か、申し開きがあるなら聞こう」

財務大臣「国王陛下のご寛大さに感謝するのだな」

女騎士「……」

黒エルフ「……」

頭取「何もないようですね」

ショタ王「ならば、話は尽きたな」

財務大臣「司祭補さま、どうかご裁決を。罪人たちに罰を、そして仲介業者には帝都銀行を――」

司祭補「う～ん、よく分からないのですけどぉ……。彼女たちは、わたしを騙したことになるのかしらぁ？」

財務大臣・頭取「「……は？」」

財務大臣「し、失礼ながら、ご真意を測りかねます。この者たちが司祭補さまを騙そうとしたことは明白です。自らの身分を隠して――」

司祭補「隠すもなにも、わたしは彼女たちの身分を訊いてないわよぉ？」

財務大臣「へ？」

司祭補「訊かれなかったから、答えなかった。それだけでしょう？　わたしを騙したことにはならないはずよぉ？」

財務大臣「理屈ではそうかもしれませんが……」

司祭補「うふふ、こんなお話をご存知かしら？　帝都の大商店街に、つい最近、腕のいい理髪外科医院ができたそうよ」

ショタ王「理髪外科医院？」

財務大臣「平民が髪を切る場所でございます」

司祭補「そちらのみなさんはご存知よねぇ？」

女騎士「は、はい」

黒エルフ「知っているわ」

頭取「じつは私もそこで髪を切りましたが……？」

司祭補「その理髪外科医院は、帳簿を上手くつけられずに困っていたの。だから２組のお客さまに、記帳を手伝ってもらったのよ～」

頭取「は、ははは……。さようでございますか」

ダラダラ

女騎士「？」

司祭補「片方の客は、みごとに帳簿の間違いを見つけてくれたわ。だけど――」

頭取　ガタガタ……

司祭補「だけど、もう片方のお客さまはお金を騙し取ろうとしましたの。帳簿の知識がない相手なら、簡単に騙せると思ったのでしょうねえ。……そうですよね、頭取さん♪」

頭取「う、うう……」

黒エルフ「いったい何の話……？」

女騎士「分からん。なぜ司祭補さまは理髪外科医院のことを知っているのだ？」

司祭補「侍女さぁん、あの香炉を持ってきてくださいまし」

侍女「はい、ただいま」

女騎士（あの侍女、どこかで見覚えが……）

司祭補「このお香の煙は、お祈りの力を強めて、魔法を上手く使うために必要なものですわ」

ショタ王「そういえばあなたには魔術の心得があったな」

財務大臣「まさか……」

司祭補「このお香のニオイに覚えはなくて？」

ふわぁ

女騎士「こ、このニオイは！」

黒エルフ「理髪師がつけていた香水のニオイだわ！」

司祭補「実際には香水ではなくて、衣服に染み込んだお香のニオイだったというわけ。うふふ、もう分かったかしら？」

女騎士「……なるほど、そういうことだったのか。大商店街で買い物をしているときに、尾行の気配を感じた。あれは司祭補さまが差し向けた者だったのですね」

司祭補「ごめんなさいね、身辺調査をさせてもらいましたぁ」

女騎士「これでハサミの謎も解けた」

黒エルフ「どういうこと？　説明しなさいよ！」

女騎士「まだ分からないのか？　あの理髪師は、司祭補さまご自身だったのだ」

黒エルフ「へ？」

女騎士「司祭補さまが使える魔法は、幻惑系ですね？」

――ボフッ!!

理髪師「正解っ！　ワタシは変身魔法が使えるのよぉ！」

財務大臣・頭取「なっ……!?」

侍女「司祭補さま、はしゃぎすぎです」

女騎士「そして、そちらの侍女さんがあの女中の正体ですね」

侍女「はい、お世話になりました」

女騎士「侍女さんも変身魔法が？」

理髪師「いいえ、あれは特殊メイクよぉ」

黒エルフ「特殊メイク」

理髪師「ワタシのメイクの技術は魔法じゃないわ。ほ・ん・も・の♪」

黒エルフ「本物」

頭取「う、うぅ……」ガタガタ

財務大臣「なぜ、こんな手の込んだことを……？」

理髪師「どんな方が仲介業者に立候補したのか、ワタシの目で直接拝見したくなったのよぉ～」

――ボフッ!!

司祭補「騙すようなことをしちゃってごめんなさいね」

女騎士「私たちはかまいません。……ですが、頭取さんの様子が……」

頭取「も、申し訳ございませんっ!!」ガバッ

司祭補「あらあら、頭を上げてくださいな」

頭取「滅相もございません！　よもや司祭補さまだとは気づかず、あのような無礼の数々——！　精霊教会にいくらでも寄付いたします！　どうかお目こぼしください！」

司祭補「お金は要りませんわ」

頭取「そんな……。では、命で償《つぐな》えと……？」ジワッ

司祭補「それも結構です。変身して正体を隠していたのはわたしのほうですもの。どんな不敬な態度もお許ししますわ」

頭取「ご、ご慈悲に感謝いたします！」

司祭補「ですが、仲介業者の件は諦めてくださいな」

財務大臣「司祭補さま、よろしいのですか!?　港町銀行は不良債権も多く、職員同士の情報伝達も不充分で——」

司祭補「あらあら、まあまあ。カン違いしないでくださいな」

財務大臣「か、カン違い……？」

司祭補「わたしは帝都銀行が信用できないから、仲介を依頼しないのではありません。そちらのお2人が信用できるからこそ、ぜひ仲介をお願いしたいと考えているのです」

財務大臣「し、しかしながら……」

司祭補「それとも大臣さん。あなたには帝都銀行が仲介業者に選ばれないと困る事情でもあるのかしらぁ？」

財務大臣「ぐっ……」

ショタ王「大臣、どうした？　顔が青いぞ」

財務大臣「い、いえ……別に……」

ショタ王「国債購入の仲介をどこに依頼するかは、精霊教会が決めることだ。司祭補さまが港町銀行を選んだのだから、それでいいだろう？」

財務大臣「お、おっしゃる通りです……」

頭　　取「う……ううっ……」ジワワ～

司 祭 補「では、今後ともよろしくお願いしますわぁ」

女騎士・黒エルフ「「はい！」」

ショタ王「さてと、これで話はまとまったな。またしてもぼくが事態を丸く収めてしまった！」

財務大臣「さ、さすがは機略縦横《きりゃくじゅうおう》たる国王陛下……みごとなご采配《さいはい》でした……」

黒エルフ「はぁ？　あんた何にもしてないじゃない」

女 騎 士「こら！　口を慎《つつし》め！」

ショタ王「あはは！　やはりお前たちは愉快だ！」

一週間後、港町

馬　　　ポクポク……

女 騎 士「ようやく到着だ」

黒エルフ「帰りはのんびりした旅で助かったわ」

ワイワイ……ガヤガヤ……

女 騎 士「おや？　広場に人が集まっているぞ」

黒エルフ「広場沿いの教会が取り壊されているわね。建て替えるのかしら？」

女 騎 士「木造の古い建物だった。老朽化が進んでいたのだろう」

黒エルフ「おふれ書きが出ているみたいだけど、読んでいく？」

ワイワイ……ガヤガヤ……

女 騎 士「いや、あの人だかりでは読むだけで一刻はかかりそうだ。先に契約書を銀行に届けよう」

黒エルフ「それもそうね」

馬　　　ポクポク……

港町の銀行、応接室

幼メイド「だんなさまぁ～、お2人がお戻りになりましたぁ」

女 騎 士「無事、仲介業者に選ばれたのだ」

黒エルフ「ここに契約書面があるわ」

銀行家A「お疲れ様です。お手柄ですね」

銀行家B「お疲れ様です。お手柄ですね」

一　同「「「え……銀行家さんが2人!?」」」

女騎士「まさか銀行家さんが双子だったとは……」

黒エルフ「……待って。この匂いは？」クンクン

銀行家B「あらあら、うふふ。バレてしまいましたかぁ」

銀行家A「ちょっとイタズラして驚かせようとしたのですが……」

銀行家B「お2人の目はごまかせなかったようですわね」

——ボフッ!!

女騎士「司祭補さまがなぜこちらに？」

司祭補「うふふ、銀行家さんとお喋りしていましたの♪」

銀行家「古代期の精霊教会における思想潮流と表現技法の変遷について語り合っていました」

黒エルフ「は、はぁ？」

司祭補「銀行家さんって物知りですのよ？　神学校では古代期について教わりませんもの」

銀行家「私もあなたほど話の通じる方にお目にかかるのは初めてです！　見てください、この壺の細工を」

司祭補「まあ！　この絵、精霊の怒りを表していますわね。この幾何学模様は？」

銀行家「精霊さまのモチーフです。この時期にはすでに偶像崇拝が禁止されていて……」

司祭補「あらあら、まあまあ！」

黒エルフ「まったくついていけないわ」

女騎士「お話は結構なのですが、なぜ港町にいらっしゃったのでしょう？」

司祭補「わたしは国債購入の担当者ですもの。仲介業者と意思疎通しやすい場所に引っ越すのは当然ですわ♪　あなたがたと契約書を交わした

翌日には帝都を発《た》ちましたの」

黒エルフ「早馬を使ったのね」

司祭補「お2人より2日早く港町に到着しましたわ」

女騎士「では、広場で教会を建て替えていたのも、司祭補さまのご指示ですね」

司祭補「ええ、その通りですわ。……うふふ、かしこまった喋り方はやめてくださいな。いつもの女騎士さんの口調で結構です♪」

女騎士「いつもの口調、ですか……？」

司祭補「ダメかしら？　わたしたち歳も近いし、お友達になれると思ったのですけれど……」

女騎士「し、しかし……」

黒エルフ「別にいいじゃない。気を遣うなんてあんたらしくないわ」

司祭補　ニコニコ

女騎士「……わ、分かりまし――、分かったのだ！」

司祭補「うふふ、これからよろしくお願いしますわね。女騎士さん、ダークエルフさん♪」

黒エルフ「なんだか、あんたとは長いつきあいになりそうな気がするわ」

司祭補「それにしても……。この街の港には商船が多いのですわね」

銀行家「華国などの南半球の国々との貿易の窓口ですからね」

司祭補「軍艦は？」

女騎士「この町のはるか北西、西岸港《せいがんこう》が新大陸への玄関口だ。軍艦はそちらに集まっているはずだ」

司祭補「だからこの町では戦争の空気が薄いのですね」

銀行家「戦争の空気ですか？」

司祭補「出兵前の兵士たちや、彼らを相手にした商売が見当たりませんわ。高額の給料を約束して募兵していると、帝都ではもっぱらのうわさでしたのに……」

女騎士「たしかにこの町では、傭兵もあまり見かけないな」

黒エルフ「ていうか、司祭補さまはいやに戦争にご執心《しゅうしん》ね」

司祭補「じつはわたし、この戦争を早く終わらせたいと思っていますの♪」

銀行家「100年続いた戦争を、ですか？」

黒エルフ「あんた、それ本気で言ってるの？」

女騎士「……ふむ、何か理由があるのだろう」

司祭補「ええ。時が来たら理由をお話ししますわ。とにかく、わたしは戦争を終わらせたい。国債購入の担当者に志願したのは、その第一歩なのですわ！」

女騎士「たしか、精霊教会の内部では疎まれる仕事だそうだな」

司祭補「そして、お2人にもぜひ協力していただきたいと思っていますの～」

黒エルフ「協力って、何に……？」

司祭補「戦争を終わらせることに、ですわぁ～。この町で一緒にお仕事をすることになったのも、きっと何かの縁です。わたしたち3人の力で、100年続いた流血を止めて、この世界を救いましょう♪」

黒エルフ「このあとお茶にしましょうみたいなノリで言うなよ」

女騎士「世界を救う、か……。ひさしく忘れていた言葉だ」

黒エルフ「精霊教会の人って世間知らずなの？　そんな大それたこと、できるはずが――」

司祭補「あらあら、わたしはダークエルフさんのセリフを覚えていますわよ～」

黒エルフ「？」

司祭補「正しい帳簿さえあれば世界だって救ってみせる……でしたっけ？」

黒エルフ「あ、あれは……その……比喩的な表現というもので……」アセアセ

女騎士「いいではないか。大願を持たぬ者は小事も叶えられん。大きな目標を持つのはよいことなのだ」

黒エルフ「……わ、分かったわよ。しょうがないわね。ちょっとぐらいなら、協力してあげる」

司祭補「あらぁ、ありがとぉ～！」ガバッ

黒エルフ「ふがっ！　お、大きい……く、苦し……」

ふがふが

幼メイド「みなさん、なかよしさんです！」

女騎士「心強い仲間が増えたな！」

幼メイド「ところで、だんなさまぁ～。先ほどれんらくがありました！　おやくそくの品が届いたそうですよ？」

銀行家「ハッ！　そうでした、今日は名画『精霊降臨《せいれいこうりん》』が到着する予定で――」

黒エルフ「……ちょっと待ちなさい！」

ふがふが

黒エルフ「そ、その名画ついて一言あるんだけどっ！　私塾を開く？　芸術品を集める？　あたしに相談もせず、いったい何を――」

ふがふが

司祭補「うふふ～、これからもよろしくぅ♪」ぎゅーっ

幼メイド「だんなさま、急いだほうがよいのでは～？」

銀行家「で、ですが……」

黒エルフ「あんたも何か言いなさいよ！」

女騎士「くっ……私は騎士だ！」

黒エルフ「はぁ？」

女騎士「たとえお前の頼みでも、わが主《あるじ》を裏切るわけにはいかん！」

黒エルフ「何言ってんのよ！　バカなの!?」

女騎士「銀行家さん、ここは私に任せろ！」

銀行家「では、失礼します」

黒エルフ「だから待ちなさいって！　これ以上のムダ遣いは許さないわよ！　……こらぁ、待てぇーっ！」

ふがーっ

帝都銀行執務室

頭取「くそっ、してやられた！」

秘書「仲介業者の件、残念でした……」

頭取「ボンクラのせがれが跡を継いだと聞いて、港町銀行を侮《あなど》っていた。まさか、こんな結果に

なるとは……」

秘　書「あの銀行をこのままにしておくのは危険かと存じます」

頭　取「まったくだ。今は小さな銀行だが、この先どれほどの力をつけるか……。甘く見ないほうがいいだろうな」

秘　書「悪しき芽は小さいうちに摘み取れと言います」

頭　取「さいわい、港町には我々の銀行の支店がある。すでに顧客もつかんでいる。……もともと目障りな商売敵だったのだ。女どもめ、必ず、あの町から追い出してやる！」

秘　書「ではさっそく、港町銀行を取りつぶす施策《しさく》立案を各部署に命じましょう」

頭　取「ふふふ……。私に恥をかかせたことを後悔させてやるぞ！」

帝都郊外、兵器試験場

大　砲　ドンッ！　ドンドンッ!!

ショタ王「おおっ！　見たか、大臣！　あの距離の的を射貫いたぞ！」

財務大臣「国王陛下は大砲がお好きでございますね」

ショタ王「なんだその言い方は。まるでおもちゃに喜ぶ子供をあやすようではないか？　ぼくは王さまだぞ！」

財務大臣「これはとんだ失礼を……」

ショタ王「まあよい。あれが新しい戦艦に積まれる大砲なのだな？」

武器商「さようでございます。人間国の最新兵器です」

大砲職人「砲身の内側に施条《ライフリング》を施してあります。それが弾丸に回転運動を与え、長射程でも精度が落ちないのです」

ショタ王「すごい、すごいぞ！」

海軍元帥「あの大砲なら、シーサーペントを船に近づかせることなく撃退できるでしょう」
陸軍元帥「それだけではありません。巨人の投擲《とうてき》する石が届かない距離から陸地を砲撃できます」
ショタ王「うむ、すばらしい大砲だ！」
武器商「そのぶんお値段はかさみますが……」
ショタ王「かまわん！」
武器商「お気に召していただけて光栄です。では、増産をかけるよう申しつけます」
ショタ王「楽しみにしているぞ！」キラキラ
武器商（フフフ……。財務大臣さま、ありがとうございました）
財務大臣（大したことではない）
武器商（いえいえ、大臣さまのお口添えのおかげで儲けさせてもらいました。国王陛下にも新型の大砲を喜んでいただけたようですね）
財務大臣（陛下も男の子でいらっしゃる。剣や大砲はお好きなのだ。……それより、分かっているだろうな？）
武器商（もちろんですとも！　キックバックの件ですね。国王陛下にご紹介いただいたご恩には、たっぷりお礼いたしますよ）
財務大臣（うむ、そちらの実弾も期待しておるぞ）
武器商（しかし、武器商とは因果な商売ですよ。戦争が激しくなるほど儲かるとは）
財務大臣（心にもないことを。……戦争が長引くほど、われわれの懐《ふところ》は潤う。景気は好転して、民草たちにも希望を与える。いいことずくめではないか）
武器商（ハハハ、まことにおっしゃる通りでございます）
ショタ王「おーい、2人とも何を話しているのだ？　試射はまだ終わってないぞ！」
財務大臣「はい、しばしお待ちください！」
武器商（今のところは、国王陛下も戦争継続を望んでおいでのようですね）

財務大臣（当然だ。私がそのようにご助言さしあげているのだからな。何より、戦争ほど儲かる商売はないであろう？）

武器商（さようでございます。平和を叫んだところで、１Ｇのトクにもなりません。今の時代、戦争を通じて稼ぐことこそ賢い生き方というものでしょう）

財務大臣（フフフ……。100年続いた流血を、今さら誰に止められよう——）

女騎士、経理になる。

女騎士、経理になる。

第3章

リテラシー

役人　「この『ワープのひも』は経費になりません」

勇者　「え！　ダンジョンから脱出するときに必要なのに!?」

役人　「はい、必要だと思います。購入時には、まずは貯蔵品として資産計上してください」

勇者　「貯蔵品」

役人　「実際に使用したら、旅費交通費に振り替えてください」

勇者　「旅費交通費」

魔国・魔王《まおう》居城

魔王「双子《ふたご》の赤字《あかじ》だと？」

吸血男爵《きゅうけつだんしゃく》「はい。わが国の経済は、いわゆる『双子の赤字』となっています。財政収支《ざいせいしゅうし》と貿易収支《ぼうえきしゅうし》が、ともに赤字です」

魔王「財政赤字……つまり、税収よりも政府の支出のほうが多いのだな」

吸血男爵「戦費や社会福祉費《しゃかいふくしひ》がかさみ、支出超過《ししゅつちょうか》となっています。不足分は国債の発行で補っていますが、いつまで続けられるか……」

魔王「そして、貿易収支も赤字か」

吸血男爵「人間国や華国、影国との貿易では、輸入が輸出を大幅に上回っています。ここ数年、慢性的に」

魔王「たしか先代の魔王は、厳しい輸入規制《ゆにゅうきせい》を敷いたのだったな」

吸血男爵「しかし、密貿易と闇市が広がるばかりで、歯止めがききませんでした」

暗黒竜王《あんこくりゅうおう》「おのれ人間どもめ！　領土侵犯のみならず、経済でも我々を蝕むとは！」

魔王「うむ。我も竜王殿と同じ気持ちだ」

暗黒竜王「短命で魔法も使えぬ劣等種族の分際で……」

吸血男爵「寿命は短くとも、繁殖力はずば抜けています。また、魔法が使えない代わりに、彼らは工業を発展させています」

暗黒竜王「これは驚きましたな男爵様。人間に肩入れするおつもりか？」

吸血男爵「まさか、ご冗談を。……ただ、彼らを侮るべきではないと申しているのです。たとえば『火薬』のことを、お2人ともご存じでしょう？」

魔王「当然だ。魔法を使わずに火をおこす粉だろう。あの粉で鉛玉を飛ばす装置は、わが軍に多大な被害を与えた」

吸血男爵「たしかに人間は、議会制民主主義も知らぬ野蛮な種族です。しかし、工業技術では魔国に先んじていると認めざるをえません」

暗黒竜王「ふん、何が工業だ！　できの悪い魔法の代替《だいたい》品《ひん》でしかなかろう！」

吸血男爵「しかし、それが今回の『双子の赤字』の原因でもあります」

魔　　王「ふむ？」

吸血男爵「工業技術の差によって、わが国の政府支出が無駄になってしまっているのです」

魔　　王「政府が支出を増やせば、そのカネは民草を潤して国を豊かにする……。そう進言されたのは竜王殿だったな？」

暗黒竜王「まさしく。戦争が起きると景気が良くなるのは、戦費の支出が増えるからです。失業者には兵役という仕事を与えて、収入の増えた庶民は消費も増やす……。そして好景気になるのです」

魔　　王「であれば、好景気によって税収も増えなければおかしい。しかし、今の魔国は財政赤字ではないか」

暗黒竜王「そ、それは……」

吸血男爵「どんなに景気が良くなって、人々が消費を増やしても、消費される製品が国内で生産されていなければ、輸入が増えるだけです。国内産業は発展しません」

暗黒竜王「ぐぬぬ……」

吸血男爵「戦争のために政府の支出を増やしたので、今の魔国は好景気です。失業率は下がり、庶民の暮らしは豊かになりました。けれど、そのカネは輸入品の消費に使われています」

魔　　王「その結果が双子の赤字か」

吸血男爵「はい。税収よりも支出の多い財政赤字と、輸出よりも輸入の多い貿易赤字が、同時に発生してしまったのです」

カタッ

吸血男爵「今までの話をまとめたものが、こちらのパネルです（※36）。……双子の赤字が膨らみ続ければ、やがて国が破綻《はたん》します。今の状況は、敵に塩を送っているようなものです」

魔　　王「ううむ……」

※36

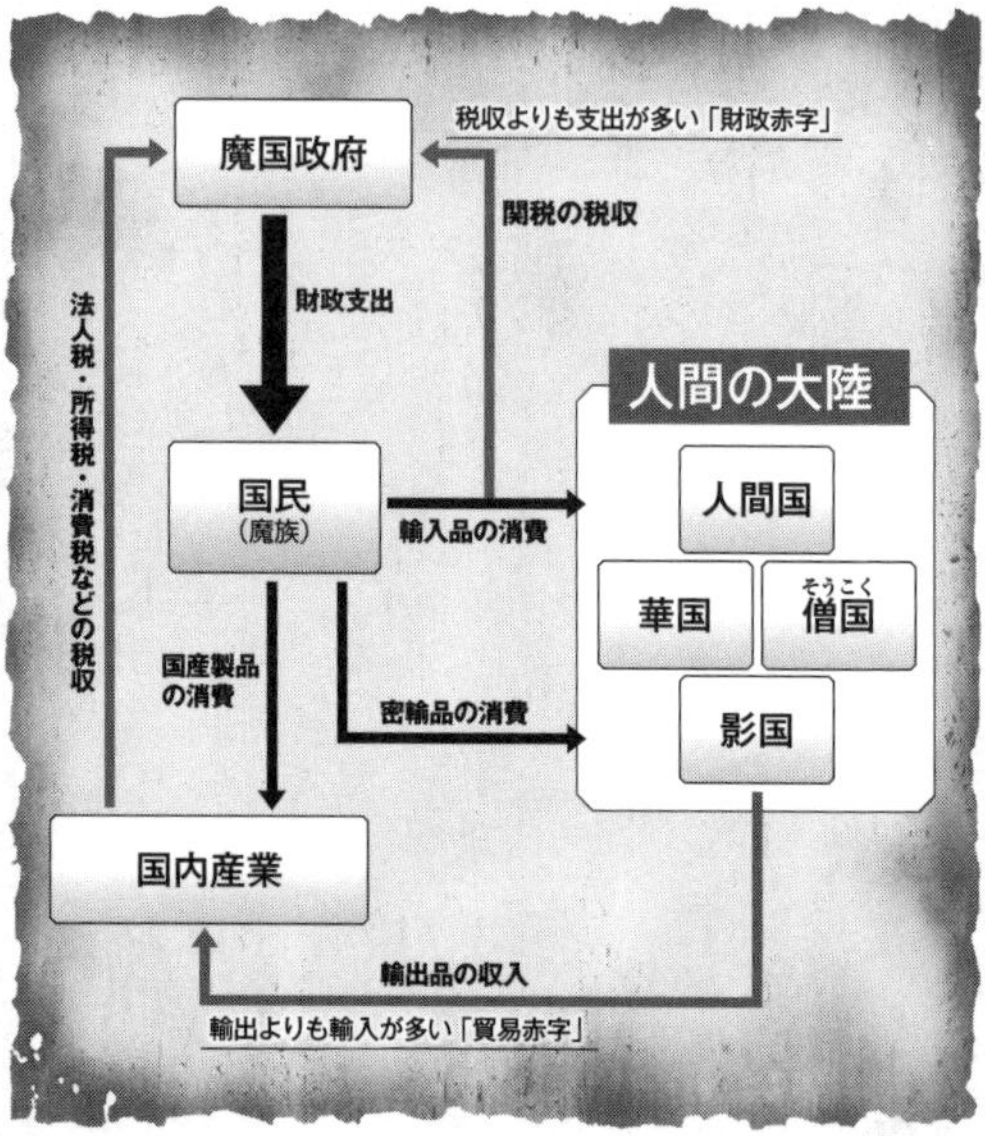
魔国政府
税収よりも支出が多い「財政赤字」
関税の税収
財政支出
法人税・所得税・消費税などの税収
人間の大陸
国民
（魔族）
輸入品の消費
人間国
華国
僧国《そうこく》
国産製品の消費
密輸品の消費
影国
国内産業
輸出品の収入
輸出よりも輸入が多い「貿易赤字」

吸血男爵「魔国の下院議員代表として、私は人間国との休戦をご進言したい」

暗黒竜王「なんだと!?」

魔　　王「真意を測りかねるが……?」

吸血男爵「戦費による財政赤字を解消し、戦争に浪費していたカネを国内産業の振興に充《あ》てるべきです。でなければ、戦争が終わる前に国家が破綻します」

暗黒竜王「フハハ！　冗談はよしていただきたい」

吸血男爵「私は冗談など――」

暗黒竜王「戦争が起きたのも、貿易赤字になったのも、すべては人間のせい。やつらを絶滅させなければ、根本的な解決にはなりません。休戦などと寝ボケたことは言わず、今こそ、やつらの大陸に攻め込み、敵を滅ぼすべきです！　……上院議員代表として、遠征軍の編成を進言したい」

吸血男爵「なっ!?　下院としては、戦費増大は認められません！」

暗黒竜王「では、この国が人間に蝕まれるのを黙って見ていろと？　どんな大木だろうと、害虫を放置すればやがて枯れ果てますぞ！」

吸血男爵「害虫駆除のために森に火をつけるバカはいません！　今は休戦して堪《た》え忍《しの》ぶべきです！」

暗黒竜王「笑わせないでいただきたい！　遠征軍を送る

べきです！」

魔　　王「やめんか、2人とも」

男爵・竜王　ハッ

吸血男爵「お、お見苦しいところをお見せしてしまいました……」

暗黒竜王「め、面目ない……」

魔　　王「2人の意見はよく分かった。大統領権限により、特別議会を招集しよう」

吸血男爵「特別議会、ですか……？」

暗黒竜王「魔国に暮らす各種族の代表者を集めて討議させる……その議題は？」

魔　　王「休戦か、遠征軍か。これは魔国の将来を左右する決断だ。熟議を尽くすべきだろう。お2人には準備をお願いしたい」

男爵・竜王「「はっ！」」

銀行家の邸宅

女 騎 士「……人が、消えている？」

司 祭 補「はい。まるで煙のように、1人、また1人と姿を消しているのです」

黒エルフ「やめてよね、そんな怪談じみた話」

女 騎 士「しかし、人が消えたのは事実なのだろう？」

司 祭 補「ご見識の広いお2人なら何か分かるかと思い、ご相談したのですが……」

黒エルフ「うちは銀行よ。消えたカネを探すならともかく、人探しなんて専門外だわ」

司 祭 補「はい……」

黒エルフ「だいいち、怖がりすぎよ。まるで人をさらうお化けが出たみたいに深刻な顔しちゃって」

女 騎 士「人をさらうお化けはたくさんいるからなぁ」

司 祭 補「いますねぇ」

黒エルフ「え」

司 祭 補「どうかお力をお借りできないでしょうか？」

黒エルフ「わ、悪いけど最近は忙しいの。全額返済してくる取引先が増えていて、その対応でてんてこ舞いなんだから」

司祭補「全額返済ですか。銀行業のほうは好調でらっしゃるのですね」

黒エルフ「そうでもないわ……」

女騎士「なぜだ？　貸したカネを回収できるのは良いことだろう」

黒エルフ「いいえ。あんたも銀行を手伝っているんだから、これくらい理解していなさいよね。全額返済されることは、必ずしも良いことではないわ」

女騎士「？」

司祭補「どういうことでしょう？」

黒エルフ「しかたないわね、簡単に説明するけど――」

――ガチャ！

幼メイド「こちらのおへやなのですぅ～！」

銀行家「私の書斎です。長旅ご苦労様でした」

行商人(？)「いえいえ。旦那様のご注文とあれば大地の裏側にだって飛んでいきますよ」

銀行家「あはは。それは心強い！」

幼メイド「お荷物お持ちしますぅ～」

女三人　ぱちくり

銀行家「おや、みなさんもお揃いでしたか！　ちょうど良かった！」

黒エルフ「ちょうど良かった？」ジト……

女騎士「銀行家さん、そちらの方は？」

司祭補「まあ！　書籍商さんではありませんか！」

行商人(？)「司祭補さま！　こんなところでお目にかかれるとは光栄です！」

銀行家「お2人はお知り合いでしたか。……女騎士さん、こちらの方は書籍商さんでらっしゃいます」

書籍商「私は書物を専門に商っております。今日は、ご注文いただいた本の書き写し作業が終わったので、納品に来たのです」

女騎士「そうか。人間国では魔法の使える者が少ないから、手作業で書き写して製本しているのだったな」

銀行家「注文から1年……やっと読むことができます！」

幼メイド「ん〜！　む〜！」

女騎士「どれ、私が代わりに運んでやろう」ヒョイ

幼メイド「ありがとうなのですぅ」

女騎士「この行李《こうり》に、商品の本が入っているのだな。ふむ、これは……気軽に持ち運べる重さではないな」

書籍商「本は高価なものですからね、盗まれないようにわざと重たく作っております」

司祭補「つい先日、わたしも本を作っていただいたばかりですの」

書籍商「精霊教会の経典ですね。その節はお世話になりました」

司祭補「そちらの本には鉄の鎖をつけていただきましたわ」

女騎士「鎖？」

黒エルフ「それも盗難防止のためでしょ。鎖で柱につないで、教会に来た人なら誰でも読めるようにする」

司祭補「わたしとしては、良心の鎖があれば鉄の鎖など要らないと思ったのです。けれど、侍女さんがどうしてもつけろと言うので……」

黒エルフ「それは侍女さんが正解ね」

司祭補「信者のみなさんを疑うようで気が引けたのですが……」

黒エルフ「人の心は、鉄よりもはるかに脆《もろ》いのよ」

書籍商「では、銀行家さん。こちらがご注文の品になります。お納めください」

カチャカチャ……パカァ

銀行家「おっ……おおっ！」

女騎士「みごとな装丁《そうてい》だ」

幼メイド「すごく大きいのです！　それにピカピカしていますぅ！」

黒エルフ「いったい何の本？」

司祭補「精霊教会の経典ではなさそうですが……」

女騎士「素材は羊皮紙《ようひし》か？」

書籍商「はい。最高品質のものを使っていますよ」

幼メイド「ようひし？」

銀行家「羊の皮を薄く延ばしたもののことですよ」

司祭補「1冊の本を作るのに15～20頭ほどの羊が必要だと聞きますわ」

女騎士「羊20頭……貧しい農家なら一財産だな」

書籍商「最近は紙の本も出回っていますが、丈夫さでは羊皮紙に劣りますねえ」

黒エルフ「で、結局、何の本なのよ？」

銀行家「ふふふ……。よくぞ聞いてくれました！ちょうどみなさんにご披露したいと思っていたのです！」

黒エルフ「はぁ……？」

銀行家「これは、あの『コケモモ物語《ものがたり》』の原作本なのです！」

黒エルフ「『あの』と言われてもねえ――」

女騎士「ほ、本当に『コケモモ物語』なのか!?」

司祭補「ぜひ拝読したいですわぁ!!」

黒エルフ「って、あんたたちは知っているの？」

幼メイド「人間国で今いちばんあつい演劇作品なのですよ～」

銀行家「コケモモ物語は人間国の古典文学です。数年前、帝都《ていと》歌劇団《かげきだん》がそれを歌劇に仕上げました」

黒エルフ「帝都歌劇団」

幼メイド「そして人気ばくはつ。乙女の心をわしづかみなのです！」

女騎士「おぉ～これが原作」キラキラ

司祭補「ステキですわぁ」キラキラ

黒エルフ「乙女の心ねぇ……」

銀行家「代金は月末までに為替手形でお支払いしますね」

書籍商「毎度ありがとうございます」

幼メイド「あっ、今お茶を……」

書籍商「お気づかいなく。次のお客様が待っていますので、私はこれでおいとまします」

……パタリ

女騎士「次のお客様か。書籍商とは儲かる仕事なのだろうか？」

銀行家「儲かるかどうかはともかく、お金持ち相手の仕事ではありますね」

女騎士「金持ち相手？　なぜ？」

黒エルフ「決まってるでしょ。この国では、読み書きができるのはお金持ちだけだからよ。貧乏人は教育にお金をかけられない。だから、文字が読めないまま大人になってしまう人も多いの」

女騎士「え？　でも、この子は読み書きができるではないか」

幼メイド「だんなさまのえーさいきょーいくのおかげです！」エッヘン

銀行家「商業が盛んな港町では、読み書き能力が重視されています。それでも住人の4人に1人は文字が読めません。町の外に一歩でも出れば、文字を読める人はぐっと少なくなります」

女騎士「そうだったのか……」

司祭補「じつはわたしのご相談も、読み書きと関係しているのです」

黒エルフ「人が消えたって話？」

司祭補「わたしの教会では、毎晩、日没過ぎから『読み聞かせ会』をしていますわ」

女騎士「うわさには聞いている。なかなかの人気のようだな」

司祭補「おかげさまで。教会では、文字の読めない人から相談を受けることが多いのです。手紙を読んで欲しい、契約書の文面を確認して欲しい……。ですから、そういう人に向けて『読み聞かせ会』をすれば、教会の人気は上昇、信心も深まると考えたのです」

女騎士「経典だけでなく、詩歌や小説、伝記も読むそうだな」

黒エルフ「お金を取れば儲かりそうね」

司祭補「とんでもない！　知識は万人のもの。貧富の差別なく広まるべきですわ」

銀行家「その通りです。言葉を紡ぐのは知性ある者のもっとも根源的な芸術活動。美を楽しむ権利は身分の貴賤《きせん》に関係なく――」

黒エルフ「話がややこしくなるからちょっと黙ってて」

女騎士「ふむ、話が見えてきたぞ。その『読み聞かせ会』の参加者が消えているのだな？」

司祭補「そうなのです！　読み聞かせ会には、多いときには20人ほどが参加していました。けれど最近、常連の方の姿が見えなくなっているのです」

黒エルフ「自分の仕事が忙しくなっただけじゃないの？」

司祭補「そんなはずありませんわ！　どなたも、読み聞かせ会をとても楽しみにされていましたもの。どんなに仕事が忙しくても、読み聞かせ会だけは欠かさない。そういう方ばかりでしたわ」

黒エルフ「最近は軍備が進んでいるわよね。その影響だとは考えられない？」

司祭補「兵役に就《つ》く方は、無事を祈るために、必ず教会に来ますわ。それに、消えた方々のご職業に共通点はありません。戦争に関係なさそうなお仕事でも、消えてしまった方がいます」

女騎士「消えた、という言い方が引っかかるな」

司祭補「文字通りの意味ですわ。心配になって、侍女さんに見に行ってもらいましたの」

女騎士「消えた人の家を？」

司祭補「はい。侍女さんの報告では、まったく見知らぬ人が住んでいたのだとか」

黒エルフ「いよいよ怪談じみてきたわね」

女騎士「吸血鬼か狼男に注意すべきかもしれんな」

幼メイド「きゅ、吸血鬼……こわいのです～」うるうる

司祭補「あらあら、うふふ。大丈夫ですわ、こちらにいらっしゃいまし」

幼メイド「は、はい……？」

司祭補「この香り玉を差し上げますわ。魔除けの力がある香りですの。吸血鬼なんてイチコロです

わぁ」

幼メイド「あ、ありがとうなのですぅ～！　司祭補さま、大好きなのです！」ニッコリ

司祭補「あらあら♪　わたしもメイドさんのことが好きですわ」

幼メイド「司祭補さま……わたし、司祭補さまのようにお綺麗でカッコよくなりたいです……」

司祭補「うんと勉強なさい。そうすれば必ずなれますわ」

幼メイド「はいなのです！」

黒エルフ「はぁ……吸血鬼だなんて非現実的ね」

女騎士「そうでもないぞ」

黒エルフ「？」

司祭補「熱帯の影国には、暑さを嫌う吸血鬼はあまり住んでいないそうですが……」

女騎士「この辺りでは、たまに出るぞ。吸血鬼」

司祭補「出ますわねぇ……」

黒エルフ「え」

銀行家「用心しなくては」

黒エルフ「ふ、ふーん。そう。……で、でも、全然怖くないわね。人間とエルフじゃ、血の味もちちち違うでしょうしし」

女騎士「めちゃくちゃ動揺しているではないか」

司祭補「とはいえ、吸血鬼や狼男にやられたという証拠はありませんわ。バルベリ様も、ブルチオヒド様も……」

黒エルフ　ぴくっ

黒エルフ「バルベリって、もしかして織物輸出商の？」

司祭補「はい。ご存じでらっしゃいましたか」

黒エルフ「ブルチオヒドは、帝都に本家がある毛皮商の分家よね？」

司祭補「まあ！　どうしてそれを？」

黒エルフ「そんな……嘘でしょ……。消えた人たちの名前を教えて！」

司祭補「え、ええ……」

司祭補「……消えた方の名前は以上です。思いつく限りでは」

黒エルフ「ありがと。まったく、参ったわね……」

女騎士「いったいどうしたのだ？」

黒エルフ「今の名前を聞いてピンと来たでしょう？」

銀行家「もちろんです」

幼メイド「もちろんなのです！」

女騎士「わ、私にも分かるように説明してくれ！」

黒エルフ「あんたも知っての通り、最近この銀行では取引先からの全額返済が増えているわ」

女騎士「うむ。借りたカネをすべて返したいという問い合わせだな。それが……？」

黒エルフ「今あがった名前は、みんな全額返済した人たちの名前と一致しているのよ」

女騎士「つ、つまり……？」

司祭補「消えた方々は、どなたもお金を全額この銀行に返してから消息を絶っている……。そういうことですわね？」

黒エルフ「ええ。まだ確証はないけど、思った以上にマズい状況になっているのかも」

女騎士「分からん。なぜその人たちは消える必要があったのだ？　カネの返済と関係あるのか？」

黒エルフ「答えを急ぐことはできないけど、調べてみたほうがよさそうね」

女騎士「よ、よし。私も力を貸そう」

黒エルフ「足手まといにならないでよね」

司祭補「わたしもご一緒しますわぁ」

黒エルフ「教会はいいの？」

司祭補「侍女さんが何とかしてくれます♪」

一同（いいのか、それで……）

幼メイド「はっ！　そういえばだんなさま、そろそろ馬車が着くころあいでは？」

銀行家「グーテンベルク様からの金貨を載せた馬車ですね」

女騎士「グーテンベルク？」

銀行家「丘陵地帯の寒村で暮らすドワーフの技工です。この方も全額返済を申し込まれて、そのお金がもうすぐ届くのです」

女騎士「丘陵地帯の寒村なら、のんびり行っても1日で到着できるな」

黒エルフ「ちょうどいいわ。そのグーテンベルクとかいうドワーフに話を聞きましょう」

司祭補「ドワーフは信心深い種族。わたしがご一緒すれば何かのお役に立てると思いますわ」

銀行家「ぜひ町人消失の謎を明かしてください！」

幼メイド「ではさっそく、ごしゅったつの準備をいたしますぅ～」

銀行家「たまには私も手伝いましょう。3人の荷造りくらいでしたら、私にも――」

黒エルフ「待ちなさい」ガシッ

銀行家「！」

黒エルフ「銀行家さん、あなたにはちょっとお話があるんだけど……？」ニコニコ

銀行家「ハ、ハハ……何でしょう？」

黒エルフ「この本、いったいいくらしたの!?」

銀行家「いいえ、たいした金額では……」

黒エルフ「具体的な数字で答えなさい！　でないと番頭さんを呼ぶわよ！」

銀行家「そ、それは困ります！」

黒エルフ「コケモモだかフトモモだか知らないけど、ムダ遣いは許さないわ!!」

銀行家「ひぃ～！」

村のはずれ

馬　ポクポク

黒エルフ「まったく。銀行家さんの浪費癖には呆れるわね」ぶっすー

司祭補「あらあら、まあまあ。志《こころざし》の実現に必要な支出ではありませんか」

黒エルフ「志と言ったってねえ――」

女騎士「2人とも、そろそろ到着だ」

馬　ポクポク

司祭補「この辺りは小さな畑が続いていますわね」

女騎士「牧草地が見当たらないが……」

黒エルフ「きっと、この村では牛馬を飼っていないのよ。人の手で開墾《かいこん》できる畑の広さには限界があるわ」

司祭補「まあ！　それなら家畜を飼えばよろしいのに……」

黒エルフ「いいえ。農奴を使うほうが安上がりね」

女騎士「農奴か。私の生まれ育った新大陸には無かった制度だ」

司祭補「領主様の土地を借りて耕す人々ですわね。移住や職業選択の自由を持たない……」

黒エルフ「結婚や私有財産を認められているぶん、ただの奴隷よりはマシね」

司祭補「それでも、年貢《ねんぐ》の重さに苦しめられていると聞きますわ」

歌声　～♪　～♪

女騎士「おや、この歌は？」

司祭補「変わった旋律ですわねぇ」

女騎士「だが、妙に心にしみる歌詞だ」

黒エルフ「そう？　安っぽい文句に聞こえるけど……」

司祭補「向こうの小川のほとりから聞こえてくるようですわ」

女騎士「よし、見に行ってみよう！」

馬　ポクポク

村はずれの小川

女騎士「川べりで誰かが踊っているようだな」

そばかす娘「～♪　～♪」

男の子「わー！　すごいやお姉ちゃん！」

女の子「もっと踊って～」

そばかす娘「あはは！　ありがと！　それではアンコールにお応えしてもう一曲……」

歌声　～♪　～♪

司祭補「あの服装、農奴の子供たちですわね」

黒エルフ「踊りに見とれて、あたしたちの目的を忘れないでよ?」

司祭補「グーテンベルクさん、ですわね?」

女騎士「おっとそうだった。……そこの君たち!」

子供たち「!!」

女騎士「ちょっと尋ねたいのだが、このあたりにドワーフの――」

そばかす娘「申し訳ございません!」ガバッ

女騎士「!?」

そばかす娘「どうかお許しください!」

女騎士「え、えっと?」

そばかす娘「今日のぶんのお仕事は終わっております。作業のあとの水浴びをしていただけで……」

女騎士「何かカン違いしているようだな。私はただ道を訊こうとしただけなのだが」

そばかす娘「……領主様のお使いの方ではないのですか?」

司祭補「わたしたちは港町から来たのですわ」

そばかす娘「そっか、よかったぁ」ホッ

黒エルフ「ずいぶん慌てていたわね」

そばかす娘「領主様は、私たちが遊んでいると怒るんだ。サボらずにもっと働けって」

女騎士「しかし、今日の仕事は終わっているのだろう?」

そばかす娘「もちろん! 仕事が終わってないのに遊ぶわけないよ」

司祭補「では、領主様にもそう説明なさればいいのではありませんか」

そばかす娘「ムダね。あの人は農作業のことを何一つ分かっちゃいないもの。土を耕しさえすれば、真冬でも芽が出ると信じているような人なの。……ところで、お姉さんたちは都会から来たんだよね?」

女騎士「帝都には及ばないが……。まあ、この村に比べれば都会だな」

そばかす娘「それなら、劇団の偉い人と知り合いだったりしない？」

黒エルフ「劇団？　小さな一座なら取引先の1つにあるけど……」

そばかす娘「だったらお願い、その人たちに会わせて！　私、踊り子になりたいの！　将来は帝都の大劇場《グランテアトロ》の舞台に立ちたいんだ！」

黒エルフ「はあ？　そんなの無理に決――ふごっ!?」

女騎士「ゆ、夢を持つのはいいことなのだ！」

黒エルフ「～～～！」

司祭補「だからここで踊りを練習していたのですね？」

そばかす娘「うん！」

女の子「お姉ちゃんはね、村でいちばんの器量よしなんだ！」

男の子「それに踊りがとっても上手なの！」

そばかす娘「そ、それほどでも」テレテレ

黒エルフ（この村でいちばんの美人と言ったって、全国平均で見たら大したことないじゃない。踊りはいかにも田舎者って感じだったし……）

女騎士（声が大きいぞ！）

司祭補「踊りにあわせて歌っていましたわね。あれは何という歌ですの？」

そばかす娘「名前はまだないよ」

司祭補「まだ？」

そばかす娘「あの歌は、私が勝手に作ったの。本物の踊り子がどんな曲にあわせて踊るのか知らなかったから……」

女騎士「ふむ。お前は本物の舞台を見たことがないのだな」

そばかす娘「いつか見てみたいなぁ、帝都歌劇団の『コケモモ物語』……大劇場の一等席で……」キラキラ

黒エルフ「何言ってんのよ。農奴の収入じゃ一生かかっても無――ふごっ!?」

女騎士「す、すばらしい作品だと聞く！　私も見てみ

たいものだ！」

司祭補「精霊さまに願いが届くといいですわね」

女騎士「機会があればお前のことを取引先の一座の人に話しておこう」

そばかす娘「やったぁ！　ありがとうございます！」

男の子「すごいや！」

女の子「よかったね！」

そばかす娘「うふふ、今のうちにサインしてあげる！」

女騎士「う……」

黒エルフ「あーあ、無責任なこと言っちゃって……」

司祭補「ところで、わたしたちは人を訪ねてこの村に来たのですけど……」

そばかす娘「やっぱり領主様に会いに来たの？」

黒エルフ「いいえ、グーテンベルクというドワーフの職工よ。知っているかしら？」

そばかす娘「もちろん！　怒ると怖いけど、根は優しい人だよ！　……だけど、もう日が傾いてきているし、今の時間からグーテンベルクさんに会いに行くのはやめたほうがいいと思う」

司祭補「あら、なぜかしら？」

そばかす娘「グーテンベルクさんの工房は、村の奥の古い坑道を抜けた先にあるの。坑道には夜になると恐ろしい怪物が出るんだよ」

女騎士「ふむ。どんな怪物か知らんが油断は禁物だな」

黒エルフ「あら？　猪突猛進のあんたにしては、いたく冷静なことを言うじゃない」

女騎士「正体の分からぬ敵ほど恐ろしいものはないぞ。とはいえ安心しろ。日ごろの鍛錬は欠かしていない！」

黒エルフ「って、やっぱり戦うつもりなのね……」

男の子「やめたほうがいいよ！　坑道の入り口には、怪物がいることを示す『呪いの文句』が書かれているんだ！」

女の子「坑道の中には危険な仕掛けがいっぱいで……子供は近づいちゃダメって言われているくらいなの！」

司祭補「あらあら、うふふ。ここは地元の方々のご忠告に従うべきかもしれませんわ」

女騎士「ううむ。それでは村で一泊して、明日の朝グーテンベルクさんの工房を訪ねるとするか」

黒エルフ「異存ないわ。もともと日帰りするつもりはなかったわけだし」

そばかす娘「だったら、ぜひ私の家に泊まっていってよ。何もないけど、寝床くらいは貸せるよ」

女騎士「おおっ、ありがたい！」

夜

黒エルフ「……で、貸してもらえた寝床がこんな場所だとはね」

納屋 ボロッ

女騎士「母屋の寝室も似たようなものだったぞ。さっき見せてもらったが、土間に干し草を敷いただけのベッドに一家全員が足をつっ込んで寝るのだそうだ」

黒エルフ「まあ、期待はしてなかったわ」

女騎士「野宿していたころを思い出すのだ」

黒エルフ「あたしも今さら文句ないけど……精霊教会の聖職者さまが心配ね。こんな寝床に耐えられるかしら？」

司祭補「まるでキャンプみたいですわ～！　あっ、虫よけのお香を焚かなくては！　寒気よけの香りを混ぜて…♪」

女騎士「心配無用のようだな」

黒エルフ「案外、適応力高いわね」

女騎士「明日は早い。今夜はもう寝るとしよう」ゴソッ

黒エルフ「古い坑道の先に暮らすなんて、やっぱりドワーフって偏屈よね」ガサッ

司祭補「信念が強いとも言えますわ」ゴソゴソ

黒エルフ「って、なんですり寄って来るの!?」

司祭補「だって、ダークエルフさんは暖かいんですもの♪」

女騎士「おおっ、言われてみればたしかに……」

ニギニギ

黒エルフ「に、握るなぁ〜！」

司祭補「あらあら、まあまあ♪」ナデナデ

黒エルフ「なでるなぁ〜！」

女騎士「やはり、あれか？　皮下脂肪が少ないと体内の熱が発散されやすいのだろうか？」

黒エルフ「怒るわよ！」

女騎士「……ん？」

黒エルフ「今度は何よ!?」

女騎士「静かに！」

母屋　ザワザワ

司祭補「母屋のほうが騒がしいですわね」

？？？（おほほ、娘を迎えに来たのじゃ！）

両親（領主様、どうか今夜のところはお引き取りください！）

？？？（何ぃ！　わがはいに意見するつもりか！）

父親「どうかこの通りです！」

田舎領主「農奴の分際でわがはいに楯《たて》突《つ》くとは、何たる生意気！　貴様、誰のおかげで食べていけると思っているのじゃ？　恩知らずも大概にするのじゃな！」

母親「どうかお願いします！」

田舎領主「うるさい、うるさーい！　娘を出さんかぁ〜！」

女騎士「なにごとだ！」

田舎領主「むむっ!?」

黒エルフ「セリフから察するに、あのじいさんがこの辺りの領主のようね」

女騎士「あの赤ら顔は……かなり酒を飲んでいるな」

田舎領主「なんじゃ、お前たちは……？」

父　親「今宵《こよい》、わが家で迎えた客人の方々です」

田舎領主「おほほ……。見れば、なかなか別嬪《べっぴん》ではないか。ほほぉ〜」

ジロジロ……

田舎領主「よし、わがはいの屋敷に来るがよい。そばかす娘を連れて行くついでじゃ。酒池肉林の宴《うたげ》を楽しもうではないか！」

ぷぅ〜ん

黒エルフ「くっさ！　このニオイ、あんた風呂に入ってないでしょ!?」

田舎領主「これだから無学な者は困る。風呂は体に悪いのだぞ？　皮膚から水がしみ込んで血が薄まるのじゃ」

女騎士「お前の靴の汚れ……もしや、う●ちでは？」

田舎領主「いかにも！　家を出るときにおまるを蹴り倒してしまったのじゃ！」

黒エルフ「おまる？　トイレを使っていないの!?」

田舎領主「水道の整備された帝都や、水路の多い港町ならいざしらず……この村にトイレなどない！」ドヤァ

黒エルフ「ドヤることじゃないでしょう！」

田舎領主「貧しい農奴はう●ちを肥料に使うから、おまるの中身をすぐに肥《こえ》だめに移してしまう。しかし、わがはいにはその必要もない。使用済みのおまるをそのまま放置しておけるのは、お金持ちの特権なのじゃ！　さあ、わがはいの屋敷に来るのじゃ。上流階級のたしなみを教えてやろう。ほっほっほぉ〜！」

ぷぅ〜ん

黒エルフ「いやァーッ!!　近づかないでぇー!!」

田舎領主「遠慮はいらぬ。いらぬぞぉ〜！　そばかす娘を迎えにきたら、思わぬ収穫があったわい！」

女騎士「さっきからお前は、この家の娘を連れて行くと言っているが……どういう意味だ？」

田舎領主「愛妾《あいしょう》として、わが屋敷に住まわせてやると言っておるのじゃ。農奴の身分では考えられない厚遇に感謝するのじゃな！」

黒エルフ「愛妾……って、この男の？」ゾワッ

両　　親「ううっ……」

女 騎 士「たとえ領主様といえど、嫌がる娘を無理やり妾《めかけ》にするのは正義に悖《もと》るぞ！」

田舎領主「無理やり連れて行くわけではない。娘のほうから進んでわが愛妾になりたいと言ってきたのじゃ」

黒エルフ「嘘よ！　あの子には踊り子になりたいって夢が――」

そばかす娘「ううん、本当だよ」

母　　親「あんたって子は！」

父　　親「出てくるなと言っただろう！」

そばかす娘「だけど、母ちゃん父ちゃんをこれ以上困らせるわけにはいかないよ……」

田舎領主「おほほほ、聞き分けのいい娘じゃ！　かわいがってやろう！」

父　　親「くっ……約束が違います！　月末まで待っていただけるはずでは!?」

田舎領主「たしかに、わがはいは月末まで待つと申した」

父　　親「で、では……！」

田舎領主「しかし、気が変わったのじゃ。今夜のわがはいは気分がいい。わざわざ迎えに来てやったというわけじゃ！」

母　　親「そんな……」

そばかす娘「もういいよ！　私がお屋敷に行けばいいんだろ。母ちゃんたちを困らせないでよ」

女 騎 士「待て。事情を聞かせてくれ」

黒エルフ「自分から愛妾になりたいと言ったのは本当なの？」

そばかす娘「うん、本当だよ。ひと月くらい前に、領主様のお使いの人に荷物を渡されたんだ。弁当箱くらいの大きさの小包を、お屋敷まで届けて欲しいって。……言いつけ通り、私は荷物を届けたの。だけど、小包の中身が壊れていたんだよ。外国産の手鏡で、バラバラに割れていた」

田舎領主「さよう。貴様ごときでは、たとえ身売りしても弁償できない高級品じゃ！」

そばかす娘「だから私、領主様のお妾さんになることにしたの」

黒エルフ「話が飛躍しているわ。なぜ手鏡の代償として、妾にならなくちゃいけないのよ」

田舎領主「まったく、これだから無学な者たちは……。いいか？　人間国の法律では5万Gを超える器物破損や窃盗《せっとう》は縛り首になるのじゃ。あの手鏡は安く見積もっても15万G、一家3人縛り首になるはずじゃ」

女騎士「……？」

田舎領主「しかし、わがはいは寛大にも器物破損の被害を訴えず、この娘をわがはいの屋敷で教育してやることにした。同じ間違いを犯さぬようにな！　さらに寛大にも、今月末まで家族と過ごす時間を許してやったのじゃ！」

そばかす娘「か、感謝して……います……」

両親「うぅ……」

女騎士「5万Gを超える器物破損で、縛り首？」

黒エルフ「そんな法律、聞いたことがないわね」

田舎領主「お前たちのような浅学《せんがく》非才《ひさい》の者では無理もなかろう。しかし、この『法律書』にばっちり書いてあるのじゃ！」

ばばーん

女騎士「そ、その本は――！」

黒エルフ「なによ、それ――！」

田舎領主「どうじゃ、恐れ入ったか！」

女騎士「表紙に『家庭《かてい》の医学《いがく》』と書いてあるぞ」

黒エルフ「ええ。読み間違えようがないわね」

田舎領主「なっ！　貴様たち、まさか字が読めるのか!?」

黒エルフ「当然よ。文字に暗い農奴たちは騙せても、あたしたちは騙せないわよ」

父親「領主様、どういうことでしょうか……？」

田舎領主「う、うぬぬ……」

女騎士「あれは法律書ではないし、縛り首というのは嘘っぱちだ。信じてはならん」

そばかす娘「！」

田舎領主「だ、だが……手鏡を壊したのは事実！　どうやって弁償するつもりじゃ！」

そばかす娘「そ、それは……」

田舎領主「ならば、わがはいが貴様の身を買ってやろう。この村から離れることもなく、手鏡の弁償もできる。悪い話ではなかろう？」

そばかす娘「……」

田舎領主「むしろ、わがはいの心の広さに感謝すべきじゃな！　おほほ！」

そばかす娘「……はい」

一　　同「!!」

そばかす娘「もう家族を困らせずに済むなら、私は領主様のお屋敷に行くよ」

女 騎 士「いいや、まだだ」

田舎領主「この期におよんでいったい何じゃ？」

女 騎 士「月末までは家族との時間を許す、お前はそう言った。男たるもの約束は果たすべきだ。違うか？」

田舎領主「ふん、そんな約束……」

女 騎 士「その『家庭の医学』は何だ！　まだ恥を重ねるつもりか！」

田舎領主「ぐっ」

女 騎 士「お前の失態は、お前1人の恥ではない。先祖代々この領地を守ってきた一族の恥だ。違うか!?」

田舎領主「ふ、ふんっ！　わがはいの心は海より広い。月末まで待ってやろう……」しぶしぶ

女 騎 士「お前にも一欠片の騎士の心があってよかった。……では、こうしよう。この一家が月末までにカネを準備できたら、それで弁償する。できなければ、領主様はこの娘を買い上げる――」

黒エルフ「はぁ!?　あんた何考えてんのよ！　そんなの無理に決まってて――」

そばかす娘「私はかまわないよ。月末まで家族と過ごせるだけで充分なのに、女騎士さんはわずかでも希望を残そうとしてくださったんだ。嬉しいよ」

田舎領主「わがはいもかまわん。どうせ叶わぬ希望じゃからな！　ほっほっほっ！」

女騎士「契約成立だな」

田舎領主「月末が楽しみじゃわい。おい、御者よ。馬車を出せ！　屋敷に帰るぞ！」

馬車　ガタゴト……

財務大臣「どうやら私が出る幕はなかったようだな」

女騎士「うむ。相手が抜けているやつで助かった」

財務大臣「この姿で驚かせようと思ったのだが……」

黒エルフ「相変わらず見事に化けるわね。ていうか、人を驚かせるなんてちょっと悪趣味じゃない？」

財務大臣「相手がしつこかった場合の最後の手段にするつもりだった」

黒エルフ「ならいいけど」

——ボフッ!!

司祭補「でも、やっぱりみなさんにお披露目したかったですわ」

黒エルフ「」

両親「うう……」

そばかす娘「もう母ちゃんってば泣かないでよ。父ちゃんも！　月末までは一緒に暮らせるんだから」

黒エルフ「……で、あんたはあれをどうするつもり？」

女騎士「う、うむ……」

黒エルフ「悪いけど、銀行からあの一家にカネは払えないわよ。担保も保証人もなしに、15万Gなんて貸せないわ」

女騎士「それは分かっているのだ」

司祭補「精霊教会としても、どうにもできませんわねぇ……」

女騎士「そうか」

黒エルフ「変な期待を持たせないほうが良かったんじゃない？　偽物の希望は、本物の絶望よりも残酷よ」

女騎士「そうかもしれない……」

司祭補「とりあえず、今夜はベッドに戻りましょう。待《ま》てば海路《かいろ》の日和《ひより》ありと言いますわ」

女騎士「それも、そうだな……。私たちの当初の目的を忘れるところだった」

黒エルフ「グーテンベルクさんに会って話を聞くのよね」

司祭補「そして、港町の方々が消えた理由を調べるのですわ」

一家　シクシク……サメザメ……

翌朝、坑道入り口

女騎士「さて、ここだな」

黒エルフ「たしか、この辺りに『呪いの文句』が刻まれているのよね。怪物の存在を示すとかいう」

女騎士「呪いの文句……そんなものは見当たらないぞ」

司祭補「この看板のことかしらぁ？」

『猛犬注意』

女騎士「これが……」

黒エルフ「……呪いの文句？」

司祭補「ふむふむ……。『わが愛犬のヘルハウンドは、日中は昼寝をしている。物音を立てぬよう注意すべし。用無き者の来訪を歓迎せず。グーテンベルク』と書かれていますわ」

女騎士「ならば、忍び足で坑道を抜けるとしよう」

黒エルフ「戦わないの？」

女騎士「人の飼い犬を傷つけるわけにはいかんだろう」

坑道・内部

司祭補「村の方々は迷子に注意とおっしゃっていまし

たが……」

黒エルフ「……この坑道、親切な道しるべがたくさんあるわ。迷いようがないわね」

女騎士「むっ、またしても看板だ！」

司祭補「えっと……『転落注意。東西の部屋の各スイッチを入れてから進むこと。さもなくば足場が崩れるおそれあり』……と、書かれていますわね」

黒エルフ「危険な仕掛けって、もしかしてこれのこと？」

女騎士「そうか、長年の謎が解けたぞ！　ダンジョンというものは、どこも危険な罠だらけだ。最悪死ぬ」

司祭補「まあ、大変ですわ！」

女騎士「しかし、近くの床や壁に、罠の解除方法やヒントが書かれている場合が多い」

黒エルフ「どうして？　侵入者を撃退するための罠なんでしょ？」

司祭補「ダンジョン制作者の善意でしょうか？」

女騎士「いいか？　この坑道の安全な足場でも、文字の読めない村人にとっては危険な罠になるだろう？」

黒エルフ「えっと……それが？」

司祭補「たしか古代帝国では、大将軍でさえ読み書きができない時代があったと聞きますわ」

女騎士「ダンジョンが作られた当時は、読み書きのできる人がほとんどいなかった。壁に解除方法が書かれていても罠を避けられなかったのだ」

黒エルフ「逆に言えば、文字を読めるのは一部の特権階級だけだから……」

司祭補「……王族や貴族は罠を避けられるはずですわね。そもそもダンジョンは、王族の墓や宝物庫だったと聞きますわ」

黒エルフ「関係者は自由に出入りできるけど、一般庶民は近寄れないようにする……。そのために、罠の近くに解除方法を書いたのね」

女騎士「なぜ危険な罠の近くにヒントが書かれているのか、ずっと不思議だったのだ。やっと謎が解けた」

坑道・出口

黒エルフ「やっと空を拝めたわね」

司祭補「あそこの小屋がグーテンベルクさんの工房でしょうか？」

女騎士「む？　先客がいるようだな……」

？「ははは！　そう怒らないでくださいよ」

？？？「わしらは親切で言っているのですぞ？」

ドワーフ「うるさい！　帰ってくれ！」

司祭補「あのドワーフさんが、きっとグーテンベルクさんですわね。残りの2人はどなたでしょう？　都会風の身なりをなさっていますわ」

女騎士「あの顔には見覚えがある」

黒エルフ「ええ、間違いないわ。……帝都銀行の、港町の支店長よ」

支店長「おや、これまた妙な場所でお会いしましたなぁ」

？？「この娘が例のダークエルフですか？」

支店長「いかにも。どうだね、この奴隷は値段ぶんの働きをしているかね？」

女騎士「お前には関係ないことだ。そちらの男は何者だ？」

？？「これは失礼。申し遅れましたが、私は帝都銀行の本店で秘書をしております。以後、お見知りおきを」

司祭補「本店の秘書さんが、なぜ支店長さんとご一緒なのでしょう？」

秘書「普段は頭取さまの右腕として働いていますが、最近では港町の支店を手伝うように申しつけられましてね。……おっと、もうこんな時間か。私どもは次の約束がありますので、ここで失礼を」

支店長「おたくの銀行もサービス改善に努めることですな。はっはっはっ」

ドワーフ「ふんっ！　とっとと消えろ！」

黒エルフ「……」

女騎士　ぽんっ

黒エルフ「！」

女騎士「そんな難しい顔、お前らしくないぞ。今日は仕事をしに来たのだろう？」

黒エルフ「え、ええ……そうだったわね。今ので、港町の人々が消えた理由がだいたい分かったわ。あたしの予想通りだったみたい」

司祭補「まあ！　もう謎が解けましたの？」

黒エルフ「あたしの予想が当たっているかどうか……グーテンベルクさん、お話を聞かせて」

女騎士「私たちは港町銀行の者だ。工房にお邪魔してもいいだろうか？」

ドワーフ「ふん。あんたらに話すことなんてないね。悪いが帰ってくれ。もう銀行の者は信用しないと、わしは決めたんだ」

司祭補「あらあら、まあまあ。そうおっしゃらないでくださいな」

チャラ……

ドワーフ「その香炉の模様！　もしや、あなたは司祭補さまでは……？」

司祭補「ええ。最近、港町の教会に転属になりましたの」

ドワーフ「と、とんだ失礼を！　どうぞお上がりください！」

キィ……

司祭補「うふふ。ごめんくださぁい」

工房・事務室

黒エルフ「……なるほど、やっぱりそういうわけだったのね。思ったとおり、『貸《か》し剥《は》がし』だわ」

女騎士「貸し剥がし？」

黒エルフ「帝都銀行は、港町での影響力を拡大しようとしているのよ、手段を選ばずにね。……もしかしたら、あたしたちを潰そうとしているのかも」

司祭補「どういうことかしら？」

黒エルフ「グーテンベルクさん。帝都銀行は、あたしたちよりも安い利子でカネを貸すと言ってきた。だから港町銀行から融資を乗り換えることにした。……そうよね？」

ドワーフ「ああ、そうさ。あのときはいい条件だと思ったのさ。帝都銀行にカネを貸してもらって、港町銀行から借りたカネを全額返済した」

司祭補「そういえば、最近、全額返済してくる取引先が増えているとおっしゃっていましたわねえ」

女騎士「つまり……帝都銀行は、私たちから顧客を奪おうとしているのだな？」

ドワーフ「あんな安い利子率を見せられたら、誰だって心がぐらつく」

黒エルフ「でも、おいしい話には裏があったわけ」

ドワーフ「港町銀行からの融資は年次更新《ねんじこうしん》だが、帝都銀行は月次更新《つきじこうしん》の契約だった」

女騎士「？」

黒エルフ「年次更新なら、『カネを貸せるかどうかの審査』が年に1回しかないわ。一方、月次更新では毎月審査される」

司祭補「審査に落ちれば？」

黒エルフ「カネを返すことになる。返せなければ担保を取り上げられるわね」

ドワーフ「帝都銀行は、先月の利益の50％の金額を、今月末までに返済しろと言ってきた。借金の返済能力を確かめるためだそうだ。それができなければ、審査を通すわけにはいかない、と……」

司祭補「そんなお金がありまして？」

ドワーフ「いいえ、恥ずかしながら……」

黒エルフ「そうやって無理な条件を押しつけて返済を迫ることを『貸し剥がし』というの。債務者を破産に追い込んで、担保を取り上げる」

女騎士「では、消えた人々というのは？」

黒エルフ「帝都銀行に財産を奪われて、港町に暮らせなくなったのでしょうね」

司祭補「ひどいですわ……！」

黒エルフ「借金のカタに取り上げた家屋や営業権を、帝都銀行は親しい商人に売り払ったはず。将来、港町で商売しやすくなるように」

司祭補「だから侍女さんの報告どおり、見ず知らずの人が港町に引っ越してきたのですわね」

女騎士「だが、それでは……」

黒エルフ「ええ、そう。うちの銀行は商売あがったりよ」

ドワーフ「精霊教会の教えどおり、銀行業とは汚い商売だな。おたくらがしのぎを削るのは構わないが、巻き込まれる身にもなってくれ」

司祭補「まあ……」

ドワーフ「せっかく完成させた『活版印刷機《かっぱんいんさつき》』を、借金のカタに奪われることになるとは……。くそっ」

女騎士「活版印刷機？　何だそれは？」

工房・作業場

女騎士「おお～！　すごい数の印鑑なのだ！」

ドワーフ「印鑑ではない、『活字《かつじ》』だ。鉛と錫《すず》の合金で作った金属の塊に、文字を刻んである」

女騎士「活字？」

ドワーフ「いいか、見ていろ。こうやって木枠に活字を並べて、耐熱紙に押しつけると……」

ギュウ

ドワーフ「耐熱紙に文字の形の溝ができる。これを『紙《し》型《けい》』と呼ぶ」

女騎士「ほほー」

ドワーフ「『紙型』の上に薄く鉛を流せば、文字の刻まれた鉛の板ができる。これが『鉛版《えんばん》』だ。あとは、この鉛の板にインクを塗って、製本用の紙に押しつければ……」

ガシャッ!!

ドワーフ「……文章を印刷できる」

女騎士「まるで魔法だな」

司祭補「手書きせずに本を作れるのですわね？」

ドワーフ「さようでございます。この装置さえあれば、精霊教会の経典をより安く、よりたくさん作ることができるのです」

司祭補「手書きなら1冊作るのに1年ほどかかりますけれど……」

ドワーフ「この装置なら、1週間……。いいえ、活字さえ組んでしまえば数日で作ることが可能です」

ドサッ

ドワーフ「こちらの経典は、この活版印刷機で作ったものです」

司祭補「本の大きさや重さは、手書きのものと変わりませんわね」

ドワーフ「精霊教会の威厳にふさわしい大きさと重さが必要だと考えました」

女騎士「文字の形が揃っていて読みやすいのだ」

黒エルフ「たしかにすごい発明ね……。だけど、問題は儲かるかどうかよ」

ドワーフ「この装置は精霊教会の教えを広めるためのものだ。金儲けの道具ではない！」

黒エルフ「つまり、儲かってないのね？」

ドワーフ「う、うむ……。わしの経典は1冊1千Gだ。手書きの本の20分の1の値段。飛ぶように売れると思ったのだが……」

女騎士「実際には、それほど儲からなかった？」

ドワーフ「うむ、むぅ……。そうなのだ」

黒エルフ「たしか先々月、あなたはうちの銀行から150万Gを借りたわよね」

ドワーフ「ああ。その全額を活版印刷機の製作に使った」

黒エルフ「ちなみに、この装置は何冊の本を刷れるの？」

ドワーフ「正確には分からんが、最低でも5千冊は修理なしで印刷できるだろう。微調整は必要だがな」

黒エルフ「150万Gで5千冊が刷れるなら、1冊あたりでは300Gの計算になるわね」

ドワーフ「それ以外に、紙やインク、装丁用の金具、人件費などで本1冊に380Gほどかかる。合計680Gの原価だ」

女騎士「人件費？」

ドワーフ「わしの生活費だ」

司祭補「1冊1千Gで売れば320Gの儲けになりますわ」

女騎士「利益が出るはずの価格設定だ。なぜ儲からなかったのだ？」

ドワーフ「そ、それは……」

黒エルフ「簡単よ。数が売れなかったんでしょう」

司祭補「あらあら、まあまあ……。先月は何冊売れましたの？」

ドワーフ「……10冊、です」

女騎士「たったの10冊!?」

黒エルフ「先月の売上は1千G×10冊だから、1万Gね」

司祭補「紙やインクや人件費には、380G×10冊で3千800Gかかったはずですわ」

ドワーフ「はい。1万Gから3千800Gを差し引いて、今わしの手元には6千200G残っています。帝都の銀行は、この50％を払えと言っているのです」

司祭補「6千200Gの50％なら、3千100Gですわねぇ…」

黒エルフ「手元に残る金額も3千100Gね。本を10冊作るには3千800Gが必要だけど、それにも足りないわ」

ドワーフ「帝都銀行にカネを払ったら、商売を小さくするしかない。払わなければ融資は打ち切りで、担保を奪われる……」

黒エルフ「戦争の準備で、最近では金属の値段が上がっているわ。印刷機に使われた真鍮《しんちゅう》や鉛を売れば、いい値段になるはず。帝都銀行の狙いはそれでしょう」

ドワーフ「くそっ！　発明の価値が分からん俗物どもめ……！」

女騎士「しかしみんな暗算速いな」

黒エルフ「あんたが遅いのよ」

女騎士「どうだ、また私たちの銀行から融資を受けないか？　帝都銀行のように無茶な条件は出さないぞ」

ドワーフ「ふんっ、余計なお世話だ。そうやって、わしをまた騙すつもりだろう？」

司祭補「この方たちは信用できますわ」

ドワーフ「司祭補さまのお言葉を疑うつもりはありませ

ん。わしはもう、銀行を信じられんのです」

黒エルフ「あんたねえ、人がせっかく親切に言っているのに――」

ドワーフ「帝都銀行の連中だって、親切そうな顔で近づいてきたわい」

黒エルフ「もうっ、これだからドワーフは！　呆れるほど石頭！」

女騎士「まあ落ち着け。……では、帳簿だけでも見せてもらえんか？　間違いがないか確認させて欲しい」

ドワーフ「帳簿だと？　だ、だが――」

司祭補「この方たちを信じてくださいまし♪」

ドワーフ「ううむ……。司祭補さまがそうおっしゃるなら……」

女騎士「任せて欲しいのだ！」

ドワーフ「ただし、見るだけだ！　おたくらが何をしようと、カネを払うのも、受け取るのも、わしはごめんだからな」

田舎領主の館・庭園

田舎領主「ううむ、昼間から飲む酒は格別じゃのぉ」

ぐびぐびっ

田舎領主「しかし、それにしても……昨夜の者どもはいい女じゃった。あやつらに注《つ》がせる酒はさぞかし美味じゃろうな～」

ぷはぁーっ

田舎領主「まあよい。月末にはあのそばかす娘が屋敷に来る。どう味わってやろうかのぉ」

ぐびぐびっ

田舎領主「まったく、農奴とは愚かな生き物じゃ。あの手鏡が最初から割れていたとも気づかず、わがはいの言葉を鵜《う》呑《の》みにするとは……。月末が楽しみじゃ！　ほほほ！」

秘書「おや、月末に何かいいことでもあるのですか？」

田舎領主「！」

秘　書「奇遇ですね、私も月末を楽しみにしているんですよ。……今月末は、領主様にお貸しした長期融資20万Gの返済日です。お金のご用意は進んでいますか？」

田舎領主「貴様は……帝都銀行の!?」

秘　書「返済できないようであれば、担保として領主様の土地の一部を頂戴するお約束になっています」

田舎領主「出て行け！　ここはわがはいの私邸じゃ！」

秘　書「おっと失礼。たしかに今は、まだあなたの私邸でしたね」

田舎領主「今はまだ、じゃと……？」

秘　書「ええ。この屋敷が担保に入るのも時間の問題でしょう？　あなたが領主の地位を継承してから、あなたの所有地は小さくなる一方ではありませんか」

田舎領主「土地を担保に取る貴様たちのせいじゃ！」

秘　書「担保も無しにカネを貸すバカはいませんよ。土地を取られたくなければ、きちんとカネを返せばいい。あなたはカネを返す能力がないから、銀行に土地を取られてしまうのですよ」

田舎領主「わがはいを無能と呼ぶのか！　人間国に血税を納めているこのわがはいを！」

秘　書「その税金は、もとを正せば私たちが貸したカネでしょう？」

田舎領主「うぬぅ〜！　平民のくせに生意気な口を叩くでない！　わがはいにカネが無いのは、農奴たちが怠惰なせいじゃ！　やつらがもっと仕事に精を出せば……」

秘　書「いいですねえ、貴族制というものは。何の才能もない人間でも、『生まれ』だけで偉そうにできる」

田舎領主「な、何の才能もない、じゃと……？」

秘　書「そうでしょう？　あなたにはカネも無いし、商才も無い。武芸の才も、戦線に出る勇気も無いから、武勲《ぶくん》を上げることもできない。……あなたにあるのは、先祖から譲り受けたこの土地だけではありませんか」

田舎領主「貴様ぁ！　黙って聞いていれば……不敬罪で訴えてやる！　貴様など縛り首じゃ！」

秘　　書「訴えたければご自由に。ですが、私個人はあなたよりも多額の税を納めています。人間国政府の裁判官たちがどちらに味方をするか、熟考してみては？」

田舎領主「～～～!!」

秘　　書「では、私はこれで。月末を楽しみにしていますよ」

田舎領主「くそぉ～!!」

パリンッ

工房・事務室

ドワーフ「これが帳簿だよ」

黒エルフ「前に教えられた通り、ちゃんと複式簿記でつけているようね」

ドワーフ「きちんと帳簿をつけることが、おたくの銀行がカネを貸すときの条件だろう？　昔はもっと簡単にカネを貸してくれたのに……」

女騎士「最近決めた方針なのだ」

ぺらっ

黒エルフ「まずは……先々月にうちの銀行から150万Gを借りたときの仕訳がこれね」（※37）

※37

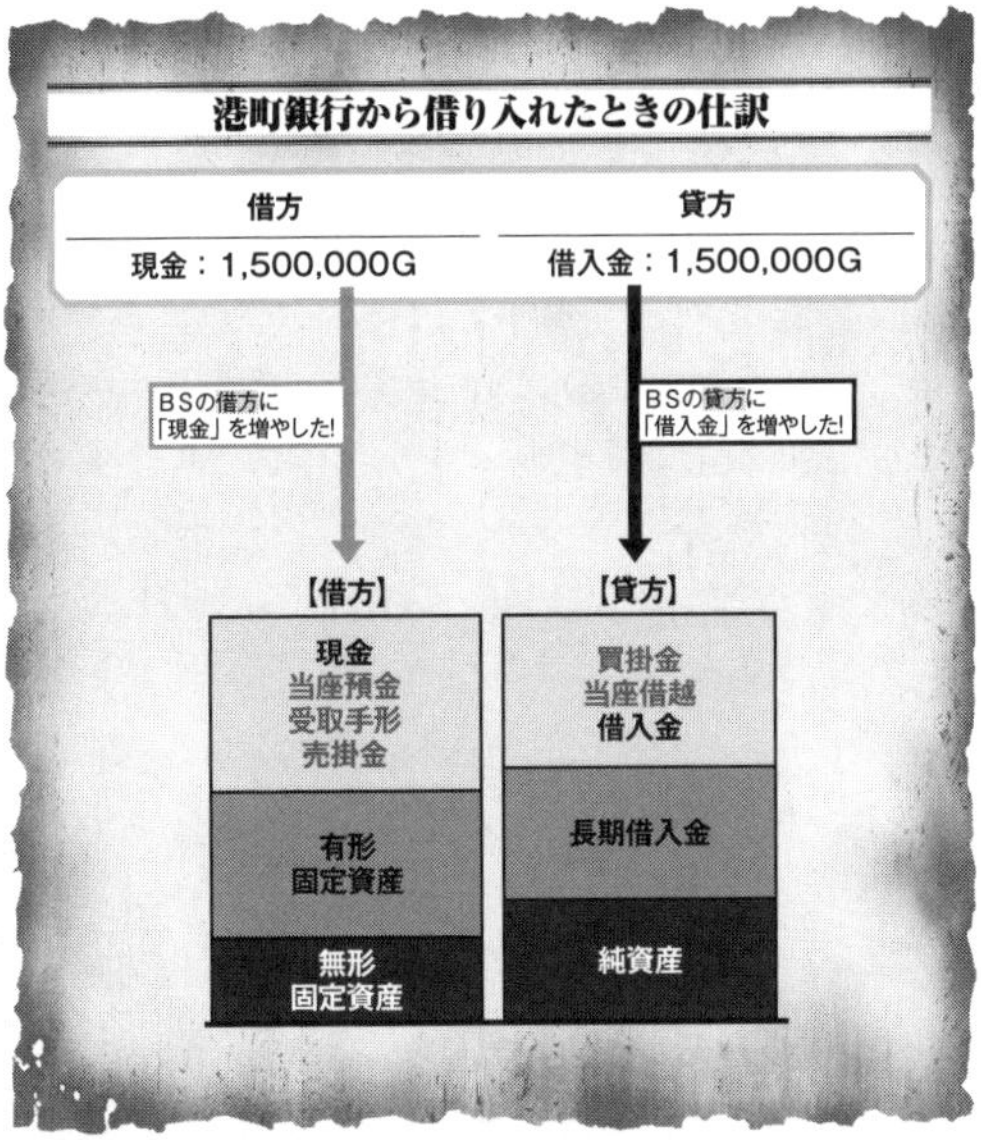

港町銀行から借り入れたときの仕訳
借方
貸方
現金：1,500,000G
借入金：1,500,000G
BSの借方に「現金」を増やした!
BSの貸方に「借入金」を増やした!
【借方】
【貸方】
現金
当座預金
受取手形
売掛金
有形固定資産
無形固定資産
買掛金
当座借越
借入金
長期借入金
純資産

司祭補「ＢＳの現金と借入金《かりいれきん》を増やす仕訳ですわね」

女騎士「ふむ、これは大丈夫そうだな」

黒エルフ「ええ。正しい仕訳になっているわ」

ドワーフ「で、その150万Ｇでわしは活版印刷機を完成させた。そのときの仕訳がこれだ」（※38）

※38

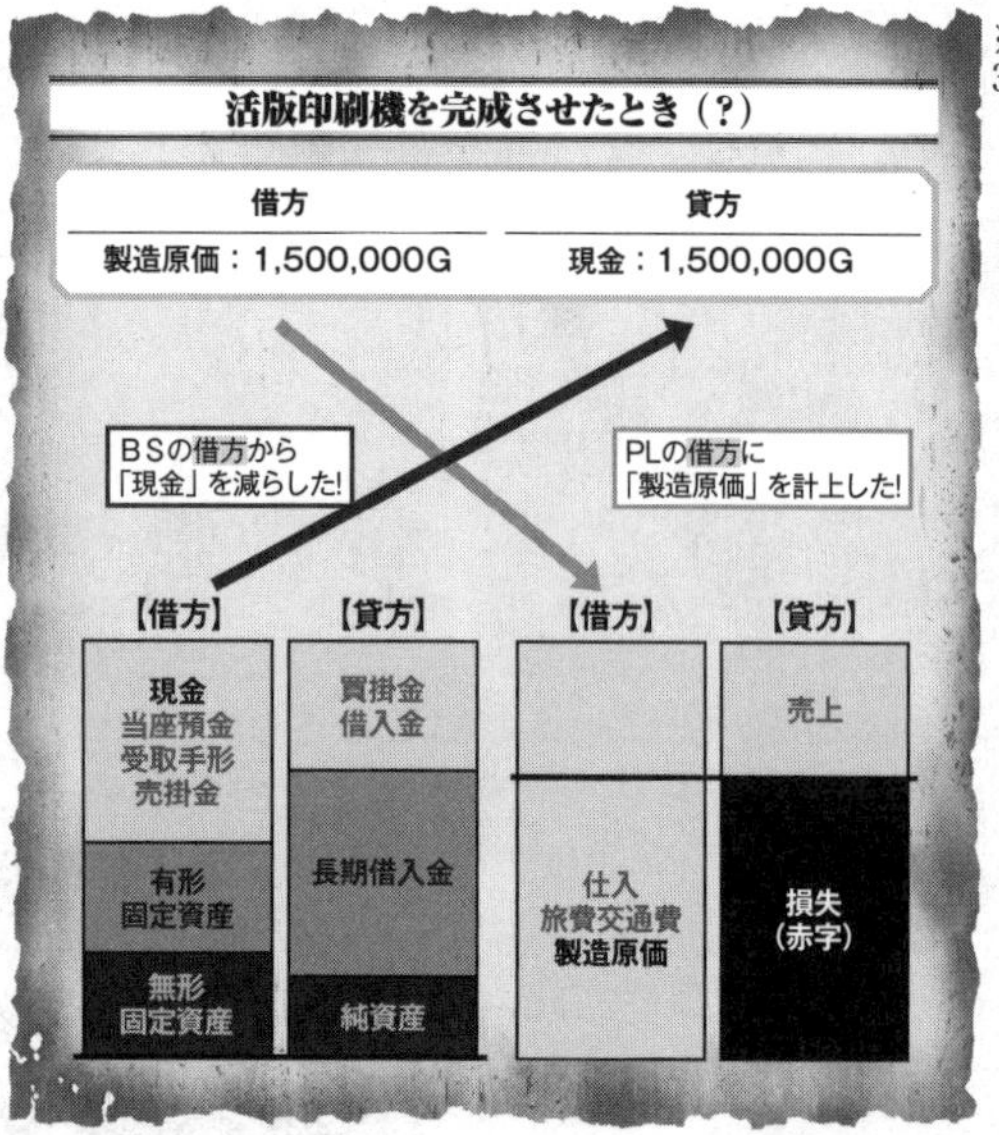

活版印刷機を完成させたとき（?）
借方
製造原価：1,500,000G
貸方
現金：1,500,000G
BSの借方から「現金」を減らした!
PLの借方に「製造原価」を計上した!
【借方】
現金
当座預金
受取手形
売掛金
有形固定資産
無形固定資産
【貸方】
買掛金
借入金
長期借入金
純資産
【借方】
仕入
旅費交通費
製造原価
【貸方】
売上
損失（赤字）

女騎士「現金を減らして製造原価《せいぞうげんか》を計上しているが……」

黒エルフ「さっそく間違っているわね」

司祭補「印刷機を作るのにかかったお金は、本の製造原価になりませんの？」

黒エルフ「印刷機のような『機械装置』とか、馬車のような『車両運搬具』とか、それから『建物』とか……。こういうものを『有形固定資産《ゆうけいこていしさん》』と呼ぶわ」

女騎士「固定資産を取得したときは、取得にかかった金額をＰＬの『費用』に計上してはダメなのだ」

司祭補「あら、なぜかしらぁ？」

黒エルフ「もしも固定資産の取得価額《しゅとくかがく》を費用に計上したら、その月は大幅な赤字になるわね」

ドワーフ「たしかに、わしの帳簿では、先々月は大赤字だった」

黒エルフ「その一方で、翌月以降は紙やインク代だけが費用になって、利益が多めに計算される」

カキカキ……

黒エルフ「要するに、こういうことになるわ（※39）。

150万Gの印刷機で5千冊を刷れるとすれば、1冊あたりの原価は300Gになる……そういう話だったわよね。だけど、今の帳簿のつけ方では、この『1冊当たり300G』の原価が正しく反映されないのよ」

※39

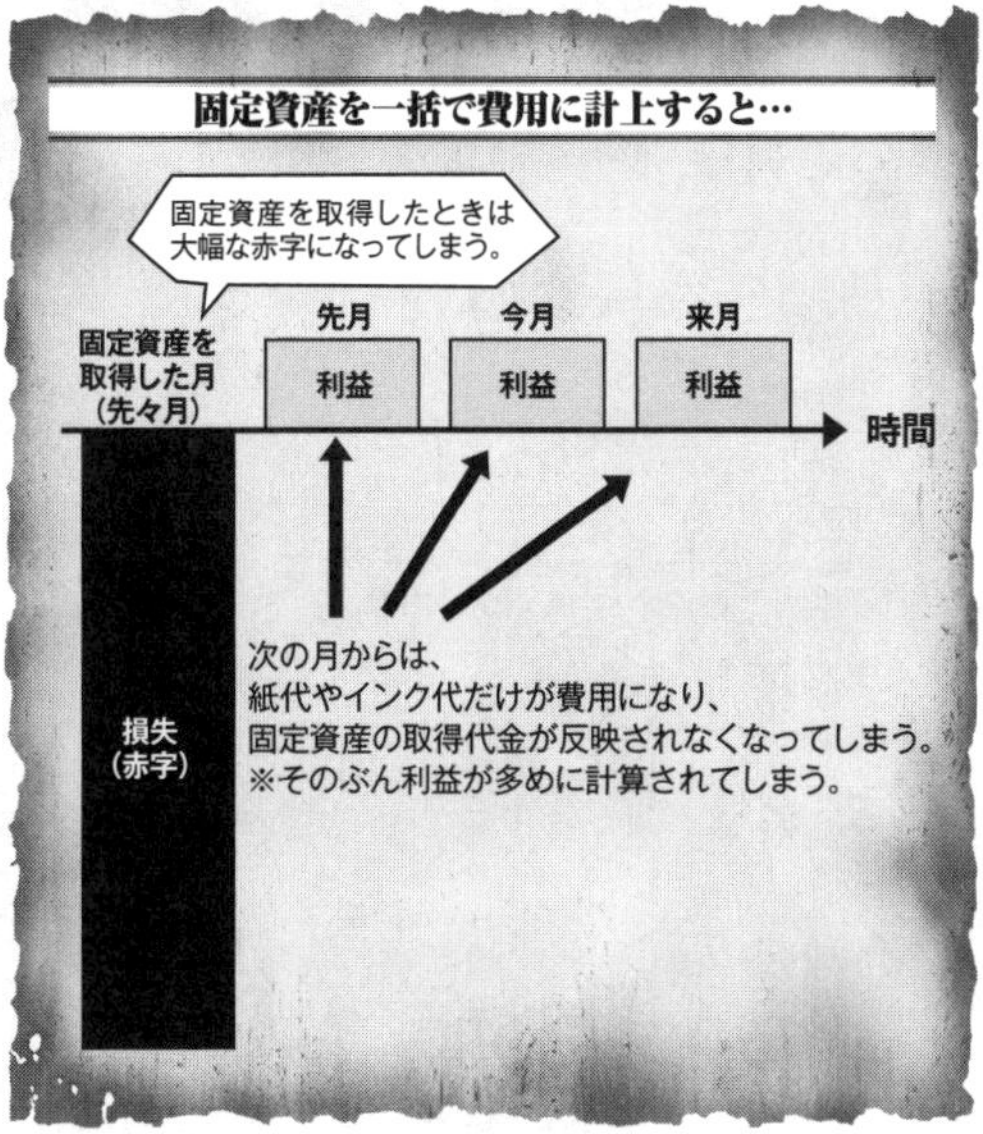

固定資産を一括で費用に計上すると…
固定資産を取得したときは大幅な赤字になってしまう。
固定資産を取得した月（先々月）
先月
今月
来月
利益
利益
利益
時間
損失（赤字）
次の月からは、
紙代やインク代だけが費用になり、
固定資産の取得代金が反映されなくなってしまう。
※そのぶん利益が多めに計算されてしまう。

司祭補「利益を正しく計算できないということですわね」

黒エルフ「そういうこと」

カキカキ……

黒エルフ「正しくは、こういう仕訳を切るべきね」（※40）

※40

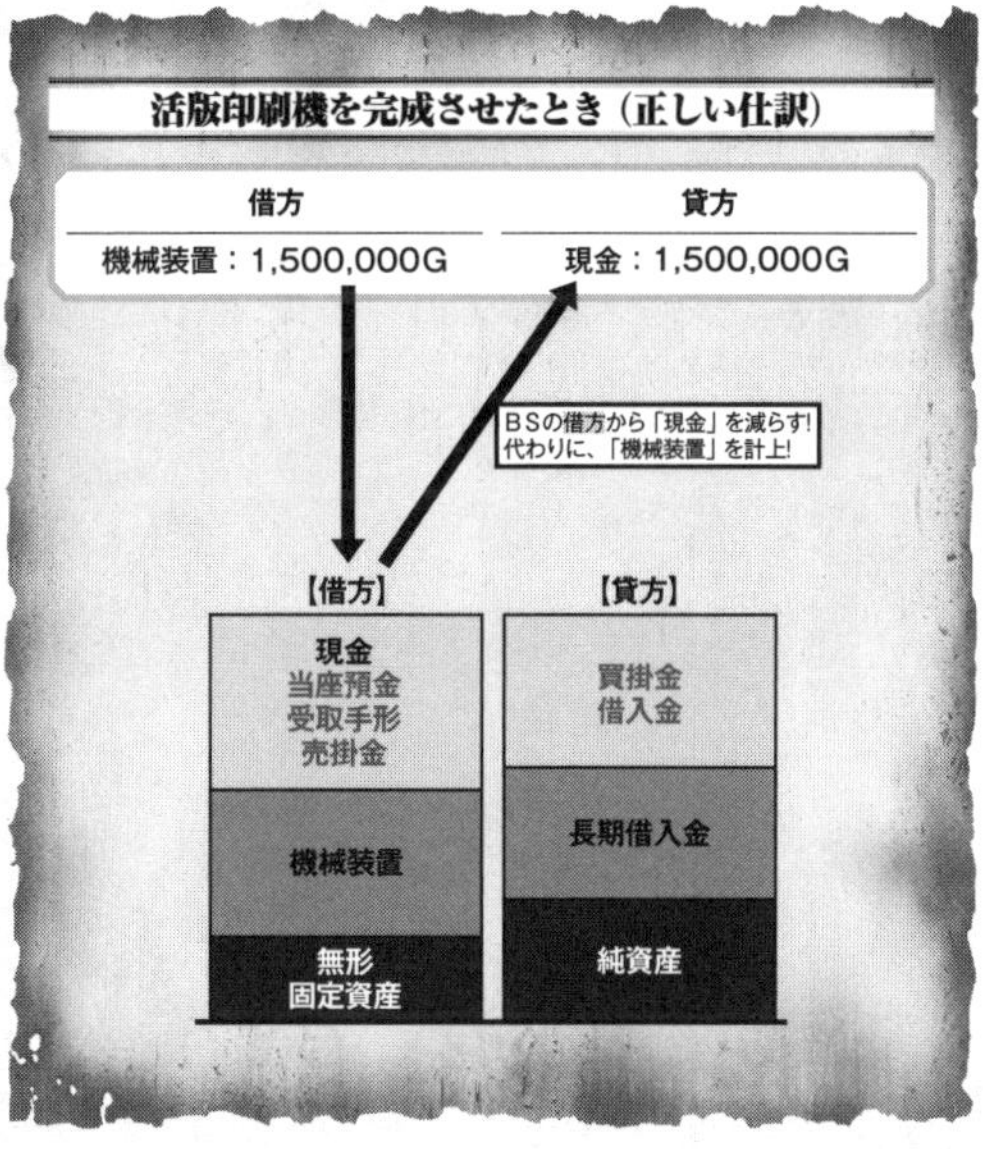

活版印刷機を完成させたとき（正しい仕訳）
借方
機械装置：1,500,000G
貸方
現金：1,500,000G
BSの借方から「現金」を減らす!
代わりに、「機械装置」を計上!
【借方】
現金
当座預金
受取手形
売掛金
機械装置
無形固定資産
【貸方】
買掛金
借入金
長期借入金
純資産

女騎士「現金を減らして、代わりに固定資産の『機械装置』を計上するのだ」

ドワーフ「このやり方で利益を正しく計算できるのかい？」

黒エルフ「もちろんよ」

カキカキ……

黒エルフ「たとえば本を10冊印刷したときは、こういう仕訳を切るわ」（※41）

※41

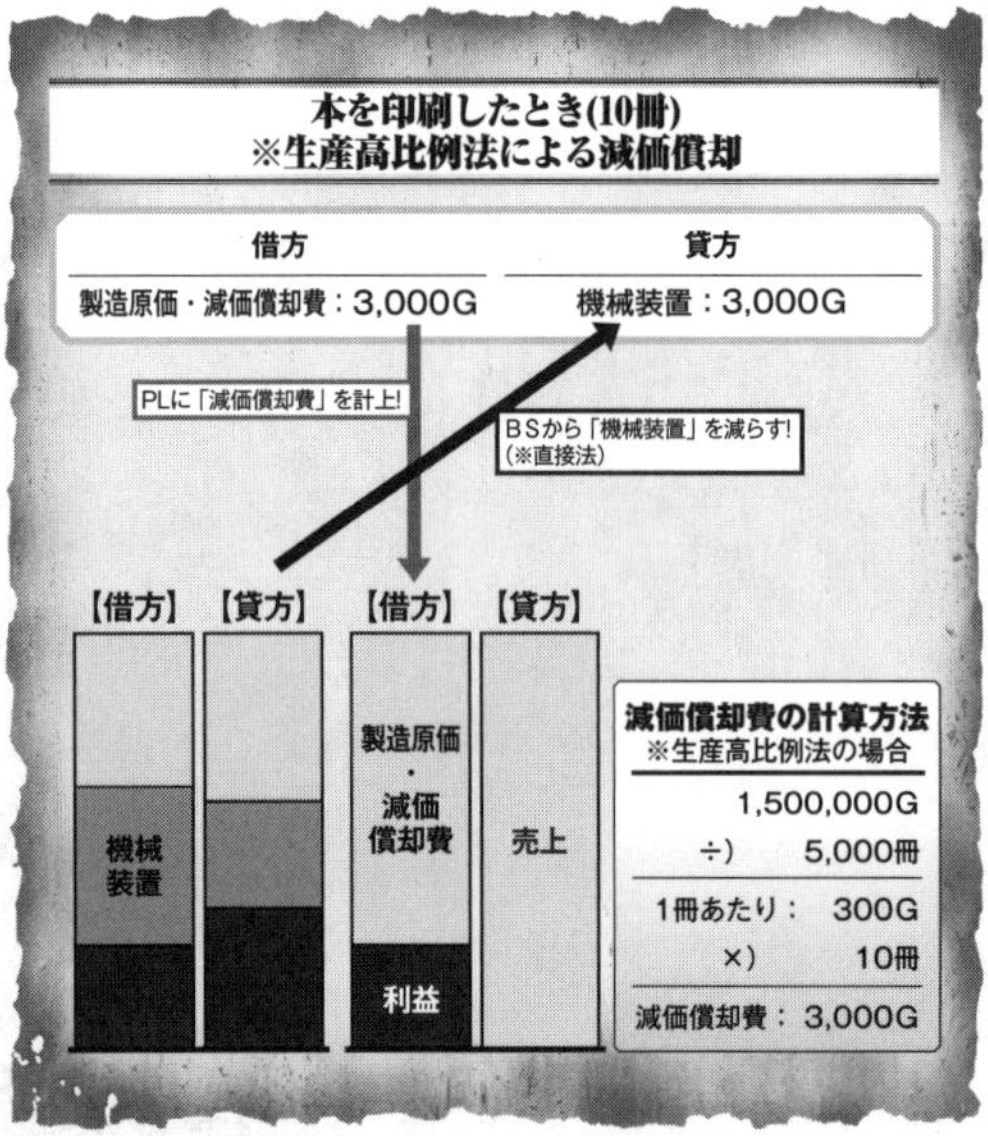
本を印刷したとき(10冊)
※生産高比例法による減価償却
借方
製造原価・減価償却費：3,000G
貸方
機械装置：3,000G
PLに「減価償却費」を計上!
BSから「機械装置」を減らす!
(※直接法)
【借方】
【貸方】
【借方】
【貸方】
機械装置
製造原価・減価償却費
売上
利益
減価償却費の計算方法
※生産高比例法の場合
1,500,000G
÷） 5,000冊
1冊あたり： 300G
×） 10冊
減価償却費： 3,000G

司祭補「使った分だけBSの『機械装置』を減らして、PLの費用に計上するのですわね」

黒エルフ「固定資産を使ったぶんだけ費用にすることを、『減《げん》価《か》償却《しょうきゃく》』と呼ぶわ」

カキカキ……

黒エルフ「この方法なら、固定資産を取得した月だけ大幅な赤字になったりしないわ。さらに、翌月以降にはより正確な利益を計算できる」（※42）

※42

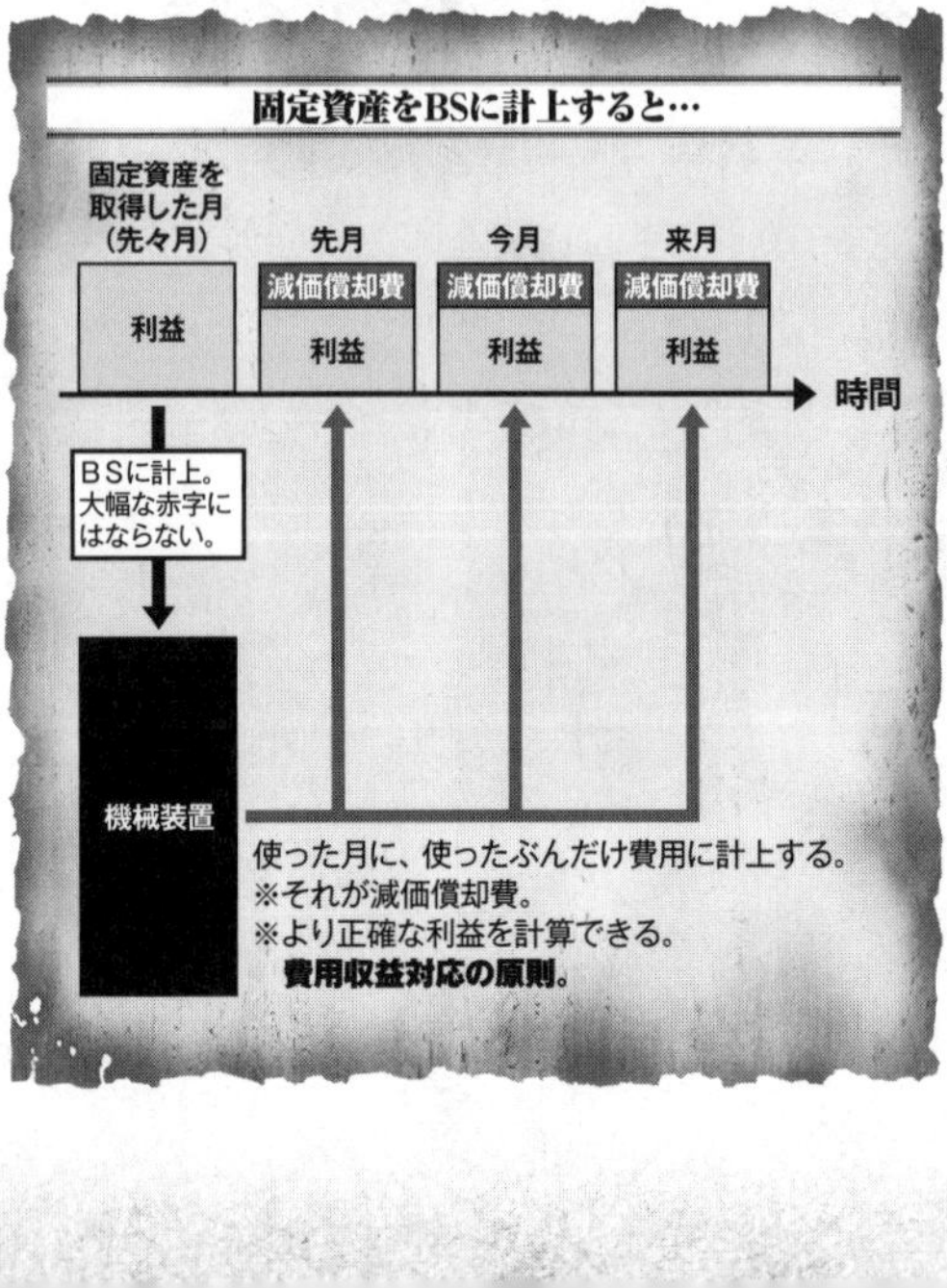
固定資産をBSに計上すると…
固定資産を取得した月（先々月）
先月
今月
来月
利益
減価償却費
利益
減価償却費
利益
減価償却費
利益
時間
BSに計上。大幅な赤字にはならない。
機械装置
使った月に、使ったぶんだけ費用に計上する。
※それが減価償却費。
※より正確な利益を計算できる。
費用収益対応の原則。

ドワーフ「なるほど……」

女騎士「勉強になったのだ……」

黒エルフ「あんたは知っておけよ簿記2級」

司祭補「あらあら、まあまあ」

黒エルフ「話を戻しましょう。この活版印刷機の場合は、5千冊という耐用生産数が分かっていて、1冊あたりの原価を計算することができた。こうやって減価償却費を計算する方法を『生産《せいさん》高比例法《だかひれいほう》』と呼ぶわ」

司祭補「他の計算方法もありますの？」

黒エルフ「定額法《ていがくほう》や定率法《ていりつほう》という方法があるけど、今は説明しないわね。……今回の説明で重要なところは、『減価償却費は現金が減らない費用だ』ということね」

ドワーフ「現金が減らない？　費用なのに？」

黒エルフ「ええ。さっきの仕訳を見て？（※41）PLに減価償却費を計上しているけど、現金は減らしていない。代わりに機械装置を減らしているわ」

※43　カキカキ……

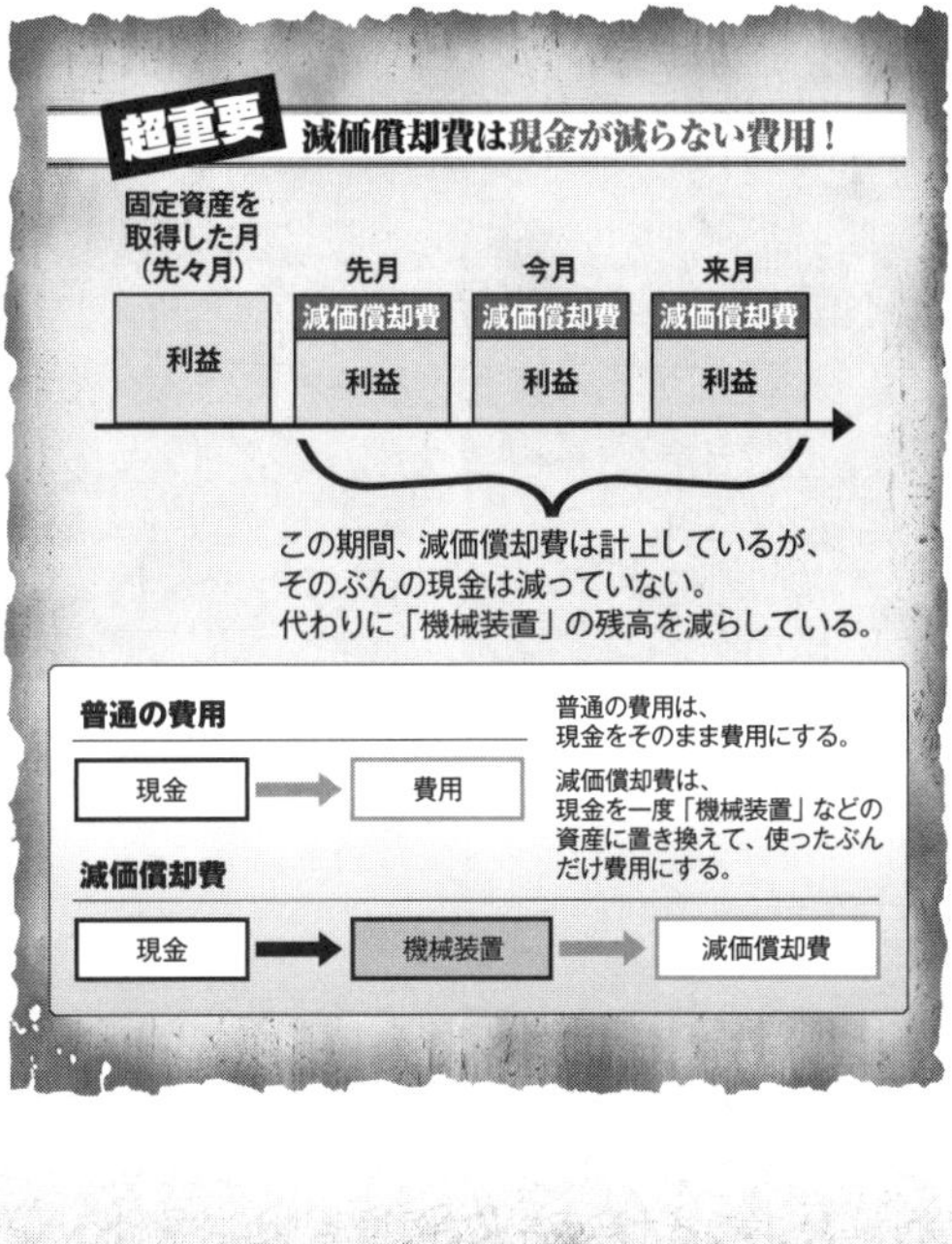

超重要
減価償却費は現金が減らない費用！
固定資産を取得した月（先々月）
先月
今月
来月
利益
減価償却費
利益
減価償却費
利益
減価償却費
利益
この期間、減価償却費は計上しているが、
そのぶんの現金は減っていない。
代わりに「機械装置」の残高を減らしている。
普通の費用
現金
費用
普通の費用は、
現金をそのまま費用にする。
減価償却費は、
現金を一度「機械装置」などの
資産に置き換えて、使ったぶん
だけ費用にする。
減価償却費
現金
機械装置
減価償却費

黒エルフ「固定資産というのは、いわば現金を『先払い』しているようなものなの。まとめるとこんな感じね（※43）。普通の費用だったら、現金を支払った時点ですぐに費用にしてしまう。けれど、減価償却費は違うわ。現金を一度『機械装置』等の他のものに置き換えて、それを費用に変えていく……ってわけ」

女騎士「説明はこれくらいにしよう。正しい帳簿の付け方に従って、先月のBSとPLを修正してみるのだ！」

黒エルフ「そうするべきね」

ドワーフ「うーむ、銀行から来たお前たちが……？」

チラッ

司祭補「試してみて損はないと思いますわ♪」

ドワーフ「司祭補さまがそうおっしゃるなら……頼んでみようかね」

黒エルフ「まずPLを修正すると、先々月の製造原価が大幅に安くなるわね。それから、先月には『減価償却費』が計上されるわ」

ドワーフ「先々月の大幅赤字が無くなって、代わりに先月の利益が少し減る……ということだな」

司祭補「正しい利益の金額になるのですわね」

黒エルフ「続いてBSだけど……現金の残高は変わらないわ」

ドワーフ「減価償却費は現金の減らない費用だから、だな？」

黒エルフ「その通り」

女騎士「あとは、固定資産に『機械装置』が計上されるはずだ」

カキカキ……※44

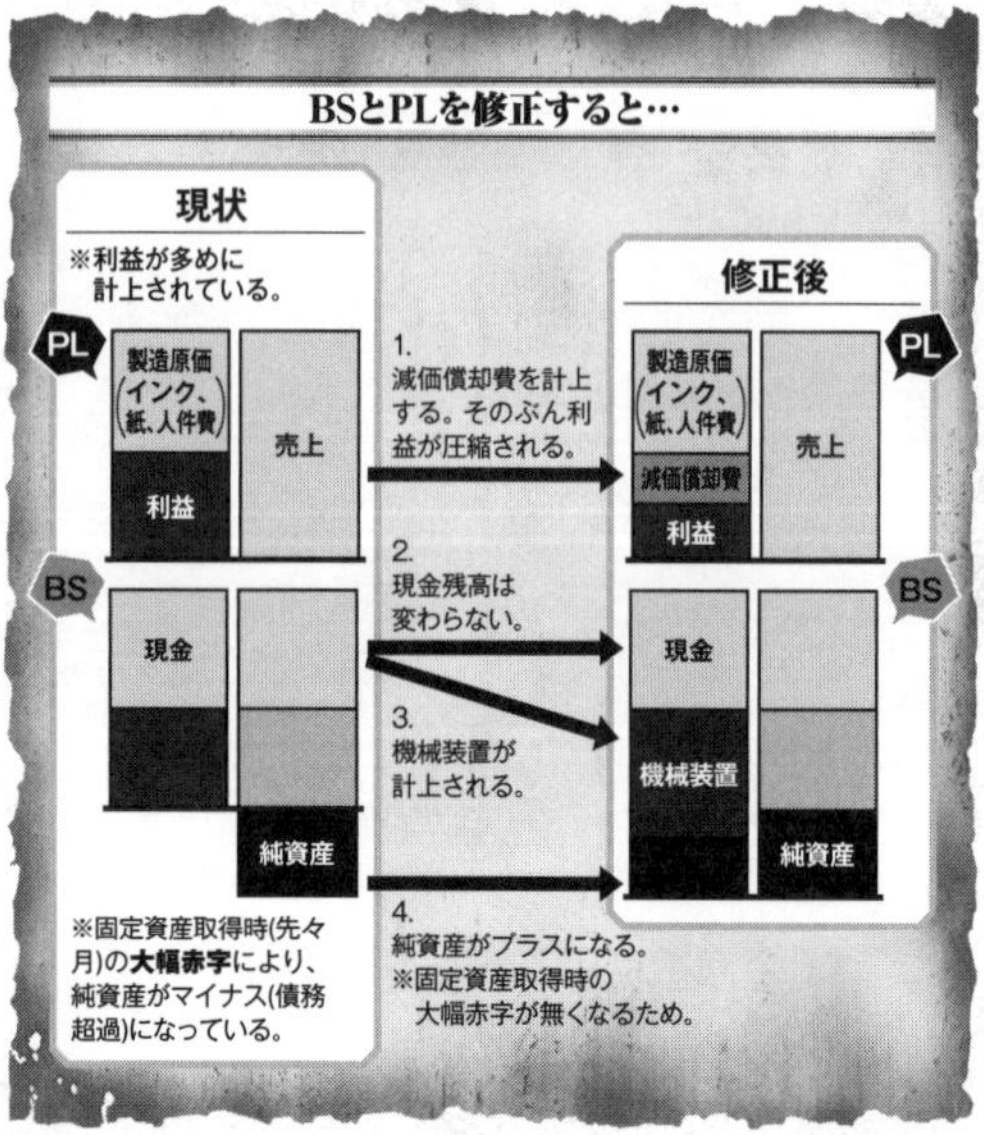

BSとPLを修正すると…
現状
※利益が多めに計上されている。
PL
製造原価（インク、紙、人件費）
利益
売上
BS
現金
純資産
※固定資産取得時(先々月)の**大幅赤字**により、純資産がマイナス(債務超過)になっている。
1. 減価償却費を計上する。そのぶん利益が圧縮される。
2. 現金残高は変わらない。
3. 機械装置が計上される。
4. 純資産がプラスになる。
※固定資産取得時の大幅赤字が無くなるため。
修正後
PL
製造原価（インク、紙、人件費）
減価償却費
利益
売上
BS
現金
機械装置
純資産

黒エルフ「ここまでの話をまとめると、先月のＢＳとＰＬはこんな感じに修正されるわ」（※44）

ドワーフ「減価償却費で利益が圧縮されるが、現金残高は変わらず、機械装置が計上される、と……」

司祭補「純資産の金額も修正されていますわね。これは？」

黒エルフ「じつはかなり重要な部分だけど、純資産の詳しい説明はまた別の機会にするわ。今回は『固定資産』と『減価償却』だけ覚えてほしいわね」

女騎士「ふむ、修正後のＰＬでは利益が減るのか。ならば――」

司祭補「どうなさいまして？」

女騎士「思いついたぞ！　この工房を苦境から救う方法を！」

ドワーフ「あんたらの銀行からカネを借りる以外の方法で？」

女騎士「ああ。この正しい帳簿があれば、帝都銀行を説得できるはずだ！」

黒エルフ「ちょっと待って。あんたが何を考えているか想像ついたわ。でも、そんなに上手くいくとは思えないんだけど……」

司祭補「とはいえ、何もしなければ状況は好転しませんわ」

女騎士「試してみる価値はあるだろう。今すぐ戻れば、今夜には港町に着ける。明日、帝都銀行の支店に乗り込むのだ！」

翌朝、港町

ドタドタ……バタンッ

女騎士「失礼するのだ！」

支店長「……いったい何の騒ぎだね？」

秘書「誰かと思えば、昨日の3人ではありませんか」

女騎士「今日はグーテンベルクさんの工房について話があって来た。忙しいところ恐縮だが聞いてもらおう」

支店長「ほう、あのドワーフの？」

女騎士「先月の利益の50％の金額を返済しろ、さもなくば融資を打ち切る――。これがお前たちの出した条件だな？」

支店長「わしらがどんな契約を結ぼうと貴行には関係ない」

秘書「私としても心苦しいのですが、その条件でないと本店が審査を通してくれないのです」

黒エルフ「まったく……横暴ね」

司祭補「では、もしもその利益の計算が間違っているとしたら、どうかしらぁ？」

支店長「利益の額が違うだと……？」

秘書「興味深いですね。どういう意味でしょう？」

女騎士「ふふふ……よくぞ聞いてくれた！」

バァーン!!

女騎士「この財務諸表《ざいむしょひょう》を見るのだ（※45）。グーテンベルクさんの帳簿には、減価償却費が反映されていなかったのだ。これを修正すれば、利益は6千200Gから3千200Gに圧縮される」

※45

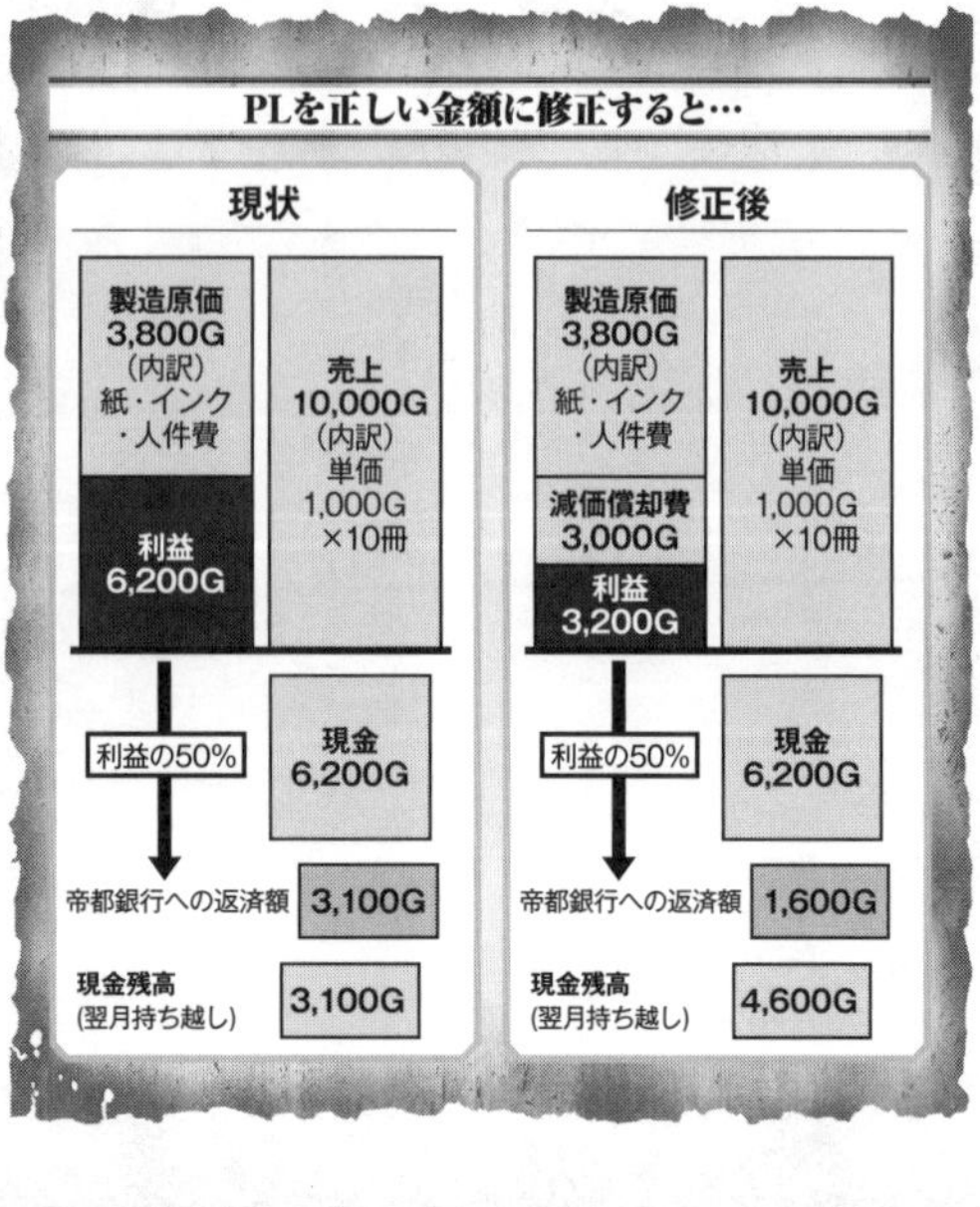

PLを正しい金額に修正すると…
現状
製造原価
3,800G
(内訳)
紙・インク
・人件費
利益
6,200G
売上
10,000G
(内訳)
単価
1,000G
×10冊
利益の50%
現金
6,200G
帝都銀行への返済額
3,100G
現金残高
(翌月持ち越し)
3,100G
修正後
製造原価
3,800G
(内訳)
紙・インク
・人件費
減価償却費
3,000G
利益
3,200G
売上
10,000G
(内訳)
単価
1,000G
×10冊
利益の50%
現金
6,200G
帝都銀行への返済額
1,600G
現金残高
(翌月持ち越し)
4,600G

黒エルフ「……」

女騎士「すると、帝都銀行への返済額はその50％の1千600Gになる！」

秘書「ほう、それで？」

女騎士「減価償却費は現金の減らない費用だ。PLの利益が変わっても、現金は減らない。持ち越せる現金残高は4千600Gになる。この金額なら、先月よりもたくさんの本を印刷できる。グーテンベルクさんは商売を大きくできるというわけだ」

秘書「なるほど、面白いですね……」

支店長「ううむ」

秘書「……しかし、だから何なのですか？」

女騎士「は？」

秘書「グーテンベルクさんには、私どもの計算した通り3千100Gを払っていただきます」

女騎士「だからその計算は間違って――」

秘書「あなたがたの計算方法など知りませんよ」

黒エルフ「……やっぱり、そうなるわよね」アチャー

司祭補「どういうことですの？」

秘書「あなたがたがどんな会計基準を採用しようと自由です。しかし、私たちの銀行との取引には、私たちの決めた方法で利益を計算していただきます」

女騎士「なん、だと……？」

支店長「ふふふ、同じ町で働くよしみだ。特別にわしらの契約書を見せてやろう」

ぱさっ

女騎士「……1ヵ月の利益とは、その月に入金された額から、その月に出金した額を引いた金額とする……だと？」

秘書「ええ。それがグーテンベルクさんと取り交わした契約書の細則《さいそく》です。その計算方法なら、先月の利益は6千200Gになります」

黒エルフ「いわゆる『現金主義《げんきんしゅぎ》』という計算方法ね」

女騎士「なんだ、それは？」

黒エルフ「固定資産を計上して減価償却する方法は、カネを払ったときではなく、実際にその資産を使ったときに費用を計上するわ。いわゆる『発生主義《はっせいしゅぎ》』という計算方法よ。これに対して、

カネの出入りだけに基づいて計算する方法が『現金主義』……」

司祭補「おこづかい帳と同じ計算方法ですわね」

黒エルフ「現金主義で計算することが契約書に明記されている以上、あたしたちには手が出せないわ。残念だけど」

女騎士「そ、そんな……！」

司祭補「では、グーテンベルクさんは……？」

秘書「さあ？　商才を磨いて頑張ればいいのでは？」

支店長「話は終わりだ。帰ってくれ」

女騎士「ぐ、ぐぅ……」

港町、酒場

女騎士「うう……グーテンベルクさんを助けられると思ったのに……！」

グイッ!!

黒エルフ「見事な飲みっぷりだけど、それお水よね？」

女騎士「当然だ。酒は筋肉の成長に悪影響なのだ」

司祭補「お酒は百薬の長とも言いますわぁ♪」

黒エルフ「あんたは飲むなよ聖職者」

司祭補「あら、ワインは精霊様の血と呼ばれているのですわ。適度な飲酒なら問題ありません♪」

黒エルフ「ふぅん……。で、何を飲んでいるの？」

司祭補「ホットミードですの。温めた蜂蜜酒です。お試しになります？」

黒エルフ「うっわ、甘ぁ～！　よくこんなもの飲めるわね」

女騎士「うう……。このままではグーテンベルクさんの商売は先細る一方なのだ……。今月はしのぐことができても、いつか行き詰まってしまう……」

黒エルフ「商才を磨いて頑張るしかない……。悔しいけど、あの秘書の言う通りね」

司祭補「売上を伸ばすしかない、ということかしら？」

黒エルフ「たとえば……お客さんにお金を前払いしても

らう方法があるわ。注文が殺到すれば莫大なカネが集まるから、安心して商売を拡大できる」

女騎士「しかし、先月はたった10冊しか売れなかったのだ」

司祭補「注文が殺到するなんて夢のまた夢、ですわ……」

黒エルフ「もしくは、1冊あたりの原価を切り詰める方法もあるわね。使っている紙や装丁の品質を落とせば、今の現金残高でも、先月よりたくさんの本を印刷できる」

女騎士「手書きの本と同じ品質の装丁でも、10冊しか売れなかったのだぞ……？」

司祭補「品質を落とせば、売上はもっと落ちるはずですわ」

女騎士「かと言って、価格を下げるわけにもいかない。値下げすれば売上冊数は増えるかもしれないが、売上金額まで増えるとは限らんからな」

司祭補「それにしても、なぜ10冊しか売れなかったのでしょうか？　値段は手書きの経典よりもずっと安いのに」

黒エルフ「そもそも経典を欲しがる人がいなかったのよ。教会に行けば、経典の内容を1Gのお布施で学べるわ。わざわざ1千Gを払ってまで経典を手元に置いておきたいとは、誰も思わなかったわけ」

司祭補「まあ……」

黒エルフ「あの帳簿を見たでしょう？　先月10冊の経典を買ったのは、田舎の貧しい教会とか、信心深い貧乏商人とかだった。グーテンベルクさんの本を欲しがるのは、結局、そういう一部の人だけなの」

司祭補「悩ましいですわ……」

女騎士「くそっ、何かないのか！　経典を欲しがる人を増やす方法は――」

黒エルフ「バカね。精神支配の魔法でも使わない限り、何かを『欲しがらせる』なんて無理に決まっているわ」

司祭補「精神支配の魔法は犯罪ですわ！」

黒エルフ「商売で大切なのは、欲しがらせることではないわ。すでに欲しがっている人のところに、欲しがっているモノを持って行くほうが簡単なのよ」

女騎士「しかし、経典を欲しがっている人はいないのだろう？　ならば、もう……どうしようもないではないか！」ぐびぐびっ

歌声　～♪～♪

司祭補「あら、この歌は？」

黒エルフ「これって……そばかす娘の歌よね？　向こうの席の客たちが歌っているわ」

女騎士「やはり、いい歌なのだ……」

司祭補「ええ、とくに歌詞がすてきですわ」

行商風の客「おや、お嬢さんたちもこの歌を知っているのかい？」

騎手風の客「つい先日、丘陵地帯の寒村を通る機会があったんですよ。そのとき耳にして、妙に記憶に残りましてなぁ」

黒エルフ「やっぱり安っぽい歌詞に思えるけど……」

行商風の客「いやいや、分かってないねえ！　その素朴な雰囲気がいいんだよ！」

司祭補「なるほどぉ、庶民の方には娯楽が少ないのですわね。だから、旅の途中で聞いた歌が耳に残ってしまう……」

黒エルフ「たしかにそうかもしれないわね。こんな陳腐な歌詞を喜ぶなんて」

司祭補「教会の読み聞かせ会には、じつは字を読める方も参加しています。勉強熱心な方だと思っていましたが……きっと、娯楽が少なくて退屈だったのですわ」

黒エルフ「庶民には、娯楽が少ない……？」ボソッ

歌声　～♪　～♪

女騎士「結局、あの娘を救うこともできなかったのだ！」

黒エルフ「……欲しがっている人のところに、欲しがっ

ているモノを……」ブツブツ

女騎士「あんな美しい歌を作れる娘を守れないとは、私はなんと無力なのだ！　この世界に精霊さまの救いはないのか!?」

司祭補「……」

女騎士「あのそばかす娘に余計な希望を抱かせて、それを裏切ってしまうとは……。くっ、殺——」

黒エルフ「そうか！」

ガタッ

黒エルフ「分かったわ、あの工房を救う方法！」

司祭補「……ほ、本当ですの？」

女騎士「ふん。そんなの無理に決まっているのだ……」

ぐびぐびっ

黒エルフ「バカなこと言わないでよ、あんたらしくもない！　この方法を実行するには、あんたにも力を貸してもらうわ。もう一度、あの村に戻りましょう！」

女騎士「ふへへ、力を貸すだと？　……こんな飲んだくれた私に何ができるというのだ……」

黒エルフ・司祭補「「ただのお水でしょう！／ですわ！」」

月末、帝都・中央広場

書籍商「さて、と……。この辺りにしましょうか」

チュンチュン

ぴーちちちち

書籍商「まだ朝の早い時間……人通りはまばらですね。しかし、まさか私がこんな仕事をすることになるとは……。銀行家さんも面白いことを考えるものです」

ガタッ　ガサガサ……

書籍商「台車を組み立てて……営業許可証を出して、と……。これで、よし。仕事を始めましょう」

書籍商「さあさあ、紳士淑女のみなさま！　寄ってらっしゃい見てらっしゃい！　本日お目にかけますのは、帝都住民のみなさまにこそふさわしいご逸品。これを見逃す手はございませんよ！」

通行人・男「……？」

通行人・女「何かしら……？」

書籍商「どうぞ、お近くでご覧くださいませ！」

月末、グーテンベルクの工房

コンコンッ

支店長「帝都銀行の者です。玄関を開けてくれますかな！」

秘　書「このあと、田舎領主から20万Gを取り立てる仕事が待っています。ドワーフ相手の仕事は手短に終わらせましょう」

支店長「おっしゃる通りです。……おい、玄関を開けてくだされ！」

ギイッ……

ドワーフ「なんだ、あんたたちか」

秘　書「お金を受け取りに参りました」

印刷機　ガシャン！　ガシャン!!

男の子「刷り上がりました！」

ドワーフ「よし、検品に回せ！」

女の子「印刷用紙が無くなりそうです！」

ドワーフ「倉庫に予備がある！　取ってこい！」

支店長「こ、これは、どういうことだ？」

ドワーフ「すまんな、慌ただしくて」

チャラ……

ドワーフ「この革袋に約束の３千100Ｇが入っている。受け取ったら帰ってくれ。今日は忙しいんだ」

支店長「活版印刷機がフル稼働しているだと？　いったいどうなっている！　あの経典が売れるなんてあり得ない！」

ドワーフ「女騎士さんたちのおかげだよ」

秘　書「女騎士？　どういうことでしょう？」

ドワーフ「あんたら、事務室にこもってばかりで世間のことを知らないのだろう」

支店長「と、言うと……？」

ドワーフ「今、港町ではこれが流行っているんだよ。特別にプレゼントしてやろう。わしの工房は、今はこれの印刷に追われているんだ」

秘　書「こ、これは――!?」

月末、そばかす娘の家

田舎領主「ほっほっほ！　娘を迎えに来てやったわい。さあ、娘をわがはいに引き渡すのじゃ！」

父　親「領主様……」ガバッ

母　親「……お待ち申し上げておりました！」ガバッ

田舎領主「ふふふ、苦しゅうない。面《おもて》を上げよ。……それで、おぬしらの娘はどこじゃ？」

父　親「その件ですが、やはり娘をお渡しするわけにはいきません」

田舎領主「何をぉ！　では、手鏡はどう弁償するつもりじゃ！」

母　親「こちらをお受け取りください！」

チャラ……

田舎領主「これは？」

母　親「15万Ｇが入っております」

父　　親「手鏡の弁償費用に充分なはずです」

田舎領主「な……」

ぱくぱく

田舎領主「な、何をした！　貴様らのような農奴ふぜいが15万Gを準備できるはずがない！　さては盗みを働いたのだな!?」

母　　親「盗みだなんて、滅相もありません！」

父　　親「女騎士さんたちのおかげでございます」

母　　親「あの3人のお力で、このお金をご用意できたのです。どうぞ、お受け取りください」

田舎領主「そ、そんなバカな！」

ジャラッ!!

田舎領主「……ほ、本当に15万Gじゃ。ニセ金ではなさそうじゃ」

母　　親「正真正銘、本物の金貨でございます」

田舎領主「そ、それで……あの娘はどこにいるのじゃ？」

父　　親「今は帝都です。女騎士さんに同行しております」

田舎領主「農奴が勝手に土地を離れるとは……許さんぞ！」

母　　親「そのことについて、慈悲深き領主様にお願いがございます」

田舎領主「うるさい！　貴様ら農奴に居住移転の自由は無い！」

母　　親「ここに、追加で5万Gがございます」

父　　親「手鏡の弁償代とあわせて、しめて20万Gです」

母　　親「このお金で、どうか娘に自由を与えて欲しいのです」

田舎領主「そ、そそ、そんな勝手が許されるはずが――」

父　　親「私たちには私的財産の自由があります」

田舎領主「！」

母　　親「もしも領主様がご不要なら、この5万Gはお渡ししません。私たち一家の財産にいたします」

父　　親「ところで領主様、噂に聞きました。近いうちに帝都銀行へ20万Gを返済しないといけないそうですね」

母　　親「私たちの20万Gで、領主様のお役に立てないでしょうか？」

田舎領主「〜〜！」

父　　親「私たち一家は、古くから領主様に庇護《ひご》を与えていただきました。せめてもの恩返しをしたいのです。分不相応な生意気だとは承知しておりますが……」

田舎領主「よ、良いだろう……。そういうことなら、仕方あるまい。その20万Gを受け取ってやろう……」

母　　親「では、私たちの娘は？」

田舎領主「……自由の身だ」しぶしぶ

両　　親「ありがとうございます!!」

田舎領主「しかし、分からん。貴様らがこんな大金を手にするとは……いったいどんな魔法を使ったのだ？」

父　　親「魔法ではありません」

母　　親「商売をしたのです」

再び帝都、大劇場《グランテアトロ》

そばかす娘「わあ……。ここが一等席……」

女 騎 士「帝都歌劇団の『コケモモ物語』を見られるとは。楽しみなのだ！」

司 祭 補「楽しみですわねぇ」

幼メイド「楽しみなのです！」

黒エルフ「ありきたりな恋愛物語でしょう？　何がそんなにいいんだか……」

銀 行 家「たしかに、高尚《こうしょう》な哲学のある物語ではないかもしれません。ですが、万人の心を動かすことも、芸術にとっては大切なことだと思いますよ」

黒エルフ「そうは言ってもねえ……」

そばかす娘　ポロポロ……

司 祭 補「まあ！　どうなさいまして？」

女騎士「目にゴミでも入ったか！」

幼メイド「何か悲しいことがあったのです～？」

そばかす娘「ううん、違うよ。ただ……ここは、夢にまで見た大劇場《グランテアトロ》の一等席だ。この席で憧れの劇を見られるなんて……。何だか、胸がいっぱいになっちゃって」

ぐすっ

黒エルフ「才能が正しく評価された結果よ。胸を張るべきだわ」

そばかす娘「女騎士さん、ダークエルフさん、司祭補さま……。3人には感謝してもしきれないよ！」

女騎士「私はただ背中を押しただけだ」

そばかす娘「だけど、女騎士さんに出会わなかったら、私はきっと領主様の妾になっていたと思う。ありがとう……。本当に……ありがとう、ございます……」

再び、帝都・中央広場

書籍商「さて、本日ご紹介しますのは『純情娘《じゅんじょうむすめ》の詩《し》集《しゅう》』でございます。港町で大流行を巻き起こしている大ベストセラーです！　お立ち会いのみなさまは、流行に敏感な方々とお見受けします。ぜひとも1冊、この詩集をお手元に置いてみては？」

ぱらっ

通行人たち「ふぅん」

通行人・男「これが『本』だって？　サイズは小さすぎるし装丁は貧相そのもの。本というより、ただの紙束じゃないか！」

観衆　ハハハハ!!

書籍商「おっしゃる通り、これは『八《やっ》折《お》り版《ばん》』の本でございます。小さく携帯性に優れた本を作るための印刷方法です。また、装丁が簡素なのは、お求めやすい価格でご提供するため……」

通行人・男「いくら安いと言っても『本』は高級品だろう。1万Gは下らないはずだ」

書籍商「驚くなかれ、この詩集は1冊200Gでございます」

観衆　ざわっ……

老人「貧しい女中でも、3～4日分の賃金で買えるのう……」

子供「ねぇ、パパ！　あの本を僕に買ってよぉ～！」

通行人・女「買うわ！　私に1冊ちょうだい！」

通行人・男「バカな！　本を1冊200Gで売って採算が取れるはずがない！」

書籍商「ところが、採算が取れるのでございます。八折り版や装丁を簡素にしたのはもちろんですが……何より、『活版印刷』という発明のおかげです」

通行人・女「字の形が揃っていて読みやすいわ。買わなきゃ損よ！」

書籍商「この本を持ち歩くのは、つまり文字を読めるという証拠。みなさまの教養深さを示すのに、これに勝《まさ》る方法はありますまい」

通行人・男「たしかに私も文字は読めるが……」

書籍商「意中の乙女の前で、この詩集を朗読してごらんなさい。きっと、乙女心をとろかすに違いありません！」

通行人・男「ううむ……。そこまで言うなら私は3冊買おう。友人に配りたいからな」

老人「あたしには5冊くれるかい？　孫たちに読み書きを教えるにはちょうどいい」

子供「僕にも1冊ちょうだい！」

観衆「私にも！」「私にも！」

書籍商「毎度ありがとうございます。どうか慌てず順番に――」

再び、大劇場《グランテアトロ》

黒エルフ「グーテンベルクさんの発明は、新しい産業を作ったのかもしれないわね」

女騎士「新しい産業？」

司祭補「どういうことでしょう」

黒エルフ「これまでは、書籍が欲しければ行商に注文して買うしかなかった。一冊ずつ書き写したものが納品されるのを待つしかなかった。……だけど、いつか本を専門に扱うお店が出てくるでしょう」

司祭補「肉屋や八百屋のように、本を棚に並べて売るお店ですわね」

女騎士「なるほど。『本屋』、『書店』……。きっと、そんな名前で呼ばれるのだろうな」

そばかす娘「それにしても、私の歌を詩集にして、それがベストセラーになるとは思わなかったよ。文字を読める人は少ないのに……」

黒エルフ「いいえ、当然の結果だわ。あたしは欲しがっている人のいる場所に、欲しがっているモノを持って行っただけ。売れないほうがおかしいわ」

女騎士「港町にも字を読めない人はたくさんいるはずだ」

銀行家「ええ。４人に１人は字が読めませんからね」

黒エルフ「逆に言えば４人に３人は文字を読める……。本を読むことができるわ」

幼メイド「わたしも読めるのです」

司祭補「田舎に比べれば、港町には本を欲しがる人がたくさんいらっしゃったのですね」

黒エルフ「そして、港町の一般庶民は娯楽に飢えていた」

女騎士「さらに、そばかす娘の作る歌は、旅人の心に残るほどいい歌だった」

黒エルフ「正直、あたしにはイマイチ良さが分からないけど……。だけど、それでも、人の心を掴む詩なのは間違いないわ」

司祭補「だから庶民の方々の娯楽として、詩集が売れたのですわね」

黒エルフ「詩集の印税で、手鏡の弁償費用と、帝都までの旅費を稼ぐことができた。あなたの才能が役に立ったわね」

そばかす娘「ううん。ダークエルフさんたちのおかげだよ！　私1人じゃ、とてもここまで来られなかった」

黒エルフ「あたしは特別なことはしてないわ。やるべきことをやっただけ」

そばかす娘「でも――」

黒エルフ「ていうか、このくらい朝飯前よ。正しい帳簿さえあれば、あたしは世界だって救ってみせるんだから」

女騎士「ほう、お前が照れ隠しとは珍しいな」

黒エルフ「なっ///」

司祭補「あらあら、うふふ。顔が真っ赤ですわ」

黒エルフ「ち、違っ……///」

そばかす娘　くすっ

そばかす娘「みんな、ありがと。みんなのおかげで私は分かったよ……」

女騎士「いったい何が分かったのだ？」

幼メイド「売れる本の作り方でしょうか～？」

黒エルフ「商売の基本かしら？」

そばかす娘「ううん、違うよ」

司祭補「？」

そばかす娘「私、分かったんだ。お金は鋳造された自由だってことが」

女騎士「鋳造された自由」

そばかす娘「私たち農奴に自由が無いのは、お金が無いからだった。お金を稼ごうという発想すら無いからだった」

女騎士・黒エルフ「……」

そばかす娘「それに、精霊教会の教えでは、お金を稼ぐのは汚いことだと言われていた」

司祭補・銀行家「……」

そばかす娘「だから私、お金の力を知らなかったんだ」

チャラ……

そばかす娘「私、やっと分かったよ。お金にはあらゆる人を平等にしてしまう力があるんだね。お金の前では、血筋も階級も関係ない。私のような卑しい身分の者を、一等席に座らせる唯一のもの。それがお金の力だよ」

女騎士「たしかにカネは、血筋がいいだけの無能な者を失脚させる……」

司祭補「とはいえ、お金のせいで貧富の差が生まれることもありますわ……？」

そばかす娘「あはは、そうかも！　だけど、それでも……生まれた土地や身分に縛られるより、ずっとマシだと私は思うんだ」

銀行家「さてと、難しい話はここまでにしませんか？」

幼メイド「そろそろ、舞台の幕が上がるのです！」

魔国・特別議会

幽《ゆう》霊《れい》議《ぎ》長《ちょう》「……議論は尽くされた！　これより決議に移る！」

魔王「議員一同のご意見、大統領として興味深く拝聴した。この議案は、それぞれの立場を尊重したものになっていると自負している」

吸血男爵「さすがは魔王さま！」

暗黒竜王「そのご慧智《けいち》には恐れ入るばかり……」

魔王「まず竜族を始め、人間との関わりが薄い種族においては、人間を絶滅させたいという意見が強かった」

暗黒竜王「いかにも！　人間はこの大地を蝕《むしば》む害虫そのもの。1匹残らず駆除すべきだ」

スライム王《おう》「ぐしゅ！　ぐしゅぐしゅ！（そうだそうだ！）」

アークデーモン「この地は魔族のものだ！」

魔王「その一方で、吸血鬼や狼男など、人間との関わりが深い種族は、人間の絶滅には反対だった……」

吸血男爵「さよう。人間は栄養価の高い食料であり、奴隷として使うことも可能です。絶滅させるのではなく、家畜化すべきです」

狼　　男「その通り！」

ドッペルゲンガー「やつらには利用価値がある！」

魔　　王「わが国としては、財政と経済の健全化こそが優先事項。大軍を挙兵して向こうの大陸に攻め入るのは、やはり苦しい……」

暗黒竜王「くっ……」

魔　　王「しかし人間を放置すれば、やがて魔族にとって深刻な脅威になるであろう」

吸血男爵「……まあ、そうでしょうね」

魔　　王「とはいえ、『副都』と呼ばれる都市が壊滅して以来、人間たちの侵略は沈静化している。つい数ヵ月前にオークの町が勇者に襲われたが、その後、勇者の蛮行は報告されていない」

暗黒竜王「勇者はきっと、次のテロの計画を練っているのだ」

吸血男爵「対策は欠かせません……」

魔　　王「そこで諸君らに提案したい。人間たちの侵略行為が沈静化している今は、戦力を温存し、わが国の財政再建に取り組む……」

吸血男爵「ご英断だと存じます」

暗黒竜王「致し方なし、だな」

魔　　王「……しかし、もしも人間が再びわが国を侵略し、戦火を交えるつもりなら、今度こそ全力でやつらの国を滅ぼす」

暗黒竜王「やつらが侵略のそぶりだけでも見せたら、先手を打つべきかと」

吸血男爵「我が国民に被害が出てからでは遅いですからね」

魔　　王「さよう。もしも人間たちがこの国への侵略を企てるなら、それがやつらの最後の時だ！　魔族の総力をあげてやつらの国を叩き潰し、徹底的な死と隷属を与えてやるのだ!!」

男爵・竜王「「異議なし！」」

議員たち「異議なし！」「異議なし！」

魔　　王「ふふふ、人間どもめ。せいぜい賢明な判断をするのだな……」

帝都・王宮

ショタ王「やはり国を1つにまとめるのは、たやすいことではないな……」

財務大臣「と、おっしゃいますと？」

ショタ王「内務大臣から聞いたのだ。臣民のなかには戦争に反対する者もいるそうだな。戦費の負担が重いことに不満を抱いているそうだ」

財務大臣「陛下のご心痛、察するに余りあります。……しかし、私にいい考えがございます。陛下はこれをご存じでしょうか？」

ぱさっ

ショタ王「これは……本、のようだな。小さく装丁も簡素だが」

財務大臣「さようでございます。活版印刷機という発明品を使えば、このような本を安価で大量に作れるのだとか」

ショタ王「それが？」

財務大臣「つまり、活版印刷機を使えば、魔国の恐ろしさや邪悪さを喧伝《けんでん》する本やチラシを、安く大量にバラまけるのでございます。それを読めば、戦争に反対する愚昧《ぐまい》な者たちも、必ずや考えを変えるかと」

ショタ王「文字を読める者は限られていると聞くが？」

財務大臣「ご心配にはおよびません。文字を読めるのは、それなりの地位とカネを持つ者たちです。彼らが戦争に賛同するなら、その下で働く文字の読めぬ者たちも同じ意見に染まるでしょう」

ショタ王「そうか！　ならば、戦意高揚のチラシを今すぐ作らせろ」

財務大臣「仰せのままに！　チラシさえあれば、戦費の調達も、兵士の募集も難なく進むでしょう。

新大陸への遠征は、必ずや成功するかと」

ショタ王「ふむ、じつに頼もしいぞ！」

財務大臣「副都を失って以来、私たちは艱難辛苦《かんなんしんく》のときを送ってきました。しかし、それももう終わりです。今こそ攻勢に転じ、魔国に攻め入り、魔族たちに一矢報いるときが来たのです――」

女騎士、経理になる。

第4章

ウェル・シェイプト・カップ

勇者「馬車を買ってスッカラカンだ。でも、おかげで所得税は払わなくていいぞ！」

役人「ダメです。所得税が発生します」

勇者「馬車は仕事に必要な経費だよ！」

役人「馬車は固定資産に計上しなければなりません」

勇者「固定資産」

役人「耐用年数５年で減価償却してください」

勇者「減価償却」

港町

ワイワイ……ガヤガヤ……

司祭補「古道具ぅ～、古道具はいらんかねぇ～……ですわ♪」

町人Ａ「おい、見ろよ」

町人Ｂ「あそこで台車を引いているのは、司祭補さまじゃないか？」

司祭補「ご不要な食器、古着、お買い取りしますぅ～」

町人Ｃ「なんで司祭補さまがあんなことを？」

黒エルフ「……いたわ、あそこよ！」

女騎士「待つのだ！」

司祭補「まあ！　お２人とも、どちらにいらしたのですか？」

黒エルフ「こっちのセリフよ！　ちょっと目を離したすきにいなくなるんだから……」

女騎士「と、とにかく路地裏に入るのだ！」

司祭補「はて？　路地裏では古道具屋のお仕事ができませんわ」

黒エルフ「その格好じゃ目立ちすぎて、どのみち仕事どころじゃないでしょう」

女騎士「変身の魔法が解けているぞ」

司祭補「あら、まあ！　いつの間に！」

女騎士「おそらく、潮風でお香のにおいが飛ばされたのだろう」

司祭補「お塩の浄化作用のせいかしらぁ？　興味深いですわ、ぜひとも調べてみなくては」

黒エルフ「って、感心してる場合!?」

女騎士「とりあえず、魔法をかけ直したほうがいいだろう」

司祭補「そうですわね。えいっ」

——ボフッ!!

古道具屋「これでいいですかね？」

女騎士「うむ、完璧なのだ！」

黒エルフ「はぁ……。どうしてこんなことに……」

数日前、銀行家の邸宅

幼メイド「だんなさまぁ〜、ご旅行のお荷物はこれで最後ですぅ〜」

銀行家「ありがとう。もう下がっていいですよ」

古道具屋「……まったく恐縮ですよ。まさか銀行の旦那にご一緒いただけるとは」

銀行家「お気兼ねなく。古道具屋さんとは先代からのよしみですから」

コンコン、キィ

司祭補「ごめんくださぁい。……あら？　銀行家さんはご旅行ですの？」

黒エルフ「魚河岸《うおがし》の町に行くそうよ」

司祭補「魚河岸の町？」

女騎士「ここから西に3日ほどの場所だ」

銀行家「こちらの古道具屋さんのご旅行に同行します。1週間ほど留守にしますよ」

古道具屋「いやまったくありがたい話でしてね。……私の一人娘は、あの町の船乗りの男に嫁《とつ》いでいるんですわ。んで、その娘が臨月なのですが、あいにく夫は海の上。あの町には頼れる親戚縁者もいないので、私がそばにいてやることにしたわけです」シュン……

銀行家「さらに娘さんは、お婿《むこ》さんと船主さんとの契約書に不備がないか不安がっていると聞きましてね。公証人の資格を持っている私が、ひと肌脱ぐことにしたわけです」

司祭補「契約書の内容を確かめるのですわね。銀行家さんは親切な心をお持ちですわ」

黒エルフ「ほんと、カネを取ってもいいくらいの親切よね」ボソッ

銀行家「こちらの古道具屋さんには、先代からのご恩があるのですよ」

古道具屋「いえいえ。恩だなんて、そんな大層なものじゃございません」**どんより**

女騎士「……おい、古道具屋。なぜそんな浮かない顔をしているのだ？　娘が臨月で、もうすぐ孫が生まれるのだろう。めでたいではないか」

黒エルフ「あんた、話を聞いてなかったの？　娘さんは初産《ういざん》よ。不安になって当然だわ」

古道具屋「いいえ。こう言っちゃあなんですが、娘のことはそれほど心配しておりません。私ら夫婦に似て、体の丈夫な子ですから……。私が気がかりなのは、商売のほうです」

司祭補「まあ、どんなご商売ですの？」

古道具屋「古道具と言っても、高級な骨董品《こっとうひん》は扱いません。私はもっぱら日用品を商《あきな》っております。堅い商売をしてきましたからね、一週間の旅に出る貯えもございます」

司祭補「では、何がご不安なのかしらぁ？」

古道具屋「司祭補さまの前でこんなことを言うのは気が引けるんですが……じつは、占いです」

司祭補「占い」

古道具屋「精霊教会の教えでは、占星術が『怪しいおまじない』とされていますでしょう。とはいえ、商売人は占いやゲン担ぎが好きな生き物なんですわ」

司祭補「あらあら、まあまあ」

古道具屋「占星術で、今週は1日も休業するなという結果が出たんです。少なくとも、台車を引き回すことだけは欠かすなと。さもなきゃ将来は真っ暗だと」**どんより**

黒エルフ「でも、臨月の娘を放っておけないわよね」

女騎士「よし。私に任せ――」

司祭補「わたしに任せて欲しいのですわ♪」

一同「!?」

古道具屋「ええっと、その……。任せる、とおっしゃいますと？」

司祭補「ですから、わたしがあなたの代わりを務めますわ。わたしが古道具屋さんの台車を引き回せば、お仕事を『休業』したことにはならないでしょう？」

古道具屋「それは、そうかもしれませんが……司祭補さまにそんなことはさせられませんよ！」

司祭補「あら、わたしではご不安かしら？　たしかに、わたしは商売に明るくありません。儲けをジャブジャブと出すことはできないと思いますが……」

古道具屋「いいえ、儲けだなんて滅相もない！　私の代わりに台車を引いてくださるだけで恐れ多くて――」

司祭補「遠慮しないでくださいな。町の方々の暮らしぶりを知るいい機会ですわぁ♪」

古道具屋「で、ですが……」

司祭補「それに商売に関しては、わたしには心強い味方が2人もいますの♪」にぎっ

黒エルフ「ちょっと待って。勝手に巻き込まないでくれる？」

女騎士「私は異存ない」

黒エルフ「ええっ」

司祭補「古道具屋さんのお力になれないかしら？」

古道具屋「そ、そこまでおっしゃるなら……。しかし、司祭補さまは教会のご用事でお忙しいのでは？」

司祭補「ご安心ください。そちらは侍女さんが何とかしてくださいます♪」

一同（……いいのか、それで）

司祭補「無事にお孫さんが生まれることを祈っておりますわ。ご商売のほうは、わたしがバッチリ代わりを務めて見せますわぁ～♪」

再び現在、港町

黒エルフ「……って、自分で言ったのよ。余計な手間をかけさせないでよね」

古道具屋「不覚でした。町の方々の様子に気を取られまして……。帝都とはだいぶ違うんですねぇ」
女騎士「ふむ。変身の魔法はうまくかけ直すことができたようだな」
古道具屋「おかげさまで。油断大敵です」
？？？「……す、すみません……」
女騎士「――何だ？　今の声は」
黒エルフ「蚊の鳴くような声だったわね」
古道具屋「こんな路地裏で、どこからともなく……。気味が悪いったりゃありませんね」
色白青年「……い、いいえ。こちらです。……こっちの物陰です！」
黒エルフ「きゃっ！　あんた、いつからそこに？」
女騎士「何者だ、気配もなく私たちに近づくとは！」
スチャッ！
色白青年「ひゃあ！　お、驚かせるつもりはなかったんです！」
古道具屋「うーん、悪い人には見えませんねぇ」
女騎士「しかし、この者の気配の薄さ。尋常ではなかった」
色白青年「た、たしかに影が薄いとよく言われますが……」コホッ
黒エルフ「で、あたしたちに何の用？」
色白青年「……みなさんは古道具屋さんとお見受けしました。ぜひ買っていただきたいものがあるのです」ケホケホッ
古道具屋「なるほど、そういうことでしたか」
色白青年「私はすぐそこに部屋を借りています。ぜひ上がっていってください」
女騎士「しかし――」
古道具屋「分かりました。拝見しましょう」

青年の部屋

ギィ……

女　騎　士「うっ、思った以上に狭いな……」

黒エルフ「部屋というより物置きね」

色白青年「おっしゃる通り、使っていない物置きを借りているのです。紆《う》余《よ》曲《きょく》折《せつ》あって、こんなお恥ずかしい暮らしになってしまいました」

ケホケホ

古道具屋「それで、買って欲しいものというのは？」

色白青年「こちらです」

……カタッ

女　騎　士「ふむ。『嗅ぎタバコ入れ』か」

黒エルフ「この色は銅製かしら？　見事な彫金がされているわ」

古道具屋「ううん、こりゃあ……。それなりに値打ちのありそうな骨董品ですね……」

女　騎　士「失礼だが、どうやってこれを手に入れた？」

色白青年「今の私の姿では、盗品を疑うのも当然です。しかしこう見えて、新大陸のそれなりの血筋の家に生まれたのです」

黒エルフ「じゃ、戦争で？」

色白青年「はい。持病のぜんそくが悪化して、厚《こう》顔《がん》無《む》恥《ち》にも逃げ延びました。今は通いの家庭教師として、この町の商人の子供たちを教えています」

古道具屋「言われてみりゃ、たしかに品のある立ち振る舞いをしておいでだ。貴族の血筋だというのも納得です」

色白青年「ところが、先週からしつこい風邪を引いてしまい、仕事を休んでいます。生徒たちに伝染《うつ》すわけにはいきませんので」ケホケホ

女　騎　士「それでは収入が途絶えてしまうのでは……？」

色白青年「ええ、住み込みの家庭教師ではありませんか

らね。薬を買うお金がなくなってしまったので、これを売ることにしました」

古道具屋「……困りましたねぇ。あいにく、うちで扱っているのは日用品。こういう高価な骨董品のたぐいは買い取っていないんです」

色白青年「名のある職人の作品ではありません。薬代になれば充分です」

黒エルフ「だけど……これ、ずいぶん年季が入っているわ」

色白青年「曾祖父の代から、戦地にタバコを携行するのに使っていたそうです」

古道具屋「そんな由緒のあるものなら、なおさら買い取れませんよ」

色白青年「そこを何とか。どんな値段でもかまいませんから」

古道具屋「買い取りたいのは山々ですが、私は骨董品の目利きができませんのでね。大切な品ですから、きちんとした値段で買い取らなければ」

黒エルフ「……」**ソワソワ**

古道具屋「おや、ダークエルフさん。どうしました？」

黒エルフ（どんな値段でもいいって言ってるんだから、安く買い叩いちゃいましょうよ！　ボロ儲けできるかもしれないわ！）**キラキラ**

古道具屋「いいえ、そんな不正直なことはできません」

——**ボフッ**

司祭補「ご覧の通りですわ。わたしの本職は、骨董品を扱うことではありませんの」

色白青年「こ、これは司祭補さま！　なぜそのようなお姿を？」

司祭補「じつは……かくかくしかじか……ですわ」

色白青年「なるほど、古道具屋さんを助けるために……。では、どうか私を助けると思って、こちらを買い取っていただけませんか」

司祭補「そうは言っても、いい加減な値段はつけられませんわぁ。もしも銀行家さんがいらしたら、骨董品の相場も分かりましたのに……」

黒エルフ「いいから買い取ってあげましょうよ。安く買うチャンスなのよ?」

女騎士「薬代ぐらいなら、私が工面してもいいが……」

色白青年「こんな姿になっても、私は貴族の生まれ。お金を恵んでもらうほど落ちぶれてはおりません!」

女騎士「よし、それではこうしよう。その『嗅ぎタバコ入れ』を、とりあえず20Gで引き取る。そして、もしもタバコ入れが売れたら、儲けの半分をお前に渡す。もう半分は手間賃として古道具屋の稼ぎにする。これでどうだ?」

色白青年「それなら、まあ……」

司祭補「一件落着ですわね。はい、20Gです」

チャリン

黒エルフ「むぅ……。丸儲けのチャンスだったのに……」

港町の宿《紅獅子亭《あかじしてい》》2階

初老執事「お嬢様、窓から顔を出してはなりません。町の者たちの目に止まります」

貴婦人「今さら顔を見られてもどうってことありませんわ。何を恥ずかしがることがありましょう」

初老執事「しかしお嬢様――」

貴婦人「じいや、その呼び方はおやめなさい。私はもう20代半ば過ぎ。『お嬢様』という歳ではありません。今まで通り『奥様』とお呼びなさいな」

初老執事「ですが――」

貴婦人「じいや」

初老執事「か、かしこまりました……奥様」

貴婦人「ええ、それでいいのです」にっこり

初老執事「しかし奥様、窓に近づくのはどうか控えていただけませんか。奥様のようなご身分の方が、こんなニワトリ小屋も同然の宿に泊まってい

ると知れたら、どんな噂が立つか分かりません」

貴婦人「あら、こんな立派な大理石でできたニワトリ小屋がありまして？　ここは町で一番の宿なのでしょう」

初老執事「どんな立派なニワトリ小屋だろうと、美しいカナリアには似つかわしくありません」

貴婦人「私はもう、籠《かご》の鳥ではありません。……以前この町に来たとき、私はたいそう世間知らずでした。到着の3日前から宿を貸し切りにして、まるで軍隊みたいに使用人を引き連れて……。それを当たり前だと思っていました」

初老執事「奥様にふさわしいご歓待だったかと」

貴婦人「ふさわしい？　私を世の中から遠ざけておくことが、ですか？」

初老執事「世間の猥雑《わいざつ》さで奥様の目を汚さぬためです」

貴婦人「そうして、私はあまりにも無知な人間になってしまいました」

初老執事「過ぎた知識はご婦人の人生には毒ですよ」

貴婦人「適度な毒は薬にもなります。私はもう無知に甘んじるつもりはありません。何事もこの目で確かめると決めたのです」

初老執事「奥様、そんな子供のようなことを言って、じいやを困らせないでください」

貴婦人「あらっ、あれは何かしら？」

初老執事「奥様！」

貴婦人「ほら、じいやもご覧なさい。あそこです」

古道具屋「使わない食器、古着、お引き取りしますぅ～」

女騎士「お買い得なのだ～！」

黒エルフ「……古道具屋さんの作ったこの価格表は優れものね。ここに書かれた仕入れ値と売値を覚えておけば、得意先を回るだけでそれなりに仕事になるわ」ふむふむ

女騎士「できれば骨董品の値段も書いておいて欲しかったのだ」

黒エルフ「さすがにそれは高望みしすぎよ」

古道具屋「いかがですか～♪」

貴婦人「もし！　そこの方々！」

古道具屋「へえ、私たちのことでしょうか？」

貴婦人「そうです。あなた方はいったい何をしてらっしゃるの？」

黒エルフ「何って、この台車を見れば分かるでしょ」

女騎士「古道具を売っているのだ」

貴婦人「まあ、それは売り物でしたのね！　ゴミかと思いました」

一同「……」

貴婦人「そんなガラクタを売るなんて面白いですわ！　ぜひ近くで見せてくださいな」

黒エルフ「あんたね、言わせておけばゴミだガラクタだ失礼な――」

女騎士「よいではないか。スプーンの1本でも買ってもらえれば儲けものだ」

黒エルフ「そうだけど……」

古道具屋「どちらにお持ちしましょう？」

貴婦人「宿の裏口から中庭に入れるはずです。そちらに台車を回してくださいな」

古道具屋「へえ、かしこまりました！」

ガラガラ……

初老執事「……奥様」

貴婦人「じいやの言いたいことは分かっています。ごめんなさいね、ワガママに付き合ってくださいな」

紅獅子亭、中庭

古道具屋「どうです、こちらはクルミ製のスプーンとフォークです。お安くしておきますよ」

貴婦人「まあ、クルミの木で作ってありますの？」

黒エルフ「どこにでもある食器よ。そんなに珍しい？」

貴婦人「ええ。銀やガラス以外のもので作られた食器を見るのは初めてです」

一同「……」

貴婦人「こちらのクッションは、妙にごわごわしてますわね」

女騎士「わらを詰めてあるのだ」

貴婦人「わらを？　なぜそんなことをするのかしら。綿や羽毛を詰めたほうが座り心地がいいのに……」

初老執事「奥様、そろそろよろしいのでは？　こちらの商人は、奥様がお買い求めになるようなものは扱っていませんよ」

貴婦人「あら、そうかしら？　……ほら、ご覧なさい。この『嗅ぎタバコ入れ』は素敵なデザインではなくて？」

初老執事「ご婦人が嗅ぎタバコなど……」

貴婦人「お父様へのプレゼントにしますわ！　ねえ、古道具屋さん。こちらの嗅ぎタバコ入れはおいくらかしら？」

女騎士「えっと、そ、それは……」

古道具屋「困りましたねえ。じつは私は骨董品の目利きができないんですよ。ですから、奥様の好きな値段をつけてください。20Gよりも高ければいくらでもかまいません」

黒エルフ「ちょっと、何言ってんのよ！　いくらでもかまわないなんて――」

初老執事「それでは21Gでいかがでしょう？」

黒エルフ「って言われるに決まっているでしょう！」

貴婦人「いいえ、そんな値段で買うわけにはいきません」

黒エルフ「はあ!?」

貴婦人「人の足元を見るようなことはできませんわ。そうですわねえ……。私も骨董品に詳しいわけではありませんが、40Gでいかがかしら？」

黒エルフ「あんた、何言ってんの？　こっちはいくらでもいいって言ってるのよ！　値切るチャンスなのよ!?」

女騎士「お前はどっちの味方なのだ？」

黒エルフ「どっちの味方でもないわ！　自由経済《じゆうけいざい》の味方よ!!」

古道具屋「ありがとうございます。では、40Gでお譲りします」

貴婦人「いい買い物ができて嬉しいですわ」

チャリン……

黒エルフ「うわーん、もう！　人間って不合理ぃ～!!」

ワシャワシャ

女騎士「売り手と買い手の双方が満足しているのだ。問題なかろう」

黒エルフ「そうだけどぉ……」

青年の部屋

女騎士「と言うわけで、お金を持ってきたのだ」

黒エルフ「20Gで引き取った『嗅ぎタバコ入れ』が40Gで売れた。儲けは20Gね」

司祭補「その半分の10Gをお渡ししますわ」

色白青年「ありがとうございました。これだけお金があれば、薬だけでなく、栄養のある食べ物も買えそうです」ケホケホ

司祭補「そうだ！　今までの取引を帳簿につけないといけませんわ」

黒エルフ「まだつけてなかったの？」

女騎士「こまめにつけたほうがいいのだ」

司祭補「わたしとしたことが、うっかりしていましたわぁ」

黒エルフ「しかたないわね。あたしが教えてあげるから、さっさとつけちゃいなさい」

司祭補「まず、わたしたちは『嗅ぎタバコ入れ』を20Gで引き取りましたわ」

女騎士「現金を20G減らして、仕入《しいれ》20Gを計上する仕訳を切ればよさそうだ」

黒エルフ「いいえ、ダメよ」

女騎士「なぜだ？　商品の代金を支払ったのだ。仕入ではないのか？」

黒エルフ「ええ、ちょっと悩ましいところだけど……。そもそも『仕入』の定義って何かしら？」

女騎士「商品や原材料を買うことだ」

黒エルフ「もう少し厳密に言えば、『主《しゅ》たる事業《じぎょう》』で販

売する商品や原材料を買うことを、仕入と呼ぶわ」

司祭補「主たる事業」

黒エルフ「何を本業にしているのか、って話よ。たとえば建物を買ったときは、何を計上すればいい？」

女騎士「固定資産《こていしさん》の『建物』だ」

黒エルフ「普通の商店ならね。でも、不動産屋ならどうかしら？　値段が安いときに建物を買って、値段上がりしたときに売る業種なら」

司祭補「不動産屋さんなら、建物は『商品』になりますわねぇ……」

黒エルフ「販売目的で商品を買ってるのだから、不動産屋にとって建物の購入は『仕入』になるわ」

女騎士「固定資産にはならないのだな」

黒エルフ「こういうふうに、帳簿のつけ方は『何を本業にしているか』によって変わる。『主たる事業』によって違うのよ」

女騎士「ふむ。しかし、それでは、帳簿のつけ方がいいかげんになってしまうのでは？」

黒エルフ「いいかげん？」

女騎士「何を『主たる事業』にするかは、商売をする経営者の気持ち次第だ。つまり、経営者の勝手な判断で帳簿のつけ方を決められる……そういうことになるだろう？」

黒エルフ「ええ、そうね。そもそも会計には、『真実性《しんじっせい》の原則《げんそく》』という考え方があるわ。ひとことで言えば、正しい帳簿をつけろという意味よ。……だけど、この『真実性』とは、客観的かつ絶対的な正しさのことではないの」

司祭補「客観的ではない……？」

黒エルフ「何を『主たる事業』に選ぶかのような、経営者の主観的な判断に左右されるわけ」

司祭補「主観的、ですの？」

黒エルフ「とはいえ、好き勝手な帳簿をつけていいという意味ではないわ。業界慣習から見て常識的なつけ方を選ぶべきだし、一度決めた帳簿のつけ方を簡単に変えてはダメ」

女騎士「販売目的で建物を買うことを『仕入』にすると決めたら、滅多なことではそれを変えるべきではないのだな」

黒エルフ「帳簿の正しさは、絶対的なものではない。だからこそ、正しい者が帳簿をつけなければいけないの。誠実で、正直な者がつけなければ、帳簿は間違いだらけになってしまうわ」

司祭補「それで、そのことが『嗅ぎタバコ入れ』とどう関わるのかしら？」

女騎士「お前は先ほど、少し悩むと言ったな」

黒エルフ「もしも古道具屋が、普段から骨董品を取り扱っていたなら、『嗅ぎタバコ入れ』は販売目的の『商品』で、20Gの支払いは『仕入』だと見なせるわ」

司祭補「ですが古道具屋さんは、普段は骨董品を取り扱っていませんわ。……つまり、主たる事業ではない？」

黒エルフ「そういうこと。今回の場合は『仕入』に計上せずに、『受託販売《じゅたくはんばい》』のやり方で帳簿をつけると分かりやすいでしょう」

女騎士「この青年から『嗅ぎタバコ入れ』の販売を委託されたという形にするのだな」

カキカキ……

黒エルフ「まずは販売委託《はんばいいたく》を受けたときの仕訳ね」（※46）

※46

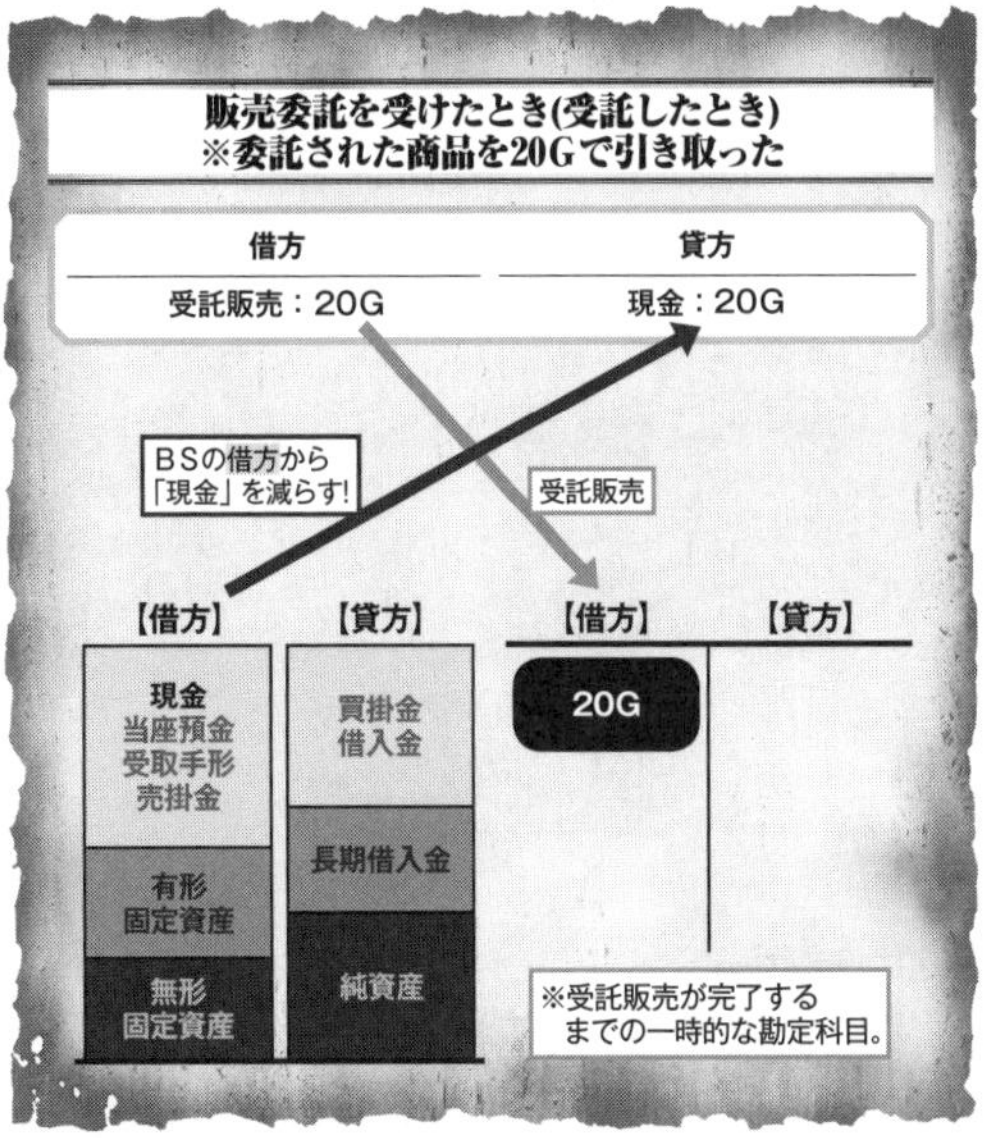

販売委託を受けたとき(受託したとき)
※委託された商品を20Gで引き取った
借方
貸方
受託販売：20G
現金：20G
BSの借方から
「現金」を減らす！
受託販売
【借方】
【貸方】
現金
当座預金
受取手形
売掛金
有形
固定資産
無形
固定資産
買掛金
借入金
長期借入金
純資産
【借方】
【貸方】
20G
※受託販売が完了する
までの一時的な勘定科目。

女騎士「嗅ぎタバコ入れを20Gで引き取ったときだな」

司祭補「この『受託販売』というのは？」

黒エルフ「委《い》託《たく》販《はん》売《ばい》取引が完了するまでの一時的な勘定科目よ」

カキカキ……

黒エルフ「続いて、委託された商品が売れたとき」（※47）

※47

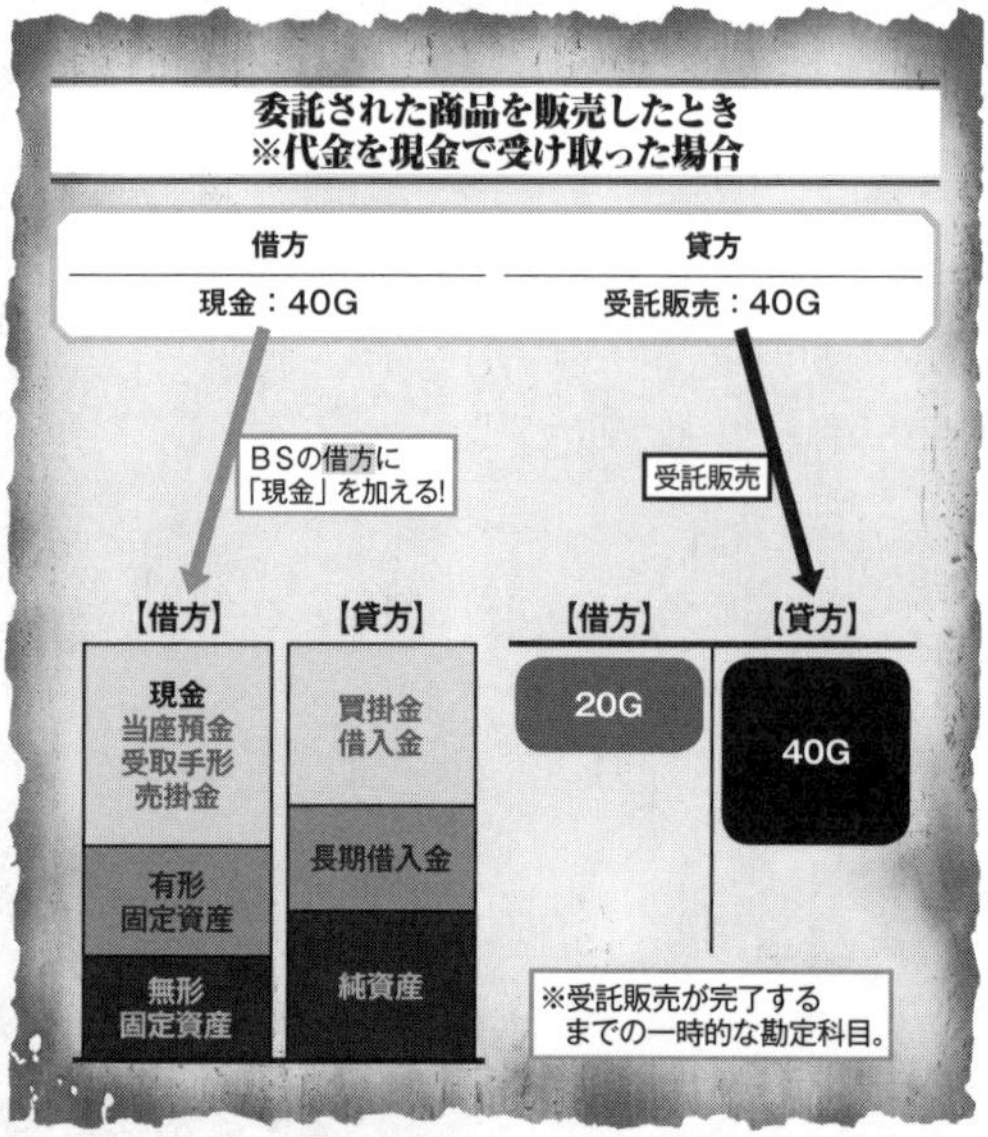

委託された商品を販売したとき
※代金を現金で受け取った場合
借方
現金：40G
貸方
受託販売：40G
BSの借方に
「現金」を加える!
受託販売
【借方】
【貸方】
現金
当座預金
受取手形
売掛金
有形
固定資産
無形
固定資産
買掛金
借入金
長期借入金
純資産
【借方】
【貸方】
20G
40G
※受託販売が完了する
までの一時的な勘定科目。

女騎士「あのご婦人に嗅ぎタバコ入れを40Gで売ったときの仕訳だな」

司祭補「『売上』ではなく、『受託販売』で仕訳を切るのですわね」

カキカキ……

司祭補「嗅ぎタバコ入れが売れたことで、色白青年さんと山分けする金額が10Gに決まりましたわ」

※48

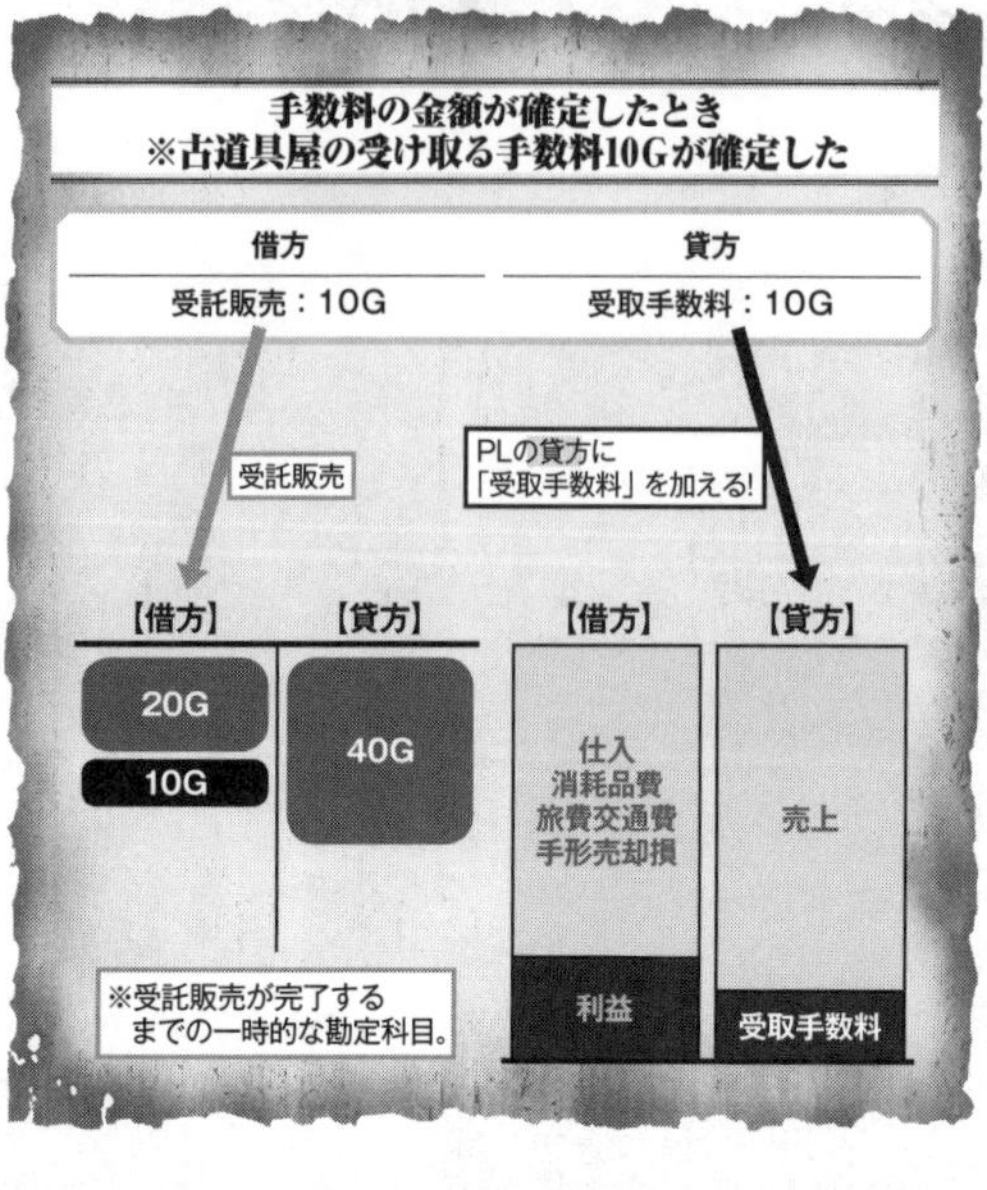

手数料の金額が確定したとき
※古道具屋の受け取る手数料10Gが確定した
借方
受託販売：10G
貸方
受取手数料：10G
受託販売
PLの貸方に
「受取手数料」を加える!
【借方】
【貸方】
20G
10G
40G
【借方】
【貸方】
仕入
消耗品費
旅費交通費
手形売却損
利益
売上
受取手数料
※受託販売が完了する
までの一時的な勘定科目。

黒エルフ「古道具屋の取り分10Gは、いわば委託販売の手間賃と見なせる。だから受取手数料《うけとりてすうりょう》を計上するわ」（※48）

司祭補「受取手数料はPLの貸方の勘定科目なのですわね。ということは、『収益』の一種ということになるのかしら？」

黒エルフ「するどいわね。収益は『売上』だけじゃないわ。売上以外にも色々な収益の種類がある。受取手数料はその1つよ」

カキカキ……

女騎士「最後に、この男に10Gを支払ったときの仕訳だな」（※49）

黒エルフ「この仕訳で、『受託販売』の勘定科目の借方・貸方それぞれの合計が等しくなるわ。貸借差《たいしゃくさ》額《がく》、つまり帳簿上の残高がゼロになる」

女騎士「清算完了なのだ」

コホッ　ケホケホッ

※49

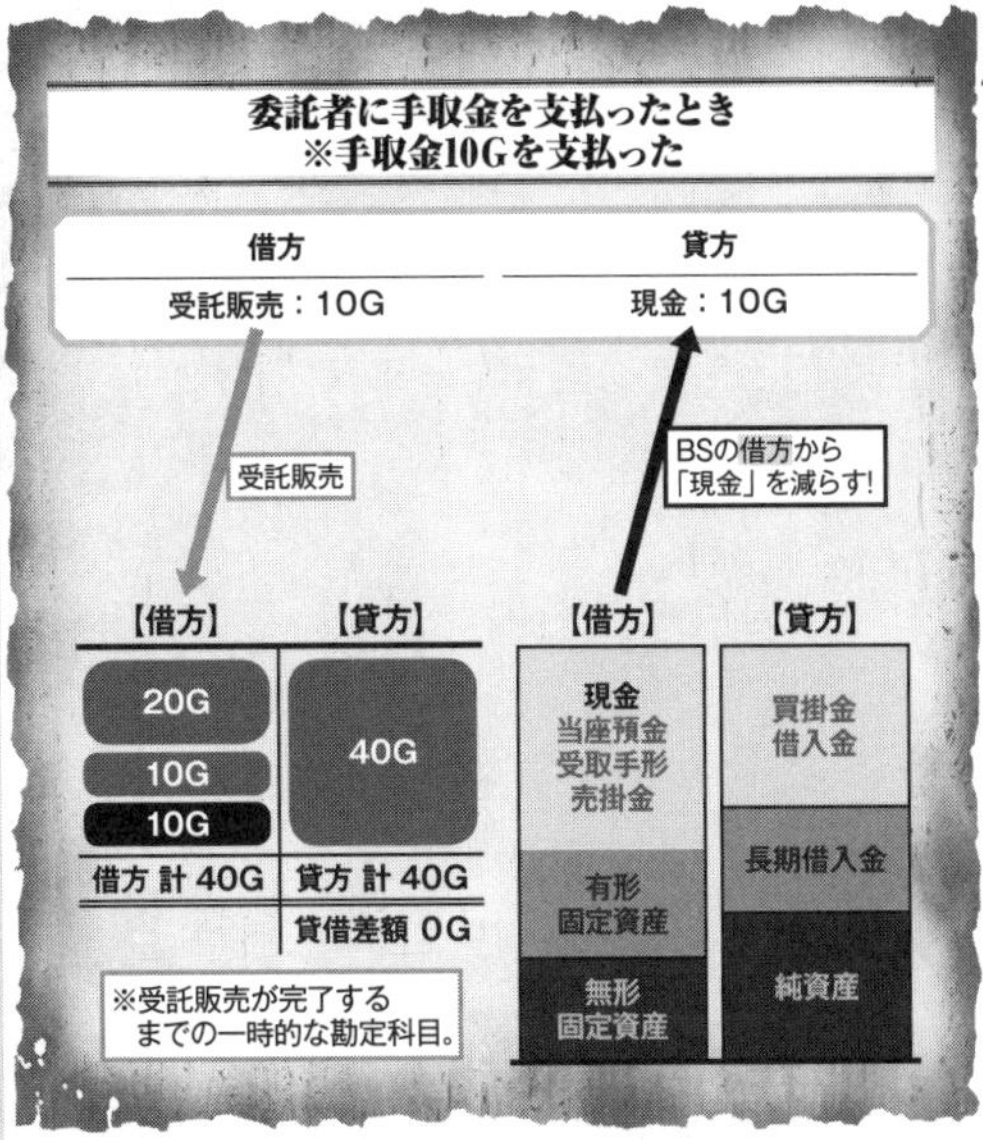

委託者に手取金を支払ったとき
※手取金10Gを支払った
借方
受託販売：10G
貸方
現金：10G
受託販売
BSの借方から「現金」を減らす!
【借方】
【貸方】
20G
10G
10G
40G
借方 計 40G
貸方 計 40G
貸借差額 0G
※受託販売が完了するまでの一時的な勘定科目。
【借方】
【貸方】
現金
当座預金
受取手形
売掛金
有形固定資産
無形固定資産
買掛金
借入金
長期借入金
純資産

女騎士「す、すまない。病人がいることを忘れて、つい盛り上がってしまったのだ」

色白青年「病人といっても、ただの風邪です。私のほうこそ、横で聞いていて勉強になりました」

女騎士「ううむ、気を遣わせてしまうとは」

色白青年「それにしても、あなたは……」まじまじ女騎士「なんだ、私の顔に何か？」

色白青年「いいえ、なんでもありません。人違いです。あの人が複式簿記を使えるはずがない……」

コホッ　ケホケホッ

女騎士「よく分からんが、しっかり休め」

紅獅子亭、2階

貴婦人　ニコニコ

初老執事「奥様、ずいぶんご機嫌うるわしくお見受けしますが……」

貴婦人「当然です。自分の欲しいものを、自分で選んでお買い物するなんて、滅多にない経験ですもの」

初老執事「しかし、その嗅ぎタバコ入れを、お父上はお喜びになるでしょうか……？」

貴婦人「あら、当然よ！　お父様なら、私のプレゼントするものは何でも喜んでくださるわ」

初老執事「そうは言っても、由緒の分からぬ古道具屋から買ったものでございますよ？」

貴婦人「私が自分自身で選んだと言ったら、むしろ褒めてくださるかもしれないわ。ええ、きっと褒めてくださるに違いない――」

貴婦人「だってお父様は、『次』は自分で選ぶようにとおっしゃったもの」シュン……

初老執事「お嬢様、次のお相手はきっと――」

貴婦人「いけません、クヨクヨしないと決めたのでした！」にこっ

初老執事「お、お嬢様……？」

貴婦人「ですから、『奥様』と呼びなさい。ああ、それと……宿の人に頼んで、お湯とふきんを用意してくださいな。嗅ぎタバコ入れのサビを落としたいのです」

半刻後

初老執事「お待たせしました。お湯とふきんでございます」

貴婦人「それにしても、この『嗅ぎタバコ入れ』……妙に重たいですわね」

初老執事「たしかに、銅でできているとは思えない重さです。これではまるで……」

貴婦人「ご覧なさい、内側が上げ底になっていますわ」

初老執事「ふむ、何のためでしょうか？」

貴婦人「さっそくサビを落としてみましょう」

初老執事「奥様、水仕事でしたら私が」

貴婦人「いいえ、自分でやりたいのです！」

初老執事「ああ、そんな洗濯女のように腕まくりをするなんて……」ヨヨヨ

ちゃぷ……キュッキュッ……

……カチャッ！

貴婦人「きゃ!?」

チャリンチャリン……

貴婦人「タバコ入れの底が外れてしまいましたわ！　中から出てきたのは……金貨が5枚？」

初老執事「これは『1万G金貨』ですね」

貴婦人「1枚で1万Gの価値がある金貨ですの？」

初老執事「新大陸との貿易は高額取引になりがちです。その決済に使われると聞いています」

貴婦人「5枚なら、5万G……」

初老執事「ふぅむ。この刻印、この重さ、ニセモノではなさそうです。健康な馬が1頭買える金額ですね。町人なら1～2年は食べるのに困らないでしょう。」

貴婦人「なんてこと！　私はたった40Gしか払っていません。きっと、あの古道具屋さんは、ここに金貨が入っていることを知らなかったのですわ！」

初老執事「おそらく、そうでしょうねえ」
貴婦人「じいや、今すぐ捜してきなさい！」
初老執事「はい？　捜すとおっしゃいましても……いったい何を？」
貴婦人「あの古道具屋さんに決まっていますわ！」
初老執事「まさかお嬢様、5万Gを渡すおつもりですか？」
貴婦人「当然です。私は嗅ぎタバコ入れを買ったのであって、金貨を買ったわけではありません」
初老執事「お言葉ですが、金貨に気づかなかったのは古道具屋の落ち度。渡す義理はないのでは……」
貴婦人「じいや、いいですか？　それを世間ではネコババと呼ぶのです」
初老執事「奥様のおっしゃることは分かりました。では、あの古道具屋を捜してきましょう」

スタスタ……

貴婦人「それでこそ私のじいやですわ。行ってらっしゃいませ」

……ピタッ

貴婦人「じいや？　どうしたの、早く行きなさい」
初老執事「……やっぱり、もったいなくないですか？　なにしろ5万Gでございますよ？」ソワソワ
貴婦人「もうっ！　あのダークエルフさんみたいなことをおっしゃらないでーッ!!」

翌日、紅獅子亭・中庭

古道具屋「話を聞いて驚きましたよ。金貨が出てきたっていうのは本当ですか？」
貴婦人「ご覧の通りです」

カタッ

女騎士「ふむ。たしかにタバコ入れの底が二重になっている……」シゲシゲ
初老執事「ところであのダークエルフは？」

女騎士「銀行の仕事が忙しくて手が離せないそうだ」
初老紳士「銀行？」
貴婦人「古道具屋がなぜ銀行の仕事を？」
初老執事「不可解ですね」
女騎士「あっ、しまった……」
古道具屋「もう隠す必要もないでしょう」

——ボフッ!!

司祭補「初めてお目にかかります。わたしはこの町の精霊教会で働く者です」
貴婦人「まあ！　魔法を見るのはひさしぶりです！」
司祭補「女騎士さんとダークエルフさんは、普段は銀行で働いていますわ。わたしたちはワケあって古道具屋さんのお仕事を手伝っていますの」
女騎士「なっ……。自分たちの正体をそう軽々と明かすべきではない！」
司祭補「この方々なら大丈夫ですわ。むしろ隠すほうが失礼に当たるかもしれませんわぁ」
女騎士「失礼、だと？」
司祭補「ええ。……お召し物のその家紋、帝都の王族の方とお見受けします。たしかぁ、内務大臣さんのご家族の家紋ではないかしら？」
貴婦人「おっしゃる通りです。内務大臣は私の祖父に当たります」
女騎士「そ、そうとは気づかずご無礼を……」
司祭補「ですが、なぜ奥様がこの町にいらっしゃるのかしら……？」
貴婦人「それは——」
初老執事「奥様！」
貴婦人「？」
初老執事「この方々にそこまでお話しする必要はございません。とにかく、5万Gを渡してしまわれてはいかがですか」
貴婦人「そう……ですわね……。分かりました。こちらの革袋に金貨が入っています。受け取ってください」

チャラ……

司祭補「困りましたわぁ」

女騎士「この5万Gを私たちが受け取っていいものか……？」

貴婦人「あら、どうして？　この金貨はあなたたちの売った商品に入っていたのよ。なら、あなたたちに返すのが道理でしょう」

司祭補「それが……あの『嗅ぎタバコ入れ』は、もともとわたしたちのものではないのです」

女騎士「じつは、こういうわけで……」

貴婦人「……そうでしたか。ある青年から買い取ったものだったと」**ふむふむ**

初老執事「金貨に気づかなかったのは、その青年の落ち度です。あなたがたが受け取っても問題ありますまい。……何しろ、5万Gですよ？」

女騎士「ダークエルフみたいなことを言わないで欲しいのだ」

司祭補「欲に目がくらんではいけません」

初老執事「」

貴婦人「……そういうことでしたら、5万Gは青年にお渡しすべきですね」

司祭補「わたしもそう思いますわぁ」

女騎士「異存ない」

貴婦人「あなたがたのような人なら、安心してお金をお預けできます」**ニコッ**

女騎士「あの青年はお金に困っているようでした。きっと喜ぶと思います――」

青年の部屋

色白青年「その5万Gを受け取るわけにはいきません」

司祭補「あらあら、まあまあ」

女騎士「なぜだ？　薬を買うカネもないと嘆いていたではないか」

色白青年「もう薬は必要ありません。おかげさまで、だいぶ回復しましたから。明日には外を出歩けるようになりそうです」

司祭補「言われてみれば、顔色がよくなっていますわねぇ」

女騎士「って、そういう問題ではない！　せっかくのお金だ。５万Ｇだ。これだけあれば、暮らしが楽になるだろう！」

色白青年「しかし私は、あの嗅ぎタバコ入れを売ってしまいました。所有権は買った人にあります。そこから出てきた金貨も、その人のものです」

女騎士「カタイことを言うな。あの嗅ぎタバコ入れは、祖父の代からお前の家に伝わるものなのだろう。一家の財産なら、お前が受け取るべきではないか」

色白青年「祖父はきっと、私の身の上に何か困難が起きたときのために、金貨を潜ませてくれたのでしょう」

司祭補「でしたら――」

色白青年「だからこそ受け取れません。私を新大陸から疎開させた祖父の気持ちにも気づかないとは……。私には、その金貨を手にする資格がありません」

司祭補「そうおっしゃらずに……」

色白青年「いいえ。受け取ってしまったら、マラズギルト家の名を汚してしまいます」

女騎士「マラズギルト、だと……!?」

女騎士「はぁッ！」**ヒュッ……**

色白青年「うわぁ!?」**……キィィイイン!!**

司祭補「な、なんですの！　急に剣を抜いたりして!?」

女騎士「鉄の文鎮《ぶんちん》で私の剣を止めるとは……。間違いなさそうだな」

色白青年「その剣はデュランダル！　ということは……やはり、あなたはシルヴィア・ワールシュタット!?」

女騎士「いかにも。……しかし、腕がサビついたようだな、マラズギルト。もし私が本気で剣を振っていたら、文鎮ごと真っ二つだったぞ」**ギリッ**

色白青年「これはお恥ずかしい。すばやい身のこなしは私の特技でしたが……近ごろは剣よりもペンばかりを握っていますから」ギリリッ

司祭補「もぉ～！　2人とも暴れないでくださぁい！」

女騎士「路地裏で会ったときから怪しいと思っていたのだ。私としたことが、まったく気配を感じ取れなかったからな。……しかし、相手がお前なら合点がいく」

色白青年「最後にお目にかかったのは、あなたが15歳のときでしたね。まさか、複式簿記を学んでいたとは……」

女騎士「……い、色々あったのだ」

司祭補「マラズギルト家といえば、ワールシュタット家と同じく、入植初期に新大陸に渡った五大貴族ですわねぇ」

女騎士「この男は副都の士官学校の後輩だったのだ」

色白青年「後輩と言っても、私のほうが年上ですがね。何しろ彼女は10歳で入学した天才剣士ですから」

女騎士「あはは、照れるのだ」

司祭補「まあ！　女騎士さんって、本当に剣の天才でしたのね！」ぱちくり

女騎士「それはどういう意味だ。……まあ、いい。ともかく、この男は文武両道に長《た》けていた。もしも前線を離れていなければ、戦局を変えていたかもしれん」

司祭補「たしか、ご持病のぜんそくで……」

色白青年「はい。療養のため、単身こちらの大陸に来ていました。ちょうど回復したころに『副都の悲劇』が起きて……家族とはいまだに連絡が取れません」

女騎士「そうだったのか……」

色白青年「とにかく、今お話しした通りです。5万Gは、ぜひそのご婦人に渡してください」

女騎士「だが――」

色白青年「たとえ地位や財産を失っても、誇りまで失いたくないのです」

司祭補「そこまでおっしゃるなら、分かりました。この金貨はご婦人にお返ししますわ」

紅獅子亭、2階

貴婦人「まあ！　マラズギルト家の……」

初老執事「五大貴族の1つですね」

女騎士「あまりにも慎ましい暮らしぶりなので、気づかなかったのだ」

司祭補「5万G、受け取ってくださいな♪」

貴婦人　くすくす

女騎士「？」

司祭補「どうなさいまして？」

貴婦人「……いいえ、ごめんなさい。だけど可笑《おか》しくて」

初老執事「奥様？」

貴婦人「殿方とは不思議なものですね。ひどい大嘘つきもいれば、その青年のように実直な方もいらっしゃるのですから」

女騎士「大嘘つき？」

初老執事「奥様、いけません！」

貴婦人「いいえ、じいや。人の口に戸は立てられないと言うではありませんか。今お話ししなくても、ウワサはいずれこの方々のお耳に届きます」

初老執事「し、しかし……」

貴婦人「尾ひれのついたウワサを聞かれるより、今ここで直接お話しすべきだと思いますわ」

女騎士・司祭補「「？？」」

貴婦人「お2人は不思議に思いませんでしたか？　内務大臣の孫娘で、国王陛下とも遠縁の私が、使用人とたった2人でこの町に逗留《とうりゅう》していることを」

司祭補「ええ……」

女騎士「言われてみれば……」

貴婦人「さる事情で、私たちは人目を忍びながら帝都に向かっているのです。この町には旅の途中で立ち寄りました」

女騎士「どんなご事情が……？」

貴婦人「順番にお話ししましょう。ご存じの通り、人間国はたくさんの国を併合してできた帝国です。古くからその土地を領有していた王族たちが各地にいて、国王陛下から領土の守護を任されています」

司祭補「遠方の王族には、いまだに謀反《むほん》を企てる方もいるそうですわ」

貴婦人「そして私は、東方のとある王族に嫁ぐように言いつけられました。血のつながりが濃くなれば人間国への忠義も深まるだろう――。お父様はそう考えたのです」

女騎士「それは、いわゆる政略結婚では……」

初老執事「口をお慎みください」

貴婦人「いいのです。女騎士さんのおっしゃる通り、政略結婚に他ならないのですから。こちらのじいやは、長らくお祖父様――内務大臣に仕えていました。そうですね」

初老執事「はい。ご結婚を機に、奥様にお仕えするよう申しつけられました」

貴婦人「遠方に嫁ぐ孫を、お祖父様は心配したのでしょう。信頼のおける者として、じいやを付けてくれたのです」

初老執事「ご婚礼に向かわれるときの旅は、それは見事なものでした」

貴婦人「100人を超える使用人を連れて、帝都から港町、そして船で東方に向かったのです」

司祭補「そのウワサなら聞いたことがありますわ。当時のわたしは、まだ修道院で勉強を始めたばかりでしたけれど」

貴婦人「しかし私は子宝に恵まれませんでした」

女騎士・司祭補「「……」」

貴婦人「そもそも殿方から見れば、私は退屈な女だったのかもしれません。世間知らずなまま、温室の花のように育てられました。ただの花なら、眺めているだけで充分。指を触れてまで愛《め》でようとするのは、よほど奇特な人だけです。私の夫は――夫だった人は、年端もいかないメイドの娘と関係を持っていました。その娘が子を孕《はら》み、あろうことか世継ぎとして認めると言い出したのです」

初老執事「……」

貴婦人「お父様とお祖父様は、たいそうお怒りになりました。私を離縁させて、帝都に呼び戻しました。私の家系としては不名誉なことですから、人目を忍ぶ旅になったのです。……いずれ、ウワサは広まるのに」

女騎士「なんと言ったらいいか……」

貴婦人「お父様は今回のことで心を痛め、娘を政治の道具にしたことを悔やんだようです。次の結婚相手は、私が自分で選んでいいとおっしゃいました。……そんなことがありましたから、殿方というのは誰しも嘘つきで、信用ならないものだと思っていましたの」

初老執事「おや、このじいやも嘘つきですか？」

貴婦人「ええ。いつ裏切られることやら……」シュン

初老執事「そ、そんな……」オロオロ

貴婦人「あらあら、真に受けないでくださいな」くすくす

女騎士「……まさかそんなご事情があったとは。心中、察するに余りあります」

貴婦人「ですから、その青年のように実直な殿方もいると知って、なんだか可笑しくなってしまったのです。きっと、心根の綺麗な方なのでしょうね」

女騎士「はい。上官からの信頼も厚い男だったと記憶しています」

貴婦人「その方のお気持ちは、よく分かりました」

司祭補「でしたら、金貨を――」

貴婦人「いいえ。そんな方だからこそ、なおさらお金をいただくわけにはいきませんわ。目先の利益よりも誇りを守ろうとする……そういう方なら、お金の使い方を間違うこともないでしょう。私が持っているより、ずっといい使い方をしてくださるはず。金貨は青年に返し

てください」

女騎士・司祭補「「」」

港町・路地裏

司祭補「これで何往復目かしらぁ……？」

女騎士「そろそろ帰りたくなってきたのだ……」

司祭補「ダークエルフさんがいたら、何ておっしゃるでしょう」

女騎士「手が空いたら合流すると言っていたが……」

司祭補「金貨、受け取ってくださるといいのですけど……」

青年の部屋

色白青年「いいえ。受け取れません」

女騎士・司祭補「「思った通りなのだ／ですわ」」

色白青年「今の私は貧しい暮らしが染みついてしまいました。５万Ｇなどという大金を、どう使えばいいか分かりません。そのご婦人のほうがお金を正しく使ってくれるはずです」

司祭補「どうしてもダメ、ですの？」

女騎士「あのご婦人、とても説得できる雰囲気ではなかったのだ」

色白青年「しかし私だって、『はいそうですか』と受け取るわけにはいきませんよ。それこそ、誇りある生き方を忘れた、浅ましい態度です」

女騎士「気持ちは分かる。無理を承知で頼んでいるのだ」

色白青年「無理なものは無理です」

女騎士「そこを何とか――」

色白青年「何ともなりません」

女騎士「ご婦人と約束してしまった手前、私は引くに引けないのだ」

色白青年「譲れないのは、私も同じです」

女騎士「つまり、お互いに一歩も退くつもりはない、と？」

色白青年「ええ、そのようですね。こうなってしまったら……私たちらしいやり方で決着をつけるしかなさそうですね」

スタッ

司祭補「？」

女騎士「なるほど、言葉で決着がつかないなら仕方あるまい」

スタッ

司祭補「ちょ、ちょっとお2人とも？　立ち上がって何をするつもりですの!?」

色白青年「本当は、こんなことはしたくないのですが……」

女騎士「……騎士である以上、こうするしかあるまい」

司祭補「え？　ええ？」

女騎士・色白青年「「剣で語ろう」」

司祭補「えええ〜〜〜!?」

港町・表通り

ざわ……ざわ……

肉屋・兄「何だ、この人だかりは」

肉屋・妹「あっ、見て！　女騎士さんだよ！」

女騎士「お前が相手では手加減できん。死なぬよう気をつけるのだな」

色白青年「その言葉、そっくりそのままお返しします」

司祭補「もぉ〜！　どうしてこんなことにぃ〜!?」

色白青年「ふふふ、生き延びてしまうのも悪くありませんね。こうして再び、あなたとお手合わせできるのですから。……名刀アングリストの斬れ味をお見せしましょう」

女騎士「面白い。じつは私も同じことを考えていたのだ。お前ならば、魔剣デュランダルの相手として不足ない」

司祭補「お2人とも何をおっしゃっているの!? 誰かぁ〜、2人を止めてぇ〜！」

子供A「見て見て！ 家庭教師の先生だ！」

子供B「ほんとだ！ せんせぇー、がんばれ〜！」

肉屋・妹「女騎士さん、負けないで！」

肉屋・兄「そうだ！ やっちまえーっ！」

司祭補「盛り上げないでくださぁ〜い!!」

色白青年「いざ」

女騎士「尋常に」

黒エルフ「——何してんの、あんたたち」

女騎士・色白青年「!!」

司祭補「ああっ、ダークエルフさん！ 助かりましたわぁ〜」

黒エルフ「ふむふむ……。金貨を押しつけあったあげく、剣で決着をつけることになった、と」

司祭補「お2人を止めましょう！」

黒エルフ「いいじゃない。勝手にやらせなさいよ」

司祭補「ええっ!?」

黒エルフ「たとえば女騎士《あのバカ》が勝ったとすると、相手は死ぬ可能性が高いのよね」

女騎士「致し方あるまい」

色白青年「覚悟はできています」

黒エルフ「じゃあ、誰が5万Gを受け取るの？」

色白青年「そ、それは……」

黒エルフ「負けたあんたは、言われた通りカネを受け取らないといけない。だけど、そのときには死んでいるのよ？ まさか、死体と一緒に埋葬しろなんて言わないわよね。そんなもったいないこと……それこそ間違ったお金の使い方だわ」

色白青年「う……」

黒エルフ「だけど、安心して？ あたしがお金をもらってあげる」

色白青年「そんな勝手が——」

黒エルフ「あたし以外の誰が受け取るの？ 例のご婦人も、あんたたちも、お金は要らないんでしょう？ 関係者のなかでは、ただ1人、あたしだけがお金を欲しがっている。なら、あたしには遺産を守る責任があるわ」

女騎士「責任だと!?　貴様、よくもぬけぬけと――」

黒エルフ「あんたも同じ」

黒エルフ「もしも女騎士《このバカ》が負けたとする。この場合、女騎士は死ぬ可能性が高いのよね？」

色白青年「手加減する余裕はありません」

女騎士「決闘の結果なら本望なのだ」

黒エルフ「すると、5万Gはご婦人にお返しすることになるわ。だけど、考えてみて。あの人がそう簡単に金貨を受け取ってくれるかしら？」

女騎士「むぐぐ……」

黒エルフ「そもそも、誰が金貨をご婦人のところまで届けるの？」

女騎士「そ、それは……司祭補さまと……」

黒エルフ「……あたし、よね？　金欲にまみれたこのあたしが5万Gを運ぶことになるわけ」ニヤァ

女騎士「ふんっ。お前は泥棒を働くような落ちぶれた者ではない。それくらい私には分かっているのだ」

黒エルフ「あら、勝手に分かったつもりにならないでよ。簡単に心変わりするかもしれないわよ？」

女騎士「そ、そうなの？」ガーン

黒エルフ「というわけで、どっちが勝ってもあたしの損にならないわ。決闘でも果たし合いでも、好きにやればいいじゃない」

色白青年「そんな勝手はさせません！」

女騎士「そうだ！　決闘はやめだ！」

司祭補「……ダークエルフさん、ありがとうございます」

黒エルフ「貸しにしとくわ」ニコッ

司祭補「ですが、この金貨はどうしましょう？　振り出しに戻ってしまいましたわ」

黒エルフ「その金貨の処遇について、あたしに提案があるわ」

女騎士「ふむ」

色白青年「聞かせてもらいましょう」
黒エルフ「まず2万Gずつ金貨の元々の持ち主と発見した人で分けて、手間賃として古道具屋が1万G受け取る。……これでどうかしら？」
色白青年「私とご婦人で2万Gずつ受け取って……」
司祭補「……古道具屋さんに1万Gを渡すのですわね」
黒エルフ「あたしが受け取るよりマシでしょう？」
女騎士「う、うむ……。ここまで考えたのだ、ご婦人も今度こそ受け取ってくれるだろう」
色白青年「ですが……」
黒エルフ「まだ何かあるの？」
色白青年「祖父の気持ちに気づかなかった恥は雪《そそ》げません。やはり、ただで2万Gを受け取ってしまうのは気が引けるのです」
司祭補「気にしすぎではなくて……？」
色白青年「しかし——」
黒エルフ「ああ、もう！　それなら、何か食器の1つでもご婦人に渡しなさいよ。その食器をご婦人に『売った』と考えれば、気が咎《とが》めないでしょう」
色白青年「食器ですか……。たとえば、新大陸から持ってきた古い陶器のカップがあります。そんなものでもいいでしょうか？」
黒エルフ「ええ、何でもいいわよ。それをご婦人に売って、代金として2万Gを受け取った……。そう考えれば、素直にお金を受け取れるんじゃないの？」

紅獅子亭、2階

貴婦人「……それで、これがそのカップですのね」
女騎士「どうか受け取って欲しいのだ」
黒エルフ「でないと、またあの頑固者を説得することになるわ」
貴婦人「何ごともスジを通そうとする真面目な殿方ですね。……分かりました、このカップを喜んでお引き取りしますわ」

一同　ホッ……

黒エルフ「ところで、ここまでの取引はきちんと帳簿につけた？」

司祭補「ええ、女騎士さんに手伝ってもらいました」

女騎士「バッチリなのだ！」

※50

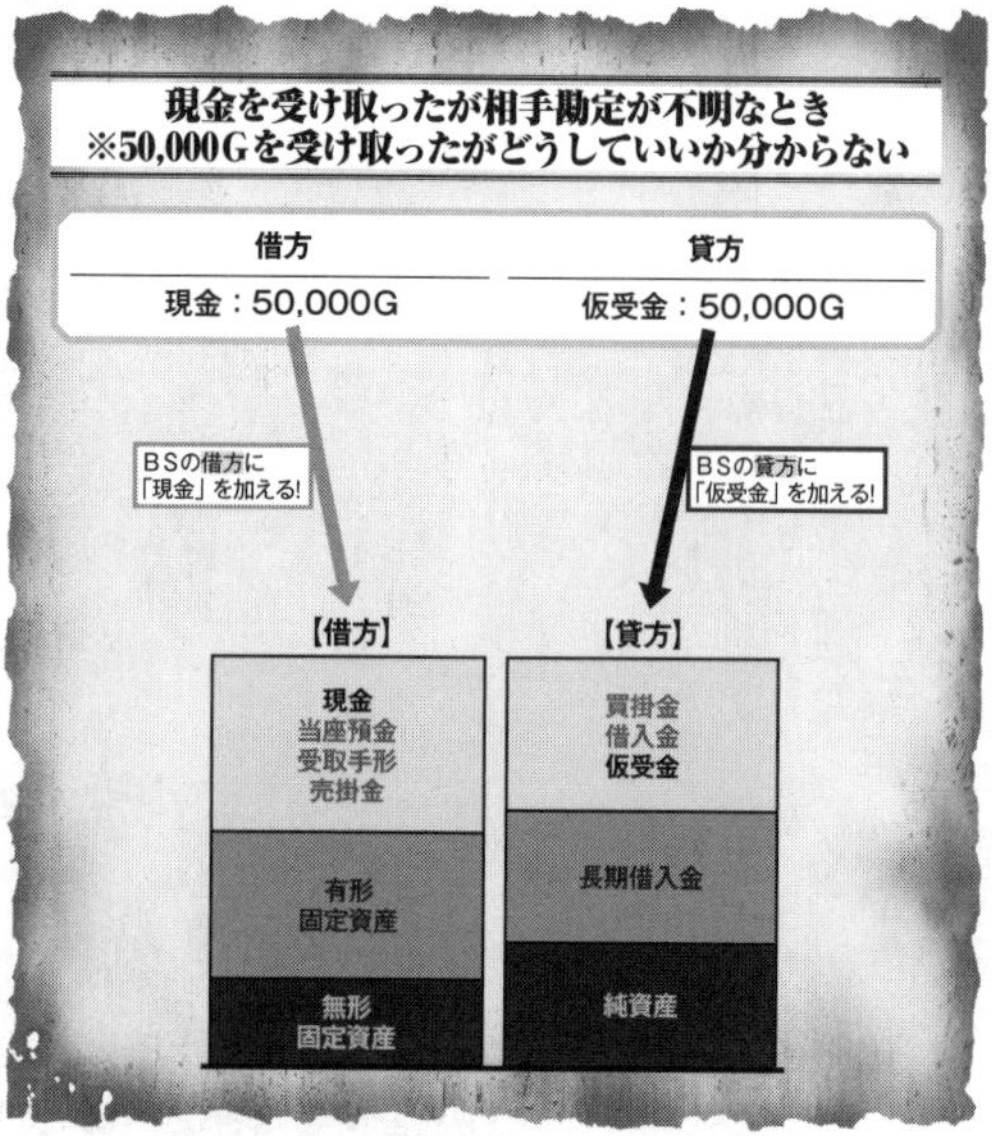

現金を受け取ったが相手勘定が不明なとき
※50,000Gを受け取ったがどうしていいか分からない
借方
現金：50,000G
貸方
仮受金：50,000G
BSの借方に「現金」を加える!
BSの貸方に「仮受金」を加える!
【借方】
現金
当座預金
受取手形
売掛金
有形固定資産
無形固定資産
【貸方】
買掛金
借入金
仮受金
長期借入金
純資産

黒エルフ「あんたが自信満々なほど不安になるわ。あたしに見せなさい」

司祭補「まず、これが5万Gを預かったときの仕訳ですわ」（※50）

ぴらっ

女騎士「入金があったけれど、どんな勘定科目を計上すればいいか決まっていない。そんなときは、とりあえず仮受金《かりうけきん》にするのだ」

黒エルフ「ええ、正解よ」

ぴらっ

司祭補「そして、こちらが5万Gを山分けしたときの仕訳です」（※51）

女騎士「青年とご婦人に2万Gずつ、計4万Gの現金が出ていった。残り1万Gは特別利益《とくべつりえき》の『受贈益《じゅぞうえき》』にしたのだ」

黒エルフ「この仕訳も問題なさそうね」

女騎士「正直なところ、この1万Gをどう会計処理するか迷ったのだ……」

黒エルフ「たしかに、祝い金やご祝儀とかで少額の現金

※51

を受け取った場合なら、営業外収益《えいぎょうがいしゅうえき》の『雑収《ざっしゅう》入《にゅう》』で処理すべきね」

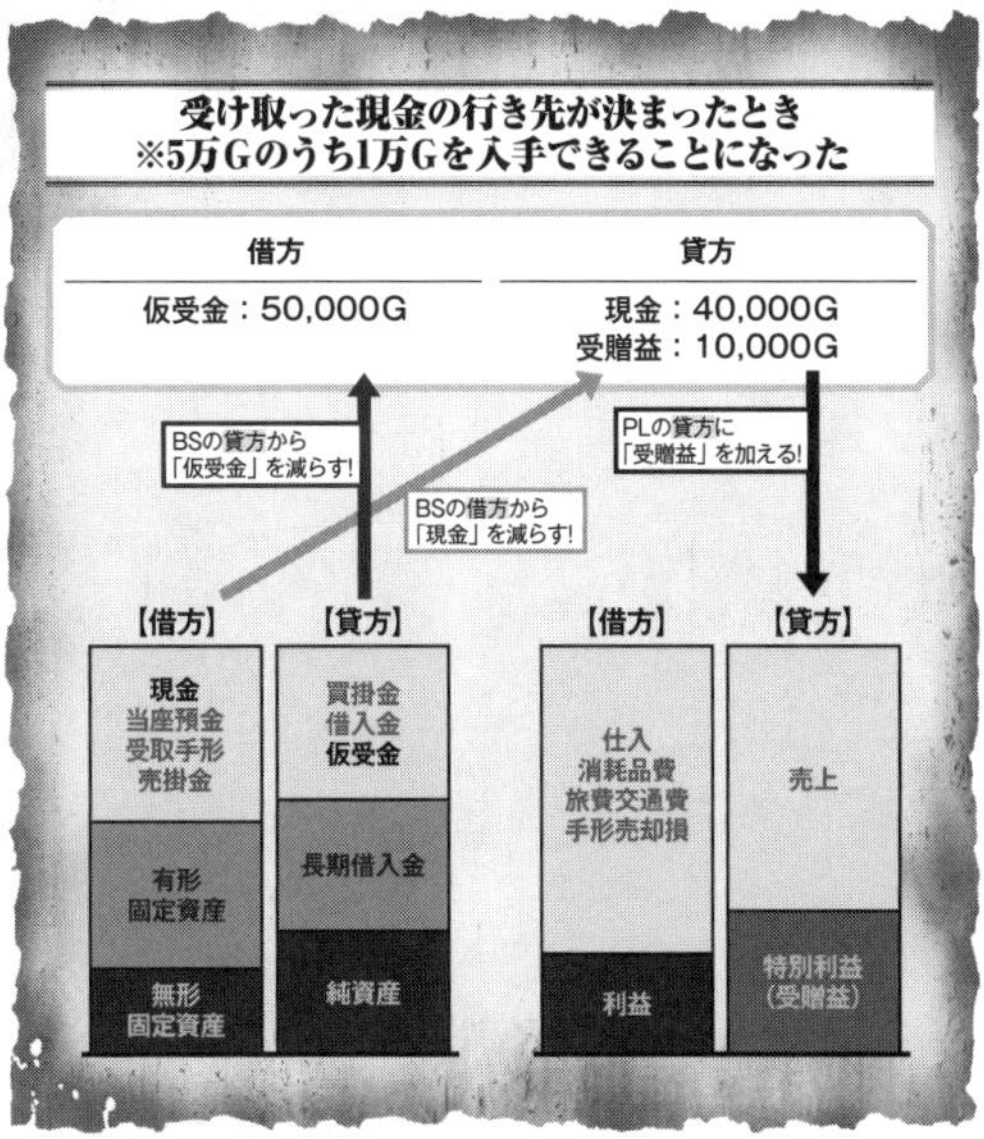

受け取った現金の行き先が決まったとき
※5万Gのうち1万Gを入手できることになった
借方
仮受金：50,000G
貸方
現金：40,000G
受贈益：10,000G
BSの貸方から「仮受金」を減らす！
BSの借方から「現金」を減らす！
PLの貸方に「受贈益」を加える！
【借方】
現金
当座預金
受取手形
売掛金
有形固定資産
無形固定資産
【貸方】
買掛金
借入金
仮受金
長期借入金
純資産
【借方】
仕入
消耗品費
旅費交通費
手形売却損
利益
【貸方】
売上
特別利益（受贈益）

女騎士「しかし1万Gといえば大金だろう？」

黒エルフ「突発的な入金だし、特別利益でいいと思うわ」

司祭補「営業外収益？　特別利益？」

黒エルフ「売上以外にも『収益』には色々な種類があると言ったでしょ。たとえば預金の利息みたいに経常性《けいじょうせい》のある収益なら営業外収益。そうではなく突発的な収益なら、特別利益になるわ」

司祭補「経常性って何ですの？」

黒エルフ「また機会があれば解説するわ」

初老執事「何はともあれ、お金の行き先が決まってホッとしました」

貴婦人「殿方のなかには、誠実な方もいらっしゃるのですね。ぜひ一度お目にかかりたいわ」

初老執事「……奥様？」

貴婦人「じいやの小言はけっこうです。これだけお手間をかけたのだから、ご挨拶くらいしないと失礼ですわ」

数日後、銀行家の邸宅

幼メイド「お帰りなさいませ～」

銀行家「留守中は不便をかけましたね」

女騎士「旅はどうだったのだ？」

銀行家「おかげさまで万事問題ありませんでした」

古道具屋「初孫の顔を見ることができましたよ」デレデレ

銀行家「こちらの町は何事もありませんでしたか？」

幼メイド「えっとですね、司祭補さまが金貨を運んでですね、最後はカップをわたしたんですが、司祭補さまが……」

銀行家「おやおや、何やら大事件があったようだ。荷物を片付けてからゆっくり聞かせてもらいましょう」

銀行家の書斎

銀行家「ほう、そんなことが……」

幼メイド「そうなのです！　司祭補さまが大活躍されたのです」えっへん

司祭補「とても勉強になりましたわ」

女騎士「貴族の誇りというものは、取り扱いが難しいものなのだ」うんうん

黒エルフ「本当、呆れるくらいにね」ムッツリ

銀行家「その青年が渡したカップ、少し気になりますねえ……。古いものなら、美術品として価値があるかもしれません」

黒エルフ「ただの汚れたカップだったわよ？」

銀行家「念のため、どんなカップだったか教えてもらえますか？」

司祭補「はい。まず色は――」

銀行家「――ふむ。ぜひ一度そのカップを直接拝見したほうがよさそうです」

女騎士「値打ちのありそうな品なのか？」

銀行家「この目で見ないと信じられませんが……。念のため、その青年からも話を聞きましょう。カップの由来をお尋ねする必要があります。もしかしたら、もしかするかもしれません！」

翌日、紅獅子亭・2階

銀行家「本日はお時間を割《さ》いてくださり、ありがとうございます」

貴婦人「このくらい何でもありませんわ。あなたの銀行の方のおかげで、素敵なお友達ができましたもの」

色白青年「私にお答えできることでしたら、何でも訊いてください」

女騎士「……素敵なお友達？」

貴婦人「ええ。カップを譲っていただいたお礼に、お食事にご招待しましたの」にこにこ

色白青年「ご馳走《ちそう》になってしまいました」てれてれ

司祭補「あらあら、まあまあ！」

黒エルフ「そんなことになっていたのね」

幼メイド「///」

女騎士「そんなこと？　どんなことなのだ？」

銀行家「……それで、例のカップというのは？」

貴婦人「今、じいやに準備させています」

銀行家「古くからマラズギルトのご家族に伝わるものなのですか？」

色白青年「『伝わる』と言うほど大層なものではありません。たしかに古いのは間違いありませんが、日常的に使ってきたものですよ」

初老執事「お嬢様、お待たせしました」

コト……

銀行家「はぁ～、これが……！」

貴婦人「手にとってご覧ください」

司祭補「少し変わった形をしていますけど……」

黒エルフ「……やっぱり、ただの古びたカップにしか見えないわ」

銀行家「はぁ～……。素晴らしい……。はぁ～……」

女騎士「何か分かったか？」

銀行家「はい、間違いありません。これは『魔国磁器《まこくじき》』の、それも最初期の品です」

黒エルフ「魔国で作られたカップってこと？」

銀行家「いいえ。新大陸に渡った人間の陶工が作ったものです。魔国の土を混ぜて焼いた作品を総称して、魔国磁器と呼ぶのです」

司祭補「価値のある品なのでしょうか？」

銀行家「ええ。新大陸では製陶《せいとう》に向いた地層がなかなか見つからず、陶工たちは割れや歪みに悩まされたと聞いています。この時代の作品で、ここまで形の整ったものは非常に稀少です」

貴婦人「そんなに珍しいものでしたの……？」

銀行家「どうでしょう。このカップを15万Gで私に譲っていただけませんか？」

黒エルフ「なっ!?　15ま……」ぱくぱく

貴婦人「まあ、どうしましょう」

銀行家「安すぎるでしょうか。たしかに、オークションに出せば20万G近い値がついてもおかしくない逸品だと思います」

貴婦人「お譲りすることにやぶさかではありません。ただ、そのお金は私のものではありませんわ」

銀行家「と、言いますと？」

貴婦人「そのカップは、そもそもこちらの殿方のもの。不当に安い値段で手に入れた私に、そのお金を受け取る資格はありません」

女騎士「なるほど……」

司祭補「ま、待ってくださいな！　たった5万Gを渡すだけで決闘をする騒ぎになったのですよ。15万Gでは、それこそ戦争になってしまいますわ!!」

銀行家「……と、いうことだそうですが、いかがですか？」

色白青年「15万Gで買い取っていただけるなら本望です。ただし、代金はご婦人が受け取るべきです。そのカップの今の所有者は、こちらのご婦人なのですから」

女騎士「ふむ、理屈ではそうなる」

司祭補「ああっ、やっぱりですわぁ～！」

色白青年「お金はご婦人が受け取ってください」

貴婦人「いえ、あなたが受け取るべきです」

司祭補「またややこしいことになりましたわ。ダークエルフさん、どうしましょう～」

黒エルフ「じゅう、ご……こんな、がらくたが……じゅ……」**ぱくぱく**

司祭補「ダークエルフさん？　ダークエルフさぁん！」

幼メイド「ひらめきました！　また何かお譲りすればいいのでは～？」

色白青年「？」

幼メイド「2万Ｇのみかえりにカップを贈ったそうですね！　だったら、15万Ｇのみかえりの品を、またご婦人にお送りすればいいのですよ～」

貴婦人「そうです。お金はぜひ受け取ってください」

色白青年「しかし……。15万Ｇの見返りになるほどの品を、私はもう持ち合わせていません」**ションボリ**

幼メイド「どんなものでもいいのですよ～？」

司祭補「そ、そうですわ！」

女騎士「うむ。気持ちがこもっていれば、たとえ安物でも――」

色白青年「そんないい加減なことはできません！　ご婦人、やはり15万Ｇはあなたが受け取ってください。私には、もう差し上げられるものがないのです」

貴婦人「では、あなたご自身をいただけないかしら？」

色白青年「は？」

貴婦人「ですから、私のそばにいて欲しいと言っているのです。……夫として」

色白青年「え……」

一同「ええ～っ！」

貴婦人「結婚の持参金として、15万Gをお支払いします」

初老執事「お、おお、お嬢様……」オロオロ

貴婦人「お父様は、次のお相手は私が自分で決めていいとおっしゃいました。血筋からいっても充分でしょう。何か文句がありまして？」

初老執事「しかし、ですね……。その……あまりにも性急では……？」

貴婦人「じいや、いいですか？　双方が納得すれば取引は成立するのですよ。大事なのはこちらの殿方のお気持ちです」

色白青年「お言葉、大変光栄です。しかし私のような者でよろしいのですか……？」

貴婦人「あら、失礼な人！　私の人を見る目を疑うつもりですの？」くすくす

色白青年「とんでもない！　一目見たときから、私もあなたに魅せられていました。しかし、今の自分の姿を省《かえり》みて、気後れしていたのです」

貴婦人「あなたほど誠実な殿方はいませんわ。気後れすることなどありません」

色白青年「では、あらためて……。私の妻になってください」

貴婦人「もちろん、喜んで」

銀行家「話はまとまったようですね」

女騎士「そのようだ」

司祭補「精霊教会からもお2人のご結婚をお祝いしますわ！」

幼メイド「おめでたいのです～！」

色白青年・貴婦人「///」

黒エルフ「……」アゼン

初老執事「お、お待ちください！　じいやはそう簡単には認めません！　認めませんぞぉ！」

貴婦人「じいや、控えなさ――」

初老執事「いいえ、これだけは言わせていただきます。お嬢様は、私にとっては孫娘も同様。こちらの青年に、お嬢様をお守りすることができま

すかな？」

女騎士「心配には及ばん。この男、剣の腕は確かだ」

色白青年「少しサビついてますがね」

貴婦人「まあ、素敵！」

色白青年「？」

貴婦人「サビを落としたら、また金貨が出てくるかもしれません♪」

銀行家「これにて一件落着ですね。お2人は結婚が決まってしあわせ。私は美しいカップを入手できてしあわせ……」

幼メイド「しあわせがいっぱいなのです～！」

黒エルフ「……ちょ、ちょっと待ちなさい！　15万Gのムダ遣いなんて、あたしは許さないわよ！　……ねえ、あんたたち聞いてる？　……ねえってば!!」

黒エルフ「あたしは！　絶対に！　ムダ遣いは許さないんだからぁ～～～!!」

女騎士、経理になる。

第5章

プライス・オブ・ライフ

勇者	「ギルド長さま！　魔物を討伐しました！」
ギルド長	「ご苦労だった。報酬の10,000Ｇを払おう」
勇者	「ありがとうございます！　…って、8,979Gしかありませんが？」
ギルド長	「すまんのう、源泉徴収だ」
勇者	「源泉徴収」
ギルド長	「取り戻したければ確定申告して」
勇者	「確定申告」

港町・帝都銀行の支店

コンコン

支店長「入りたまえ」

秘　書「失礼します。支店長、お手紙が届いていました」

支店長「おお、あなたでしたか！　ちょうどお話ししたいと思っていたのです。例の施策の進捗《しんちょく》状況はいかがですかな？」

秘　書「……例の施策、と言いますと？」

支店長「もちろん、あの銀行を潰す施策ですよ。最近では、向こうの銀行は『貸し剥がしに気をつけろ』と喧伝しているらしいじゃありませんか」

秘　書「ええ、頭痛の種です」

支店長「では――」

秘　書「ご心配には及びません。すでに次の手を打ってあります」**ニヤッ**

支店長「つまり、あの計画を実行に移したのですね？」

秘　書「はい。今のところ順調に顧客を奪うことができています」

支店長「それは頼もしい。手足を1本ずつもぎ取るように、やつらの商売の芽を摘み取ってやってください」

秘　書「お任せを。……ところで、お話を戻しますが、この支店宛てに手紙が届いていました。人間国の政府からですよ」

ぴらっ

支店長「政府から？　ふむ、この内容は……」

秘　書「おそらく、港町銀行にも同じ手紙が届いているはず。至急、手を打つ必要があるかと――」

港町・波止場の食堂

窓の外　**ドンヨリ**

貿易商の妻「……来ませんね」

黒エルフ「……来ないわね」

銀行家「窓の外ばかり見ていないで、テーブルに戻ってはいかがですか？」

幼メイド「もうすぐお料理が出てくるのです」

司祭補「心配するお気持ちは分かりますが、きっと大丈夫ですわ」

ガラッ

女騎士「やはりここだったか！」

銀行家「おや、女騎士さん。もうトレーニングはよろしいのですか？」

女騎士「うむ。今日のぶんのメニューはこなした」

司祭補「でしたら、女騎士さんもお食事をしに……？」

女騎士「いいや、港町銀行宛てに手紙が届いたのだ。それを知らせに来た」

貿易商の妻「はぁ……」

黒エルフ「ハア……」

女騎士「……あの2人、なぜ窓の外ばかりを見ているのだ？」

銀行家「新大陸から貿易船が帰ってくるのを待っているんですよ。その船には私の注文した美術品も積まれています」

司祭補「それから、わたしの取り寄せた精霊教会の資料も」

女騎士「資料？」

司祭補「『葬儀録《そうぎろく》』ですわ。精霊教会の教えでは、いつか来る『大《おお》いなる船出《ふなで》の日《ひ》』に死者の魂が救われるとされています。その日に備えて、亡くなった方々の名簿が必要なのです」

女騎士「そうか。新大陸は情勢が不安定だから……」

司祭補「はい。葬儀録の写本をこちらで保管することになりましたの」

幼メイド「司祭補さま～。よく分からないのですぅ～」

司祭補「あらあら、何がです？」

幼メイド「新大陸は、わるいまぞくにほろぼされたと聞きました。なぜ、今もぼーえきができるのですか？」

司祭補「いいところに気づきましたね。たしかに副都は魔族に滅ぼされ、人間国の政府機能は失われました。人間国政府との公式の連絡はなくなり、勇者様の安否も分かりません。……ですが、今でも新大陸にはたくさんの人々が取り残されています」

銀行家「政府を失って、いったいどんな暮らしをしているのか……」

幼メイド「分かりました！　そういう人たちをおーえんするためにも、ぼーえきが必要なのですね」

貿易商の妻「はぁ……。予定では昨日までに戻ってくるはずだったのに……」

黒エルフ「航海に数日くらいの遅れはよくあることだけど……。そうは言っても心配よね……」

貿易商の妻「主人が無事だといいのですが」

女騎士「ふむ、あなたの夫も、その船に乗っているのだな」

貿易商の妻「はい。水夫から身を立てた男なのです。自分で事業を経営するようになった今でも、船に乗り続けています」

黒エルフ「旦那さんの無事を一緒に祈りましょう」

貿易商の妻「ありがとうございます、ダークエルフさん！」

女騎士「他人の家族を心配するとは……。お前にしては殊勝な心掛けではないか」ジワッ

黒エルフ「当然でしょ？　だってこの夫婦には12万Gも貸しているんだもの」

女騎士「私の感動を返せ」

黒エルフ「貿易で上げた利益から、カネを返済してもらう予定になっているのよ。だから、航海の成功を祈らずにはいられないわけ」

女騎士「ううむ。銀行家さんは美術品、司祭補さまは教会の資料、ダークエルフは貸付金《かしつけきん》……。みんな自分の都合ばかりだ。この奥さんの気持ちを、少しは考えてみたらどうだ？」

貿易商の妻　クスクス

女騎士「な、何か変なことを言っただろうか？」

貿易商の妻「いいえ。でも、女騎士さんって、すごくマジ

メな方なのね」

女騎士「？」

貿易商の妻「みなさんが自分の都合で、自分の欲しい物を買う……。だからこそ貿易の仕事は成り立ちます。悪いことではありません」

女騎士「うーむ、そうかもしれないが……」

波止場の食堂、物陰

貧民・弟「お兄ちゃん、あいつらを狙おうよ」

貧民・兄「うん。とくにあの茶色いやつはいいカモになりそうだ。窓の外にばかり気を取られてる」

貧民・弟「あっちの鎧を着ているやつは？」

貧民・兄「あいつはダメだ、目つきにスキが無い。手を出すのはヤバすぎる」

波止場の食堂、窓際

女騎士「この夫婦に12万Gを貸していると言ったな。では、担保《たんぽ》はどうなっている？」

黒エルフ「担保？」

女騎士「だから、その……万が一だぞ？　万が一、航海が失敗したら、貿易の収益からカネを返済してもらえなくなる。代わりに担保を取ることになるはずだろう」

貿易商の妻「私の肉です」

女騎士「は？」

貿易商の妻「ですから、私の肉1キログラムが担保になっています」

女騎士「もしもカネを返せなければ、体の肉を切り取るということか？　おい、ダークエルフ！　どういうことだ！」

黒エルフ「あたしに言わないでよ、そういう商習慣なんだから、しかたないでしょ。……この夫婦には、『冒険貸借《ぼうけんたいしゃく》』というタイプの契約でカネを貸しているの」

女騎士「ぼうけんたいしゃく？」

黒エルフ「人間国では、『冒険貸借』の担保には肉1キログラムを設定するのが習慣になっているのよ。宗教的な理由でね」

司祭補「精霊教会の教えですわ」

女騎士「ど、どういうことだ」

黒エルフ「あんたが簿記を勉強した魔国には、『冒険貸借』はすでに存在しないのかもしれないわね。簡単に説明するけど――」

貧民・弟「うわーん！　痛いよぉ～！」

一同「……!?」

貧民・弟「助けてぇ～！」

給仕「こら、出て行け！　汚いガキめ！」

女騎士「待て、その子は血を流しているではないか！……おお、可哀想に。どこを怪我したのだ？」

黒エルフ「まったく、相変わらずお人好しなんだから……」

司祭補「どうしましょう？　回復魔法のお香を焚きますか？」

女騎士「こ、この血は……」

貧民・弟「うわーん！　うわーん！」

女騎士「……この血は、血ではない！」

貧民・弟　ニヤッ

女騎士「この匂い、黒スグリの汁だな？」

貧民・兄「……おいっ、ずらかるぞ！」

黒エルフ「あっ！　あのガキ、あたしの鞄を……!!」

貧民・兄「あばよ！　どんくさいお姉ちゃん！」

タタタッ

黒エルフ「待ちなさい、このドロボー!!」

ダダッ

銀行家「おやおや」

幼メイド「たいへんですぅ～！」

給仕「あいつら、この辺りじゃ有名な泥棒兄弟なんですよ」

女騎士「弟が気を引いているすきに、兄がかっぱらいをするのか。ふむ、兵《へい》は詭道《きどう》なりと言うが……」

貧民・弟「今さら気づいても遅いよ！　さよな――」

女騎士「お前は逃がさん」

ガシッ

貧民・弟「うわっ！　放せ！　放せ〜っ！」

ポカポカ

女騎士「わはは！　威勢のいい子供だ」

貧民・弟「くそ〜！　これでどうだ！」

がぶっ

女騎士「私はオルトロスに噛み殺されかけたこともあるのだ。その程度、痛くもかゆくもない」

貧民・弟「放せよぉ〜！　放せったらー!!」

ジタバタ

女騎士「いいだろう」

ドサッ

貧民・弟「痛て……。急に放すなよぅ！」

女騎士「……さてと、お前には兄の居場所を教えてもらおう」

貧民・弟「ふん、誰が教えるもんか」

女騎士「強情を張ると自分のためにならんぞ？　こう見えて、私は新大陸の最前線で戦っていたのだ。魔族の口を割らせるための拷問《ごうもん》もよく知っているのだが……」

貧民・弟「そんなコケ威《おど》しには騙されないもん！」

女騎士「ほほう、そうかそうか」ニヤァ

貧民・弟「こ、コケ威《おど》しには……」

女騎士　ニンマリ

貧民・弟　ゾワァ〜！

港町、貧民窟

黒エルフ　ハァ……ハァ……

黒エルフ「あのガキ、どこに行ったのかしら……」

住民　ジロジロ

黒エルフ「……なんだか、この辺りは嫌な雰囲気ね」
？？？「おい」ぽんっ
黒エルフ「きゃー!!」
女騎士「どうした？　肩に触《さわ》っただけでそんな大声を出すな」
黒エルフ「な、なんだ、あんたか……。驚かさないでよね……」
司祭補「盗まれた鞄は見つかりまして？」
黒エルフ「いいえ。あのガキ、思いのほか足が速かったわ」
貧民・弟「お兄ちゃんの逃げ足は世界一だぞ」
女騎士「いいや、このダークエルフの足が遅いだけだろう」
黒エルフ「うっさいわね。……それで、銀行家さんたちは？」
女騎士「先に銀行に帰った。さっきも言っただろう、手紙が届いていたのだ」
司祭補「わたしはダークエルフさんが心配でついてきましたわ！」
黒エルフ「教会の仕事は？」
司祭補「侍女さんが何とかしてくれますわ♪」
貧民・弟「いいのかよ、そんなんで……」
黒エルフ「ていうか、なんでその子を連れているの？」
女騎士「鞄を取り戻すためだ。兄の居場所を吐かせた」
黒エルフ「吐かせた……って、まさか拷問なんかしてないわよね」
女騎士「まさか！　ただ話を聞かせただけだ。拷問の種類にはこんな方法やあんな方法がありますよ、って」
貧民・弟「うぷ……。また吐き気が……」
司祭補「ダークエルフさんこそ、ずいぶん慌てていましたわ。あの鞄は安物だし、現金は少額しか持ち歩かないのでしょう？」
女騎士「わずかな金額でも損をしたくないのだろう。じつにお前らしいのだ」
黒エルフ「違うわよ」
女騎士「？」
黒エルフ「もちろん損をしたくないのは当然よ。だけど……」

司祭補「だけど？」

黒エルフ「だけど、それだけじゃないわ。あの鞄には……が入っていたから」

女騎士「む？　何が入っていたのだ？」

黒エルフ「だ、だからっ！　あの鞄にはそろばんが入ってたの！　あんたからもらったやつが！」

女騎士「おお、あの魔法のそろばん」

黒エルフ「だから失《な》くしたくなかったの。文句ある？」

貧民窟・隠れ家

貧民・兄「……ただいま。今日の収穫だよ」

ドサッ

貧民・母「ふぅん、安物の鞄だね。中身は……なんだいこりゃ、サイフに10Gしか入ってないじゃないか。シケてやがる」

貧民・兄「ねえ、母ちゃん。弟は……？」

貧民・母「一緒に帰ってきたんじゃないのかい？」

貧民・兄「弟とは別々に逃げてきたんだ。いつもは帰り道に合流するはずだけど……」

貧民・母「あの子は、まだ帰ってきていないよ。きっとドジを踏んだんだね」

貧民・兄「やっぱり捕まっちゃったのかな。早く助けに行かなきゃ！」

貧民・母「バカを言うんじゃないよ！　そんなことをして何になる。あたしらまでお縄になるのがオチさ。ドジを踏んだあの子が悪い」

貧民・兄「え？」

貧民・母「あの子のことだ、きっとこの隠れ家のこともペラペラ喋っているに違いない。グズグズしてられない、荷物をまとめな！」

貧民・兄「ど、どうするつもり!?」

貧民・母「ニブい子だね。隠れ家を変えるんだよ」

貧民・兄「そんな！　じゃあ弟はどうなるの？」

貧民・母「知らないよ！」

貧民・兄「母ちゃん、本気で言ってるの？　いつも弟のことをオレよりも可愛がってたじゃんか！」

貧民・母「……う、うるさい！　知らないったら知らないんだ！」

貧民・兄「母ちゃんってば！」

貧民・母「口よりも手を動かしな！　さあ、荷物をまとめるんだよ！」

女騎士「その必要はない」

親子「!?」

女騎士「ふむ、ここがお前の隠れ家なのだな」

貧民・弟「お兄ちゃん、お母ちゃん、ごめんなさい……。捕まっちゃった……ぐすっ」

司祭補「ずいぶん狭い部屋ですわ」

女騎士「暮らしに困っていると見える」

黒エルフ「薄汚い泥棒にはお似合いの部屋ね。さあ、あたしの鞄を返しなさい！」

貧民・兄「……か、鞄？　いったい何の話だ」

貧民・母「そ、そうだよ！　勝手に人んちに上がりこんで泥棒呼ばわりとは……この礼儀知らずめ！」

黒エルフ「ごまかさないで！　あたし、あんたが鞄を盗むところをバッチリ見てたんだからっ!!」

司祭補「そうですっ、鞄を返してあげてください。正直に罪を認めれば、精霊さまもお許しになってくださいますわ」

貧民・兄「さあね、他人のそら似じゃない？」

黒エルフ「なんですって!?」

貧民・母「だいいち、その汚いガキは誰だい？」

貧民・弟「お、お母ちゃん……」

女騎士「つまり、お前たちは鞄のことを知らないし、この子のことは赤の他人だと言うのだな」

貧民・母「……そ、そうだよ。文句あるかい!?」

女騎士「よろしい。では、この子にも同じことを訊いてみよう。……魔族の尋問にも使う方法で」

貧民・弟「ひっ……」

女騎士「きっと正直に答えてくれるに違いない」

貧民・弟「ひいぃ……！」

女騎士「さてと、どの方法がお好みだ？　狼男に仲間の名前を吐かせた方法か、蟻人間に女王の居所を喋らせた方法か――」

貧民・弟「うわぁぁあん！　お母ちゃん！　お兄ちゃん！　だずげでぇ～～！」

女騎士「遠慮するな。たっぷり可愛がってやるのだ」

貧民・弟「うわぁぁあん！　うわぁぁあん！」

貧民・母「……わ、分かった！　あたしの負けだ、その子を放してやってくれ！」

女騎士「ほう、やっと認めたか。しかし放すわけにはいかんなぁ」ゲヘヘ

貧民・兄「そ、そんなぁ……」

女騎士「鞄を出すのが先だ！　子供を解放するのはその後だ！」

黒エルフ「……これじゃ、どっちが悪役か判らないわね」

貧民・母「ほら、鞄だよ」

ぽいっ

女騎士「よし、子供を返してやる」

ドンッ

貧民・弟「おがあぢゃ～ん！　うおぉ～ん!!」

黒エルフ「……よかった。そろばんも、サイフの中身も無事ね」ホッ

司祭補「あの母親は、子供たちに盗みを働かせて暮らしているのでしょうか？」

女騎士「そのようだ。感心しないな」

貧民・母「ヘッ！　こっちの事情も知らないで勝手なことを……」

女騎士「どんな事情があろうと、親が子供に泥棒を教えるのは褒められたことではない」

貧民・母「そんなことは百も承知さ。だけど、飢えて死ぬよりはマシだろう？」

女騎士「開き直るつもりか！」

司祭補「食事にお困りのときは、ぜひ教会の炊き出しに来てください。命ある者はみな精霊の血を分けた兄弟。平等な存在です」

貧民・母「平等だと？」

司祭補「は？　はい……」

貧民・母「はッ！　ふざけたことを抜かすんじゃない

よ」

司祭補「ふざけてなどいませんが……」

貧民・母「平等なんてものが、この世界のどこにある？　もしも本当にそんなものがあるなら、今すぐここに持ってきて見せておくれ」

司祭補「そ、それは……」

貧民・母「世間知らずもいいかげんにしな。平等なんて、西から昇る太陽と同じだ。ありっこないんだよ、そんなもの」

貧民・兄「それに教会は、オレたちの父ちゃんを守ってくれなかったじゃないか！」

貧民・弟「お父ちゃんは戦争で死んだの……」

貧民・兄「教会でお祈りしたのに、精霊さまは父ちゃんを見殺しにしたんだ!!」

司祭補「……」

貧民・母「なあ、教えておくれ。娘さんたち。女1人で、どうやってこの子らを育てればいい？　あんたらみたいな器量良しなら、どんなに身を落としても体を売って食えるだろう。だけど、あたしはこの通りの顔《かんばせ》だ。盗みを働くしかないんだよ」

女騎士「探せば女中の仕事が……」

貧民・母「無いよ。あたしは食べ盛りの子供を2人も抱えているんだ。どんな雇い主だって、余計な責任は負いたくない。誰も給料を払いたいとは思わない」

黒エルフ「あんたの旦那は貯えを残さなかったの？」

貧民・母「ああ、これっぽっちも。……武勲を上げて一儲けするつもりだったのさ。バカな男だよ」

女騎士「……」

貧民・母「あんたの言う通りさ。子供に盗みを教えるなんて、親としては最低だ。もしかしたら、あたしは死んだほうがいいのかもしれないね。そうすればこの子たちは教会の孤児院に入れる」

貧民・兄「そんなこと言わないでよ、母ちゃん！」

貧民・弟「死んじゃイヤだよう！」

女騎士「じ、事情は分かった。ならば……わずかばかりだが、このカネで助けになれないだろうか――」

貧民・母「施《ほどこ》しならお断りだよ！　見くびらないでおくれ！」

黒エルフ「そうよ！　こんなやつにカネを渡す義理はないわ！」

女騎士「しかし、この子たちにはカネが必要だろう！　盗みを働かなければ生きていけない子供たちを見て、お前は何も感じないのか!?」

黒エルフ「そんな子供、いくらでもいる。この家族を助けたところで、何の解決にもならないわ」

女騎士「目の前で溺《おぼ》れている人がいても、お前は縄を投げないのだな。見損なったぞ！」

黒エルフ「それとこれとは話が別よ！」

女騎士「いいや、別なものか――」

貧民・母「うるさいッ！」

女騎士・黒エルフ「「!!」」

貧民・母「うるさい、うるさい！　あたしはあんたたちみたいな女が大嫌いなんだ。あんたにカネを恵んでもらうぐらいなら、それこそ死んだほうがマシだ」

女騎士「そ、そんな……」

貧民・母「鞄は返した。もう帰っておくれ」

銀行家の邸宅・書斎

銀行家「そうですか、そんなことが……」

幼メイド「ごーじょーなクソババアなのです！」

銀行家「こら、言葉を選びなさい」

幼メイド「ごめんなさい～」シュン

銀行家「まったく、どこでそんな汚い言葉を覚えたのか……。いったい誰の真似をしているのです？」

黒エルフ（……たぶん、あたしね）

司祭補「ところで、お手紙が届いていたそうですわね」

銀行家「ええ、人間国政府から」

女騎士「手紙にはマラズギルトの署名があった」

司祭補「まあ！　あの色白の青年の？」

女騎士「やつは内務大臣の孫娘と結婚した。今は大臣の書記官をしているらしい」

黒エルフ「家庭教師から大出世したわね」

銀行家「手紙によれば、政府は今、兵士の数が足りなくて苦慮しているようです」

黒エルフ「たしか新大陸への大遠征を計画しているのよね？」

女騎士「ところが歩兵の頭数が揃わず、かといって報酬を増額する財源もない……」

銀行家「そこで、広く下々の者に意見を求めることにしたそうです」

銀行家「貴族や金持ちに手紙を送って、兵士不足を解消する妙案を募集しています」

司祭補「以前なら考えられないことですわ」

女騎士「マラズギルトの発案だそうだ。人々の声に耳を傾けるとは感心、感心……」

黒エルフ「まともな案を出せる人材が政府にいない証拠でしょ。面倒くさぁ」ぶすー

銀行家「良案を出した者には褒美を取らせると書いてありますよ」

黒エルフ「褒美を!?」ガバッ

銀行家「もしも案が採用されたら、この金額がもらえるのだとか」

ぴらっ

黒エルフ「考えましょう！　ぜひ考えましょう！」

キラキラ

幼メイド「広く意見を求める……ということは、帝都銀行にも同じお手紙が届いているのでは～？」

女騎士「おそらく、そうだろう。やつらは私たちの機先を制しようとするはずだ」

司祭補「あらあら、まあまあ……」

黒エルフ「あっちの銀行が何をしようと関係ないわ。見てなさい、クソジジイどもの裏をかいてやるんだから！」

幼メイド「おー！　クソジジイをやっつけるのです！」

銀行家「こら、言葉を選びなさい」

幼メイド「ごめんなさい～」シュン

黒エルフ「？」

銀行家「……それからダークエルフさん」

銀行家「少しお話ししたいことがあります。……あなたの言葉遣いについて」

黒エルフ「あ……」

帝都・謁見の間

ショタ王「お前が新たに内務大臣が選んだという書記官だな」

色白青年「ご拝謁に与《あずか》り恐悦至極に存じます」

ショタ王「下々の者に意見を求めるのはお前の発案だそうだな。内務大臣に勧められたから許したが……王の威厳を損なうことになるまいか？」

財務大臣「その通りです。正しい決断を下して人々を導くことこそ、政府の務め。臣民の言葉に政府が従うなど、あってはならぬことでございます！」

ショタ王「うん。ぼくも同じことを心配していた」

財務大臣「どうやら内務大臣さまもお歳を召したようですな。物事の順序も忘れ、こんな若造の言葉に耳を貸すとは」

ショタ王「それにしても……。なぜ兵士が集まらぬのだ？　人間の存亡をかけた戦いだというのに」

財務大臣「魔族の恐ろしさについて周知が足りないのかも知れませんな。今すぐ戦意高揚のビラを増刷して――」

色白青年「お言葉ですが、これ以上ビラを配っても効果はないかと存じます」

財務大臣「何ぃ？　ビラに勝る良策はないぞ！」

色白青年「ビラを増刷すると、大臣様に何かいいことでもあるのですか？」

財務大臣「む？」

色白青年「最近では印刷会社も増えました。なかには誰の出資で作られたのか分からない会社もあるそうです。調べてみてはいかがでしょう」

財務大臣「～～～ッ！」

ショタ王「ぼくを差し置いて、よく分からない話をするな！　ぼくは王さまだぞ！」

色白青年「ご無礼をお許しください」

ショタ王「まあいい、書記官。なぜお前はビラでは兵士が集まらないと考えているのだ？　理由《わけ》を聞かせろ」

色白青年「ひとことで言えば、人間国は一枚岩ではないということです」

ショタ王「初代国王がたくさんの国々を併合して人間国は生まれた。地方にはいまだに不満を抱く王族がいることは知っている」

色白青年「それだけではありません。新大陸に移住したのは、旧大陸の西側沿岸の人々でした。人間国の東方地域から移住した人はほとんどいません」

ショタ王「……つまり？」

色白青年「東方地域に暮らす人々からすれば、西側沿岸の住民が勝手に新大陸に渡って、勝手に魔族との戦争を始めたように見えるということです」

財務大臣「なんと恩知らずな。私たち西方地域の人間が魔族からの侵略を食い止めているというのに！」

色白青年「理由はどうあれ、東方地域の戦意は低い……」

ショタ王「ふむ」

色白青年「……さらに、お金の問題があります」

財務大臣「ふんっ、魔族の脅威を前にカネの心配とは、なんと――」

色白青年「お言葉ですが、大臣がご想像なさるほど庶民はカネを持っていません。戦地で夫が死ねば、妻子は路頭に迷います。庶民にとって、海の向こうの魔族よりも、目の前の貧窮のほうが恐ろしいのです」

ショタ王「そういえば、お前はしばらく貧しい暮らしを続けていたそうだな。今の話には耳を傾ける価値がありそうだ」

色白青年「ありがたき幸せに存じます。……じつのところ、魔族を討伐したいと考えている男はたくさんいます。しかし妻子を残していくわけにはいかず、兵士に志願できないのです」

ショタ王「陸軍元帥は徴兵制を敷くべきだと言っていた。お前はどう思う？」

色白青年「元帥閣下にご意見する立場ではないのですが……」

ショタ王「心得ている。あくまでもお前の個人的な感想でかまわん。述べてみよ」

色白青年「……歴史をふり返れば、徴兵はさほど良い方法とは言えないと存じます。過去の徴兵制は、あまり良い結果にはなりませんでした。たとえば初代国王様が人間国を統一した戦争ですが――」

ショタ王「たしか、将軍ごとに規定の数の兵士を集めるよう命じたのだったな」

色白青年「はい。その結果、詐欺まがいの甘言《かんげん》で農民を誘拐する将軍が後を絶たなかったそうです」

ショタ王「先代国王の時代にも、徴兵制を試したことがあったはずだ」

色白青年「帝都の常備軍の不足を補うためですね。周辺の村や町から、一定の数の男子を差し出すように命じました」

ショタ王「残念ながら失敗だったと聞いている」

色白青年「ええ。村の嫌われ者や人間関係に問題を抱えた者ばかりが集まってしまったそうです」

ショタ王「では、陸軍元帥が言うように全国の男子を一律に徴兵するのはどうだ？」

色白青年「恐れながら、そのように集めた兵士は士気に欠け、ムダに命を危険にさらすだけかと存じます」

財務大臣「平民の命など……たとえ死んでもすぐに代わりが生まれてくるではないか」

ショタ王「口を慎め、大臣！　どんなに卑しい身分だろうと、ぼくの臣民だぞ！」

財務大臣「平民の死を哀れむとは……。陛下はお優しい心をお持ちなのですね。しかし王たるもの、多少の犠牲にくよくよしてはなりません」

ショタ王「そういう話ではない。ぼくを子供扱いするつもりか!?」

財務大臣「滅相もない！　ただ私は、王の心得というものを――」

ショタ王「では訊くが、もしも大臣が飼っている馬を賊《ぞく》に殺されたらどう思う？　腹が立つのではないか？」

財務大臣「そ、それは……」

ショタ王「同じことだ。臣民たちは血の一滴までもぼくのものだ。ムダに傷つけられるのは許さない」

財務大臣「ぐぬ……。お、おっしゃる通りでございます」

ショタ王「書記官、お前の話を聞けてよかった。じつは海軍元帥は徴兵制に難色を示していたのだ。操船には技術と知識が必要で、士気の高い志願兵でなければ務まらない、とな」

色白青年「ご賢明な判断かと存じます」

ショタ王「うん。ぼくは徴兵以外の方法で兵士を集めたい」

財務大臣「お言葉ですが、兵士の給与を増やすことはできませんよ」

ショタ王「分かっている。新型の大砲を増産するのにカネがかかるのだったな」

財務大臣「カネにも徴兵制にも頼らずに、どうやって兵士不足を解決しろというのでしょう……」

ショタ王「それを考えるのが、お前たち大臣の仕事だろう。……安心しろ、明日までに答えを出せとは言わないよ。妙案をひねり出すのに何日必要だ？　10日か？　1ヵ月か？　それ以上は待てないが……」

財務大臣「え、えっと……」

色白青年「その時間を短縮するために、私は人々からの意見を募ったのです」

ショタ王「どういうことだ？」

色白青年「大臣お1人では思いつくのに10日かかる案でも、10人で考えれば1日で思いつけるかもしれません」

ショタ王「ふむ、なるほど？」

色白青年「今回手紙を送ったのは、みな教養深い身分の者たちです。きっと思いもよらぬ案を考え出してくれることでしょう」

財務大臣「ふんっ、そんなに上手くいくものか……」

色白青年「上手くいくかどうかは、試してみなければ分かりません」

財務大臣「……まあいい。あまり期待はしていないが、今は下々の者からの返事を待とう」

色白青年「ご厚情に感謝いたします」

財務大臣「しかし、もしもいい案が出なければ……そのときは徴兵制を敷くしかない」

ショタ王「何度も同じことを言わ――」

財務大臣「陛下ッ！」

ショタ王「!!」

財務大臣「陛下のお気持ちは存じております。しかし、これは子供の遊びではないのです」

ショタ王「……」

財務大臣「どうかご覚悟をお固めください、陛下」

ショタ王「……う、うん。分かったよ」

夜、港町の貧民窟

リーリー
リーリー

黒エルフ　きょろきょろ

黒エルフ「……昼間とは雰囲気が違うわね」

ギャー!!
ギャハハハ！
うわーん！　うわーん！

黒エルフ「な、何よ、今の声……。こんなことなら、1人で来なければ良かった……。でも、あいつに護衛を頼むわけにはいかないし……」

大　男「……おい、待て」

黒エルフ「ひっ」

大　男「夜中にこんな場所を1人で歩くとは……用心が足りねえな、お嬢ちゃん」

がしっ

黒エルフ「え、えっと……あたしは……」

大　男「いったいどこに行くつもりだったんだ？　ええ？」

黒エルフ「ひぃぃ～～～！」

大　男「まあ、落ち着いて……まずは俺のニオイを嗅いでみろ」

黒エルフ「に、ニオイ？　そ、そそ、そういうプレイはお断りで――」

大　男「カン違いさせちまったな。いいから嗅いでみろ」

黒エルフ　くんくん

黒エルフ「……あ、この匂い」

大　男「脅かしてすまなかった」

黒エルフ「どうしてあんたがここにいるのよ？」

大　男「これを届けに来たのさ」

黒エルフ「その小鍋は……」

大　男「炊き出しの余りだ。昼間のあの親子に食べさせてやろうと思ってな」

黒エルフ「教会の慈善活動の一環ってわけね」

大　男「そういうダークエルフさんこそ、何をしに来たんだ？」

黒エルフ「べ、別に……あたしが何をしようと勝手でしょう」

大　男「当ててやろうか？　女騎士さんに言われたセリフを気にしているんだな？」

黒エルフ「！」

大　男「目の前で溺れている人がいても、お前は縄を投げないのか、見損なったぞ……だったか？」

黒エルフ「う、うっさいわね！　あいつはカンケーない!!」

大　男「で、肝心の女騎士さんはどうした？　姿が見えねえが……」

黒エルフ「夕食のあと、すぐにグゥグゥ眠り始めたわ。

今日はキツめのトレーニングをしたとかで。

……今夜ここにあたしが来たこと、あいつには秘密にしといてよ？」

大　男「がはは！　いいだろう、秘密にしておこう」

貧民窟・隠れ家

貧民・母「……何度も言わせるんじゃないよ、帰ってくれ」

司祭補「そうおっしゃらずに。侍女さんの作ってくれた特製シチューですわぁ」

かぱっ

黒エルフ「あら、いたく美味しそうね」

貧民・兄「お、お母ちゃん……」ぐぅ

貧民・弟「お腹空いたよぅ……」ぐううう

司祭補「あなたのお気持ちは分かります。ですが、せめて子供たちにだけでも食べさせてあげてください」

貧民・母「……チッ、しかたないね」

貧民・兄弟「「やったー!!」」

貧民・母「待ちな、あたしが先に食べるんだよ」

黒エルフ「はぁ！　あんた、それでも母親？」

貧民・母「バカ、毒味に決まっているだろう」

黒エルフ「毒味って……。教会の人間が毒を盛るわけないでしょう!?」

貧民・母「さあ、どうだか？　ふむ、毒は入ってなさそうだ。お前たちもお食べ」

パクパク

貧民・兄弟「「いただきまーす！」」

ぱくぱく……ハフハフ……

司祭補「あらあら、ぅふふ。よく噛んで召し上がってくださいね」

貧民・母「……で、そっちのダークエルフは何をしに来たんだ？」

黒エルフ「これを渡しに来たのよ」

チャラ……

貧民・母「……何だい、この革袋は？」

黒エルフ「1千G入ってるわ」

貧民・母「はッ！　さっきも言ったろ、あんたらにカネを恵んでもらうぐらいなら、死んだほうがマシだ！」

黒エルフ「……やっぱり、そういう発想になるのね。あたしもあんたみたいな人間は大っ嫌い」

貧民・母「そういう発想？」

黒エルフ「あたしがタダでカネを譲るわけがないでしょう。その1千Gは、貸してあげるだけよ」

貧民・兄「すげえや！」

貧民・弟「こんな大金、初めて見たよ！」

黒エルフ「あんたはさっき、誰も給料を払ってくれないと言ったわね。盗みを働かなければ生きていけない、と。そしてカネを渡されたら恵んでもらったと思い込む。あんたの頭の中には『カネは誰かから貰うか、奪うもの』という発想しかない」

貧民・母「それがカネってもんだよ、世間知らずの娘さん」

黒エルフ「バカね、世間知らずはあんたのほうよ」

貧民・母「は？」

黒エルフ「影国には『払う者には施せ』という格言があるわ。相手が誰であれ、支払いをした者には金額に見合った何かを施せ……」

貧民・母「その格言が何だって言うんだ」

黒エルフ「だから、あんたは世間知らずなの。逆に言えば、施せる何かを持たない者は、支払いを受けることもできないという意味になるわ」

貧民・母「つ……!!」

黒エルフ「あんたが貧しいのは、あんたにカネをくれる人がいないからじゃない。あんたが、施せる『何か』を持っていないからよ。誰かに何かを施そうという発想がない。だから、あんたは貧しいの」

貧民・母「ふ、ふんっ！　ご立派な説教だこと!!」

貧民・弟「お兄ちゃん、1千Gあったらビスケットが何枚買えるかなぁ？」

貧民・兄「バカ！　お菓子なんかより肉だよ、肉。きっとすげえ分厚いステーキを食えるはずだぜ！」

貧民・母「お前たち、騒ぐんじゃないよ!!」

黒エルフ「……分かっているだろうけれど、1千Gは大した金額じゃないわ。高級な料理店に行けば1人分の料金にもならない。人並みのアパートに暮らせば、2ヵ月分の家賃になるかどうか……。その程度の金額よ」

貧民・母「けッ！　何を偉そうに」

黒エルフ「その1千Gがあれば、あんたは食べたこともないような美味しい料理を食べられるでしょう。着たこともないようなドレスを買うこともできるでしょう。だけど、その1千Gがあれば、台車を借りて、近隣の村から野菜を仕入れてきて、路上で売ることもできる」

貧民・母「……」

黒エルフ「お金の使い道は、よく考えることね」

港町、帰り道

リーリー

リーリー

司祭補「……良かったのですか？」

黒エルフ「何が？」

司祭補「さっきの1千Gのことですわ。担保をつけずにお金を貸すなんて……」

黒エルフ「ごめんなさい、精霊教会の教義には反するわね」

司祭補「そういう意味ではありませんわ。たしかに教会の教えでは、担保をつけずにお金を貸すことは禁じられています。不誠実な取引のもとになるとされていますから」

黒エルフ「ふふっ、今夜のあたしは完全に戒律違反ね。火あぶりの刑かしら？」

司祭補「違います！　ダークエルフさんらしくないと

言いたいのですわ。いつものダークエルフさんでしたら、回収の見込みがないお金は貸さないはずでしょう」

黒エルフ「……」

司祭補「あの親子のような、担保を準備できない相手には、絶対にお金を渡さないはずですわ」

黒エルフ「……あたしだって、たまには判断を間違えることもあるわ」

司祭補「それは、つまり——。あの親子からは、お金を返してもらえなくてもいいと思っていらっしゃいますの？」

黒エルフ「……」

司祭補「ダークエルフさん……？」

黒エルフ「バカ言わないで。返してもらいたいに決まってるじゃない」

司祭補「そう、ですか……」

黒エルフ「そうよ。返してもらいたいんだから……」

翌日、港町・波止場の食堂

窓の外　ドンヨリ

貿易商の妻「……来ませんね」

黒エルフ「……来ないわね」

ガラッ

女騎士「おや、今日もここにいたのか。貿易船は戻ってきたか？」

黒エルフ「まだよ。早く12万Gを返済してもらいたいのに……」

貿易商の妻「船さえ戻ってくればすぐにお返しするのですが……」

女騎士「そういえば、その12万Gの担保はあなたの体の肉1キログラムだったな？」

貿易商の妻「え？　ええ、そうですけど」

女騎士「やはり納得できん。ダークエルフ、お前はどういうつもりで、そんな担保を設定したのだ？」

黒エルフ「だから、この国の商習慣だと言っているでしょう。人間国では『冒険貸借』という種類の契約でカネを貸した場合、体の肉を担保にする習慣があるのよ」

女騎士「もしカネを返せなければ、この奥方の肉を切り取るというのか？　たとえ習慣だろうと、そんな契約を認めるわけには――」

黒エルフ「人の話は最後まで聞きなさいよ。いい？　冒険貸借っていうのは――」

店の外　ザワザワ……ガヤガヤ……

貿易商の妻「あっ、あれを見てください！」

女騎士「港に入ってきたのは……。あれは、まさか……!?」

黒エルフ「ウソ、でしょ……」

港町、大桟橋《おおさんばし》

水夫「おーい、おーい！　手の空いてる者は手伝ってくれぇ！」

漁師「ロープはどこだ？　早く投げてやるんだ！」

男たち　ワーワー！　バタバタ！

女騎士「ボロボロのボートが、人を満載にしている……」

黒エルフ「あれって救命ボートよね？」

貿易商の妻「……あ、あなたぁ！」

貿易商「おお……お前か……。すまない、船は沈んでしまった…」ボロッ

貿易商の妻「いいえ、いいんです！　あなたが生きて帰ってきてくれたなら」ギュウ

貿易商「乗組員も半分が死んだ。生き残ったのは私たちだけだ……」

水夫「いったい何があった？　今の季節は時化《しけ》は少

ないはずなのに」

貿易商「……シーサーペントが出た」

男たち　ザワッ

貿易商「このところ姿を見せなくなっていたから、油断していたよ。護衛船はすべて沈められて、逃げ切れたのは私たちのボートだけだった……」

水夫「どの航路だ？」

貿易商「ああ、すぐに詳しい話を聞かせよう」

女騎士「つ、積み荷は？」

貿易商「残ったのは1つだけで、ほぼ全滅だ」

女騎士「では、この航海での儲けは……」

貿易商「残念だが、すべてパーになった。借りていた12万Gは返せそうにない。面目ない……」

女騎士「そんな……」

黒エルフ「……」

漁師「……あっ、司祭補さま！　こちらです!!」

司祭補「話は聞きましたわ。どなたですか、シーサーペントを直接目にしたのは」

貿易商「私たちです」

司祭補「今すぐ厄払《やくばら》いの儀式が必要です。教会で温かい食事と気付け薬を用意していますわ」

貿易商「ああ……良かった……。生きて帰ってこられた……」

司祭補「精霊さまの思《おぼ》し召《め》しですわ」

貿易商「そうだ、司祭補さま。こちらをお受け取りください」

ズズズッ

司祭補「あら、その木箱は何かしら？　ずいぶん重そうですけれど……」

貿易商「ご注文いただいた、新大陸の『葬儀録』です。100年分すべてが入っています」

司祭補「まあ！　無事でしたのね！」

貿易商「命に代えて、お運びしました」

港町、教会

貿易商「私たちがシーサーペントと遭遇したのは、この海域です」

水夫「こんな旧大陸の近海で？　信じられない……」

司祭補「相手は1匹でしたの？」

貿易商「はい、連絡役のセイレーンやハーピーの姿もなかったので、完全な単独行動だったのだと思います」

黒エルフ「連絡役がいない……。つまり、魔国の指示とは関係なく人間を襲ったということ？」

女騎士「おそらく、そのシーサーペントは『無政府《アナーキー》ドラゴン』だろう」

黒エルフ「無政府ドラゴン」

女騎士「魔族のなかでも、竜族はとくに人間を嫌っている。魔国政府の方針とは無関係に人を襲う場合も多いのだ」

水夫「なぜドラゴンどもは人間を嫌うんだ？」

女騎士「分からん。一説によれば、戦争が始まったばかりのころ、人間の盗賊が竜族のすみかを荒らして回ったからだという。竜族は金銀財宝をため込む習性があるからな」

貿易商「ドラゴンに盗みを働くとは、なんと怖いもの知らずな……」

司祭補「何にせよ、『葬儀録』を持ち帰ってくださり助かりましたわ」

貿易商「いつか来る『大いなる船出の日』に必要なものですから、失うわけにはいきませんでした」

司祭補「亡くなった方々は残念でしたが……」

貿易商「生きて帰れたことを、精霊さまに感謝しております」

黒エルフ「他の積み荷が沈んでしまって残念だったわ。ところで奥さん、お話があるのだけど」

貿易商の妻「はい……」

女騎士「待て」

ずいっ

黒エルフ「な、何？」

女騎士「この夫婦は12万Gを返済できなくなった。もしもお前が担保の肉1キログラムを切り取るつもりなら、見過ごすわけにはいかない」

黒エルフ「はあ？　あたしがこの人を包丁で切りつけるとでも思ってるの？」

女騎士「ち、違うのか？　担保なのだろう？」

黒エルフ「あんたじゃあるまいし、そんな野蛮なことをするわけないでしょう。……そもそも、冒険貸借っていうのは『航海に失敗したらお金を返さなくていい』という契約なのよ？」

女騎士「へ？」

黒エルフ「貿易にはカネがかかるわ。船を借りるお金、水夫の給料、積み荷の仕入れ代金。貿易で稼ぐ人たちは、そういうお金を銀行から借りているの。ここまではいい？」

女騎士「う、うむ……」

黒エルフ「だけど、もしも航海に失敗したら悲惨なことになるわよね。全財産を失って、なおかつ、莫大な借金が残ってしまう。……そういう悲劇的な状況を避けるために、『冒険貸借』があるの。もしも航海に失敗したら、銀行は債権を放棄するという契約よ」

女騎士「債権を放棄する……つまり、銀行にお金を返さなくていいのだな。しかし、それって、銀行にとっては損ではないか？」

黒エルフ「損をしないように利子率は高いわ。航海1回につき20～30％が相場ね」

女騎士「高っ!!」

黒エルフ「冒険貸借は利子率が高いから、たとえ航海に失敗する商船団が1つあっても、成功する商船団が5つもあれば充分に利益を出せる」

女騎士「なるほど、銀行側から見ても美味しい商売というわけか」

黒エルフ「だけど最近、なぜか契約者が減っているのよね……」

女騎士「待てよ？　航海に失敗したらカネを返さなく

ていいのなら、担保を設定する必要もないのでは？」

司祭補「ですが、教会の教えでは無担保でお金を貸すことを禁じています」

黒エルフ「だから書類上は、人肉を担保にするわけ。そんな残酷な担保は取れません、精霊さまどうかお許しください……ってね」

女騎士「な、なるほど」

黒エルフ「奥さん、旦那さん。今回のことは残念だったわ……。だけど、これで貿易の仕事をやめたりしないわよね？」

貿易商「もちろんです！　私は船に乗る以外に、稼ぐ方法を知らない男ですから」

貿易商の妻「私はこの男《ひと》のこういうところに惚れたのです」

黒エルフ「その返事を聞けてよかったわ。それじゃ、次回の航海でも、うちの銀行と冒険貸借の契約を結んでくれないかしら？　うちの銀行としては、今後もあなたたちの商売を応援したいと考えているわ」

貿易商「え、えっと」

貿易商の妻「それは……」

女騎士「どうした？　顔を見合わせて……」

貿易商「……言いにくいのですが、冒険貸借はもう必要ありません」

黒エルフ「え？」

貿易商「私がこの仕事を始めてずいぶん経ちます。おかげさまで、それなりに財産を作ることができました。航海のたびにお金を借りなくても、費用をまかなえるのです」

黒エルフ「ち、ちょっと待ってよ!?　冒険貸借は、航海が失敗したときの保障という面もあるでしょう」

女騎士「保障？」

黒エルフ「自腹で積み荷を仕入れた場合、もしも積み荷が沈んだら丸損よね。でも、積み荷と同額のお金を冒険貸借で借りておけば、事故が起きても現金を手元に残せるわ」

女騎士「なるほど、復活の宝珠みたいなものだな」

黒エルフ「何それ」

女騎士「持ち主の死亡時に自動回復してくれるアイテムだ」

黒エルフ「いくら財産を作れたと言っても王侯貴族ほどじゃないでしょう。一度でも航海に失敗したら、無一文に戻ってしまうはずよ」

貿易商「ご心配ありがとうございます。ですが、申し訳ありません。本当にもう冒険貸借は必要ないんです」

貿易商の妻「今までありがとうございました」

黒エルフ「そんな……」

翌日、港町

黒エルフ「ほら、そんな大股《おおまた》で歩かないの！　せっかくの変装がムダになるでしょう」

女騎士「うう……。こんなヒラヒラした服、動きにくいのだ……」

そばかす娘「あはは、2人ともよく似合っているよ。私のメイクの腕は落ちていないようだね」

女騎士「ううう……」

黒エルフ　まじまじ

そばかす娘「ん？　私の胸に何かついてる？」

黒エルフ「変装して膨らむなら分かるけど、しぼむってどういうこと？　理屈に合わないわ……」

女騎士「……む？　見ろ、2人とも。例の夫婦が出てきたぞ！」

黒エルフ「間違いない、貿易商さんと奥さんね。あとを追《つ》けましょう！」

女騎士「尾行せずとも直接訊けばいいのでは？」

黒エルフ「訊いて答えてくれるなら苦労しないわよ」

そばかす娘「ふふっ、なんだかスパイごっこみたいで楽しいな」

黒エルフ「貿易を生業《なりわい》とする以上、航海が失敗したときの保障は絶対に必要なはずよ」

女騎士「しかしあの夫婦は、冒険貸借はもう必要ないと言っていたではないか」
黒エルフ「だから怪しいのよ。もう必要ないってどういうこと？　きっと何か秘密が――」
そばかす娘「あっ、あれを見て！」
女騎士・黒エルフ「「！」」
そばかす娘「夫婦はあの建物に入っていったよ」
女騎士「あの建物は……」
黒エルフ「……帝都銀行の支店ね」

帝都銀行の支店、応接室

銀行員「では、こちらでしばらくお待ちください」
黒エルフ「ありがとうございます」ニコニコ

パタン……

司祭補「潜入成功ですわ♪」
黒エルフ「はーっ、作り笑顔って疲れるわね……」
女騎士「って、どうするつもりだ！　夫婦とは別室に案内されてしまったぞ！」
黒エルフ「あんたの力を借りるわよ」
女騎士「私の力？」
黒エルフ「廊下に出て、夫婦が案内された部屋を探してきなさいよ」
女騎士「そんな怪しい行動をして、銀行員に見咎《みとが》められたらどうする」
黒エルフ「ガツンと一発お見舞いして、気絶させればいいじゃない。得意でしょ？」
女騎士「たしかに得意だが、できるわけなかろう」
黒エルフ「何よ、肝心なときに役に立たないわね」
女騎士「お前こそ、こういうときだけ突飛なことを言うのだな！」
黒エルフ「突飛ですって？　あたしはただ、いちばん効率のいい方法を――」
司祭補「お2人とも、こちらにいらして？　暖炉の奥から声が聞こえますわ」
女騎士・黒エルフ「「暖炉？」」

「……が……で……」

「……は……だから……」

女騎士「……ふぅむ、たしかに誰かの話し声が聞こえるな」

黒エルフ「煙突が建物のどこかでつながっているのかしら？」

司祭補「この声には聞き覚えがあります」

黒エルフ「ええ。これは貿易商さんの声だわ」

「……それで……なら……」

「……次回は……が……」

「はい。……海上《かいじょう》保険《ほけん》を……」

黒エルフ「海上保険ですって!?」

女騎士「わっ、急に大声を出すな！」

司祭補「びっくりしましたわ」

黒エルフ「やられたわ！　帝都銀行を見くびっていたようね」

女騎士「どういうことだ？」

黒エルフ「あんたが簿記を学んだ魔国には、冒険貸借は無かったのよね？」

女騎士「うむ、聞いたこともない」

黒エルフ「じつを言えば、冒険貸借はとても古い方法なの。影国でも、今ではほとんど使われなくなっている。代わりに海上保険が普及しているわ」

司祭補「何ですの？　その『海上保険』というのは」

黒エルフ「海上保険というのは、航海が失敗したときに備えて、保険加入者でお金を出し合う仕組みのことよ。実際に航海が失敗したときには、集めたお金から保険金を受け取れる」

女騎士「保険会社に徴収されるお金は『保険料』、事故が起きたときに受け取る保険金は『雑収入』で処理するのだ」

司祭補「要するに、海上保険は、冒険貸借よりも進歩した仕組みということですの？」

黒エルフ「ええ。だけど海上保険は人間国には存在しなかったはず……」

女騎士「なぜだ？」

黒エルフ「海上保険が普及するには、条件が２つあるのよ。まず、冒険貸借でカネを借りなくてもいいぐらい商人たちが豊かであること。そして、航海が失敗する可能性を正しく見積もることができること。この２つの条件が揃わないと海上保険は作れないわ」

女騎士「人間国は、その条件を満たしていない？」

黒エルフ「少なくとも、この町以外ではね」

司祭補「他の町では、行商人のほうが多いと聞いていますわ。自宅を持たず、旅を続ける方々が少なくないのだとか」

黒エルフ「ところが港町は、人間国では例外的に豊かな貿易商がたくさんいる」

女騎士「さらに寄港する船も多いから……」

黒エルフ「……航海が失敗する可能性もだいたい分かる。貿易船100隻《せき》のうち、だいたい何隻《せき》くらいが沈没するのか、肌感覚で予想できる」

司祭補「なぜ失敗の可能性を正しく見積もる必要があるのでしょうか？」

黒エルフ「もしも船が沈みまくったら、保険金はどうなるかしら？」

司祭補「えっと……。損失を補うために保険金の支払いが増えるから……集めたお金が底をついてしまいますわ！」

黒エルフ「その通り。失敗の可能性を正しく見積もることができないと、お金をいくら準備しておけばいいのか分からない。加入者から保険料をいくら徴収すればいいのか、判断できないのよ」

司祭補「なるほどぉ……」

黒エルフ「やっと謎が解けたわ。最近、うちの銀行では冒険貸借の契約を結ぶ顧客が減っていた。その理由が分かった」

女騎士「海上保険のせいだというのか？」

黒エルフ「冒険貸借は利率が高いわ。比べて、海上保険に加入したほうが安上がりになるはず。あたしたちは顧客を奪われていたわけね」

司祭補「今まで人間国に海上保険は無かったのですわね？」

黒エルフ「でも、港町なら保険を普及させられると気づいた人物がいた。もしもゼロから保険を発明したのだとしたら、恐ろしく頭の切れる人間よ」

女騎士「もしくは魔族のスパイだな」

秘書「……心外ですね、私はれっきとした人間ですよ？」

黒エルフ「あんた、いつからそこに!?」

秘書「あなたの大声を聞いて、すぐに駆けつけました」

女騎士「海上保険は、お前が自ら考え出したというのか？」

秘書「ええ、私は生まれも育ちも人間国です。まさか影国や魔国で保険が普及していたとは……。少し悔しいですね。私は車輪《しゃりん》の再発明《さいはつめい》をしたわけだ」

黒エルフ「ふんっ、余計なことをしてくれたわ」

秘書「それにしてもダークエルフさん。あなたは海上保険の存在も、仕組みも知っていた。なのに、なぜこの町で保険を売ろうとしなかったのですか？」

黒エルフ「うっ……」

秘書「利子の高い冒険貸借のほうが儲かるから、ですか？」

黒エルフ「……」

秘書「欲に目がくらんだようですね。おかげで顧客を奪うことができましたが」

黒エルフ「……」

秘書「私はあなたの評価を改めたほうがいいのかもしれません、低いほうにね」

黒エルフ「……た、たしかに油断したのは認めるわ。だけど、人間国の人たちに、海上保険はまだ早いと思って……」

秘　書「あはは、ずいぶん上から目線な物言いじゃありませんか。そういうのを『驕《おご》り』と言うのです。これ以上失望させないでください」

黒エルフ「うぐぐ……」

秘　書「この調子なら、例の『政府からの依頼』も期待できませんねえ……」

女騎士「兵員不足を補う方法を考えろ、という依頼だな。やはりお前たちのところにも届いていたのか」

秘　書「あなた方がどんな突飛な案を出してくるか、これでも少しは楽しみにしていたんですよ？」

女騎士「ふん、心にもないことを」

司祭補「あなたは何かいい案を思いつきましたの？」

秘　書「おっと、それは国王陛下の御前で発表するまで秘密です。……そうそう、もしも良案が出なければ徴兵制が敷かれるそうですよ、陸軍元帥閣下のご発案で」

女騎士「何？　ろくな兵士が集まらんぞ！」

秘　書「いいえ、徴兵制も悪いことばかりではありません。私は帝都で長らく働いてきました。軍《ぐん》閥《ばつ》の権力者にも知り合いがたくさんいます。彼らに働きかけて、たとえば兵站の調達のような仕事を割り当ててもらえば、私の才能を活かせるでしょう」

黒エルフ「そういう仕事なら金儲けもできるでしょうね」

秘　書「そして、邪魔な相手を最前線に送り込むことも」

黒エルフ「それって……」

司祭補「つまり……」

女騎士「もしも徴兵制が敷かれたら、軍の上層部に働きかけて銀行家さんを最前線に送り込む。お前はそう言いたいのだな？」

秘　書「さあ、何の話でしょう？　ですが、あの方が戦場で何日生き延びられるかには興味がありますね。私と同様、剣の握り方も知らない方だとお見受けしました」

女騎士「貴様……！」

秘書「要するに、私は徴兵制が敷かれてもまったく困らないと言いたいのですよ。あなた方のご友人とは違ってね」

女騎士「……」

黒エルフ「……」

司祭補「……」

秘書「雇い主を守るつもりなら、せいぜい知恵を絞って徴兵制よりも優れた方法を考え出すことですね。……そんな方法があればの話ですが」

夜、帝都

ショタ王「こんな時間にすまない」

色白青年「陛下のお呼び立てとあれば、いつでも馳せ参じます」

ショタ王「お前の率直な意見を聞きたい。……あと、何人の兵士が必要だと思う？」

色白青年「軍艦の空席を埋めるのに必要な人数、という意味でしょうか？」

ショタ王「いや――」

色白青年「？」

ショタ王「軍艦を満席にするだけでは足りないだろう。死んだ兵士は補充しなくちゃいけないはずだ」

色白青年「しかし陛下は、臣民が死ぬのは許さないとおっしゃったのでは……」

ショタ王「ぼくはそこまで子供じゃない。人の死なない戦争なんてありえないことは分かっている」

色白青年「つまり、今回の大遠征でどれくらい死者が出るのかをお尋ねなのですね」

ショタ王「うむ」

色白青年「率直に申しまして……。分からないというのが、いちばん誠実な答えでございます」

ショタ王「分からないだと？」

色白青年「陛下に嘘はつけません。正確な人数は誰にも分からないはずです。……たとえば前線に出る将軍たちは、死者の数を少なく見積もるでしょう」

ショタ王「……だろうな。部下を無駄死にさせる将軍だという汚名を浴びたい者はいないだろう」

色白青年「一方で、募兵担当者たちは死者を多く見積もるはずです。でなければ、彼らの仕事がなくなってしまいますから」

ショタ王「ふむ……。死者数を楽観的に見積もる者もいれば、悲観的な者もいるのだな」

色白青年「さらに、新大陸での実戦を経験した者のうち、こちらの大陸で生き延びているのはわずかです」

ショタ王「だから、遠征による正確な死者の数は予測できない、か」

色白青年「ええ、残念ながら……」

翌日、波止場の食堂

ワイワイ……ガヤガヤ……

銀行家「ははあ、なるほど。徴兵制ですか。困る人も多いでしょうね」

黒エルフ「他人事《ひとごと》のように言わないでよ」

司祭補「最前線に送り込まれるかもしれないのですわ」

幼メイド「とってもあぶないのですぅ〜！」

銀行家「たしかに、徴兵されたら美術品の収集が遅れてしまいますね……」

女騎士「そういう問題ではない！　あなたには剣の心得があったか？」

銀行家「いいえ、まったく」

女騎士「そうであろう。戦場に出れば命を落とすことになるぞ」

銀行家「なはは……困りましたね……」

ワイワイ……ガヤガヤ……

水　夫「おい、おやじさん！　おかわりだ！」

漁　師「俺にも頼む！」

食堂の店主「今日はいちだんといい食べっぷりだな」

水　夫「ったりめえよ！　知ってるだろ、またシーサーペントが出たんだ」

漁　師「腹が減ってちゃ、魔族とは戦えねえや！」

食堂の店主「……はいよ、お待ちどうさん」

ドンッ

水　夫「それにしても魔族のやつらめ、ひどいことをしやがる」

漁　師「例のシーサーペントだけどよぉ、襲った人間をひと思いには殺さず、さんざん波間で弄《もてあそ》んだ……って話だぜ」

食堂の店主「ここはメシ屋だ。食欲のなくなる話はやめてくれ」

漁　師「いいや、やめられないね！　魔族たちめ、絶対に許せねえ！」

漁　師「やられっぱなしじゃ気が済まねえよ！」

水　夫「そうだ！　魔族どもに人間の恐ろしさを教えてやらなくちゃなんねえ！」

ガタッ

客たち「そうだそうだ！」

客たち「よく言った!!」

ガタガタッ

水　夫「俺たち海の男の矜持《きょうじ》ってもんを見せてやろうぜ！」

客たち「「うぉーっ!!」」

食堂の店主「盛り上がるのはいいが、メシは座って食べな」

水　夫「チッ、水を差すなよ」

漁　師「おやじさん、歳か？　最近小言が増えてるぜ」

食堂の店主「そんなに魔族が憎いなら、兵役に志願したらどうだ。お前たちの腕なら、きっと海軍で重宝されるだろう？」

水　夫「そ、それは……」

漁　師「そうだが……」

水　　夫「俺が死んだら、嫁が路頭に迷っちまう」

漁　　師「俺んちも同じだ。カカアはもうすぐ4人目を産むんだ」

食堂の店主「だったら子供みたいに騒ぐのはやめな。いい歳こいた大人の男なんだから」

水　　夫「だけど魔族は許せねえんだよお！」

漁　　師「そうだよお！」

ワイワイ……ガヤガヤ……

司祭補「……元気のいい方々ですわ」

黒エルフ「徴兵制なんかなくても、血の気の多い男はいくらでもいるのね」

女騎士「だが、妻子を残して戦地に出ることはできまい。あの貧民窟の親子を覚えているだろう？」

銀行家「あんな子供たちをこれ以上増やすわけにはいきませんね」

幼メイド「そのとーりです！」

女騎士「本当は、あの親子を助けられると思っていたのだ。まさか施しを受け取ってもらえないとは……」

司祭補「人の心というのは一筋縄ではいかないものですわ」

女騎士「どうして私の考えることは、いつもこうして計算が狂うのだ……」シュン

黒エルフ「……計算が、狂う？」

女騎士「もしも銀行家さんが兵役に取られ、戦地で命を落とすようなことがあったら……騎士の名折れだ！」

銀行家「女騎士さんの責任ではありませんよ」

女騎士「しかし——」

黒エルフ「……じゃあ、もしも仮に……計算が狂わないとしたら……」ブツブツ

女騎士「主を守ることこそ騎士の務め。それができないなら、いっそのこと……くっ、殺——」

黒エルフ「分かったわ！　兵士不足を解消する方法!!」

女騎士「へ？」

銀行家「ほ、本当ですか？」

司祭補「いったいどんな方法なのでしょう？」

黒エルフ「徴兵制より、ずっといい結果になるはずよ。今回は、あんたの力を借りることになるわ」

びしっ

司祭補「え？　わたし、ですの……？」

黒エルフ「銀行家さんが戦場に送られるのも、悲惨な親子を増やすのもイヤでしょう？」

司祭補「もちろん嫌ですわ！」

黒エルフ「だったらお願い、あたしに協力して――」

一週間後、帝都・謁見の間

ショタ王「……つまり、庶民からもカネを借りるということか？」

秘書「さようでございます。先日の国債発行では、貴族や豪商からカネを集めることができました。それを庶民にまで広げるのです」

ショタ王「ふぅむ、お前の言う『小口《こぐち》の国債発行《こくさいはっこう》』とはそういう意味か。……財務大臣、この男の提案をどう思う？」

財務大臣「悪くない考えかと存じます。庶民たちからカネを集められれば、兵士の給料を増額する財源にできます」

ショタ王「高給にひかれて志願兵が増えるはずだな」

財務大臣「さようでございます」

黒エルフ「……ばかばかしい」ぼそっ

財務大臣「誰だ！　今の言葉は！」

女騎士「わわっ、申し訳ありません！　……こら、私語は慎め！」

黒エルフ「だってバカバカしいんだもの！　小口の国債発行ですって？　帝都銀行を手数料で儲けさせるだけじゃない！」

秘書「おや、それの何が悪いのでしょう？　この国を魔族の脅威から守るためにはカネがかかります。私たちはそのカネを融通するお手伝いをして、正当な対価を受け取るだけです」

頭　取「さよう、我々が儲けることは悪いことではありますまい。……そうでしょう、大臣さま？」

ニヤッ

財務大臣「う、うむ……。悪い話ではないな……」

ショタ王「帝都銀行の提案について、内務大臣の書記官にも意見を聞きたい」

色白青年「はい」

ショタ王「お前もこの案に賛成か？」

色白青年「……」

財務大臣「国王陛下のご質問だ。答えろ、書記官！」

色白青年「……恐れながら、私は反対でございます」

頭取・秘書「!?」

色白青年「私が懸念しているのは、これが税ではなく国債だということです。人間国の政府が、庶民に対して借金を負うことになります」

ショタ王「それが？」

色白青年「借りたカネは、いつか返さねばなりません」

財務大臣「……」ギリッ

色白青年「ただでさえ、今の政府は債務が膨らんでいるはず。正確な負債の額は財務大臣さまのほうがお詳しいでしょう。ともかく、これ以上借金が膨らむのは好ましくないはずです」

ショタ王「ふむ」

財務大臣「勝てばいいのだ。そうすれば借金などすぐに返せる。短期決戦で決着をつけて――」

色白青年「もしも戦いが長引いたらどうするのです？」

財務大臣「何ぃ？」

色白青年「国債の期日より1日でも戦いが長引いたら、魔国から金銀財宝を奪えず、占領した土地を担保にカネを調達することもできず、この国は破綻します。兵士に給料は払えず、武勲を上げた者への恩賞も与えられず、まして街道や水路の補修などままならなくなるでしょう。もしもそんな状況になれば、人々の心は離れてしまいます」

財務大臣「そうならないために、新兵器を買って――」

ショタ王「もうよい、大臣。ぼくも借金はいやだ」

財務大臣「……っ！」

ショタ王「港町銀行の者の意見も聞きたい。今日は女が2人、来ているのだったな」

女騎士「恐悦に存じます」

ショタ王「そういえば最近、港町から志願する兵士が増えているそうだ。海軍元帥から聞いたよ。どういうわけか、志願兵が急増しているとな。……何があったのか知らないか？」

黒エルフ「それは、あたしたちのせいよ」

ショタ王「お前たちのせい？」

頭取「やつらは何をしたんだ？」

秘書「さあ、私は何も……」

同時刻、港町

幼メイド「れ、列を作ってくださいぃ～！　割り込みはダメなのですぅ～！」

水夫「そんなこと言ったって、こっちは朝から並んでいるんだ！」

漁師「お嬢ちゃんには悪いが、少しは配慮してくれよ」

幼メイド「順番です！　順番を守ってくださぃ～～！」

司祭補「あらぁ、ずいぶん賑《にぎ》わってますわねえ……」

幼メイド「あっ、司祭補さま！　そーなのです。ダークエルフさんの考えた新商品のせいで、うちの銀行はとっても忙しいのですぅ～！」

司祭補「銀行家さんは？」

幼メイド「このところ働き詰めです。美術品を愛でる時間を削って働いていらっしゃいます！」

司祭補「そうですか、そんなことになるなんて……。銀行家さんには悪いことをしたかもしれませんわ」

幼メイド「悪いこと？」

司祭補「ええ。その新商品の開発には、わたしも協力しましたの」

幼メイド「はわ〜！　そうだったのですね、さすがは司祭補さまです!!」

帝都、謁見の間

黒エルフ「……まず大前提として、魔族を憎む人間はたくさんいるわ。とくに旧大陸の西側には、新大陸の家族を襲われた人や、航海の途中でシーサーペントやローレライに襲われた人がいる。魔族との戦いを望む男たちがいる」

ショタ王「ふむ。その話が本当なら、なぜ兵士不足が起きるのだ？」

女騎士「男たちには妻子がいるからです」

黒エルフ「いくら兵士が高給だとしても、死んだらおしまいよ。武勲を上げなければ、年金を受け取ることもできない。残された妻や子供は貧しさに苦しむことになるわ」

財務大臣「ふんっ、必要な犠牲だ」

女騎士「なっ……必要な犠牲だと!?」

黒エルフ（ちょっ、落ち着きなさいよ！）

女騎士（しかし——！）

色白青年「お言葉ですが、必要な犠牲だとはとても思えません」

財務大臣「なんだと？」

色白青年「兵士が命を落とさずに済むのなら、募兵はもっと簡単になるはずです。妻子の飢えを恐れて兵士が集まらないのなら、彼らの死は、むしろ不要な犠牲ではありませんか」

財務大臣「ぐぬ……」

黒エルフ「ところで、王さまは海上保険をご存じかしら？」

ショタ王「何だ、それは？」

秘書「私から説明しましょう。航海が失敗したときに備えて、保険加入者でカネを出しあう仕組みのことです。積み荷が沈んだときには保険金を受け取れます。……港町で普及し始めたばかりですから、ご存じなくて当然です」

黒エルフ「同じ仕組みを兵士にも使えると、あたしは考えた」

女騎士「兵役に就く人々からカネを集めて、死亡時には残された家族に保険金を支払う――」

黒エルフ「うちの銀行では、これを『生命保険《せいめいほけん》』と名付けて販売しているわ。妻子が飢える心配がなくなったから、港町では志願兵が増えたのよ」

秘書「バカな、ありえない！」

黒エルフ「うちの銀行では、今、生命保険の加入希望者が長蛇の列を作っているわよ？」

秘書「もしも現実に生命保険などというものを売っているのなら、この女たちは詐欺師です！」

頭取「さ、さよう。生命保険など、実現できるはずがありません！」

ショタ王「なぜだ？」

秘書「海上保険は、航海に失敗する可能性を正しく見積もれなければ成立しません！　保険料をいくら徴収すればいいか分からないからです!!」

色白青年「……なるほど、そういうことですか」

財務大臣「どういうことだ？」

ショタ王「ぼくにも分かったぞ。兵士の死ぬ可能性は分からないから、だな？」

秘書「さすがは国王陛下、すぐれたご洞察です」

頭取「誰がいつ死ぬかは、精霊さまの思し召しによるもの。地上に生きる私たちが予想できるものではありません」

秘書「人の死を予測できない以上、生命保険は成り立ちません。何人《なんぴと》たりとも、人の命に値段をつけることはできないのです!!」

ショタ王「なるほど……。では、女たちよ。お前たちは詐欺師なのか？　それとも、本当に人の死を予測できるというのか？」

秘　書「聞くまでもない！　できっこありません！」

黒エルフ「ところが、できるのよ」

女騎士「これを使うのだ」

バサッ

秘　書「それは……？」

黒エルフ「教会の葬儀録よ」

女騎士「新大陸から取り寄せたものです」

黒エルフ「葬儀録には、死者の情報が細かく記録されているわ。いつ生まれて、いつ死んだのか。どんな職業について、どんな死因で命を落としたのか……」

女騎士「さらに、兵士は戦地に出る前に必ず教会で祈ります。無事に戻ってきたときにも、精霊さまへの感謝を告げるため教会を訪れます」

黒エルフ「この葬儀録には、そういう兵士たちの情報が書かれていた。つまり、何人の兵士が魔族との戦いに赴き、何人が無事に帰ってきたのか分かるの。過去100年にさかのぼってね」

秘　書「バカな、過去100年だと？　そんな膨大な量の情報を、正しく計算できるはずありません！」

黒エルフ「いいえ、できるわ。これを使えばね」

スチャ……

ショタ王「ふむ、そろばんか。華国や和国で使われているという計算器具だな」

黒エルフ「ただのそろばんではないわ。絶対に計算を間違えない、魔法のそろばんよ」

女騎士「呪文を詠唱《えいしょう》すれば、どんな複雑な計算でも一瞬で答えを出してくれるのです」

秘　書「な……」

黒エルフ「生命保険があれば志願兵は増える。これは港町で実証済みよ」

女騎士「私たちの銀行は、生命保険を人間国全土で販売する準備があります。どうか、ご許可を願えないでしょうか」

ショタ王「……という申し出だが、どう思う？」
色白青年「良策かと存じます」
財務大臣「い、異存ありません……」
ショタ王「ならばよいだろう。人間国王フェリペ・ロペス・デ・レガスピの名において、お前たちの商売を許可する！」
秘書・頭取「「〜〜〜!!」」
女騎士「ありがたき幸せに存じます」
がばッ
黒エルフ「ふふん、当然の判断ね♪」
女騎士「お前も頭を下げるのだ！」
ぐいっ
黒エルフ「ひゃあ!?」
ショタ王「しかし葬儀録とは……よく気がついたな」
黒エルフ「ええ。司祭補さまの協力がなければ実現できなかったわ」
ショタ王「葬儀録は、人の一生が記録された……いわば命の『帳簿』だったわけだ」
黒エルフ「そう呼べるかもしれないわね。正しい記録があれば、正しい答えを導くことができる……。正しい帳簿さえあれば、あたしは世界だって救ってみせるわ」

5日後、港町

馬　ポクポク……
女騎士「帝都までの街道も、少しずつ整備が進んでいるのだな」
黒エルフ「所要日数がだんだんと短くなってきたわね」
女騎士「とはいえ、銀行に戻ったら旅の疲れを癒《い》やしたいものだ」
黒エルフ「そんなヒマないわよ。生命保険の全国展開に向けて仕事が山積みだわ」
司祭補「……女騎士さ〜ん！　ダークエルフさ〜ん！」

女騎士「おおっ、司祭補さま！　いま戻ったのだ！」

司祭補「首尾はいかがでしたか？」

黒エルフ「ばっちりよ。これから忙しくなるわ。……それから、ありがとう。今回上手くいったのはあなたのおかげ」

司祭補「お役に立てて嬉しいですわ♪」

？？？「オレンジはいかが～？」

？？？「採れたてのレモンもあるよ～！」

女騎士「む！　あれは……？」

貧民・母「オレンジとレモン、安くするよ～！」

貧民・兄弟「「いい香りだよ～！」」

黒エルフ「……もう、泥棒はしてないようね」

司祭補「一週間くらい前からここで商売をしていますわ」

貧民・兄「――あっ、どんくさいお姉ちゃん！」

黒エルフ「うっさいわね」

タタタッ

貧民・兄「……ん！　これ!!」

チャラ……

黒エルフ「いいでしょう。受け取ってあげるわ」

女騎士「何だ、その革袋は？」

貧民・兄「へっ、知らないよ！　じゃあな!!」

タタタッ

貧民・母　ペコリ……

女騎士「――むむ？　なぜあの母親が、お前に頭を下げるのだ？」

黒エルフ「さあ？」

司祭補「その革袋が役に立ったみたいですわね」

黒エルフ「だといいけど」

司祭補「うふふ。そういうところ、ダークエルフさんらしいですわね」

女騎士「……な、なんだ？　2人して何の話をしているのだ？」

司祭補「ダークエルフさん、少し考えたのですけど……。貧しい方々に精霊教会からお金を貸したいと思いますの。人肉1キログラムを担保に」

黒エルフ「つまり無担保でカネを貸すってこと？」

司祭補「わずかな金額でも、自由に使える現金があれば貧しさから脱出できますわ。少なくとも、脱出するチャンスは得られます。たとえ、たった1千Gでも」

黒エルフ「そうは言っても、貧しい人間にカネを貸すのよ？　回収できない可能性が高いわ。あの親子は、運のいい例外よ」

司祭補「そこで知恵を絞ったのですけど……。たとえば5人一組でグループを作って、返済に責任を持たせるのはどうでしょう？　1人の返済が滞ったら、残りの4人も追加融資《ついかゆうし》を受けられなくなる」

黒エルフ「借金の返済をお互いに監視させるわけね」

司祭補「監視だけではなくて、お互いの商売を応援しあう仲間になって欲しいと思っていますわ」

黒エルフ「うーん、たしかに……。その方法なら上手くいくかもしれないわ」

司祭補「よかったぁ！　ダークエルフさんのお墨付きをいただけました」

黒エルフ「お墨付きって……。失敗しても責任取れないわよ？」

司祭補「だったら失敗しないように、今度はダークエルフさんが力を貸してくださいな♪」

黒エルフ「葬儀録の借りは返さないといけないわね。……いいわ、手伝ってあげる」

司祭補「うふふ、一緒に貧しい人たちを助けましょう」

女騎士「――ま、待て！　2人ともどうしたのだ。その革袋は何だ？　私の知らないうちに何があった？」

黒エルフ「えっと、それは……」

司祭補「……秘密、ですわね？」

黒エルフ「ええ、そう！　秘密よ、秘密!!」

女騎士「何だと！　私に言えないようなことなの

か!?」

司祭補「あらあら、女騎士さん。やきもちですの?」

女騎士「ち、ちがっ……やきもちなど焼いていない!」

黒エルフ「なに顔を赤くしてんのよ……」

女騎士「赤くなどしていない!」

司祭補「あらあら、うふふ」

女騎士「赤くなどしていないのだーっ!!」

魔国の首都《魔都《まと》》

パン屋「はいよ、今日の売れ残りだ。安くしておくよ」

猫耳の男「……ありがとう」ぼそっ

パン屋「それにしても、あんたは本当に猫耳族《バステトぞく》なのか?」

猫耳の男「!?」

パン屋「猫耳族《バステトぞく》の耳は、もっと自由自在に動くと聞いたぜ。なのに、あんたの耳はぴくりとも動かない」

猫耳の男「こ、子供のころ、事故で……」ぼそっ

パン屋「おっと、そりゃあ悪いことを訊いちまったな」

猫耳の男「いや、いいんだ。それじゃ、僕はこれで」

タタタッ

パン屋「まったく変な客だね。今日は店先にマタタビを並べておいたのに気づかないとは……。本当に猫耳族《バステトぞく》なのかね?」

魔都郊外、古いアパート

猫耳の男「ただいま」

パタン……

僧侶「お帰りなさい、勇者さま!」

商人「おっ! 今日はウマそな菓子パンがあるやん! もーらい!」

賢者「勇者……。変装、バレなかった……?」

猫耳の男「うん。バレていないと思う」

僧　侶「勇者さま、街の様子はどうでした？」

勇　者「相変わらずキナ臭い雰囲気だったよ。もしも人間国が攻撃をしてきたら、魔国は総力をあげて反撃するつもりだそうだ」

商　人「そらあかん」

賢　者「……魔国が本気を出したら、人間国の被害は甚大《じんだい》……」

僧　侶「何とかして、この危険を人間国に伝えましょう！」

勇　者「う、うん……」

商　人「魔都に潜伏して、もう何ヵ月や？　カラダがなまってまうわ」

僧　侶「また手紙を書いてみてはどうですか？」

勇　者「そうだね。賢者さん、一緒に文面を考えてくれる？」

賢　者「……まかせて」

勇　者「それにしても、人間国で何が起きているんだろう……？」

商　人「せやな……」

勇　者「もう何通も手紙を送っているのに、どうして連絡が取れないんだろう？」

女騎士、経理になる。

第6章

エクイティ

役人　「この薬草代は経費になりません」
勇者　「そんな！　薬草は冒険に必要だよ！」
役人　「では、なぜ、あなたは僧侶を雇っているのですか？」
勇者　「えっと…回復のため？」
役人　「僧侶に報酬を支払っている以上、薬草はあなたの個人的な趣味嗜好で消費していると考えられます」
勇者　「おい待て」

港町、夕刻

暖　炉　パチッ……パチッ……

港湾ギルド長「くぅ～、寒い。こう毎日冷え込むと老体には応《こた》えるのう……」

コンコン

港湾ギルド長「入りなさい」

使用人「新大陸からの手紙を集めてまいりました。本日の分です」

バサッ

港湾ギルド長「おお、すまんのう。1通も漏らさず集めてきたのだな？」

使用人「はい。本日入港した船は1隻《せき》だけでしたので、見落としはないはずです。……それにしても、なぜこのようなことを？」

港湾ギルド長「ここだけの話だが、人間国には魔族のスパイが紛れ込んでいるのだ。吸血鬼や狼男が」

使用人「噂は聞いております」

港湾ギルド長「そういうスパイ宛ての手紙がないか、検分しおる。……ごく内密に、な」

使用人「内密に……。ということは、手紙を受け取る方々は、検分のことは知らないのですね？」

港湾ギルド長「もちろんだ。港湾ギルドが手紙の配達をしてくれて便利だな、くらいに思っているに違いない。もしも、このことが外に漏れるようなことがあったら——。分かっているだろうな？」

使用人「……は、はい」ゾクッ

港湾ギルド長「よろしい。では、もう下がりなさい」

使用人「し、失礼しました」

パタン……

港湾ギルド長「さて、と」

ガサガサ

港湾ギルド長「ふふふ、あったあった。政府宛ての手紙だ。暗号で書かれているが、勇者のものに相違ない。……無い文才をふり絞ったのだろう、捨てられてしまうとも知らずに」

猫耳の男「……なるほど、そういうことだったんだね」

港湾ギルド長「!?」

猫耳の男「ひどいじゃないか！　がんばって書いた手紙を捨てるなんて！」

港湾ギルド長「ひいっ、魔族!?　どうやってこの部屋に？」

猫耳の男「あ、ごめん」

ぬぎっ

勇者「この耳は偽物だよ」

港湾ギルド長「勇……者……？」

勇者「この部屋には、そこの扉から普通に入らせてもらったよ」

港湾ギルド長「気配を感じなかったが……」

勇者「僕は勇者だからね」

港湾ギルド長「それに扉には鍵がかかっていたはずだ」

勇者「裏庭の壺のなかに合い鍵を見つけたんだ」

港湾ギルド長「勝手に壺を調べたのか？」

勇者「僕は勇者だからね」

港湾ギルド長「勇者だから」

勇者「さあ、ギルド長！　答えてもらおう、なぜ手紙を捨てたりしたんだ!!」

港湾ギルド長「ま、まあ、落ち着いて。これには深いワケがあるのだ……。そ、そうだ！　このブランデーをごちそうしよう」

勇者「ブランデー？」

港湾ギルド長「寒風《さむかぜ》で冷えた体が温まるぞ」

ちゃぷ

勇者「そ、そうかな……」

港湾ギルド長「それにしても、どうやってこちらの大陸に？」

勇者「これを使ったんだ」

ボロッ

港湾ギルド長「それは……焼け焦げたひも？」

勇者「使用済みの『ワープのひも』だよ。帰り用にもう1本持ってきている。用事が済んだら、すぐに任務に戻るつもりだった」

港湾ギルド長「魔王討伐の任務だな。……それで、用事というのは？」

勇　者「手紙の行き先を調べに来たんだ。何通も送っているのに、王様からお返事がないのは変だと思って……」

港湾ギルド長「なるほど。それで、新大陸からの手紙の大半が集まるこの町に来たのだね」

勇　者「うん。まさか手紙を捨てているのがギルド長だったなんて……。教えてくれ、ギルド長！　なぜこんなことを？　誰かに命じられたの？　もしかして脅されているの？　いったい誰に――」

港湾ギルド長「……分かった。こうなってはしかたあるまい。事情を教えてあげよう」

勇　者「ほ、本当に？」

港湾ギルド長「もちろん本当だとも。ただ、少し長い話になるからのう……。酒でも飲みながら話そうではないか。さあ、このブランデーを受け取ってくれ」

勇　者「ありがとう。……でも、いいのかな。僕は未成年だけど」

港湾ギルド長「気にすることはない、あなたは勇者なのだから。……人間国の繁栄を願って、乾杯」

勇　者「か、乾杯……」

チンッ

勇　者「……」

港湾ギルド長「どうした？　さあ、飲んでしまいなさい」

勇　者「……ギルド長、これは毒だ」

港湾ギルド長「！」

勇　者「毒よけのバングルを装備しているから分かるんだ。このブランデーには猛毒が溶かしてある！」

港湾ギルド長「気づかれたならしかたない。この手紙は……こうだ！」

ポイッ

暖炉　ボワッ

勇者「ぼ、僕の手紙が！　くそっ、どうして――。なぜこんなことをするの？　ギルド長はそんな人じゃなかったはずだ!!」

港湾ギルド長「ははは！　一切の疑いを持たず人を信じる者を、何と呼ぶか知っているか？」

勇者「……え？」

港湾ギルド長「バカと呼ぶのだよ。……さらばだ」

ゴクッ

勇者「ああっ、なんてことを！　……ギルド長！　ギルド長〜っ！」

港湾ギルド長「……」ガクッ

勇者「……ダメだ。死んでる」

使用人「失礼します。夕食前のお薬をお持ちし――」

カシャン

勇者「あ……」

使用人「ひっ……人、殺し……！」

勇者「ち、違う！　僕じゃない！」

使用人「人殺しぃぃ〜〜!!」

勇者「くそぉっ」

タタタッ

港町、路地裏

勇者　ハア……ハア……

勇者「……手紙の行方を調べるだけだったのに、どうしてこんなことに？　まさか港湾ギルド長が裏切り者だったなんて！」

男たち（こらー！　どこに行ったー！）

男たち（出てこーい！　犯人めー！）

勇　者「とりあえず、僕の正体は気づかれていないみたいだけど……。ギルド長……うぅ……ぐすっ……復活の薬を持ってきていれば助けられたのに……」

シクシク……めそめそ……

勇　者「ううん、くよくよしていられない。僕は勇者なんだから……」

すっく

勇　者「誰が裏切り者か分からない。直接、王様に相談したほうがよさそうだ。でも、帝都までの旅費をどうしよう」

ぴらっ

勇　者「この紙幣は魔国のG《ギール》だ。人間国のお金はG《ゴールド》だから、この町では使えないし……。そうだ、銀行に行ってみよう！　お金を貸してもらえるかも……？」

港町、銀行の執務室

黒エルフ「……妙に外が騒がしいわね」

幼メイド「おやおや～？　お金の回収に出ている女騎士さんが心配なので～？」

黒エルフ「バカ言わないで、あたしがあいつの身を案じるわけないでしょ？　むしろ、あいつの相手をする側が心配だわ」

幼メイド「言われてみれば～」

黒エルフ「ところで、この部屋に何の用？」

幼メイド「あっ、そうでした！　お1人でお仕事中にお邪魔しますが……ホットチョコレートを淹《い》れてきたのですよ～」

黒エルフ「ありがたいけど、あたし甘い物は苦手なのよね」

幼メイド「ごしんぱいなく！　新大陸風の味付けです。トウガラシたっぷりなのです～!!」

ずずっ

黒エルフ「ん！　意外とイケるわね、体が温まるわ。チョコレートって甘いものだとばかり思っていたけど」

幼メイド「あれはお砂糖の味です。もともとカカオ豆は甘くないのですよ～」

黒エルフ「カカオは高級品でしょう？　新大陸でしか栽培できないはずよ」

幼メイド「じ、じつはケーキ作りで失敗しちゃったのです……」

黒エルフ「で、余ったカカオ豆で、このチョコレートを淹れたというわけね」

幼メイド「お豆を潰して生地に混ぜただけでは、油が多すぎてうまく焼けなかったのですよ～」

黒エルフ「ふぅん。そういうものなのね」

幼メイド「カカオの油をしぼって、香りの部分だけうまく取り出せればいいのですが～」

黒エルフ「そういえば最近、いたく熱心にケーキを焼いているわね」

幼メイド「ケーキ作りはわたしの趣味なのです！」

黒エルフ「それにしたって、最近は焼く機会が増えているわ。どうしたの？」

幼メイド「じつはですね～、でへへ～」にこにこ

黒エルフ「でへへ……って、何よ、その笑い方」

幼メイド「じつは、再来週に3日間だけおひまをいただけることになったのです！」キラキラ

黒エルフ「実家に戻るってこと？」

幼メイド「そうなのです！　ご奉公先できちんと勉強していることを、家族にご報告するのです～」

黒エルフ「あんたの実家って、たしかこの町の商家の1つよね？」

幼メイド「実家に戻ったときに、弟や妹たちに美味しいケーキを食べさせてあげたいのですぅ～♪」

黒エルフ「それでケーキ作りの練習をしているわけね。ごめんなさいね、甘い物が苦手なあたしは、あまり力になれなくて……」

幼メイド「いえいえ～、お気づかいなく～。……ハッ！　思いつきました！　甘くないチョコレートがあるなら、甘くないケーキがあってもいいの

では?」

黒エルフ「それってただのパンよね」

幼メイド「たっぷりの生クリームに赤いトウガラシで飾りつけして――」

黒エルフ「やめておきなさい」

港町、精霊教会

司祭補「では、もうお気持ちは固まっているのですわね」

毛皮商「はい。司祭補さまには大変お世話になりましたが、ご無礼をどうかお許しください」

司祭補「無礼だなんてとんでもないですわ！　あなたがご家族のために決めたことです。ご決断を応援いたします。この町を離れることになったのも、精霊のお導きかもしれません。引っ越した先でのご成功をお祈りいたしますわ」

毛皮商「ありがとうございます！　では、家族が待っていますので……」

司祭補「ええ、お気をつけて」

パタン……

侍女「また、ですか?」

司祭補「はい、今週に入ってもう5軒目ですわ。港町で商売を続けても食べていけないから引っ越すことにした……と相談に来たのは」

侍女「食べていけない――。つまり、儲からないということですよね」

司祭補「そのようですわ」

侍女「妙ですね……。この町は貿易で潤っていると聞いていましたが」

司祭補「ええ、そのはずですわ。なのに、どうして、出て行く方が増えているのかしら?」

侍女「そういえば……最近は、教会の炊き出しに並ぶ方も増えています」

司祭補「不景気だと漏らす声をよく耳にしますわ。貿易で利益が出にくくなっているのでしょうか？」

侍女「でも、なぜ？」

司祭補「ここで座り込んで考えていても分かりませんわ。女騎士さんたちに訊いてみたほうがよさそうですわね」

侍女「かしこまりました。留守はお任せください」

司祭補「うふふ、いつもありがとう。侍女さん♪」

港町、帝都銀行の支店

銀行員「担保もない、身分も明かせない。それで貸せるわけがないでしょう」

勇者「そ、そこを何とか……」

銀行員「お客さん……。あんたが言っているのは物乞いと同じだよ？」

勇者「そんな！　借りたお金は必ず返すよ！」

銀行員「でも、その保証はないでしょう？」

勇者「何度も言ってるじゃないか、精霊さまに誓って絶対に返すって！　僕の言葉が信じられないの？」

銀行員「私たちは言葉よりもお金を信じる仕事をしているんだ。悪く思わないでくださいね」

勇者「そんな！　人の言葉は信じるべきだよ！」

銀行員「信じるに値する人物なら、ね。……だけど、お客さん、身分を明かせないんでしょう？」

勇者「うん……。頭取さんがいたら、僕の顔を覚えていてくれているはずなんだけど……」

銀行員「ははあ、面白いことをおっしゃる。うちの頭取のご友人だったとは！」

勇者「さては信じていないな！　本当に頭取さんとは知り合いなんだぞ。頭取さんは、僕の冒険に出資してくれたんだ！」

銀行員「なるほど、冒険にねえ……。残念ですけど、頭取はこちらの支店にはいませんよ。帝都の本店にいるんじゃないですかねえ」

勇者「それなら、えっと……そうだ、秘書さんは？

出資の話がまとまるときに、秘書さんも同席
していたはずだ！」
銀行員「秘書は今、西岸港に出張中です」
勇者「西岸港っていうと、あの軍港の？」
銀行員「戻りは来週以降になりますね」
勇者「そんなに待っていられないよ……」
銀行員「それほどお急ぎのご用件なのですか、お金が
必要だというのは」
勇者「もちろん！　今すぐ王様にお話ししなく
ちゃ！」
銀行員「国王陛下に？　あなたは本当に何者なのです
か？」
勇者「いや……それは、その……」
銀行員「……ところで聞きました？　港湾ギルド長が
死んだって話」
勇者「!?」
銀行員「ここだけの話、人殺しだっていう噂もあるん
ですよ」
勇者「違う！　殺人なんかじゃない！」
銀行員「え？」
勇者「あ……」
銀行員「……港湾ギルド長を殺した犯人はまだ逃げ
回っているらしいですけど、まさか」
勇者「えっと……ええっと……」
銀行員「お客さんが犯人だなんてことは――」
勇者「〜〜!!」
銀行員「……なぁんてね、冗談ですよ！　あっはっ
は！」
勇者「……ア、ハハ……。冗談ね……」
銀行員「で、実際のところどうなんですか。誰にも明
かしませんから、ご身分を教えてくださいよ。
お客さん、王族の方ですか？　例の殺人事件
についても、何か知っているんですか？」
勇者「い、いや……。もういい」
銀行員「へ？　お金はよろしいんですか？」
勇者「うん、もういいんだ！　さよなら！」

タタタッ

銀行員「あっ、お客さん！　お待ちください、お客さ～ん？　……まったく、変な客だったねえ。一応、頭取に報告の手紙を出しておくか……。やれやれ……」

港町、路地裏

勇者　ハアハア……

勇者「……うぅ、正体がバレるところだった。どこに裏切り者がいるか分からないのに……」

男たち（おーい、聞いたか？　犯人を捕まえた者には報奨金が出るらしいぜ！）

男たち　おおーっ

勇者「港町には、銀行がもう1つあったはず……。そっちに行ってみよう！」

西岸港、港の見える邸宅

頭取「見事なものだな。薄闇に並ぶ船というのは……」

秘書「ええ、まったく」

海軍元帥「いずれも60門以上の大砲を装備した帆走軍艦です。我々は『戦列艦《せんれつかん》』と呼んでいます」

財務大臣「あれを配備できたのはみなさんのご協力のおかげ……。感謝しますよ」ニマッ

頭取「いえいえ、私たちも儲けさせてもらいましたからなあ」

武器商人「ははは！　その通りです」

海軍元帥「……」ジトッ

秘書「……どうかなさいました？」

海軍元帥「いえ、失礼。兵士の命を預かる者として、私

もみなさんの協力には感謝しています」

秘　書「そう、ですか……。ところで、港の奥にひときわ大きな船がありますが？」

海軍元帥「我々の旗艦『ハヴォック』です。完成すれば、120門の大砲を積んだ史上最大の軍艦になります」

秘　書「ハヴォックというと、荒ぶる神の……？」

海軍元帥「ええ。精霊さまの使いであり、災厄《さいやく》をもたらす存在です」

秘　書「勇ましい名前ですね。きっと魔族たちを一掃してくれるのでしょう」

海軍元帥「そう簡単にいけばいいのですが」

秘　書「何かご懸念が？」

海軍元帥「たしかにハヴォックの火力は、ドラゴンの吐く息にも劣らないでしょう。しかし船体が巨大なぶん、船足は遅くなります」

秘　書「なるほど……」

財務大臣「ところで、例の事業のほうはいかがです？」

頭　取「おかげさまで好調です。うちの秘書がよくやってくれています」

財務大臣「ほう。……しかし、そちらの秘書の方は、港町で仕事をしていたはず。この西岸港での事業は、むしろ仕事の邪魔になってしまうのでは？」

頭　取「それは――」

秘　書「……ご心配にはおよびません。2つの仕事は、決して無関係というわけではないのです」

財務大臣「無関係ではない、と言うと？」

秘　書「たしかに港町支店の今後を考えれば、あの町に昔からある銀行を蹴落とすことは重要でしょう。そして、この西岸港で進めている事業は、その布石の1つなのです」

財務大臣「西岸港の事業のせいで、港町支店の収益が悪くなってしまうのでは？」

秘　書「ええ、多少は。……けれど、小事を取って大事を逃すような真似はしたくありません」

財務大臣「ふむ、頼もしい。ぜひこの町で進めている事業で、やつらの鼻を明かしてやってください」

秘　書「お任せください。ふふふ……」

港町、銀行の執務室

黒エルフ「それ、どういう意味？」

女騎士「どうもこうも、言った通りの意味だ」

コンコン

司祭補「ごめんくださぁい。……あら、お取り込み中だったかしら？」

黒エルフ「いいえ、いいところに来たわ」

女騎士「うむ。その通りだ」

司祭補「いいところ、ですの？」

黒エルフ「ええ。こいつに説教してやって。与えられた仕事はきちんとこなしなさいって！　説教は得意でしょう？」

女騎士「いいや、ダークエルフを説教してやって欲しいのだ！　世の中にはカネよりも大切なものがあるということを！」

司祭補「は、はぁ……？」

黒エルフ「言っとくけどあたし、自分が間違っているとは思わないわ」バチッ

女騎士「私だってそうだ」バチバチッ

黒エルフ「だったら司祭補さんに訊いてみなさいよ！」

女騎士「望むところだ！」

司祭補「え」

女騎士「正しいのは私だろう？」

黒エルフ「あたしよね？」

司祭補「ええ〜？」

半刻後

司祭補「……お話は分かりました。要するに、この町の不景気がいちばんの問題なのですわね」

女騎士「まあ、そういうことになる。景気さえ良くなれば何の問題も起きなかったのだ」

黒エルフ「簡単に言ってくれるわね。思いのままに景気を良くできるなら苦労しないわ」

司祭補「あらあら、まあまあ……。とにかく一度お話を整理しましょう。まず、女騎士さんは『レモネード屋』さんに借金の回収に行ったのに、1Gも取り立てずに帰って来た。……そうですわね？」

女騎士「お金に困っている人から取り立てなどできないのだ」

黒エルフ「職務放棄よ！　相手は利子だけなら払えると言ったのでしょう？　なのに、利子も取らずに帰ってくるなんて……信じらんない」

女騎士「レモネード屋さんの暮らしが少しはラクになると思ったのだ」

司祭補「銀行の仕事は、ときには冷徹さも必要なのではありませんか？」

黒エルフ「それとも、そのレモネード屋に何か恩義でもあるわけ？」

女騎士「いいや。……ただ、あのレモネード屋のオヤジさんは、魔国でお世話になったオークさんに似ていたのだ」

司祭補「オーク」

黒エルフ「そのオヤジ、本当に人間なの？」

女騎士「もちろん人間だとも！　顔がオークっぽいだけなのだ！」

黒エルフ「それって、ただの罵倒《ばとう》よね……」

女騎士「うう……。オークさんのことを思い出してしまったのだ。どうしてあんなことに……」

司祭補「つらい経験でしたわね……」

女騎士「もしも勇者と会うことがあったら、とっちめてやるのだ！　なぜあんなことをしたのか!!」

黒エルフ「もうっ、暑苦しいわね。いいわ、気持ちは分かったわよ。だけどそんな事情じゃ、職務放棄の言い訳にはならないわ」

女騎士「だが……」

司祭補「そうですねぇ……。利子は受け取るべきだったかもしれません」

女騎士「司祭補さままで！」

司祭補「レモネード屋さんは、苦しくてもお金を工面してくれたのでしょう。その誠意に応えないのは失礼にあたると思いますわ」

女騎士「し、失礼に……」がーん

黒エルフ「ほらご覧なさい、司祭補さまもこう言っているわ！　相手は利子を払うだけでも四苦八苦しているのよ？　今すぐ貸したカネをすべて返してもらうべきよ。さもないと借金を踏み倒されるかもしれない」

女騎士「そんな『貸し剥がし』のような真似はできない！」

黒エルフ「だけど――」

女騎士「もともと分割返済の契約だ。カネを全額回収したら、レモネード屋さんは明日から仕事ができなくなるではないか」

司祭補「原料のレモンや砂糖を仕入れるお金が無くなりますわねぇ……」

黒エルフ「カネを踏み倒されるよりマシだわ」

女騎士「あのレモネード屋さんが、そんなことをするはずない！」

黒エルフ「そのレモネード屋の人間性の問題じゃないわ。そのオヤジさんがどんなにいい人間だろうと、借金を返せなくなる可能性は高い」

司祭補「あら、なぜ？」

黒エルフ「そもそも今の港町が不景気なのは、入港する商船がパタリと減ったからよ。みんな、シーサーペントを恐れてね」

司祭補「先日のシーサーペントですわね」

黒エルフ「近郊の貿易港からの船はどんどん減っているし、新大陸からの船はほとんど来なくなったわ。最近では、漁師さえも海に出ることをためらっている」

女騎士「レモネード屋の商売に何の関係があるのだ。コップ1杯のレモネードを量り売りする仕事だぞ。どんなに海が荒れようと関係あるまい」

黒エルフ「関係大ありよ。レモネード屋は、港に立ち寄った船乗りたちのノドを潤すのが仕事よね？　寄港する商船が減れば、売上は間違いなく減るわ」

女騎士「ぐっ」

黒エルフ「だから利子だけなんて甘いこと言わないで、今すぐ全額回収すべきなの！」

司祭補「そうでしょうか？」

黒エルフ「え？」

司祭補「貸したお金を、いつでも全額回収できる……。そんな契約になっているのですか？」

黒エルフ「い、いいえ……。だけど、1回でも利子の支払いが遅れたら、問答無用でカネを返してもらうことになっているわ」

司祭補「ちなみに、利子の支払いの期日はいつなのでしょう？」

黒エルフ「それは、その……。明日の……日の出まで、だけど……」

司祭補「でしたら、まだ期日を過ぎたわけではありませんわね」

黒エルフ「ぐっ」

司祭補「レモネード屋さんは利子ぶんのお金をご準備なさっているのですから、全額回収することはできないはずです」

女騎士「さすがは司祭補さま！　話が分かるのだ！」

司祭補「世間では、『銀行は晴れているときに傘を貸して、雨が降り出したら返せというような職業だ』なんて言われることがありますわ。ダークエルフさんは、それで良いのですか？」

黒エルフ「よ、良くはないけど……。いずれにせよ、今夜中に利子を支払ってもらわなければ全額回収することになるわ」

女騎士「ならば今すぐ、レモネード屋さんのところに行こう！　利子を払ってもらうのだ！」

司祭補「そうしましょう、ダークエルフさん」

ぎゅっ

黒エルフ「ギュッ……って、あたしも一緒に？」

司祭補「もちろんです♪」

黒エルフ「そうは言っても、もうすぐ真夜中よ？」

司祭補「でしたら、なおさら急がないといけませんわ。レモネード屋さんのお宅はどちらでしょう？」

女騎士「船着き場の近くだ。町の広場を抜けていくのが近道だろう」

司祭補「ではさっそく、出発ですわ～！」

港町、広場

ワォーン……ワォーン……

勇者「うう、寒い……。どうやって身分を隠すか悩んでいるうちに、こんな時間になっちゃった。早く、帝都までの旅費を工面しなきゃいけないのに……」

勇者　ポツネン

勇者「誰もいないし、この広場で一晩過ごそうかな。銀行に行くのは明日にして……」

カタッ

勇者「……っ！　誰だ、そこにいるのは!?」

？？？「驚かせてすまない。さぞかし腕の立つ剣士とお見受けする」

勇者「えっと……。な、何の話？　僕は剣術は苦手で、この剣は飾りみたいなもので……ハハハ……」

？？？「ふむ。飾りと呼ぶには、ずいぶん立派なものをぶら下げているのだな。それは聖剣カリブルヌスだろう？」

勇者「……っ!?」

？？？「偽る必要はない。教えてくれるのだよ、わが魔剣デュランダルが……」

勇者「君は誰？　姿を見せてよ！」

？？？「聖剣カリブルヌスを持つ者は、今の世界には1人しかいない」

月明かり　サァ――

勇　者「……女の、騎士？」

女騎士「勇ぅぅ者ぁぁぁあ!!」

勇　者「うわぁっ!?」

港　町　ズシンッ……!!

野　鳥　ギャア……ギャア……

黒エルフ「ごほっ……ごほっ……。何なの、あいつ！　急に飛び出していったわ！」

司祭補「すごい砂埃《すなぼこり》……何も見えませんわ！」

女騎士「くっ……！　私の全力の一撃を受け止めるとは……。噂に違《たが》わぬ腕前のようだな」ギチッ

勇　者「やめてよ！　あなたのレベルじゃ、僕には勝てないよ！」ギチチ……ッ

女騎士「やめるわけにはいかないのだ！」ギギ……

勇　者「そんな！　僕たちが本気で打ち合ったら、この町がボロボロになっちゃうよ!!」ギギギ

女騎士「ハッ！　よくその口で言えたものだ！　オークさんの町をあれほど壊しておいて！」

バッ!!

勇　者「オークの町？　壊す？　いったい何の話!?」

女騎士「しらばっくれるつもりか!!」

キンッ……カッ……ガンッ！

勇　者「しらばっくれるも何も……こっちの大陸に戻ってきてから、分からないことだらけだよ！」

カチッ……カンッ……ガチィ……！

勇　者「オークの町……って、もしかして、魔国に入ってすぐの町のこと？」

女騎士「お前の任務は魔王の討伐だ。なぜ罪なき町人たちの命まで奪った!?」

勇　者「か、カン違いしているよ！」

女騎士「魔族は存在そのものが罪深い――。もしそう考えているなら……その考え、叩き直してやる！」

ババババッ……

カンッ……ガンッ！

勇　者「僕たちが到着したとき、あの町は……すでに破壊されていたんだ！」

女騎士「……は？」

ガンッ！

勇　者「あの町を壊したのは僕たちじゃない！」

女騎士「なん……だと……？」

ギィン！

勇　者「たぶん、僕たちのニセモノがいるんだよ!!」

カキィィイン!!

女騎士「そんな、嘘だ……」

がくっ

女騎士「勇者が攻めてきたとき、私はあの町にいたのだぞ!?」

勇　者「あの町の、どこにいたの？」

女騎士「……地下牢だ」

勇　者「つまり、町を襲撃した〝誰か〟の姿は見ていないんだよね」

女騎士「そうだ。しかし――」

勇　者「だったら、僕たちと同じだよ。僕たちが到着したとき、あの町はすでに滅茶苦茶になっていた。生き残った者たちは『勇者にやられた』と証言した。だから僕たちも、その〝誰か〟

を探しているんだ」
女騎士「そんな……」
黒エルフ「……ちょっと、ちょっと！　あんた、うちの
ご主人様《バカ》に何してくれてんのよ！」
勇者「えっ？　急に斬りかかってきたのはこの人の
ほうで……」
黒エルフ「うっさいわね！　ああ、もうっ！　怪我して
るじゃない！」
女騎士「へ？　この程度のかすり傷、怪我のうちにも
入らないが……」
黒エルフ「勝手に危ないことしないでよね、バカっ！」
女騎士「す、すまない」
勇者「このダークエルフは誰？　ていうか、あなた
たちは何者なの？」
司祭補「あらあら、うふふ……。お互いに自己紹介が
必要なようですわね。どうでしょう？　今は
一旦、銀行に戻りませんか？」
勇者「銀行ぅ!?」
女騎士「どうした、素《す》っ頓狂《とんきょう》な声を出して？」
勇者「そ、そんな……。あなたたちが銀行の人だっ
たなんて……」
黒エルフ「えっと、それが？」
女騎士「銀行に何か用事があったのか？」
勇者「うん、じつは……」
司祭補「じつは？」
勇者「……お金を、お借りしたいんです……」
一同「……」

翌日、銀行家の邸宅

銀行家「昨夜は『レモネード屋』からの利子回収を手
伝ってくださりありがとうございました」
司祭補「いいえ、できることをしたまでですわ♪」
黒エルフ「もっとも、利子よりもやっかいなモノを回収
するハメになったけど」
勇者「……」

銀行家「ともかく、今までの話をまとめましょう。人間国が先制攻撃すれば、手痛いしっぺ返しを食らうのですね？」

司祭補「魔族の軍事力は、それほどまでに強大なのでしょうか？」

黒エルフ「この男が魔国のスパイって可能性もあるわ」

勇　者「僕は本物の勇者だよっ」

女騎士「うむ、この男の言う通りだ。この戦争では、国境付近での小競り合いが続いてきた。〝副都の悲劇〟は例外中の例外だ。だが、もしも魔族たちが旧大陸まで攻めてきたら……」

司祭補「大変な被害になりますの？」

勇　者「うん」

女騎士「大砲の届かぬ上空からドラゴンたちは火を降らせ、よみがえった死者で地上は溢れるだろう」

勇　者「しばらく人間国からの攻撃がないから、魔国は反撃するつもりがないらしい。ざいせーあかじ？　がどうとかで、軍隊を動かせないらしいんだ」

黒エルフ「財政赤字《ざいせいあかじ》ね」

勇　者「だけど、もしも人間国からの攻撃があれば、全力で反撃する。それこそ全人類を絶滅させるべきだ……って意見も耳にしたよ」

司祭補「絶滅!?　恐ろしいですわ……」

勇　者「だから今すぐ、このことを王様に伝えなくちゃいけないんだ！　人間国は魔国への大遠征を計画しているんでしょう？　やめさせなきゃ！　お願いだ、帝都までの旅費を貸してくれ!!」

女騎士「いいや、お前は帝都に行くべきではない」

黒エルフ「あたしもそう思うわ」

勇　者「なっ」

女騎士「たしかにお前の強さは並大抵ではない。はっきり言って、常軌を逸している。だが、軍略や兵法については学ばなかったと見える」

勇　者「た、たしかに勉強は苦手だけど……。それが？」

女騎士「分からんのか？　今の状況で、もしもお前が帝都に行ったら――」

幼メイド「しつれいします～」

銀行家「おや、どうしたのです？」

幼メイド「チョコレートを淹れました～」

黒エルフ「またケーキの材料が余ったの？」

幼メイド「はい～。なかなかうまく作れないです」

司祭補「いただいていいのかしら？　カカオは高級品ですわ……」

銀行家「たしかに値上がりしていますが、まだ簡単に手に入ります。遠慮なく召し上がってください」

女騎士「ちょうど一息つきたかったのだ。いただくとしよう」

幼メイド「はい、どうぞ～」

女騎士「う～む、まんだむ……。いい香りだ……」

ごくっ

女騎士「ぶへぇっ!?　辛ぁ!!」

幼メイド「あっ、ごめんなさい。そちらはダークエルフさん用でした～」

女騎士「ぜんっぜん甘くないし、口の中がヒリヒリするのだ！」

幼メイド「トウガラシを入れたのですぅ～」

黒エルフ「新大陸風の味付けね」

女騎士「ひぃ～、み、水をくれ……。お前は、こんなものが好きなのか……？」

黒エルフ「え？　美味しいじゃない？」

ズズズッ

女騎士「ううむ。味覚とは分からんものだ」

勇者「えっと……。話を戻すけど、どうして僕は帝都に行かないほうがいいの？」

司祭補「わたしにも教えてください。そもそも大遠征は、勇者さんからの連絡がないからこそ計画されたと聞いていますわ。勇者さんが生きていると分かったら、遠征をする必要もなくなるのではありませんか？」

女騎士「事態はそう単純ではないのだ。王様宛てに送った手紙を、港湾ギルド長が捨てていた。……そうだな？」

勇者「うん。なぜあんなことをしたのか……自殺しちゃうなんて……」

女騎士「それが何よりの証拠だろう。人間国政府には『大遠征をしたくてたまらない者ども』がいるのだ」

勇者「どういうこと？」

女騎士「遠征によって政治的立場が強くなったり、カネ儲けができたり……。そういう『遠征でトクをする者』が政府内にいるはずだ。港湾ギルド長に新大陸からの手紙を検閲させ、勇者からの手紙を破棄させたのは、そういう者たちだろう」

勇者「そんな……」

女騎士「お前からの連絡が途切れれば、遠征を行う大義名分ができるからな」

司祭補「誰がそんなヒドいことを？」

女騎士「分からん。というか、それを悟られないよう、港湾ギルド長は自殺したのだろう」

銀行家「港湾ギルド長が忠誠を誓う相手ですから、かなり身分の高い人でしょうね……」

女騎士「あるいはギルド長は人質を取られていたのかもしれない。妻や娘の居場所を調べたほうがいい」

勇者「ま、待ってよ！　じゃあ遠征計画そのものが、最初から誰かの陰謀だったってこと？」

女騎士「しかも首謀者は1人ではない。これほど大規模な計画になったのは、遠征でトクする人間がたくさんいるからだ」

勇者「……」

女騎士「この状況で、もしもお前が帝都に帰ったらどうなる？」

勇者「遠征を止めることは、できないの？」

女騎士「運が良くても、戦意高揚のための道具にされるのがオチだろう。勇者が同行するなら遠征は成功間違いなし、となる。……もしくは、運が悪ければ謀殺される」

勇　者「……僕は、帝都の衛兵なんかに負けないよ」

女騎士「だといいがな」

司祭補「ですが、それではどうすればいいのでしょう。遠征を止めなければ魔族の猛反撃を受けるのに、勇者さまが名乗り出るわけにもいかないなんて……」

銀行家「私たちが大っぴらに遠征に反対するわけにもいきませんね。魔国のスパイだと疑われて、この銀行ごと潰されてしまいます」

幼メイド「だんなさま〜！　それは困るのですぅ〜！」

勇　者「……王様だ」

女騎士「？」

勇　者「陰謀の首謀者は分からないし、誰が裏切り者かは分からない。だけど、王様だけは信用できるはずだよ」

女騎士「なるほど。他人に邪魔されない場所で、国王陛下と一対一で謁見できれば……」

勇　者「……魔国の反撃や陰謀のことを伝えられるはず！」

銀行家「陛下なら、ご一存で遠征をやめさせることができます!!」

司祭補「王さまと一対一での謁見ですわね……。精霊教会のツテを使えば、なんとか手配できるかもしれませんわ」

勇　者「よろしくお願いします、司祭補さま！」

銀行家「では、勇者さん。謁見の日時が決まるまで、この屋敷で身を隠してはいかがでしょう」

幼メイド「お部屋をご準備します〜！」

勇　者「あ、ありがとう……」

女騎士「幸いにも――と言っていいか分からないが――政府は遠征に必要なカネを集めるのに苦労しているらしい。そこを上手く突けば、遠征の開始を遅らせることができるかもしれない」

司祭補「謁見を手配するまでの時間を稼げるのですわね」

勇　者「そんなことができるの？」

女騎士「任せるのだ！」

ぐいっ

女騎士「ここにいるダークエルフは、カネについてだけは誰よりも強い。政府の金策を邪魔して、時間を稼ぐことぐらい余裕なのだ！ ……なっ、そうだろう？」

黒エルフ「……」

勇者「ダークエルフさん？」

女騎士「どうしたのだ？ ホットチョコレートを睨みつけたりして」

黒エルフ「……」

女騎士「おい、話を聞いているのか？」

黒エルフ「もちろん聞いてるわよ。遠征の費用集めを邪魔すればいいんでしょう。任せておいて」

ズズッ

司祭補「ならいいのですが……」

黒エルフ「……やっぱり本物のチョコレートよね。味も香りも、間違いなく最上級品」

女騎士「何をのんきな！ 味を楽しんでいる場合か？」

黒エルフ「このチョコレートを飲んで、あんたは不思議に思わなかったの？」

女騎士「何が？」

黒エルフ「カカオ豆の値段は上がっているけど、今でも簡単に手に入る……。銀行家さん、あなたはそう言ったわよね？」

銀行家「え？ ええ……」

幼メイド「問屋さんに注文すれば、すぐに届くのです～」

黒エルフ「変ね……。最近の港町が不景気なのは、新大陸からの商船がパタリと減ったからなのよ？」

司祭補「みなさんがシーサーペントを恐れているせいですわね」

黒エルフ「なのに、どうして新大陸でしか栽培できないはずのカカオ豆が今でも手に入るの？」

女騎士「言われてみれば、たしかに……」

幼メイド「港町の近くでカカオを栽培している人がいるのでしょうか～？」

司祭補「いいえ、カカオは熱い地域だけで育つと聞きますわ」
勇者「こんな寒い町じゃ無理だよ」
女騎士「だとすれば……」
黒エルフ「今でも誰かが、新大陸からカカオを輸入している……？」
銀行家「それも港町を使わずに、ですね」
女騎士「この町以外で、新大陸との貿易をしている場所といえば――」

西岸港

船乗り「おーい、おーい！」
海軍元帥「……今回の航海も成功のようですね」
秘書「全隻が無事に戻ってきました。どの船も新大陸の商品を満載していますよ」
海軍元帥「たとえば、カカオのような？」
秘書「はい。カカオやたばこ、香辛料などの食料品。それから金や……」
海軍元帥「しかし、分かりませんな。どうやってあれほどの船を集めたのです？　以前なら、商船は2～3隻の船団を組むので精一杯だったはず。ところが今では倍以上の船を集めて航海しているではありませんか」
秘書「シーサーペント対策です。船が多いほうが敵を早く発見できますし、武装を厚くできます」
軍元帥「なるほど……。ですが、それでは1回の航海にかかる費用もバカにならないのでは？」
秘書「その点では、私の秘策が役に立っています。航海費用を集めるとっておきの方法があるのですよ」
海軍元帥「興味深い」
秘書「じつは今も3つの船団が航海に出ています」
海軍元帥「3つも！　あなたの秘策を使えば、それほどのカネを集められるのですか！」
秘書「しかも銀行が損することなく、です」
海軍元帥「ふむ……。航海中の船団が3つもあるなら、お耳に入れておいたほうがいいかもしれませんね……」

秘　　書「？」

海軍元帥「先ほど、偵察隊から報告があったのです。西岸港の沿岸で、再びシーサーペントの活動が活発になっているようです」

秘　　書「港町沿岸だけでなく、こちらにも？　困りましたね……」

海軍元帥「あなたにしては弱気なお言葉ですな」

秘　　書「こればかりは私にもどうしようもありません。航海が成功するかどうかは、海を荒らすドラゴンの気持ち次第ですよ」

海軍元帥「たとえ航海に失敗しても、あなたの銀行は損しない……。そうおっしゃったではありませんか」

秘　　書「ええ、その通りです。しかし船乗りたちの命を取り戻せるわけではありません」

海軍元帥「ふむ……」

秘　　書「すべての船が、無事に戻ってくればいいのですが――」

港町、銀行家の邸宅

幼メイド「本当によろしいのですか～。こんな厩舎のすみっこで……」

勇　　者「今の僕には広すぎるくらいだよ」

幼メイド「もっといいお部屋もごじゅんびできるのですが～？」

勇　　者「魔国の隠れ家に比べたら、この『馬具置き場』はスイートルームさ」

女 騎 士「……」

勇　　者「何より、この邸宅に急な来客があったときに身を隠すには、馬具置き場がうってつけなんだ。……そうだよね、女騎士さん」

女 騎 士「あ、ああ……」

幼メイド「分かりましたぁ～、そういうことなら……。いたらぬ点もたたあると思いますが、せいいっぱいおもてなししますっ！」

勇　者「ありがとう」

女騎士「……」

幼メイド「では、さっそくケーキをお持ちしますね～♪」

勇　者「ケーキ？」

幼メイド「再来週、おひまをいただいて実家に帰るのですよ～。妹や弟たちにケーキをごちそうしたいのです！」

勇　者「それでケーキ作りを練習しているんだね」

幼メイド「そうなのです！　ではでは、後ほど～」

パタパタ……

女騎士「……」

勇　者「あれ？　女騎士さん、まだ何か用事があるの？」

女騎士「……うむ」

勇　者「いったいどうしたの？　さっきから難しい顔をしてるけど……」

女騎士「じつは勇者、お前に言っておきたいことがあるのだ。……今から話すことは、2人だけの秘密にして欲しい」ずいっ

勇　者「……な、何かな？」ドキッ

女騎士「お前は、魔国に戻るための『ワープのひも』を持ってきたそうだな」

勇　者「うん、1本だけ」

女騎士「それは普通の『ワープのひも』だろうな？　一度に転送できる人数は何人だ？」

勇　者「普通のやつだよ。一度足を踏み入れたことがある場所なら、パーティ全員がいっぺんに飛べる」

女騎士「それを聞いて安心した。国王陛下への謁見に成功して、魔王の討伐に戻るときは――。そのときは、私も一緒に連れて行ってほしい」

勇　者「女騎士さんも一緒に？」

女騎士「私には、新大陸でやりたいことがあるのだ。やり残してきたことが……」

勇　者「もしかして、オークの町のこと？」

女騎士「ああ。お前たちが到着したとき、あの町はすでに破壊されていた。そうだな？」

勇者「うん。……だけど、生き残った住人の証言では『勇者のしわざ』ということになっていた。だから僕たちは指名手配されて、身を潜めるしかなかったんだ」

女騎士「つまり、お前たちのニセモノがいるはずなのだな。……ならば、私にも協力させてくれ。あの町を破壊した〝誰か〟を、私も見つけたいのだ」

勇者「……それは、復讐のために？」

女騎士「いいや……。その〝誰か〟を探したい理由は、私にも上手く説明できない。ただ、今は知りたいのだ。なぜ、あの町は破壊されたのか。なぜオークさんは死ななければならなかったのか」

勇者「……」

女騎士「オークさんの会社で働かなければ、私が簿記を学ぶことはなかった。そして、この銀行に雇われることもなかっただろう。……今の私がいるのは、あの町と、オークさんのおかげだ」

勇者「僕と一緒に魔国に行くということは、今の雇い主である銀行家さんを裏切ることになっちゃうんじゃ……？」

女騎士「その点は、私としても心苦しい……」

勇者「このこと、ダークエルフさんには？」

女騎士「まだ相談していない。というより、最後まで教えないつもりだ」

勇者「なぜ？　あなたたち2人は、ただの奴隷と主人という以上の関係だと思ったんだけど……」

女騎士「だからこそ、言えないのだ。私が魔国に行くと言えば、あいつも一緒に行くと言うだろう。だが、この銀行には、これからもあいつの力が必要だ。……それに、戦いに慣れていないあいつが一緒に来ても足手まといになるだけだ」

勇者「本当にいいのかな、秘密のままで……」
女騎士「あいつを危ない目に遭わせたくない」
勇者「でも……」
女騎士「なぁに、暗い顔をすることはない！」

バンッ

勇者「いてっ!?」
女騎士「お前の強さは無類だ。私たちが手を組めば、それこそ向かうところ敵なしだ。その〝誰か〟を探し出すこともたやすいだろう。パパッと見つけて、ササッと帰ってくればいいのだ！」
勇者「そ、そうだよね！」
女騎士「頼むぞ、勇者」

がしっ

女騎士「ともに魔国に赴き、お前のニセモノを探そう」
勇者「うん！　そして、できれば魔王も討伐して……」
女騎士「私たちの力で、100年続いた戦争を終わらせるのだ！」
勇者「僕たちならできそうな気がするよ!!」

翌日。港町、教会

司祭補「……状況はそんなに深刻ですの？」
港街商会「だからこそ、こうしてみなさんに集まっていただいたのです」
銀行家「まさかここまでとは……」
貿易商「今の不景気をどうにかしなければ、港町そのものが存続できなくなります！」

ざわ……ざわ……

女騎士・黒エルフ「「……」」
司祭補「う～ん……。これでは謁見の手配どころではありませんわね……」
港街商会「謁見？」
司祭補「いいえ、こちらの話です」
貿易商「亡くなった港湾ギルド長の代わりに、私たちギルドメンバーで今後のスケジュールを確認しました」

港街商会「近日中に寄港を予定している船の一覧がこちらです」

ぴらっ

銀行家「来月は寄港予定の船がない？　ただの1隻も？」

貿易商「当然、港には何の商品も届かず……」

港街商会「……私たちは商売ができなくなります。開店休業状態になってしまいます」

女騎士「なぜこんなことに……」

黒エルフ「やっぱり、シーサーペントのせいよね？」

貿易商「ええ……。シーサーペントの出る海域で安全に航行するには、大きな船団が必要です。船足の速い小型艇で偵察を行いつつ、重武装のガレオン船も増やさねばなりません」

銀行家「1回の航海に必要なカネが跳ね上がるのですね」

港街商会「政府の海軍でもない限り、そんな船団を組むことはできないはず……でした」

女騎士「でした？」

港街商会「じつは西岸港には、そういう大船団が出入りしているようなのです」

貿易商「どうやらカネを集めるのが上手い商人がいるのでしょう。大きな船団のほうが安全ですから、船主たちも西岸港に船を回すようになりました」

銀行家「その結果、この町に寄港する船が減ってしまったのですね」

司祭補「要するに、今の港町が不景気なのは、西岸港に船を奪われているからですの？」

黒エルフ「これでカカオの謎も解けたわね。向こうの港に着岸する船が運んできているのよ」

港街商会「このまま寄港する船を奪われ続けたら、この町の港は閉鎖。私たちは路頭に迷います」

貿易商「何としても、私たちの町からも大きな船団を出港させましょう！　西岸港に対抗しましょう！」

港街商会「そのためには、何としても『先立つもの』が必要なのです！」

銀行家「状況はよく分かりました。ですが――」

黒エルフ「あたしたちの銀行では、そんな大金は用意できないわ！　さすがに不可能よ！」

女騎士「それは、儲けが出ないからか？」

黒エルフ「いいえ。そもそも、そんな額の現金が手元に無いからよ。あたしたち銀行は、ただカネを預かっているだけじゃない。預かったカネの大半は、取引先に貸しつけているわ」

司祭補「もしも航海に必要なお金を集めようとしたら……？」

女騎士「それこそ、貸し剥がしのように返済を迫るしかない。そういうわけだな」

黒エルフ「ええ、そう。あたしだって、西岸港に商船を奪われっぱなしでいいとは思わない。だけど、無い袖は振れないわ」

港街商会「そんな……」

貿易商「では、いったいどうすれば……」

銀行家「そもそも西岸港に出入りしている船団は、どうやってカネを集めているのでしょう？」

黒エルフ「あっ、そういえば」

黒エルフ（あいつが言っていたわよね）ボソッ

女騎士（あいつ？）ボソッ

黒エルフ（勇者のことよ。あいつ、帝都銀行の秘書は西岸港に出張中だった……って、言ってなかった？）

女騎士（ああ！）

黒エルフ（今回のことも、あの秘書が一枚噛んでいるのかしら？）

女騎士（手強《てごわ》い相手なのだ……）

司祭補「ともかく、この町の現状については情報を共有できたと思いますわ」

銀行家「この場で解決策を思いつくことはできませんでしたが……。力を合わせて困難に立ち向かうことを約束しましょう」

貿易商「もちろん約束します！」

港街商会「生まれ育ったこの町を失うわけにはいきません！」

ドンドンドンッ

？？？（司祭補さまぁ～！　お助けくださいぃ～！）

一同「……!?」

司祭補「あら、どなたかしら？　ドアを開けてくださいな」

バタバタ……

毛皮商「ああっ、司祭補さま！　私が愚かでした！」

貿易商「毛皮商さん!?」

港街商会「引っ越したはずでは……」

毛皮商「この町を離れるべきではありませんでした。オイシイ話には裏があったんです！　ボロ儲けするはずが、莫大な借金を負ってしまうなんて……」

女騎士「その様子だと、借金取りから逃げてきたようだな」

司祭補「あらあら、まあまあ」

銀行家「いったい何があったのです？」

毛皮商「……西岸港です。船団に出資するために、私は西岸港に行っていたのです。うう……ぐすっ……」

港街商会「あなたが船団に出資？」

貿易商「航海への出資は、普通、金持ちの親族同士や友人同士で行うものです。失礼ですが、あなたにそんな資産があったとは――」

毛皮商「そういう古い方法の出資ではありません。これを見てください」

ぴらっ

銀行家「これは……」

司祭補「……『株券《かぶけん》』と書いてありますわ」
黒エルフ「まさか、ありえない――!!」
港街商会「何ですか、これは？」
毛皮商「そこに1万Gと書いてあるでしょう？ それが株券の『額面額《がくめんがく》』です。1万Gの出資と引き替えに、この券を手に入れたんです」
貿易商「出資と引き替えに……？」
黒エルフ「あたしが説明するわ。たとえば、船団を組むときに100枚の株券を発行するとしましょう。1枚1万Gなら、合計で100万Gの出資金が集まるはずよね？」
港街商会「株券を使えば、今までのように家族や親族でカネを出し合うのではなく、不特定多数の人間から出資を募ることができるのですね」
黒エルフ「そういうこと。そして、航海が終わったときに500万Gの収益が残ったとする。この場合、株券1枚あたり5万Gの収益があったことになるわ」
毛皮商「航海が終わったら船団を解散して、収益や資産は株券の持ち主で分配する契約になっていました」
貿易商「上手くいけば大金持ちになれますね」
カキカキ……
黒エルフ「今までの話をまとめると、こうなるわ」（※52）

※52

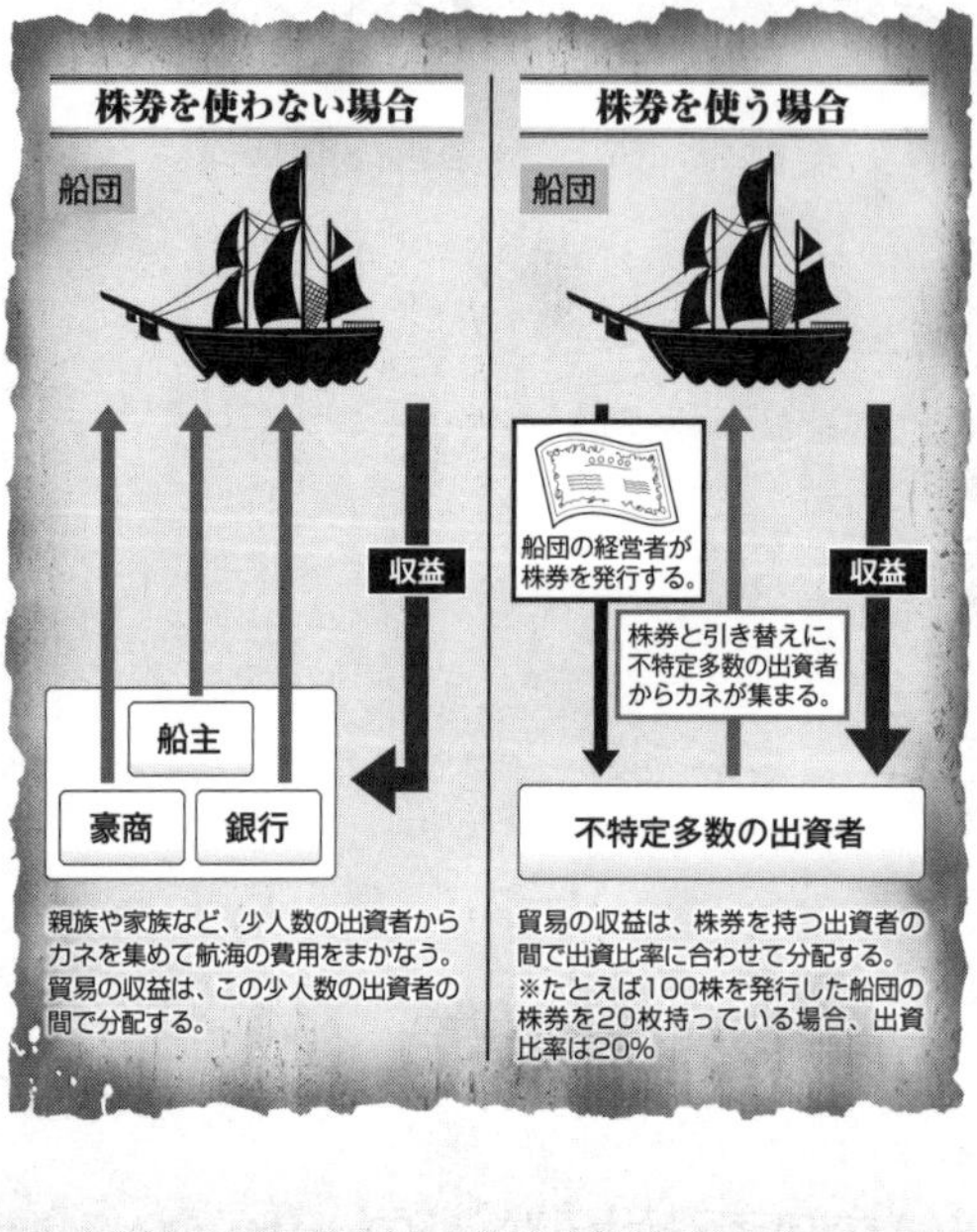
株券を使う場合
船団
船団の経営者が株券を発行する。
株券と引き替えに、不特定多数の出資者からカネが集まる。
収益
不特定多数の出資者
貿易の収益は、株券を持つ出資者の間で出資比率に合わせて分配する。
※たとえば100株を発行した船団の株券を20枚持っている場合、出資比率は20%
株券を使わない場合
船団
収益
船主
豪商
銀行
親族や家族など、少人数の出資者からカネを集めて航海の費用をまかなう。貿易の収益は、この少人数の出資者の間で分配する。

女騎士「高額な出資金を集めるときには、『株券』は便利な方法なのだな」

黒エルフ「あたしが子供のころに読んだ教科書には載っていたけれど、まさか人間国で『株券』を発行する人がいたなんて……」

港街商会「株券があれば、小さな金額からでも船団に出資できるし、一攫千金《いっかくせんきん》のチャンスもある。それは分かりました。では、なぜ借金を負ってしまったのですか？」

黒エルフ「出資していた船団が航海に失敗した。……そんなところでしょう？」

毛皮商「その通りです。私の出資していた船団が、シーサーペントに沈められてしまったんです。ほとんど全滅でした……」

銀行家「なんと……」

毛皮商「当然、貿易の収益はありませんでした。さらに悪いことに、その船団は自分たちの船を持っていませんでした。船も武器も、他人からの借り物だったんです」

貿易商「それで？」

毛皮商「私たち株主は、沈んだ船や武器の弁償を求められました。とても返せないような借金を負ってしまったんです。株券を入手したときの1万Gを取り戻せないばかりか、こんな目に遭うなんて……」

黒エルフ「いわゆる『無限責任制《むげんせきにんせい》』というやつね」

女騎士「むげんせきにんせい？」

黒エルフ「収益の分配を受けられる代わりに、もしも船団が損失を出したら、負債も引き受けるという意味よ。どんなに大きな負債だろうと、出資者には支払う責任が発生する——。それが『無限責任制』の出資だわ」

毛皮商「まさか株券にこんな危険があったとは知りませんでした」

港街商会「それにしても、西岸港では大きな船団を組んでいたのですよね。なぜシーサーペントに沈められるようなことになったのでしょうか？」

毛皮商「……生き残った者の話では、腕の悪い水夫が見張りに立ったのが原因だそうです」
貿易商「ああ……。私も同じ理由で痛い目に遭いました……」
毛皮商「経験が浅く、カンも悪い水夫だったのでしょう。シーサーペントの作る雨雲に気づかず、接近を許してしまったそうです。気づいたときには手遅れだったと聞いています」
貿易商「海のうえでは人が一番のリスクですよ。……どんなに良い船団でも、航海が終われば解散します。新しい航海に出るときは、そのたびに新しい船団を組み直します。こういう仕組みでは、どうしても腕の悪い水夫が交《ま》ざってしまう」
銀行家「親族や友人だけで船団を組めればいいのですが……」
港街商会「新大陸までの航海となれば、参加人数も膨大です。赤の他人を雇わざるをえないでしょう」
女騎士「ともあれ、西岸港が大船団を組める理由は分かったな」
黒エルフ「ええ、リスクはあっても『株券』は優れた方法よ」
司祭補「ですが、まったく同じ方法をこの町でも真似するわけにはいかないと思いますわ」
毛皮商「そうですよ！　当然ですよ――！」

銀行家の邸宅、晩餐《ばんさん》

勇者「……そうか、そんなことがあったんだ」
司祭補「港町の住人で協力して、困難に立ち向かうことを約束しましたわ」
女騎士「だが、具体的な対策は決まらなかったのだ」
黒エルフ「……」
幼メイド「しつれいします～。デザートのケーキですぅ～」
銀行家「おや、上手に焼けるようになりましたね」
幼メイド「でへへ～、ありがとうございます♪」

女騎士「これなら、いつ実家に戻っても大丈夫だな」

幼メイド「弟や妹たちに、おねーさんらしいところを見せてやるのです！」

勇者「きっと喜ぶと思うよ！」

黒エルフ「……」

女騎士「それで、謁見の準備のほうはどうなのだ？」

司祭補「信頼のおける聖職者に連絡を取ろうとしているところですわ」

勇者「ありがとう」

司祭補「とはいえ、帝都との往復には時間がかかります。もう少しお待たせしてしまいそうです」

黒エルフ「何だか、時間がもったいないわね……。ねえ、勇者。あんたには魔王討伐という任務があるんだから、一度魔国に戻ったら？　王さまには、あたしたちからあんたの手紙を渡すわ」

勇者「そ、それは――」チラッ

黒エルフ「遠征を止められるかどうか心配でしょうけど、大丈夫。あたしたちが何とかする。……そうよね？」

女騎士「う、うむ――」チラッ

勇者「ど、どうしようかな～。魔王の討伐は、そんなに急ぐわけじゃないし……」

黒エルフ「はあ？　一番重要な任務でしょう。急ぎなさいよ」

女騎士「い、いや……。勇者もこう言っているのだ。焦る必要はないだろう」

黒エルフ「何？　あんたたち、あたしに隠し事してない？」

女騎士・勇者「「まさか！」」

黒エルフ「魔国に戻れない理由でもあるわけ？」ジトッ

勇者「そ、そんなこと！」

女騎士「ないのだ！」

黒エルフ「あやしい……」ジト～ッ

女騎士「な、何を疑っているのだ？　なんなら、私の日記を見せてもいいぞ。怪しいところなど1つもない！」

黒エルフ「あんた、日記なんてつけてたっけ？」

女騎士「に、日記をつけていること自体が秘密だったのだ！　……だけど、お前にだけは、こっそり見せてやってもいい」

黒エルフ「それが隠し事をしていない証拠になるの？」

女騎士「もちろんだ！」

黒エルフ「へー、だといいけどー」

女騎士「もちろんなのだぁ！」

黒エルフ　ハッ

女騎士「と、とはいえ日記の中身は内緒だぞ！　絶対に！」

黒エルフ「……こっそり、見る……？」ブツブツ

司祭補「あらぁ、わたしには見せてくれませんの？」

女騎士「わ、悪く思わないで欲しいのだ……」

司祭補「わたしに読まれたら困るようなことが書いてあるのかしらぁ～？」

女騎士「からかわないで欲しいのだっ！」

黒エルフ「……この方法なら……」

女騎士「あぁ……。日記のことなど言わなければ良かったのだ……」かぁっ

司祭補「あらあら、うふふ」

女騎士「うぅ～、恥ずかしい……。くっ……殺――」

黒エルフ「分かったわ！」ガタッ

勇者「わっ！　急に立ち上がってどうしたの？」

黒エルフ「この町を不景気から救う方法が分かったのよ。銀行家さん、帝都までの旅費を用立ててくれないかしら？　今すぐ王さまへの謁見に向かうわ！」

銀行家「構いませんが、しかし――」

司祭補「王さまと一対一で謁見するには、まだ準備が必要ですわ……？」

黒エルフ「もうっ、違うってば！　勇者の話を伝えに行くわけじゃないの。魔国の状況を伝えて遠征を中止させるのは、また別の機会をうかがい

ましょう」

女騎士「では、なぜ帝都に？」

黒エルフ「言ったでしょ、港町の不景気を救うって。大船団を組んで貿易を再開する方法が分かったのよ！　もちろん、西岸港とは違う方法でね」

女騎士「そんな方法があるのか？」

黒エルフ「この方法を成功させるには、協力をあおぐ必要があるわ」

司祭補「協力……？」

女騎士「いったい誰の協力だ？」

黒エルフ「そんなの決まってんじゃない――」

一同「？」

黒エルフ「王さまよ」

西岸港、要塞の執務室

頭取「こちらが、その手紙です」

財務大臣「港町の支店から届いたという手紙ですな？」

秘書「私の留守中に思わぬ来客があったようです」

財務大臣「ふぅむ、この内容は……」

頭取「そこに書かれている人相は、勇者にそっくりではありませんか？」

財務大臣「……なるほど。たしかに恐れていた事態が起きたのかもしれませんな。勇者が魔国のアイテムで戻ってきて……」

秘書「……手紙の検閲に気づいた」

頭取「ともあれ、港湾ギルド長が約束通りに死んでくれて助かりましたな。あっはっはっ！」

財務大臣「まったくです。くくく……」

秘書「……」

コンコン

家臣「失礼いたします」

財務大臣「おお、お前か。ちょうどいいところに来た。今すぐ港町に早馬を向かわせろ。重犯罪者が潜伏している可能性があるので、すべての家屋を立ち入り調査せよ、とな」

家　臣「かしこまりました」

秘　書「まさか、勇者を捕まえるおつもりですか？」

財務大臣「無論だ。大遠征に協力する意思があるかどうか、確認せねばならん」

頭　取「手紙の検閲のことを言いふらさないと約束させなければ」

秘　書「しかし――」

頭　取「そう言えばお前は、手紙の検閲を始めるときに反対していたな」

秘　書「あ、あのときは、その――」

財務大臣「もしや、あなたは遠征が中止になってもいいとお考えなのかな？」

秘　書「滅相もない！　しかし、あの男が簡単に捕まるでしょうか？」

財務大臣「たしかに場合によっては、衛兵と戦闘になるかもしれんな」

秘　書「戦闘ですか？　相手はあの勇者ですよ!?」

財務大臣「勇者との戦闘で、衛兵の何人かは命を落とすかもしれん。もしそうなったら、『勇者が魔国側に寝返った』と糾弾《きゅうだん》すればいい。誰もあの男の言葉に耳を貸さなくなるだろう」

秘　書「……」

財務大臣「そして万が一、勇者が負ければ……魔族のスパイに暗殺されたことにすればいい。魔族への憎しみを煽って、兵士たちの士気を高めることができる」

頭　取「さすがは財務大臣さま！」

財務大臣「ふふふ、生きていようと死んでいようと、あの男には利用価値があるのだ。……それで、お前は何の用だ？」

家　臣「念のため、お耳に入れておきたい情報が」

財務大臣「いいから早く用件を言え」

家　臣「港町の銀行から王室宛てに連絡が入ったそうです。例の女2人が、国王陛下への謁見を希望しているとか……」

秘　書「あの2人が？」

頭　取「何を企んでいるやら……」

秘書「急いで帝都に戻りましょう！」

財務大臣「それほど慌てる必要があるのか？　今から向かっても、どうせ謁見は止められまい」

秘書「謁見の手続きには、長ければ数日かかるはず。謁見を止められなくても、同席することはできるかもしれません！」

頭取「仕事熱心なのはいいが、大臣さまは――」

秘書「ご無礼を承知で申しますが、あの女たちを甘く見ないほうがいいかと存じます。すでに何度も、辛酸《しんさん》を嘗《な》めさせられてきたではありませんか！」

財務大臣・頭取「「ぐぬ……」」

秘書「やつらの狙いは分かりません。分かりませんが……きっと、よからぬことを考えているに違いありません！」

財務大臣「わ、分かった。そこまで言うなら馬を準備しよう。……あなたもそれでよろしいですかな？」

頭取「ええ、まあ……。ご配慮に感謝します」

財務大臣「おい、お前！　私たちは帝都に向かう。よいな！」

家臣「ハッ！」

秘書「間に合えばいいのですが」ギリッ

数日後、帝都

ショタ王「ぼくに株主になって欲しい、だと？」

色白青年「あなたがたの船団に、国王陛下ご自身の出資が必要なのですか？　人間国政府からではなく？」

黒エルフ「もちろん政府からでもかまわないけど……。できれば王さまに出してほしいわ」

女騎士「わずかな額でかまいません」

ショタ王「株券を発行して出資金を集め、大きな船団を組むのだな」

色白青年「西岸港で広まっているやり方だと聞いています」

ショタ王「つまり港町でも、同じ方法で貿易をすることにしたわけだ」

女　騎　士「いいえ、恐れながら……」

黒エルフ「西岸港のやり方とは、3つの点で違うわ」

ショタ王「ふむ？」

黒エルフ「まず第一に、あたしたちは航海が終わっても船団を解散しないわ。同じ船団をずっと維持するつもりよ」

ショタ王「同じ船を繰り返し使うんだね」

黒エルフ「腕の悪い水夫が交ざるのを防ぐためよ。航海の安全性を高められるはず」

色白青年「なるほど」

黒エルフ「利点は他にもあるわ。たとえば新大陸側の港に、商館や要塞を建てる——。解散しない船団なら、そういうこともできるわ。集めたカネで新大陸に拠点を作って、それを永続的に維持できる」

色白青年「たしかに、毎回解散する船団では難しいでしょうね」

ショタ王「新大陸にそういう拠点があれば戦争も有利になりそうだ」

黒エルフ「解散せず、将来にわたって商売を永続させることを、『継続企業の前提《ゴーイング・コンサーン》』と言うわ」

色白青年「しかし解《げ》せませんね。船団を解散しないのなら、いつ収益を分配するのですか？」

ショタ王「そうだ。カネが返ってこないなら出資はできないよ」

黒エルフ「それが第二の違いよ」

女　騎　士「私たちの船団では1年に1回、利益を計算するつもりです。その利益を、株券の持ち主に配当《はいとう》する予定となっています」

ショタ王「航海が終わったときではなく、毎年決まった日に利益を分配するんだね」

黒エルフ「ええ。利益を計算することを『決算《けっさん》』、その日を『決算日《けっさんび》』と呼ぶわ」

ショタ王「正直に言えば、ダークエルフよ。ぼくはお前の商才には一目置いているんだ。お前たちの船団の株券を持っていれば、毎年配当を受け取れるのだろう？　いい話ではないか——」

色白青年「お待ちください！　配当が出るのは利益が出た場合だけですよ？」

黒エルフ「ええ。商売に絶対はない……」

色白青年「万が一、彼女たちの船団が破産してご覧なさい。株主には、莫大な負債を支払う責任が発生するかもしれません」

ショタ王「う……。それは困る！」

黒エルフ「安心して、それが第三の違い。たとえ破産しても、株主が負債を支払う必要はない——。そういう約束のうえで株券を発行するわ」

ショタ王「株主が負債を支払わなくていいの？」

黒エルフ「ええ。もしも船団が破産したら、ごめんなさい、株券は無価値になってしまう。最初に出資してもらったカネは取り戻せないわね」

色白青年「しかし、それ以上損することはない？」

黒エルフ「そういうこと。これを『有限責任制《ゆうげんせきにんせい》』と言うわ。株主は、出資した額以上の責任を負わなくていい」

ショタ王「ふぅむ」

黒エルフ「継続企業の前提のもとに毎年決算を行って、有限責任制の株券を発行する——。こういう組織のことを『株式会社《かぶしきがいしゃ》』と呼ぶわ」

ショタ王「株式会社……」

色白青年「初めて聞きました」

女騎士「港町の景気を好転させるため、町の住人で出資しあって株式会社を作りたいと考えています。人間国で初めての、本格的な株式会社を」

黒エルフ「名前は、港街貿易《みなとまちぼうえき》（株《かぶ》）」

女騎士「初代社長は、港街商会の商会長に務めてもらいます。商売に長けていて、人望も厚《あつ》い」

黒エルフ「あたしは経営企画《けいえいきかく》を担当するわ。公証人の資格を持っている銀行家さんには法務《ほうむ》を、航海の経験豊富な貿易商さんには現場作業のトップを担当してもらう。そして、経理の担当者は——」

女騎士「——私なのだ」

ショタ王「ふむ……。女騎士が、経理になるのだな」

ショタ王「話は分かった。お前たちなら、きっと手堅い商売をしてくれるだろう」

黒エルフ「感謝するわ」

女騎士「ありがとうございます！」

ショタ王「ぼくのおこづかいから、お前たちに出資して――」

？？？「お待ちください！」

秘書「……どうやら、間に合ったようですね」

財務大臣「陛下、その者たちに騙されてはなりませんぞ」

ショタ王「騙される？　ぼくが？」

秘書「恐れながら……。じつは『有限責任制』の株券は、西岸港の船団でも検討したことがあるのです」

ショタ王「しかしお前たちは採用しなかったのだな。なぜだ？」

秘書「それは、有限責任制の株券には欠陥があるからです！　深刻な欠陥が！」

財務大臣「その欠陥を埋められない以上――」

秘書「――その女たちは、国王陛下を騙そうとしているとしか言いようがありません！」

女騎士「くっ……」

黒エルフ「ちっ……」

港街、精霊教会

ドンドンッ　ドンドンッ

衛兵A「失礼する！」

司祭補「あらあら、まあまあ！　何ですの？」

衛兵B「この町に凶悪犯が潜んでいるという通報があった！　調べさせてもらう！」

侍女「凶悪犯、ですか？」

司祭補「ここは教会ですわ。犯罪者を匿《かくま》うはずありませんわ！」

衛兵C「1軒の例外もなく調べろとのお達しだ！　調べさせてもらう！」

ズカズカ

司祭補「そんな……。なんて横暴なんでしょう！」

侍女「いったい誰の命令ですか？」

衛兵D「知らん！」

侍女（……司祭補さま！　もしかしたら彼らは、勇者さまを捜しにきたのかもしれません）

ボソッ

司祭補（銀行家さんに伝えませんと！）ボソッ

銀行家の邸宅、馬具置き場

パタパタ……バタンッ！

幼メイド「勇者さまぁ～！　たいへんですぅ～！」

勇者「そんなに慌てて、何があったの？」

幼メイド「衛兵さんたちが、いーっぱい来たのです！　たぶん、勇者さまのことをお捜しなのだと思いますぅ～！」

勇者「……僕のことを？」

幼メイド「いんぼーのしゅぼうしゃが衛兵を差し向けたのだろう……って、だんなさまはおっしゃっていました！」

勇者「そんなことができるほど、相手は地位の高い人間なのか？　それで、銀行家さんは!?」

幼メイド「だんなさまは応接間で、『じじょーちょーしゅ』を受けています～」

バタンッ

勇者「そんな……。僕を匿っていることがバレたら、銀行家さんの身が危ない！」

衛兵（……よし！　次はこの厩舎だ！）

衛兵（どんな小さなドアも見逃すな！）

バタバタ……

幼メイド「はわわ～！　もうすぐそこまで来ているのです～！」

勇　者「この部屋、裏口は？」

幼メイド「ありません～！」

勇　者「どうにかして、ここから逃げ出さないと！」

幼メイド「勇者さま、『ワープのひも』をお使いくださいい～～っ！」

勇　者「そんなことはできないよ！」

幼メイド「なぜです～？」

勇　者「だって、この部屋の様子を見れば、誰かがここで生活をしていたことは一目で分かる。馬具置き場なのに、だよ？　怪しまれるよ！」

幼メイド「そ、それが……？」

勇　者「そんな怪しい部屋に、君が1人で残されていたとする。きっと衛兵たちは、手段を選ばず君を尋問するはずだ！」

幼メイド「そ、そんなぁ～」

勇　者「……最悪、拷問されるかも」

幼メイド「ひぇぇぇ～」

ガタガタ……ガタン!!

衛　兵（おい！　そっちはどうだ？）

衛　兵（いいや、誰もいない……）

バタンッ　バタンッ！

衛　兵（……待ってくれ、ドアが1つ残っていた！）

衛　兵（どうやら馬具置き場のようだな……）

ズカズカ……

幼メイド「はぅう～！　もう時間がないのです～！」

勇　者「くそっ！　いったいどうすれば……!?」

帝都、謁見の間

秘　書「有限責任制の株券には、重大な欠陥があります。それは、経営者たちが真面目に仕事をしなくなることです！」

女騎士「私たちが仕事をサボると言うのか？　侮辱と受け取るぞ！」

黒エルフ「まあ、話を聞いてあげようじゃない」

秘　書「無限責任制のもとでは、破産したら負債を支払わなければなりません。だからこそ株主からの監視が厳しくなり、経営者は真剣に仕事せざるをえません」

色白青年「……それに加えて、経営者自身が株主という場合も多いと聞きますね」

秘　書「破産させないよう、責任感を持って仕事をするはずです」

ショタ王「有限責任制のもとでは、経営者にはそのような責任感が生まれないのか？」

秘　書「さようでございます。株主からの監視の目が緩み、経営者はずさんな浪費を繰り返すようになるはずです。破産しても負債を支払う必要はなく、それまでに受け取った役員報酬や給与で懐は潤ったままなのですから！」

女騎士「私たちが、そんな詐欺まがいのことをすると言うのか！　これほどの愚弄を受けるとは……」

黒エルフ「いいえ。悔しいけど、あの男の指摘は正しいわ。有限責任制のもとでは、経営者が仕事をサボる危険性がある。自分自身は株券を持たない『雇われ経営者』なら、なおさらでしょうね」

色白青年「そんな危険性があるなら、誰も出資者になろうとしないのではありませんか？　有限責任制の株券で、本当にカネが集まるのでしょうか……？」

黒エルフ「だからこそ、王さまに出資して欲しいのよ」

ショタ王「ぼくに？」

黒エルフ「どんな商人だって、王さまを裏切るのは相当な勇気がいるでしょう？」

ショタ王「当然だよ。あってはならないことだ」

黒エルフ「王さまが出資したとなれば、経営者は期待に応えるために真剣に仕事をするはず。王さまが株主になることそのものが、経営者が責任感を持つという証拠になるのよ」

色白青年「その結果、出資者が集まるはずだ、と……」

ショタ王「あはは、ぼくを裏切ったら打ち首だからね」

財務大臣「……」

秘　書「国王陛下、どうかよくお考えください」

財務大臣「この者たちが陛下を裏切らないという保証はないのですよ？」

ショタ王「たしかに……。口約束だけで人を信じるのは、王としてふさわしくない、かもしれないな」

財務大臣「おっしゃる通りです！」

黒エルフ「そこで、財務大臣にお願いがあるわ」

財務大臣「……は？　私に？」

黒エルフ「あたしたちの港街貿易株式会社は、決算のたびに『決算資料《けっさんしりょう》』を公開するわ。経営者たちが真面目に仕事をしている証拠として、誰でも読める資料として発表するつもりよ」

秘　書「な……っ！　経営状態を公表してしまうつもりですか!?」

財務大臣「ふんっ、何の意味がある！　資料にウソが書かれているかもしれないではないか!!」

黒エルフ「ご指摘ごもっとも。資料にウソが無いことを証明するために、あたしたちの会社の帳簿を調べてもらいたいの。ほかでもない財務大臣にね」

財務大臣「へ？」

黒エルフ「大臣ほどの適任者はいないわ。大臣はあたしたちにあまり好意的ではないようだから、帳簿のどんな小さな間違いも見逃さないでしょう」

財務大臣「……」ぱくぱく

黒エルフ「何より、人間国の金庫を預かっている方ですもの。お金の管理は誰よりも得意なはず」

ショタ王「そうだね。大臣が確認してくれるなら、ぼくも安心だよ」

黒エルフ「正しく帳簿をつけて、正確な決算資料を開示することを、『会計責任《アカウンタビリティ》』と呼ぶわ。そして、会計責任が果たされているかどうか調査することを、会計監査《かいけいかんさ》と呼ぶ。大臣には、これをお願いしたいの」

ショタ王「ぼくからもお願いするよ。彼女たちの会社に安心して出資したいんだ」

財務大臣「……か、かしこまりました」

秘　　書「信じられない……。第三者に帳簿や資料を見せてしまうなんて……」

色白青年「しかし、有限責任制の株式会社をきちんと経営するには必要なことなのですね」

黒エルフ「ええ。第三者の目が入るからこそ、正しい帳簿をつける動機が生まれるってわけ」

ショタ王「いいだろう、お前たちの会社に出資しよう」

女 騎 士「おおっ！　感謝します！」

ショタ王「くれぐれも間違いのない帳簿をつけるのだぞ。これは勅命《ちょくめい》だ！」

黒エルフ「当然よ。正しい帳簿さえあれば、あたしは世界だって救ってみせる――」

数日後、港街

馬　　　ポクポク……

女 騎 士「国王陛下に出資してもらえてよかった。これで一安心なのだ」

黒エルフ「なにが一安心よ。王さまに出してもらったカネじゃ、必要な額の50分の1にしかならないわ。出資者を集めて、船団を組んで、貿易を再開する……。ここからが本当の勝負よ」

女 騎 士「い、言われてみれば……」

黒エルフ「それに勇者の件もあるわ」

女 騎 士「そうだな。新大陸への遠征は中止か、少なくとも延期させねばならん……」

黒エルフ「魔族ってそんなにヤバい存在だったのね」

女騎士「もしもやつらが侵攻してきたら〝副都の悲劇〟の再来になる。それも、人間国の全土でな」

馬　ポクポク……

銀行家「……女騎士さん！　ダークエルフさ〜ん！」

司祭補「お待ちしていましたわぁ〜！」

女騎士「む？　あれは銀行家さんではないか……？」

黒エルフ「妙に青ざめた顔をしているわね」

女騎士「私たちの留守中に、何かあったのか？」

銀行家「じつは、衛兵たちに家宅捜索を受けました」

司祭補「おそらく、勇者さんを捜していたのだと思いますわ」

黒エルフ「なんですって……？」

女騎士「それで勇者は？」

銀行家「無事に逃げおおせたようです。使用済みの『ワープのひも』が残っていました。私たちが彼を匿っていたこともバレていません」

女騎士「そうか、よかった……」ホッ

黒エルフ「最悪の事態は避けられたようね。でも、だったらなぜ、そんな青い顔をしているの？」

銀行家「勇者とともに、マリアも姿を消しました」

黒エルフ「マリア？」

司祭補「銀行家さんのお宅でご奉公していたメイドさんですわ！」

女騎士「なっ……」

黒エルフ「……あのメイドが!?」

古いアパート

幼メイド「……ん〜、むにゃ……」

幼メイド「ふわー、よく眠ったのです〜！」

がばっ　のびーっ

幼メイド「あっ！　新しいケーキのレシピを思いつきま

した。弟たち妹たちがきっと喜んでくれるはず……」

幼メイド「……って、ここはどこなのです？」

？？？「よかった、気がつきましたね」

幼メイド「!?」

僧侶「初めての『ワープ酔い』で、あなたはずっと眠っていたんですよ」

幼メイド「わ、ワープ酔い？」

商人「おっ、なんや！　やっと目が覚めたんか！」

賢者「……よかった。無事で」

幼メイド「ふぇえ～、おねーさんたちはどなたなのです～～？　だんなさまはどちらにいるのでしょうか～～？」

僧侶「落ち着いて、窓の外を見てください」

幼メイド「窓の外を？　ふみゃっ!?」

商人「驚いたやろ？　魔国の首都『魔都《まと》』やで。あそこのゴッツい建物が魔王の居城や」

賢者「ここは……私たちの隠れ家……」

幼メイド　パタリ

賢者「……あ。また倒れた」

僧侶「だ、大丈夫ですか!?」

幼メイド　ばたんきゅ～

商人「あちゃー、完全に気ぃ失っとるわ」

賢者「刺激、強すぎ……？」

僧侶「し、しっかりしてください！　もしもーし！」

女騎士、経理になる。

to be Continued

あとがき

「簿記なんて何の役に立つんだ?」と、誰もが思う。

　白状すれば、私も例外ではなかった。社会人になって初めて簿記に触れるまで、簿記なんて会社の経理担当者だけが勉強すればいいと思っていた。けれど、今は違う。自分の人生を自分のものにするために最低限必要な知識。それが複式簿記だ。

　ところで、ジャレド・ダイアモンドという人類学者がいる。面白い著作をいくつも書いており、理知的で博覧強記《はくらんきょうき》、ユーモアのセンスまで備わっている人だ。私にとって、畏敬の念を禁じ得ない科学者だ。そんな彼が、ベストセラー『銃・病原菌・鉄』の中でこんなことを書いていた。

「中国文化の威光は、日本や朝鮮半島では依然として大きく、日本は、日本語の話し言葉を表すには問題がある中国発祥の文字の使用をいまだにやめようとしていない」

　どうやら欧米の人々にとって、漢字は非効率な文字だと感じられるようだ。30文字に満たないアルファベットでも充分に豊かな文章表現ができる。なのに、なぜ数千、数万文字の漢字をわざわざ覚える必要があるのか。ジャレド・ダイアモンドほどの優れた知性の持ち主でも、漢字の有用性を想像するのは難しかったようだ。

　簿記を知らない人に簿記の便利さを説明するのは、これに似ている。漢字を知らない欧米人に、漢字の便利さを説明するところを想像してほしい。どんなに言葉を尽くしても、相手を納得させるには骨が折れるだろう。最後には「いいから漢字を勉強してくれ、そうすれば解るから!」と言いたくなるはずだ。

　簿記も同じだ。簿記の有用性を理解するには、簿記を勉強するのが手っ取り早い。しかし不幸にして、私たち日本人の多くは学校教育のなかで複式簿記を学ばない。「お金」の知識をほとんど身につけないまま、社会に放り出される。この世界で生き抜くためには、お金が必要不可欠であるにも関わらず。

　私たちが受ける学校教育の原型は、産業革命期のイギリスで生まれた。のんびりした農村から都会に出てきた労働者たちは、新しい生活スタイル——工場の始業ベルと同時に仕事を始めて、現場監督の言いつけを守り、機械装置の取扱説明書を読む——を身につける必要があった。そういう労働者を大量に育成するために、学校教育が整備された。子供たちは始業ベルと同時に授業を受け、教師の言いつけを守るように育てられた。

日本では明治5年には早くも「学制」が発され、全国に小学校が作られた。その後の経済発展は、日本史の授業で習ったとおりである。時代遅れの封建制度を守っていたアジアの小国は、明治維新のわずか数十年後には大国ロシアとの戦争に勝利し、百年を待たずしてアメリカと干戈《かんか》を交えるほどになった。第二次大戦の敗戦により国は焦土と化したが、奇跡的な復興を遂げて、今でも世界有数の経済大国に数えられている。

その間、簿記教育はどうだったのか？

じつは明治時代には、小学校の教科書に複式簿記が載っていた。ところが戦後の高度成長期には、簿記は学校で教わらなくなった。生きていくのに欠かせない能力を「読み・書き・そろばん」と言うが、そろばんからお金の計算は取り除かれて、ただの算数になってしまった。

なぜなら、当時の企業戦士たちに簿記は必要なかったからだ。企業から与えられた仕事をこなすだけの労働者に、簿記の知識は必要ない。利益率や自己資本比率を気にするのは、経営に関わる者だけで充分だ。サラリーマンが自分の賃金の収益性――仕事のキツさに対して給料の金額が妥当かどうか――を考えるようでは、都合が悪かったのだ。

しかし現在、与えられた仕事だけをこなす労働者は、2つの要因によって過去のものになろうとしている。1つは経済のグローバル化だ。海外渡航が容易になった結果、私たちは低賃金の外国人労働者との競争を余儀なくされた。もう1つは、情報技術の革新だ。現在では、あらゆる単純作業が機械へと置き換えられている。たとえば切符を切る駅員の姿は消えた。自動改札になり、ICカードになった。このような機械化・自動化の流れは、今後も猛烈な勢いで進むだろう。結果、今までのような労働者は減っていく。

こういう時代の流れがある以上、私たちは、私たちの親世代よりも「経営」に近い側の発想を持つ必要がある。そうでなければ、機械との競争に負けて、まともな収入を得られなくなってしまうだろう。そして経営には、お金に関する知識が不可欠であり、その入り口となるのが複式簿記なのだ。

シマウマが草を食み、ライオンが肉を喰うように、私たちはお金を使って生きている。お金をどのように得て、どのように使うのかは、どのような人生を歩むのかに直結する。簿記を知らずにお金を扱うのは、漢字を知らずに日本語を読むようなものだ。お金を飼い慣らすことはできず、お金に振り回される人生になるだろう。

私たちの生きる社会がお金に支えられている以上、お金についての知識はどれほどあっても邪魔にならない。お金については、詐欺まがいの本やウェブサイトも珍しくない。だからこそ、お金について学びたくなったとき、最初の一歩は複式簿記であるべきだと私は思う。

「くっ…殺せ!!」から始まる
簿記・会計の
最強副読書!!!

くっ…殺せ!!
くっ
殺せぇええええ!!
【漫画版】
女騎士、経理になる。
原作：Rootport 作画：三ツ矢彰
くっ…殺せ!!
どうした?
くっ…殺せ!!
ガハハ!! そうはいくか!!
コミックス第1・2巻、大好評発売中!!!
バーズコミックス B6判 本体各630円＋税
原作小説を気鋭作家・三ツ矢彰が大胆コミカライズ!!
会計士・経理マンも「あるある」「わかりやすい!」と絶賛の
異世界会計英雄譚、もう一つの「女騎士と黒エルフの物語」!!!
くっ…!! 殺せ!!
そうはいくか!
貴殿の今後のご活躍を心よりお祈り申し上げます
くっ 殺せぇえええええ
25万Gであたしを助けたつもり?
カン違いしないでそういうのを「偽善」って言うのよ
何? 帳簿の金額が合わないだと?
くっ… 殺せ!!
くっ
殺せ
漫画版「女騎士、経理になる。」は
無料Webマンガサイト デンシバーズ（毎週金曜日更新）にて
大好評連載中!!!
デンシバーズ 検索

女騎士、経理になる。

1 鋳《ちゅう》造《ぞう》された自由

2016年6月30日　第1刷発行

著者　Rootport《ルートポート》

発行人　石原正康

発行元　株式会社 幻冬舎コミックス
〒151-0051 東京都渋谷区千駄ヶ谷4-9-7
電話　03-5411-6431（編集）

発売元　株式会社 幻冬舎
〒151-0051 東京都渋谷区千駄ヶ谷4-9-7
電話　03-5411-6222（営業）
振替　00120-8-767643

印刷・製本所　大日本印刷株式会社

ISBN978-4-344-83742-3 C0093 Printed in Japan

幻冬舎コミックスホームページ
http://www.gentosha-comics.net